o que
poderia
ter
sido

HOLLY MILLER

o que poderia ter sido

Tradução
Giu Alonso

Rio de Janeiro, 2024

Título original: What Might Have Been
Copyright © Holly Miller 2022. All rights reserved.

Todos os personagens neste livro são fictícios. Qualquer semelhança com pessoas vivas ou mortas é mera coincidência.

Direitos de edição da obra em língua portuguesa no Brasil adquiridos pela Editora HR LTDA. Todos os direitos reservados. Nenhuma parte desta obra pode ser apropriada e estocada em sistema de banco de dados ou processo similar, em qualquer forma ou meio, seja eletrônico, de fotocópia, gravação etc., sem a permissão do detentor do copyright.

A Harlequin é um selo da HarperCollins Brasil.

Contatos: Rua da Quitanda, 86, sala 601A – Centro
Rio de Janeiro, RJ – CEP 20091-005
Tel.: (21) 3175-1030
www.harlequin.com.br

Editora: *Julia Barreto*
Assistência editorial: *Isabel Couceiro*
Copidesque: *Rayssa Galvão*
Revisão: *Ingrid Romão*
Ilustração de capa: *Francesco Bongiorni*
Design de capa: *Natalie Chen*
Adaptação de capa: *Maria Cecilia Lobo*
Diagramação: *Abreu's System*

Publisher: *Samuel Coto*
Editora executiva: *Alice Mello*

CIP-Brasil. Catalogação na Publicação
Sindicato Nacional dos Editores de Livros, RJ

M592q

Miller, Holly, 1981-
　O que poderia ter sido / Holly Miller ; tradução Giu Alonso. – 1. ed. – Rio de Janeiro : Harlequin, 2024.
　320 p. ; 23 cm.

　Tradução de: What might have been
　ISBN 978-65-5970-367-8

　1. Romance inglês. I. Alonso, Giu. II. Título.

24-87613　　　　　　　　　CDD: 823
　　　　　　　　　　　　　　CDU: 82-31(410.1)

Gabriela Faray Ferreira Lopes – Bibliotecária – CRB-7/6643

Os pontos de vista desta obra são de responsabilidade de sua autora, não refletindo necessariamente a posição da HarperCollins Brasil, da HarperCollins Publishers, da Editora HR Ltda ou de sua equipe editorial.

1

— Você fez o quê!?

Eu paro, o celular no ouvido, perto do quadro-negro com o menu de cervejas artesanais.

— Eu pedi demissão — repito. — Agorinha. Uns dez minutos atrás.

— Você entregou sua carta de demissão?

— Foi mais tipo... sair batendo o pé.

Minha irmã faz sua respiração de ioga por um tempo.

— Caramba. Certo...

— Eu não aguentava mais, Tash. Foi a gota d'água!

Eu a imagino balançando a cabeça, fazendo de tudo para entender.

— Alguma coisa vai aparecer — digo, com uma confiança que com certeza não sinto.

— Deixa eu adivinhar: o universo vai cuidar de você?

Consigo abrir um sorriso, mas é hesitante.

— Tomara.

O ônibus de volta para a casa de Tash só chega daqui a uma hora, então vim me esconder no Smugglers com um Bloody Mary sem álcool. Minha bebida chega, e fico sentada no bar. O Smugglers é basicamente uma instituição de Shoreley: foi o primeiro lugar onde pude beber legalmente, onde ouvi música ao vivo, onde conheci garotos que não eram colegas de escola.

Estou começando a me sentir constrangida de ficar aqui, sentada, olhando o nada, então entro distraída no aplicativo de horóscopo. Checar meu horóscopo é meu mais recente *guilty pleasure*, como assistir a reality shows ruins ou comer bolo na cama. O tipo de coisa que você nunca admitiria fazer na frente de outra pessoa. Mas é meio viciante. Mais ou menos como jogar na loteria. *Talvez desta vez...*

Leio a previsão para hoje, e meu coração acelera o compasso.

Hoje você vai dar os primeiros passos em direção a um novo caminho profissional. Se estiver só, também pode ser o dia em que vai encontrar sua alma gêmea.

Então, como se estivesse em câmera lenta, acontece. Enquanto levanto a mão para chamar a atenção do barman e pedir outro drinque, a pessoa ao meu lado se levanta e alguém novo pega seu lugar.

— Uma caneca de Guinness, por favor, amigo?

O barman hesita, então olha para mim. Meu novo companheiro se vira, e nossos olhares se encontram.

— Ah, perdão. — Ele abre um grande sorriso, o pedido de desculpas mais simpático do mundo. — Não vi você.

É estranho: sinto como se o conhecesse. Como se já tivéssemos nos encontrado. Só não consigo me lembrar de quando nem de onde.

Ele é o tipo de homem bonito que se vê em anúncios de suéteres de caxemira — barba escura por fazer, cabelo bagunçado e olhos brilhantes. A expressão com que me encara, ao mesmo tempo divertida e intensa, combinada com o perfume doce de seu pós-barba, me faz respirar fundo.

— Oi. Não, pode pedir — digo.

— O que vai querer?

— Ah, não precisa...

— Não, eu insisto.

— Bem. Um Virgin Mary, então. Obrigada.

Para crédito dele e meu alívio, o cara não tenta adicionar uma dose de vodca ao pedido nem faz uma piada sem graça sobre bares tradicionalmente serem lugares para beber.

Quando as bebidas chegam, ele examina o ambiente, dá de ombros e fica onde está, no banquinho ao meu lado.

— Você se importa? Hoje está lotado. — Ele ergue o copo na direção do meu. — Meu nome é Caleb, aliás.

Não reconheço.

— Lucy.

Ajeito o cabelo em ondas bagunçadas, desejando ter pelo menos me olhado no espelho antes de sair do escritório mais cedo. Está abafado, cheio de pessoas entre as paredes espessas e o teto baixo, e suspeito que seja apenas questão de tempo até o calor passar a ser sufocante.

Imagino Tash assistindo à cena com a mão na testa, desesperada com meu cabelo desarrumado e vestido amassado. Sempre vi minha irmã como uma versão ligeiramente mais refinada de mim: ela tem três centímetros a mais, cabelo um ou dois tons mais claros, a pele com um brilho um pouco mais intenso. Ainda assim, Caleb parece relaxado, como se provavelmente não se importasse muito com cabelo liso ou brilhoso, o que é uma boa notícia.

— Lembro quando este lugar era um pé-sujo empoeirado — diz ele, enquanto toma um gole da caneca, com o olhar fixado na deslumbrante parede de garrafas de gin atrás do bar. — Agora está cheio de cervejas artesanais, drinques exclusivos e pizzas assadas em forno a lenha.

— E posts perfeitamente encenados para o Instagram.

— E petiscos de bar ridículos. — Ele desliza uma tigela pelo balcão, na minha direção. — Ervilhas sabor wasabi?

Dou risada e balanço a cabeça, tentando ignorar a agitação em meu peito.

— Eu sou mais do time salgadinho de camarão barato, Scampi Fries, sabe?

Sorrindo, ele levanta o punho e trocamos soquinhos, minha mão se apequenando em comparação à dele.

— Então, você é daqui? — pergunto, imaginando como posso descobrir se nos conhecemos.

Ele concorda com a cabeça.

— E você?

Eu concordo de volta.

— Este é o seu refúgio de sexta à noite?

— Não exatamente. — Hesito, e então as palavras começam a escapar no espaço entre nós. — Na verdade... acabei de pedir demissão.

Ele arregala os olhos.

— Nossa! Entendi. Então você está... afogando as mágoas?

— Não. Assim, foi uma coisa boa, pedir demissão. Uma questão de princípios.

— Bom, então, parabéns. — Ele levanta o copo e, por apenas um milissegundo, nos encaramos diretamente. Sinto a respiração expandir no peito, um calor se espalhando pela pele. — Bom para você.

— Obrigada — consigo dizer. Então, talvez para distrair a ele ou a mim mesma do nervosismo, que certamente deve ser óbvio, digo: — E você, está empregado?

Ele assente.

— Sou fotógrafo.

— Sério? Como profissão?

Ele ri.

— Pode acreditar, nós existimos.

— Desculpe — respondo, envergonhada. — Eu só quis dizer... tem muita gente que sonha em fazer isso, então... estou impressionada.

Ele sorri e agradece com a cabeça.

— Bem, você está livre agora... Então, o que sonha em fazer?

Eu hesito. Poderia contar a ele — *sempre quis escrever um romance* —, mas isso me transformaria no tipo de pessoa que todos tentam evitar em festas.

— Na verdade, ainda não tenho certeza.

— O que você fazia antes de pedir demissão? — Ele girou no banco e agora me encara com olhos atentos e brilhantes.

— Trabalhava em uma agência de publicidade.

Ele toma um gole da cerveja, erguendo as sobrancelhas.

— Temos isso em Shoreley?

Dou risada.

— Só uma, na verdade. Gostávamos de nos considerar pequenos, mas poderosos.

— E você pediu demissão porque...?

Hesito; então, exatamente quando começo a pensar na melhor maneira de explicar, eu congelo.

Não. Não pode ser.

Pisco depressa, tentando distinguir se o que vejo é real.

Porque, do nada, na parte da rua visível do lugar onde estou sentada, está a última pessoa na Terra que eu esperava ver.

Bem no meio da janela, ele parou para olhar algo no celular. Enquanto observo, chocada, sinto o coração começar a bater um pouco mais rápido.

Com certeza é ele.
Max. Max Gardner.

— Com licença — murmuro, o banco rangendo quando o empurro para trás com tanta força que quase cai.

Abandono Caleb e minha bebida, abrindo caminho pela multidão até finalmente sair do pub. O ar frio depois do calor do bar me faz soltar um suspiro que traz meu coração para a garganta.

— Max — é tudo o que digo.

Ele olha para mim, e eu o analiso: sobretudo de lã preta, terno risca de giz, mesmo brilho no olhar, mesma mandíbula definida, sem vestígios de envelhecimento no rosto bonito. Alto, loiro, uma presença forte mesmo parado. Por um momento, ele fica imóvel. O momento lançou seu feitiço.

Minha voz custa a sair.

— Oi.

Ele abre um sorriso gentil e dá um passo em minha direção.

— Meu Deus! É você. Oi.

2

Nós nos cumprimentamos com beijinhos no ar, o que é ridículo, porque Max e eu sempre zombávamos das pessoas que faziam isso, então nos afastamos para dar uma olhada um no outro. Pela segunda vez esta noite, fico irritada por estar tão pouco elegante, desarrumada daquele jeito de quem tem coisa demais na cabeça.

Max e eu não nos seguimos nas redes sociais, e, como bom advogado, ele mantém o Facebook e o Instagram fechados. Nunca consegui me convencer a pedir para adicioná-lo ou segui-lo, mas de vez em quando bisbilhoto seu LinkedIn. Nunca muda: Advogado de Litígios Imobiliários na Heyford West White, HWW para quem gosta de siglas, um escritório de advocacia americano com uma filial em Londres.

Sua foto de perfil — tirada por um profissional, numa pose clássica do Max — combina muito bem com o homem parado na minha frente. Mandíbula de matar, cabelo loiro-acinzentado, olhar travesso. O tipo de expressão que confirma que ele levará seu caso a sério, mas com um brilho no olhar que sugere uma comemoração animada quando ele vencer.

A pessoa com quem você deveria estar, sussurra meu coração, sem pedir licença. *Aquele que escapou.*

— O que... — digo, por fim, porque um de nós precisa começar a falar. — O que você está fazendo aqui?

— Trabalho. Bem, mais ou menos. — Ele esfrega o queixo, parecendo constrangido, o que não é muito comum. — Tinha uma reunião perto da rodovia M2, então pensei... Por que não vir para cá, refrescar a memória?

Memória. Você estava pensando em mim.

— Na verdade, eu estava pensando em entrar em contato com você, mas... — Ele não completa a frase. — Não sabia nem se você ainda morava por aqui, ou se ia querer me ver, ou...

— Não, é... É claro que quero ver você. — Abro um sorriso, as emoções explodindo dentro de mim. — E o que era esse trabalho? Algo divertido?

Ele ri.

— Nem um pouco. Só uma visita a um canteiro de obras. Um prédio de escritórios de grande porte. Supostamente está atrapalhando a iluminação de prédios vizinhos. Tudo muito entediante.

Abro um sorriso com o "supostamente".

— Então você realizou seu sonho. É advogado.

Enquanto ele sorri e assente, percebo em seus olhos um brilho de orgulho que é mais do que merecido. Sinto uma satisfação estranha com a visão do Max advogado, a camisa branca impecável e a gravata cinza-carvão, próspero e inteligente, tudo o que sempre quis ser.

Conversamos um pouco sobre sua vida em Londres e a reviravolta estranha que minha vida profissional tomou hoje, antes de começar a parecer um pouco ridículo que estejamos tendo essa conversa na calçada, com a multidão de sexta-feira tendo que se separar para passar por nós.

— Na verdade — comenta ele, verificando o relógio e fazendo uma leve careta —, é melhor eu voltar para a cidade. Amanhã tenho que pegar um voo ridiculamente cedo e ainda nem arrumei a mala. Isso tudo foi meio... impulsivo.

A empolgação no meu peito diminui. Talvez sua antiga vontade de escapar de mim ainda persista. Mas me forço a sorrir.

— Que sorte a sua. Algum lugar legal?

— Seicheles. Duas semanas.

— Sozinho? — A pergunta escapa antes que eu possa evitar.

Ele balança a cabeça.

— É um grupo de mergulho.

— Parece incrível — digo, aliviada por não ser uma viagem romântica para dois. Claro que não tenho direito de me sentir assim, mas... — Bem, quando você voltar, talvez a gente possa...

— Com certeza — diz ele, me encarando de maneira intensa e fazendo minha barriga pulsar de prazer. — Temos quase dez anos para colocar em dia.

Por um momento, nossos olhares se fixam um no outro, e é difícil desviar.

— Que loucura — comento, depois de um tempo. — Tem quantas pessoas em Shoreley hoje?

— Centenas? Milhares? — sugere ele, sorrindo.

Max deve estar pensando o mesmo que eu, claro que está.

— E, mesmo assim... aqui estamos.

Trocamos telefones, então fico observando enquanto ele segue pelas pedras da calçada, com um turbilhão de pensamentos passando por minha mente. Seria possível que aquele aplicativo idiota estivesse certo? Será que acabei de encontrar minha alma gêmea? Tantas vezes pensei que, para mim, Max tinha sido o cara certo na hora errada.

3

— Você fez bem — Jools me assegura quando conto que pedi demissão na véspera. — Eles estão te enrolando há tempo demais.

Ainda estou na cama, conversando por videochamada com minha amiga mais antiga, a pessoa que esteve ao meu lado desde pequena, que nunca deixa de me tranquilizar em momentos de incerteza.

— Obrigada — respondo, mordendo o lábio. — Mas parece um pouco precipitado, agora que estou de cabeça fria.

Não sou muito de tomar decisões impulsivas. Às vezes bebo café tarde da noite, experimento um batom mais ousado ou escolho um prato aleatório no delivery, mas no geral não costumo me arriscar muito.

Jools toma um gole de chá. Assim como eu, ela também não está acordada há muito tempo. Está com o cabelo preso em um coque frouxo e afasta os fios que caíram no rosto.

— Então, o que Georgia disse quando você falou que estava se demitindo?

— Na verdade, não disse muito. Acho que ela ficou chocada.

Quando comecei na Figaro, nove anos atrás, parecia um golpe de sorte pouco merecido: um cargo na única agência criativa de Shoreley poucos meses depois de largar a faculdade. A princípio, me candidatei ao cargo de redatora, mas Georgia, tendo a vaga ideia de que sua agência iniciante não iria muito longe sem um analista de planejamento, me contratou para essa função. Aceitei na hora, agradecida por sequer ter recebido uma oferta de emprego, e prometi a mim mesma que voltaria a mencionar a vaga na redação assim que me estabelecesse e provasse meu valor. No começo eram só seis funcionários, e juntos fizemos o negócio crescer para a equipe de quarenta pessoas de hoje. E, na maior parte do tempo, foi bom. Satisfatório em muitos aspectos. Mas, no fundo, eu não era feliz no planejamento: sempre quis escrever. Estava no meu sangue. Todo o tempo que passava pesquisando produtos e indústrias, interagindo com clientes ou elaborando briefings, meu coração estava mesmo na escrita, e eu sabia. Eu rabiscava manchetes, dava ideias criativas à equipe, às vezes rascunhava textos para ajudar os redatores.

Tudo isso veio à tona ontem à tarde, quando descobri que Georgia havia contratado um redator externo. Ela já tinha me prometido o cargo em cinco ocasiões diferentes ao longo dos anos, e agora contratara outra pessoa.

Entrei com tudo em seu escritório, exigindo uma explicação, momento no qual ela me informou timidamente que não era uma boa hora, que o planejamento não podia se dar ao luxo de ficar sem mim. Então — para minha surpresa, tanto quanto a de qualquer outra pessoa — eu simplesmente dei o fora.

— E agora? — pergunta Jools, dando uma mordida na torrada. — Vai se mudar para Londres?

— Londres? — repito, como se ela tivesse dito "para a Lua".

— É. Aquela agência famosa não entrou em contato com você, umas semanas atrás?

Concordo com a cabeça.

— Mas só porque estão procurando alguém para a área de planejamento...

Acontece que um recrutador da Agência Supernova, de Soho, a nata das agências criativas, me mandou uma mensagem faz mais ou menos duas semanas. A equipe deles é composta basicamente por todos os nomes mais populares da indústria, competindo com frequência pelas maiores contas do país, vencendo pitch após pitch, prêmio após prêmio. Famosa por ser impiedosa, a Supernova tem uma reputação feroz: recruta funcionários, exige noites viradas de trabalho e se recusa a reconhecer a existência de fins de semana. Mas o salário é de chorar e tem um bar, academia e salão de unhas dentro do escritório. Além disso, as viagens de equipe são lendárias (e com tudo pago).

Recebi mensagens semelhantes de vários recrutadores ao longo dos anos, mas todas pareciam coincidir com razões pelas quais eu não deveria sair da Figaro — outra promessa da Georgia sobre me transferir para a redação, um aumento de salário, Shoreley sendo eleita a melhor cidade para se viver no Reino Unido, um artigo no *The Guardian* sobre londrinos fugindo em massa da cidade. E, para ser franca, tenho sido bastante feliz em Shoreley, morando com Tash, meu cunhado e meu sobrinho. Nunca pensei seriamente em me mudar para a capital.

— É a oportunidade perfeita, Luce — diz Jools. — Temos um quarto vago. Literalmente, hoje. A Cara está de mudança.

Jools saiu de Shoreley para estudar enfermagem em Londres quase doze anos atrás e nunca mais voltou. Ela mora faz três anos em uma casa compartilhada em Tooting. Assim como eu, Jools tem economizado para comprar um imóvel e, enquanto isso, dividir a casa é mais barato do que alugar um quarto e sala. Além disso, o imóvel fica a apenas uma rua do hospital onde ela trabalha.

Ao longo dos anos, Jools teve vários colegas de casa — e vários nos proporcionaram muito entretenimento —, mas o grupo atual parece bem legal. Já os encontrei algumas vezes. Cara, em particular, era calorosa e sagaz, com uma risada intensa e um gosto por fazer queijo-quente no meio da noite.

E a casa da Jools é legal. Sim, está meio malcuidada, com papel de parede descascando, carpetes puídos e uma sinfonia permanente de goteiras e vazamentos. Mas tem uma atmosfera acolhedora. E está sempre cheia de gente. É um lugar onde consigo imaginar que me sentiria segura.

Jools explica que Cara vai viajar. Primeiro, Sudeste Asiático, depois Austrália.

Sinto um aperto na barriga enquanto desvio o olhar para a janela do meu quarto. Uma busca instintiva por ar, uma rota de fuga.

Respiro fundo algumas vezes e olho de volta para o celular.

— Você tá falando sério?

— Sim! Consiga aquele emprego na agência fodona e venha morar comigo.

— Mas... acho que não quero trabalhar com planejamento em Londres, assim como não quero isso em Shoreley.

— Então arrume um emprego como redatora. Assim, você talvez precise começar em um cargo mais júnior, mas olha toda a experiência que você já tem.

E um portfólio, penso, hesitante. Anúncios que rascunhei no meu tempo livre, textos que escrevi quando a equipe estava sob pressão, esboços que elaborei com designers, só por diversão...

— Além disso, você sabe quem também mora em Londres — completa Jools, a voz cheia de segundas intenções.

— Quem? — pergunto, ingênua, mesmo que minha mente esteja sussurrando o nome *Max*.

— Max.

— *Max*? — indaga minha irmã alguns minutos depois, durante o café da manhã, os olhos arregalados como os de um cervo diante dos faróis de um carro.

Tash não é muito fã do Max desde que ele partiu meu coração.

— Eu sei, eu sei... Mas ele foi tão simpático ontem à noite. Parecia... feliz em me ver.

— O que ele estava fazendo em Shoreley?

— Só de passagem. Coisa de trabalho — digo, optando por não contar sobre o comentário de "refrescar a memória".

Tash me entrega o café. Enquanto devoro o cereal na bancada impecável da cozinha dela, minha irmã se prepara para a academia; está usando Sweaty Betty da cabeça aos pés e segurando uma garrafa de água gigante.

Vim morar com Tash e o marido, Simon, há dois anos. Era parte de um grande plano (no começo mais dela do que meu) para me ajudar a economizar e, depois de um tempo, comprar um imóvel. Acontece que odeio morar sozinha e queria companhia depois de terminar com meu ex, então funcionou muito bem.

E não é um sacrifício tão grande para Tash e Simon. A antiga casa de fazenda reformada tem seis quartos e duas alas — de verdade —, e eu sou a babá não oficial. Fica no meio do nada, cercada apenas por campos infinitos, sem vizinhos. O silêncio aqui é tão intenso que às vezes pode parecer assustador, e fico ansiando pela agitação das ondas quebrando ou o tumulto dos turistas empolgados passeando pelas ruas de paralelepípedos de Shoreley.

— Jools acha que eu deveria me mudar para Londres — digo, a boca cheia de cereal, enquanto Tash se levanta na ponta dos pés várias vezes. — Tem um quarto vago na casa dela.

O sulco na testa de Tash se aprofunda. Ela hesita.

— Luce, só porque você esbarrou com Max não significa que deva simplesmente...

— Não é isso — interrompo, porque não é mesmo.

Assim, tudo bem: meu horóscopo de ontem mencionou que eu encontraria minha alma gêmea, e parece ridículo pensar que seria outra pessoa que não o Max. Mas o horóscopo também insinuou que eu estava prestes a embarcar em uma nova trajetória profissional. Jools tem um quarto vago, e recebi uma mensagem do recrutador da agência: talvez todos os sinais estejam mesmo apontando para Londres.

— Tenho uma ideia melhor — diz Tash.

— Diga — peço, meio desconfiada, afinal estou falando com uma pessoa que gosta de se exercitar antes do café da manhã.

— Por que você não aproveita a oportunidade para escrever? Esse sempre foi o seu sonho.

— Sim, é mais ou menos o que eu estava pensando, arranjar um emprego de redatora em uma agência de publicidade.

— Não, eu quis dizer... — Tash hesita, então sorri. — Olhe o que eu encontrei na delicatéssen ontem.

Ela se inclina para a fruteira e puxa um panfleto ali de baixo.

ESCREVA SEU ROMANCE! TODOS OS NÍVEIS SÃO BEM-VINDOS.
OFICINAS SEMANAIS. £5 POR SESSÃO.
MINISTRADAS PELO AUTOR PUBLICADO
RYAN CARWELL

Olho para ela.

— Escrever um romance?

Minha irmã estende o braço pelo balcão e segura minha mão.

— Sabe, pouco antes de viajar, você leu para mim aquela história curta que tinha escrito, e eu fiquei... tão impressionada. Sério, Luce. Desde então, sempre penso que você deveria escrever. Bem, talvez seja a sua chance. Voltar a fazer o que realmente ama. Você não disse que teve uma ideia para um romance?

Engulo em seco. De muitas maneiras, ela está certa: escrever ficção é o que amo fazer. Acho que começou porque eu lia muito na infância: sempre recorria aos livros em momentos de incerteza, quando precisava escapar, ou queria espairecer por um tempo — como na época em que meu pai foi demitido; quando nossa rua passou por uma onda de furtos; ou quando nossa avó querida morreu, depois de uma longa batalha contra um câncer de estômago. E os livros nos quais eu buscava consolo eram, praticamente sem exceção, histórias de amor. O tipo de livros que meus pais sempre tinham pela casa, românticos como eram. Então, durante as férias e fins de semana (e também antes de dormir, com uma lanterna sob os lençóis), eu me perdia em *O morro dos ventos uivantes*, *Orgulho e preconceito*, *Anna Karenina* e *Doutor Jivago*. As histórias nem sempre eram felizes, claro, e o amor nem sempre prevalecia. Mas eu gostava do que tinham em comum: colocavam o amor no centro do palco, aquela emoção universal e abrangente com o poder de nos completar ou nos destruir.

Conforme fui ficando mais velha — e sobretudo nos momentos de decepção, desilusão ou trauma —, minha paixão pela leitura se transformou em desejo de escrever, um anseio de ver se eu poderia fazer as pessoas se sentirem como eu me sentia ao ler um livro: emocionada, inspirada, reconfortada.

Então comecei a escrever o tipo de ficção que entendia melhor: histórias de amor. Na faculdade, entrei em um grupo de escrita criativa, participei de concursos e até tive alguns contos publicados na revista do corpo estudantil. Escrever se tornou minha forma de expressão, uma maneira de tentar dar sentido à vida. Mesmo quando abandonei o curso de literatura inglesa, sempre dizia que ficaria tudo bem, porque estava prestes a me tornar escritora enquanto viajava pelo mundo. E, naquela época, eu tinha uma ideia para um livro — a premissa, os personagens e um esboço básico dos capítulos, que preenchiam metade de um caderno.

Então veio a Austrália, que foi quando o mundo deixou de fazer sentido para mim. Eu não queria mais expressar como me sentia. Simplesmente me fechei. Naquela época, até olhar de relance minhas próprias palavras era o suficiente para causar ânsia de vômito.

Não toquei naquele romance desde então.

Os olhos da minha irmã se iluminam com as possibilidades.

— Lucy, esse era o seu plano quando largou a faculdade, não era? Escrever um livro? Mas depois que voltou da viagem... — Ela se cala, e sei o que quer dizer: quando voltei, não era mais a mesma pessoa.

— Eu preciso de dinheiro — digo. — Não posso simplesmente... não trabalhar.

— Então arrume um emprego de meio expediente, só para se manter. O custo de vida aqui é muito mais barato, você poderia se virar com algo casual.

Não posso negar que minha vida é mais fácil morando em Shoreley. O custo exorbitante de alugar um único quarto na casa compartilhada de Jools já me deu palpitações.

— Inclusive — diz Tash, piscando várias vezes depressa, como se tivesse acabado de ter uma ideia brilhante —, Ivan está procurando alguém para ajudar a administrar a loja.

Eu a encaro, sem entender.

— Quem é Ivan? Que loja?

— Você conhece o Ivan. Pai do Luke.

— Eu não conheço o Luke nem o pai dele.

Tash sempre faz isso de mencionar outras crianças e seus pais da escola de Dylan, meu sobrinho, a maioria gente que nunca encontrei ou ouvi falar.

— Luke é da turma do Dylan. O pai dele é dono da loja de presentes da cidade. Pebbles & Paper.

— Aquele lugar que vende velas de trinta libras?

Tash sorri.

— Ah, qual é... Você acredita em sinais do universo e coisas do tipo. Peguei um panfleto, Ivan está procurando alguém para ajudar na loja... Esta é uma *oportunidade*. Para terminar aquele romance e fazer o que você sempre sonhou.

Certa vez, na faculdade, eu estava relaxando no meu quarto do alojamento com alguns amigos quando começamos a discutir nossos maiores medos. Concordamos nas coisas esperadas — perder um ente querido, adoecer, se endividar pelo resto da vida —, mas um pensamento ficava ecoando na minha mente como um sino: perder minha vocação. Eu não

21

conseguia imaginar nada pior do que deixar passar as oportunidades — por maiores ou menores que fossem — que a vida me enviasse. Ainda não consigo, mesmo tantos anos depois.

Sinto algo se agitar no estômago ao pensar em me reencontrar com a pessoa que eu costumava ser.

— E então? — Minha irmã, minha melhor amiga, minha confidente de longa data, me encara, os olhos cheios de expectativa. — O que você vai fazer, Luce? Quer ficar ou partir?

4

FICAR

— Então, sua irmã disse que você é escritora.

Só se passaram seis dias desde aquela manhã na cozinha de Tash, quando tomei a decisão de ficar em Shoreley, e ela já está contando para todo mundo que escrevo profissionalmente, o que está bem longe da verdade.

Vim encontrar com Ivan, pai do amiguinho do Dylan, na Pebbles & Paper antes do horário de abertura da loja. Pelo discurso dele, é um estabelecimento premiado que já apareceu em várias revistas — só não ficou claro exatamente que prêmio uma loja de presentes poderia ganhar, e não consigo acreditar no que ele disse sobre Kate Winslet ter passado por lá no verão passado e gastado cinquenta libras em sabonetes veganos. A roupa dele meio que definiu o tom da conversa: calças cáqui bege-claro, mocassins e camisa listrada do tipo que é mais comum de ver na Regata de Henley.

O interior da loja é todo chique, decorado com tema praiano e uso generoso de bandeirinhas náuticas, conchas e listras. Já entrei aqui algumas poucas vezes, mas sempre recuei diante dos preços e saí de mãos vazias. Claro que não digo isso a Ivan, um homem que passou os últimos cinco minutos se gabando das margens de lucro.

— Mais ou menos — comento, tímida, respondendo à meia pergunta enquanto inspiro o cheiro de óleos essenciais, velas perfumadas e aromatizadores artesanais. — Quer dizer, esse é o plano.

Ivan franze a testa, como se meus objetivos de vida precisassem de uma análise aprofundada ali mesmo, entre as plaquinhas de madeira com frases inspiradoras.

— Bem, de qualquer forma, ano que vem vamos começar a expandir — explica ele. — Estamos planejando abrir algumas filiais em Suffolk e West London. — Ele empurra a franja para longe dos olhos. — Então, olha, precisaríamos de você aqui principalmente durante a semana, pela manhã. Eu ou minha esposa, Clarissa, assumiríamos à tarde. Mas precisaríamos que você trabalhasse o sábado inteiro a cada duas semanas.

— Perfeito — respondo.

— Tudo bem. Vou explicar como funciona o caixa, está bem?

Concordo com a cabeça e sigo Ivan até o balcão, onde há um monitor, um aquário redondo cheio de sabonetes artesanais e uma confusão de papel de seda e fitas de cetim que sinceramente espero não ter que manusear. Sou da opinião há um bom tempo de que as sacolas de presente foram inventadas por um motivo.

— Então, sobre o que é o seu livro? — pergunta Ivan, fazendo login no caixa pelo touchscreen.

Hesito.

— Bem, é mais ou menos… uma história de amor, eu diria.

— Ah — diz, num tom de sabe-tudo. — É um daqueles livros, né?

— Daqueles livros, quais?

Posso dizer que ele está se esforçando para não erguer as sobrancelhas.

— Sensuais.

Eu limpo a garganta.

— Na verdade, não. Na verdade, é vagamente baseado na história dos meus pais.

Ele parece um pouco decepcionado e bastante descrente.

— E o que você fazia antes? Tash disse algo sobre publicidade.

— Eu trabalhava na Figaro — respondo, e a palavra fica inesperadamente presa na garganta enquanto tento não imaginar a expressão no rosto de Georgia quando anunciei que estava me demitindo. Não importa o que tenha acontecido entre nós, eu sempre a considerei uma amiga. — Você conhece?

— Desculpe, nunca ouvi falar. Bem, digite este código aqui para fazer login. Então faremos algumas simulações usando as meias de lã de alpaca.

* * *

Quando volto para a casa de Tash, por volta da hora do almoço, o lugar está vazio e completamente quieto, envolto no tipo de silêncio que só se encontra no campo. Se a casa está cheia, em geral consigo ignorar essa sensação, mas, sempre que estou sozinha, o isolamento me atinge como um soco. No Ano-Novo, quando Tash, Simon e Dylan passaram uma semana esquiando em Chamonix, tive que colocar música em todos os cômodos — exatamente como estou fazendo agora — só para me sentir um pouco menos como uma sobrevivente do apocalipse. Para abafar aquele batuque familiar no meu peito.

O emprego na Pebbles & Paper parece que vai dar certo. Ivan parece legal, só um pouco bobo. Ele me pediu para começar no próximo sábado. Mas, durante todo o trajeto de ônibus até em casa, não consegui parar de me perguntar se tomei a decisão certa ao ficar em Shoreley.

Quer dizer, sério mesmo: quem eu penso que sou? Na verdade, não sou nada além de uma aspirante a escritora que nunca teve nem um parágrafo de ficção publicado profissionalmente. Talvez eu devesse ter ido morar em Londres com a Jools, aceitado o emprego naquela agência no Soho. Talvez eu ainda possa fazer isso.

Mas enquanto coloco molho inglês no meu queijo-quente, uma mensagem da Jools surge no celular. Ela diz que o quarto da Cara foi alugado por um cara chamado Nigel, que trabalha com auditoria financeira. Parece que ele levou uma *cesta de muffins* quando foi fazer a visita.

Bem, eu nunca conseguiria competir com isso.

Olho outra vez para o folheto que Tash me mostrou na semana passada, agora pregado no mural da cozinha, e sinto uma nova e desconhecida onda de convicção. *Vamos lá. Você consegue.*

Só preciso respirar fundo e confiar no universo. Essa abordagem funcionou muito bem para mim no passado: consegui o emprego na Figaro porque Georgia deixou cair uma sacola cheia de compras na minha frente, na rua, e, enquanto a ajudava a recolher as coisas, fiz piada sobre o texto mal escrito na embalagem da caixa de granola dela. Meras vinte e quatro horas antes de conhecer o Max, abri um biscoito da sorte que dizia: *O amor está a caminho*. Tenho um ótimo histórico com trevos de quatro folhas e ovos com duas gemas.

Minha fé nisso tudo é em parte hereditária — meus pais se conheceram quando tinham 20 anos, durante as férias, depois que o agente de viagens se confundiu e enviou meu pai para Menorca em vez de Mallorca. Os dois até têm as palavras "O destino vai trazer o que é seu" pintadas na parede da cozinha. E posso muito bem ignorar a breguice, porque sou totalmente a favor desse lema.

Quando termino de comer, subo para o meu quarto e dou mais uma olhada no único item que trouxe de volta das minhas viagens, nove invernos atrás. Um único caderno, encadernado em couro. Comprei antes de deixar o Reino Unido, planejando preenchê-lo e voltar com alguma coisa para mostrar o desastre que tinham sido os três meses anteriores.

Folheando o caderno agora, sou transportada de volta a cada lugar em que me sentei enquanto rabiscava nessas páginas: um café à beira-mar no Marrocos, um parque em Cingapura, um bar em Kuala Lumpur... Então sou confrontada outra vez pelo que aconteceu na Austrália, a realidade amarga e desconfortável de que, poucas horas depois de escrever este último parágrafo — passo o dedo pela página com arrependimento —, um homem me lançaria um sorriso de surpresa em um bar e diria que seu nome era Nate.

E o que dizer de Max? Ao reencontrar este caderno, eu me lembro do quanto o amava naquela época, de como ele pairava em minha mente enquanto eu escrevia. Lembro quanto tempo levei para superá-lo. Quantas vezes pensei nele nos anos seguintes, me perguntando se tinha perdido a chance de estar com minha alma gêmea.

Será que foi uma estupidez monumental optar por ficar aqui? Devo mandar uma mensagem para Max, ou o fato de ele estar de férias agora é um sinal para esquecê-lo? Será que perdi uma segunda chance de alcançar a felicidade para a vida toda?

Fecho o caderno com um suspiro, e meu olhar recai em outra coisa, algo que me surpreendeu quando o encontrei esta manhã.

Um descanso de copo com o telefone de Caleb anotado.

Não é de se surpreender que ele não tenha esperado no Smugglers na semana passada, depois que saí correndo atrás de Max. Fiquei meio mal por conta disso — simplesmente saí correndo, abandonando a conversa —, mas não tive a chance de pedir desculpas.

Só hoje, enquanto me preparava para encontrar Ivan e vestia o casaco que sempre uso para trabalhar pela primeira vez desde que larguei o antigo emprego, que descobri que Caleb colocara um descanso de copo com seu telefone no meu bolso.

Viro o círculo de papelão algumas vezes entre os dedos, lembrando com um sorriso a curiosidade gentil em seus olhos, a simpatia, a risada que me deu frio na barriga. E, antes mesmo de pensar no que estou fazendo, me pego discando o número.

Ele me surpreende ao atender, um tanto brusco. Eu imaginava que ele deixaria a chamada de número desconhecido cair na caixa postal.

— Alô?

Sinto o estômago afundar.

— Sou eu... Lucy. Do pub. O Smugglers, semana passada? Você anotou seu telefone em um descanso de copo?

A rudeza vira animação no mesmo instante.

— Lucy. Olá. Fui eu mesmo. Que bom que você ligou.

— Só encontrei hoje de manhã. O descanso de copo.

Hesito, imaginando se deveria ter mandado uma mensagem em vez de ligar. Ninguém liga hoje em dia, só gente com mais de 50 anos ou que trabalha nos serviços de emergência.

— Sim, desculpe por isso — responde ele, com um toque de constrangimento. — Acho que foi uma das coisas mais bregas que já fiz.

Ah, meu Deus. Ele mudou de ideia. Ele se arrependeu de ter me dado seu telefone. Eu sabia que não devia ter ligado.

— Estou muito feliz por você ter ligado — completa ele.

— É... sério?

Caleb ri.

— É. Eu estava começando a achar que teria que voltar ao Smugglers hoje à noite, na esperança de que você aparecesse lá de novo.

Uma pequena onda de prazer percorre meu corpo. Abro um sorriso.

— Bem, por acaso, estou livre esta noite.

Posso ouvi-lo sorrindo também.

— Excelente.

* * *

Caleb estava no trabalho quando liguei, então sugeriu que nos encontrássemos em seu estúdio no centro. Fica em uma casa geminada convertida em salas, uma daquelas construções antigas caiadas de branco, escondida em uma rua lateral de paralelepípedos, com paredes inclinadas, assoalhos rangentes e vigas baixas o suficiente para bater a cabeça.

Depois que ele abre o portão para mim pelo interfone, subo uma escadaria estreita e sinuosa e procuro a porta marcada com o nome dele.

Não sabia o que esperar — talvez muitas luzes e tripés, alguns daqueles guarda-chuvas brancos estranhos —, mas o estúdio na verdade é só um quartinho com piso de madeira descascado, paredes e móveis brancos, decorado apenas com uma planta, uma máquina de café e um computador Mac enorme. Não vejo Caleb de cara, até que ele surge de trás do monitor, que tem o tamanho de uma tela de cinema.

Sorrindo, ele se levanta.

— Olá de novo.

Ele está ainda mais bonito do que eu me lembrava, com roupas casuais: jeans escuro e um suéter desbotado azul-marinho.

— Belo estúdio — comento, de repente um pouco tímida.

Ele dá risada.

— Obrigado. Mas percebo que posso ter soado um pouco presunçoso ao sugerir que a gente se encontrasse aqui.

Também dou risada.

— Sinceramente, nem pensei nisso.

Ambos paramos por alguns momentos, observando um ao outro.

— Você está bonita — elogia Caleb.

Caramba, você também, eu quero dizer. *De onde você saiu?*

Passei a tarde toda agonizando sem saber o que vestir (*é um encontro ou não?*) antes de finalmente optar pelo meio-termo entre conforto e estilo, com um vestido de algodão cinza solto, meia-calça transparente e botas de salto. E brincos vermelhos, para dar um toque de cor.

— Obrigada.

— Ah, eu comprei uma coisa para você.

Ele me entrega uma sacola de papel.

Olho o que tem dentro e dou risada. A sacola está cheia de sacos de Scampi Fries. Ele deve ter saído só para comprar esses salgadinhos.

28

— Uau. Obrigada. É mesmo um presente excelente.

— De nada. Pode sentar. Só preciso enviar um e-mail, então sou todo seu.

A cadeira mais próxima é um desses modelos tipo cesta de arame que aparecem bastante em revistas de decoração. Fico um pouco preocupada que ela vá amassar minha bunda em diversas salsichas, então baixo a almofada apoiada na parte de trás, e a cadeira se prova muito mais confortável do que parecia.

— Então, Lucy — diz Caleb, mostrando zero interesse em terminar seu e-mail. — Quando a gente se conheceu, você estava me contando por que largou seu emprego.

Faço uma careta, lembrando como saí correndo do bar para ir atrás de Max.

— Olha, sobre isso...

— Você realmente não precisa explicar.

— Mas eu quero.

Encontro seu olhar. Seus olhos castanhos são gentis.

— Tudo bem — responde ele.

— O cara que eu vi... era um velho amigo. Eu não o via há anos. Eu estava mesmo gostando de conversar com você, mas...

— Eu também.

— Enfim, simplesmente tive que sair correndo para dar um oi. Mas sinto muito mesmo. Você deve ter achado que fui supergrosseira.

Ele ri, finge concordar.

— Ah, com certeza. Mas, por mais estranho que pareça... eu ainda queria te dar o meu número.

Abro um sorriso.

— Bem. Obrigada.

— Eu teria esperado você voltar, na verdade, mas tinha que encontrar uma pessoa.

Hesito por um momento, confusa.

— Quando vi você, eu estava esperando um amigo — explica ele —, mas acabei indo para o pub errado.

Que coincidência, penso, mas não digo.

— De qualquer forma. Seu trabalho...

— Ah. Bem, para resumir, me prometeram um cargo específico, mas contrataram outra pessoa em meu lugar.

— Putz. E qual é o seu plano agora?

Solto um suspiro.

— Sabe o que você disse, que sugerir de nos encontrarmos aqui poderia te fazer parecer meio idiota?

Ele ri.

— Aham.

— Bem, acho que posso superar essa idiotice.

— Ah, é?

— Decidi... escrever um romance.

— O quê? Isso é muito legal.

Mordo o lábio inferior.

— Obrigada. Na verdade, não faço ideia se vou conseguir.

Ele se recosta na cadeira.

— Quanto tempo você se deu para tentar?

— Não sei — digo, percebendo enquanto falo como me planejei mal. — Arrumei um emprego de meio expediente naquela loja de presentes. Pebbles & Paper.

O rosto de Caleb se ilumina quando digo isso, e ele de repente parece se esforçar para conter uma risada.

Arregalo os olhos.

— O que foi?

— Eu fui banido daquele lugar.

— Como você pôde ser banido de uma loja de presentes em Shoreley?

— Eu meio que tive um... debate acalorado com o dono.

— Ivan? Sobre o quê?

— Ah, ele estava vendendo umas bugigangas de madeira que afirmava serem feitas à mão por um carpinteiro local. Únicas, personalizadas, toda essa baboseira. — Caleb faz aspas com as mãos várias vezes enquanto fala. — Então comprei algumas coisas para o aniversário da minha mãe. Deu setenta libras. Só que depois descobri que minha meia-irmã tinha várias coisas *da mesma linha*. A questão é que ela mora em Newcastle e nunca pôs os pés em Shoreley.

Abro um sorriso.

— Ah, não. O que você fez?

— Bem, fui lá e sugeri educadamente que ele parasse de mentir para os clientes. E *talvez* tenha mencionado o Código de Proteção ao Consumidor, foi quando ele ficou todo nervoso e irritado e me baniu. — Caleb ri. — Assim, não é como se eu tivesse sido proibido de entrar em um pub ou uma boate legal. É a Pebbles & Paper. — Balanço a cabeça e começo a rir também. — Desculpe. Estou sendo meio sem tato, não é?

— De forma alguma. É bom eu estar preparada.

— Então. — Ele ainda não tocou no e-mail. — Que tipo de livro você está escrevendo?

Hesito, me perguntando se realmente devo descrever o que fiz até agora com o livro. Na última semana, consegui escrever um total de catorze páginas. Algumas milhares de palavras. Mas chamar isso de livro ainda parece um salto muito grande.

Minha timidez aumenta um pouco.

— Ah, é só um romance, uma garota e um garoto. Bem comum.

— Desde quando um romance de uma garota com um garoto é comum? — pergunta Caleb, então nossos olhos se encontram, e por um momento ficamos só nos olhando, e isso parece estranhamente adorável e confortável de uma maneira que não consigo definir.

Limpo a garganta.

— Então, há quanto tempo você é fotógrafo?

— Hum, mais de uma década. Onze anos.

— Legal.

— Desisti da faculdade de artes — completa ele, depressa, e a princípio não sei bem por quê. Talvez ele ache que a resposta que deu o faça parecer mais velho do que de fato é.

Abro um sorriso. Pelos meus cálculos, devemos ter quase a mesma idade, com uma diferença de poucos anos.

— Raramente encontro outros desistentes.

— Você também?

Concordo com a cabeça.

— Literatura inglesa.

— E o que você fez em vez disso?

Engulo em seco, desvio um pouco da verdade.

— Fui viajar.

— Sério? — Ele se inclina para a frente. — Para onde você foi?

— Ah, os lugares típicos de um ano sabático. Europa, Marrocos, Austrália. — Continuo falando, antes que ele possa fazer mais perguntas: — E você? Por que desistiu da faculdade?

Ele ri.

— Impaciência.

— Que tipo de fotografia você faz? — Eu me levanto e vou até a parede de trás, onde tem um sofazinho rígido e uma pasta preta grande em cima de uma mesa de centro pequena. — Posso dar uma olhada?

Caleb concorda com a cabeça, então levanto a capa e dou uma espiada.

— Isso tudo precisa ser atualizado — explica ele, quando começo a virar as páginas. — Mas... principalmente *lifestyle* e retratos. Muita coisa corporativa. Casamentos, às vezes. O que aparecer, para ser sincero.

As fotos são incríveis: imagens marcantes de uma ruiva em um café; cachorros correndo em uma praia; um casal caminhando sob um guarda-chuva em um dia cinza e chuvoso que Caleb conseguiu transformar em algo espetacular, as gotas parecendo glitter no ar.

— São incríveis.

— Obrigado — responde ele, parecendo tão sem jeito quanto eu quando ele perguntou sobre minha escrita. — Eu estava planejando emoldurar algumas. Dar um toque pessoal a este lugar.

Olho em volta.

— Você atende aqui faz pouco tempo?

— Bem, tempo suficiente. Seis meses.

— Onde você ficava antes?

— Londres. Voltei para cá quando me separei da minha esposa. Cresci em Shoreley, então...

Separado, penso. *Não é exatamente o mesmo que divorciado, não é?*

Sinto que ele está me observando.

— Foi meu jeito desajeitado de dizer que já fui casado.

Fecho a pasta com cuidado.

— Acontece bastante.

Ele solta um suspiro.

— Eu estava esperando que você dissesse isso.

PARTIR

Apenas uma semana depois de sair da Figaro e decidir tentar a sorte em Londres, me vejo fazendo a mudança para a casa da Jools.

O imóvel fica em uma rua tranquila em Tooting — ou, pelo menos, tranquila para os padrões de Londres. É perto de uma rua principal, com o hospital em uma ponta e um pub na outra. Eu sei, por visitas anteriores, que o pub se destaca nos três critérios essenciais: quizzes de qualidade, música ao vivo e um excelente almoço de domingo. Jools e uma colega de casa, Sal, que é doula, sempre comem lá quando não estão a fim de cozinhar.

Nos últimos dias, tenho sentido um peso no peito, me perguntando se mudar para Londres é a coisa certa a se fazer; se deveria ter passado mais um tempo pensando antes de me jogar em outro emprego. Se ficar com Tash, trabalhando naquela loja de presentes e escrevendo um romance seria uma opção melhor.

Seria muito menos estressante, para começar.

No início da semana, liguei para o recrutador da Supernova e expliquei minha situação, então fui convidada para uma entrevista na sexta-feira seguinte. Não faço a menor ideia de como convencê-los de que levo jeito para escrever; não tenho muitos méritos além do portfólio improvisado. E quase nenhuma experiência real de redação. E um diploma do qual desisti seis meses antes da formatura. Assim, é da Supernova que estamos falando, muito diferente de qualquer outro lugar onde já trabalhei.

Em casa, Jools me mostra o quarto de casal que Cara desocupou. É idêntico ao da Jools, só que a janela dá para a rua — e, claro, não tem as obras de arte elegantes e os móveis descolados. O espaço está vazio, exceto pela cama e uma cômoda, mas tem a sensação agradável de uma página em branco. Um lugar que posso transformar do meu jeito. É espaçoso e tem o pé-direito alto, com a luminosidade vibrante de abril entrando pela janela grande. Sou meio estranha em relação à luz, não suporto ambientes sombrios.

Dou uma olhada para a rua, meus ouvidos se ajustando ao zumbido de fundo dos ônibus, carros e veículos que passam. Tão diferente da casa de Tash, com seu silêncio absoluto. Aqui sempre há algo se movendo, alguém por perto. Acho reconfortante, mas ainda parece um choque cultural.

Jools passa os braços em volta dos meus ombros, parada atrás de mim. Ela acabou seu turno e foi tomar banho, e o aroma familiar de seu hidratante corporal é reconfortante como um suéter de caxemira.

— Bem-vinda ao lar — sussurra ela, e sinto o aperto no peito ceder um pouco.

Vai ficar tudo bem. A Jools está aqui. Você tem uma entrevista para o emprego dos seus sonhos. É uma nova chance, um novo começo. É hora de aproveitar ao máximo.

Sal e Reuben, os outros moradores da casa, saíram, então Jools e eu vamos ao pub para comemorar minha primeira noite aqui.

— Este com certeza é o melhor lugar onde você já morou, Jools — comento, enquanto nos acomodamos em um canto: vinho branco para Jools, soda sabor flor de sabugueiro para mim. O pub está cheio, e o ar está impregnado daquele cheiro estranho e reconfortante de cerveja e fritura. É um pub de verdade, mas com uma vibe um pouco mais refinada, que me lembra um pouco o Smugglers.

— Ah, meu Deus, de longe! Lembra de Camden?

Sorrio para minha amiga, que ainda está com o cabelo úmido do banho. Ela nunca usa secador — nem tem um —, e, em cerca de trinta minutos, seu cabelo terá se transformado magicamente em ondas volumosas e brilhantes. Ela está sem maquiagem alguma, o rosto livre do cansaço do dia. Jools tem uma beleza natural, o tipo de garota que acorda com a pele macia como manteiga batida, os olhos castanhos cor de melaço recém-iluminados pelo sono.

Seria fácil invejá-la por isso, mas Jools é a melhor pessoa que conheço. Sempre foi.

— Você quer dizer aquela garagem — retruco.

Na verdade, o lugar era mesmo uma garagem convertida, e nem era uma *boa* garagem.

— E aquele senhorio em Bethnal Green.

— Sim, o sr. Com-Licença.

O dono do apartamento costumava entrar sem avisar numa frequência alarmante, até que Jools o denunciou, então foi despejada imediatamente.

— Tenho certeza de que ouvi alguém dizer que ele foi preso faz pouco tempo — comenta minha amiga.

Estremeço, penso em Nate.

— Ah, não.

Jools toma um gole de vinho.

— Sim, com certeza vou lembrar desse lugar com carinho.

— Como está indo a poupança?

— Devagar. Vai levar pelo menos mais alguns anos. Ei, esqueci de te falar — diz ela, colocando a taça na mesa. — Quando a Cara disse que ia embora, o Reuben combinou que um amigo de um amigo viria ver o quarto. Sem nos contar, é claro. Mas ele esqueceu de avisar para o cara que você já tinha fechado o aluguel. Então o pobre coitado apareceu na nossa porta com uma *cesta de muffins* para ver o quarto. — Ela leva a mão ao peito. — Dá para imaginar?

— Ah, meu Deus! E o que vocês fizeram?

— Bem, o Reuben não estava em casa, e eu e a Sal ficamos morrendo de vergonha, é óbvio. E o pobrezinho tentou nos dar os muffins, mas nos sentimos péssimas. Então agora tenho uma imagem dele indo embora pelo jardim com a cestinha de muffins na mão…

— Agora me sinto culpada.

Jools balança a cabeça.

— Por favor! A culpa foi do Reuben. Você sabe como ele é.

— Então ele não se importa de eu me mudar para cá?

— O Reuben? Claro que não. Na verdade, se ele não tivesse namorada, você com certeza seria o tipo dele.

Dou risada.

— Por quê?

Ela fica pensativa.

— As últimas duas namoradas dele me lembravam um pouco você. Mas eu nunca sugeriria que você saísse com ele. É parecido demais com o meu ex. Tenho quase certeza de que passa a maior parte do tempo chapado.

Jools saberia: ela vem de uma família de hippies amorosos, mas doidões autodeclarados. Sua infância foi um tanto caótica, então ela passou a adolescência basicamente indo ao máximo na direção oposta: tornando-se a adulta responsável, organizada e bem-vestida que é, com uma predileção por ambientes elegantes que não envolvem nenhum tipo de *tie-dye* ou filtros de sonho. Ela diz que é por isso que se sente atraída por homens "normais" e "sensatos", com empregos estáveis e pouca bagagem emocional. Seu último namorado parecia preencher todos os requisitos — banqueiro, com imóvel financiado, sem ex-namoradas relevantes — até que uma noite ele confessou trabalhar como garçom nu e ter uma dependência cada vez maior em drogas pesadas.

Mas, de vez em quando, sou presenteada com um delicioso vislumbre da pessoa que Jools costumava ser antes de se tornar a fã de praticidade e pragmatismo que é hoje. Uma pessoa que acredita no destino, confia em presentes do universo e adora se entregar à ideia de que as coisas são destinadas a acontecer.

Agora ela coloca a mão sobre a minha. Considerando a quantidade de vezes que Jools precisa lavar as mãos por conta do trabalho, sempre fico impressionada com a incrível suavidade de sua pele.

— Então. Quando vamos mencionar o elefante na sala?

Olho para ela, sem entender.

— Que elefante?

— Que elefante... Max, é claro.

Max. Nós nos conhecemos no dia em que nos mudamos para as residências universitárias em Norwich. Eu estudava literatura inglesa, Max fazia direito, e nos encontramos na cozinha compartilhada. Nenhum de nós estava lá por algum motivo específico — como fazer chá ou abastecer a geladeira —, mas fomos os primeiros a chegar, e Max parecia tão ansioso quanto eu para começar a fazer amigos, sem querer ficar para trás.

Se existe amor à primeira vista, com certeza foi o que senti naquele momento. Max depois disse que também sentiu. Quando nossos olhos se encontraram, durante alguns segundos deliciosos, em vez de conversarmos, nossos olhares simplesmente dançaram.

— Olá — cumprimentou ele, depois de um tempo, como se precisasse lembrar como falar. — Meu nome é Max.

— Lucy — respondi.

Ele sorriu. Casual, usando jeans e camiseta, parecia que tinha tido um bom verão. Era alto, de ombros largos, com pele bronzeada e cabelo loiro longo o suficiente para formar algumas ondas.

Eu tinha pensado bastante na roupa para a mudança e acabei optando por um vestido verde que mostrava o meu bronzeado, intenso de uma forma que não consegui mais alcançar desde então.

— O que você estuda? — perguntou ele, apoiando-se na pia.

Por alguns segundos ridículos, eu não conseguia lembrar. *O que eu estudo?*

Diante da minha hesitação, Max riu. Ainda consigo ouvir o som, tantos anos depois: fácil e descontraído, como se ele fosse a pessoa mais feliz do mundo. Aquilo me deixou à vontade na hora.

— Desculpe. Literatura inglesa. Estou um pouco nervosa — respondi.

— Eu também — disse ele. Devia só estar sendo gentil, porque não parecia nervoso, nem um pouco. — Ei, será que uma bebida ajudaria? Tenho cerveja no quarto.

— Parece bom — falei, agradecida.

Seguimos para o quarto dele, que ficava logo ao lado do meu — eu na cama de solteiro, Max sentado no chão, encostado na parede. Ele já tinha pendurado algumas fotos — amigos, notei, muitos amigos — e fora esperto o suficiente para trazer um frigobar, então as cervejas já estavam geladas. Ao longo das próximas horas, bebemos todas as seis.

Do outro lado da porta fechada, ouvíamos os outros estudantes se mudando, pais partindo, música tocando. O murmúrio crescente de conversas e o tilintar de garrafas. Mas nenhum de nós sugeriu sair daquele quarto para se juntar aos outros. Naquele momento, éramos só nós dois, e o quarto de Max era o mundo inteiro. Era maravilhosamente ilícito ficarmos escondidos juntos quando deveríamos estar socializando e agindo como os jovens extrovertidos e festeiros que éramos.

Ele contou que estava aliviado por finalmente ter deixado Cambridge, sua cidade natal, para trás. Não conhecia o pai, não era próximo da mãe e não tinha irmãos.

Decidi que seria insensível contar a história do romance de conto de fadas dos meus pais depois que descobri isso. Mas então ele perguntou.

— É uma história meio maluca — falei, brincando com o rótulo da minha garrafa de cerveja.

Max inclinou a cabeça para trás, encostando na parede, mas manteve os olhos em mim. Eu estava gostando da sensação de ser observada por ele. Intenso, mas de um jeito bom.

— As histórias malucas não são sempre as melhores?

— Bem, eles se conheceram durante uma viagem de férias quando tinham 20 anos. Era para o meu pai ir para Mallorca, mas o agente de viagens se confundiu e o mandou para Menorca. Então meus pais acabaram em apartamentos vizinhos. — Max sorriu. — Resumindo, foi amor à primeira vista, e minha mãe engravidou da minha irmã naquela viagem.

Max se endireitou um pouco.

— Sério?

— Sim. Um romance de férias clássico.

Ele me encarou.

— Não *exatamente* clássico...

Dei risada.

— Tá, talvez não exatamente. Mas eles estavam completamente apaixonados.

— Eles... Quer dizer que a gravidez foi planejada?

— Não. Mas os dois simplesmente... sabiam como se sentiam um pelo outro. Então voltaram para casa, se casaram, e nasceu Tash, minha irmã. Eu cheguei alguns anos depois.

— Isso é incrível. Eles ainda estão juntos?

— Há vinte e dois anos e ainda apaixonados.

Max passou a mão pelo cabelo.

— Que loucura.

Abri um sorriso radiante. Adorava contar essa história, subvertendo expectativas. Eu a contava com tanto orgulho que era como se fosse minha.

— Quer dizer, isso estabelece... um padrão ridiculamente alto — completou ele.

— Para quem?

— Para qualquer pessoa que você conhecer.

Nossos olhares se encontraram, e senti um rubor se espalhar pelas bochechas.

Mas Max não parecia ter percebido.

— Você já se perguntou o que teria acontecido se sua mãe *não* tivesse engravidado naquelas férias?

— Você quer saber se meus pais ainda estariam juntos?

— É. Acho que eu só... E se eles tivessem voltado para casa, perdido contato, conhecido outras pessoas, e...?

— Sei como é. Eu nem existiria.

Ele fez careta.

— Desculpe. Não te ofendi, né?

Eu já sabia que nada do que Max dissesse poderia me ofender. Ou, se me ofendesse, não teria sido de propósito. Ele parecia ser legal demais para isso. Balancei a cabeça.

— De jeito nenhum. Na verdade, minha mãe e meu pai já conversaram muito sobre isso. Os "e se".

— Quer dizer... Se eles foram o primeiro amor um do outro... como eles *sabem*? Que não tem mais ninguém...

— Eles simplesmente sabem.

Nossos olhares se encontraram de novo, mas, desta vez, Max se levantou para pegar mais duas cervejas.

— Então, o que você quer ser, Lucy? Quando se formar.

Ele me entregou uma garrafa e se sentou ao meu lado na cama, nossos ombros se tocando como se nos conhecêssemos havia anos.

Agradeci e tomei um gole.

— Escritora.

— Que tipo de escritora?

— Quero escrever romances. — Sorri. — Você sabe que tipo de advogado quer ser?

— Comercial — respondeu ele, sem hesitar.

Tentei fingir que tinha entendido, depois desisti e ri.

— Desculpa. Isso não significa absolutamente nada para mim.

— Digamos apenas que direito comercial paga bem.

Assenti.

— É por isso que você está fazendo direito? Pelo dinheiro?

— Em parte. — Ele deu de ombros. — Minha mãe nunca teve muito dinheiro, então...

— Desculpe, não foi uma crítica.

— Não, eu sei. — Ele balançou a mão, dispensando meu pedido de desculpas.

A essa altura, o quarto já estava praticamente às escuras, e estávamos sentados na penumbra.

— Você quer sair e falar com o pessoal? — perguntei. — Parece que está ficando animado lá fora.

— Na verdade, estou gostando muito de ficar aqui com você.

Também estou gostando de ficar aqui com você, pensei.

Depois de um tempo, adormecemos juntos na cama dele. Acordei várias horas depois, no meio da noite. Nossos corpos estavam enroscados um no outro, encaixados perfeitamente. Não tínhamos nos beijado, nem mesmo nos tocado de verdade, mas, enquanto me arrastava de volta para o meu quarto às três da manhã, tive a estranha sensação de que tinha conhecido o homem com quem estava destinada a ficar para o resto da vida.

5

FICAR

Durante a semana desde o nosso encontro — se é que dá para chamar aquilo de encontro —, tenho me permitido stalkear Caleb de leve pela internet. Não há muitas informações disponíveis (suas redes sociais são todas fechadas), mas descubro que ele recebeu muitos elogios pelas fotografias.

Desenterrei uma foto dele em uma cerimônia de premiação do ano passado com o braço em torno da cintura de uma mulher deslumbrante, esbelta, de pele marrom-clara e cabelo escuro sedoso. *A editora de revista Helen Jones se juntou ao marido, Caleb, no tapete vermelho*, dizia a legenda.

Claro que isso desencadeou uma pesquisa frenética por "Helen Jones + editora de revista", a qual revelou que Helen trabalha em uma revista de decoração incrivelmente moderna chamada *Four Walls*, sediada em Londres. É uma daquelas bíblias de mesa de centro inexplicáveis e exclusivas para vanguardistas — mais livro do que revista — que recomenda coisas como pisos de concreto e a substituição de todas as paredes internas por vidro. O Google Imagens também confirmou que Helen Jones não tira uma única foto ruim. Isso não é nenhuma surpresa, claro, para uma mulher que foi casada com um homem tão bonito quanto Caleb — cuja imagem, para meu desespero, agora me é tão familiar.

— Talvez ele ter se separado há tão pouco tempo seja um mau sinal — comentei com Tash enquanto assistíamos a Dylan enlouquecer na área de recreação infantil num domingo de manhã, dois dias depois de Caleb e eu nos encontrarmos de novo.

Tash revirou os olhos.

— Por favor, você pode parar com essa história de sinais? As pessoas têm o direito de casar e depois se separar, Lucy. É muito antiquado pensar que isso significa que ele tem problemas.

— Quem disse algo sobre ter problemas?

— Você, fazendo essa cara. Escute, metade dos pais na escola do Dylan são divorciados ou separados. E a maioria é muito legal.

— Todo mundo tem que ser legal na escola. Não é muito apropriado despejar todos os seus problemas com compromisso em reuniões de pais e mestres, não é mesmo?

Tash sorriu e tomou um gole do seu chá verde.

— Só estou dizendo que não é porque o casamento não deu certo que ele tem alguma característica negativa fundamental.

Tomei um gole do café e fixei o olhar em Dylan, que enfrentava bravamente as dificuldades de atravessar a piscina de bolinhas.

Tash se virou para mim, os olhos de repente ávidos por detalhes suculentos.

— Então, conta aí. O que aconteceu naquela noite? Vocês se beijaram? Vocês...

— Não — respondi, balançando a cabeça. — Só passamos um tempo no estúdio, depois fomos tomar uma bebida, ele me deu um beijo na bochecha, e eu peguei o ônibus de volta para casa.

— Ah — soltou ela, desanimada. — Então você acha que não tem química?

Ah, com certeza tinha química. Eu sentia um frio na barriga sempre que imaginava o rosto de Caleb.

— Não é isso — respondi, devagar. — É só que... Ele me acompanhou até o ponto de ônibus, tinha muita gente lá, e não parecia certo começar a se beijar na frente de todo mundo que nem dois adolescentes. Sabe?

Ela pareceu aliviada.

— Ah, sim. Faz sentido.

Passou-se um instante.

— Tem certeza de que não reconhece o nome dele? — perguntei, mesmo que já tivéssemos falado sobre isso. — Você não estudou com alguém chamado Caleb?

Ela balançou a cabeça lentamente.

— Não. Com certeza não.

— Estranho. Eu poderia jurar que o conheço de algum lugar.

— Então, vai sair com ele de novo?

Concordei com a cabeça.

— Ele estava ocupado esta semana, então combinamos de nos encontrar na sexta-feira.

Batucando animada na coxa com minha mão livre, voltei os olhos e vi Dylan sorrindo para nós.

— Estou com um bom pressentimento sobre esse cara — comentou Tash, com carinho. — Tipo, ele anotou o número na única coisa que conseguiu encontrar e enfiou no bolso do seu casaco. Foi tão romântico.

Abri um sorriso. Já suspeitava que havia outro motivo para Tash estar tão animada com Caleb: estava ainda mais ansiosa para que eu esquecesse Max Gardner. Percebi que isso estava preocupando minha irmã desde que contei do encontro do lado de fora do Smugglers; ela até perguntou algumas vezes, como quem não quer nada, se Max tinha entrado em contato desde então.

Mas não, e cada vez mais penso naquele momento do lado de fora do pub como um breve lampejo de retrospectiva. Talvez a pessoa que eu estava destinada a conhecer naquela noite fosse Caleb, que já consigo perceber ser tão diferente de Max. Estou animada para ver como as coisas vão se desenrolar e determinada a deixar qualquer assunto relacionado a Max Gardner no passado de uma vez por todas.

Na manhã de sexta-feira, Caleb manda mensagem perguntando o que eu gostaria de fazer mais tarde. Sugiro aproveitarmos a noite quente com uma caminhada na praia e jantar peixe com batatas fritas, que podemos comer na mureta do calçadão, com vista para o mar. É meio que uma tradição em Shoreley comprar as batatas fritas do Dave, no Shoreley Fryer, e comê-las na mureta, balançando as pernas, observando as ondas vindo beijar as pedras. Todos fazíamos isso na infância, com a família, depois na adolescência com os amigos, e agora na vida adulta nos encontros.

Dividimos uma lata de Fanta e uma porção grande de peixe com batatas fritas, porque as porções do Dave são famosas pela generosidade. Nós nos acomodamos na mureta, os pés balançando acima da praia. Caleb é tão alto que, lado a lado, meus pés só chegam até metade das panturrilhas dele.

— Você se importa se eu perguntar por que se separou da sua esposa? — questiono, depois de falarmos sobre a escola, nossas casas de infância e o melhor lugar para tomar um bom café na cidade.

À nossa frente, na praia, há casais caminhando de braços dados, crianças e cachorros correndo pelos seixos, empinando pipas, chutando bolas de futebol e puxando algas marinhas. O céu do entardecer vai suavizando lentamente de azul para lilás, as nuvens creme corando aos poucos com cor-de-rosa.

Caleb pega uma batata frita da bandeja apoiada na mureta entre nós.

— Não sei se consigo resumir bem.

— Vocês se casaram jovens? — pergunto.

Ele leva alguns momentos, então concorda com a cabeça.

— Ela foi minha segunda namorada. Nos conhecemos quando eu tinha 21 anos, e nos casamos dois anos depois. Só que ano passado percebemos que nos tornamos pessoas fundamentalmente diferentes.

Concordo com a cabeça e dou um gole na lata de Fanta.

— Sabe, na verdade, estou fazendo parecer muito mais simples do que foi. Quando nos conhecemos, tínhamos um plano de cinco anos para voltar a morar aqui, em Shoreley.

— Helen também é daqui? — pergunto, sem pensar, antes de sentir o rosto corar de vergonha.

Caleb aproveita o momento, e não posso culpá-lo.

— Bem pesquisado — comenta, rindo.

Concentro toda a minha atenção em mergulhar uma batata frita no ketchup.

— Tá bom, tá bom. Talvez eu tenha dado uma pesquisada rápida em você no Google.

— Só estou brincando. Eu com certeza teria investigado você, se soubesse o seu sobrenome. — Ele faz uma pausa. — Qual é?

— Lambert — respondo, coquete.

— Ok, Lucy Lambert. Não, Helen não é daqui, mas é do interior. De Dorset. De qualquer forma, tínhamos o plano de passar alguns anos viajando, depois voltar para Shoreley, comprar um chalé e... não sei, ter uma horta ou algo assim. Uma cabra e algumas galinhas. Depois de "fazer uma viagem espiritual" para Machu Picchu, claro.

— Claro.

Ele sorri, mas parece um pouco abalado, e de repente me pergunto se foi insensível pedir que relembrasse tudo isso apenas seis meses após o término.

Nós contemplamos a vista. A maré está baixa, as pedras brancas e brilhantes cercadas por uma faixa de mar cintilante. Conforme o sol afunda entre fitas de nuvens e céu colorido, sombras longas surgem sob os pés dos banhistas; por alguns minutos, tudo parece mergulhado em ouro líquido.

Caleb volta a falar:

— Bem, mas acho que... Quando comecei a me sentir desconfortável em Londres, Helen começava a se adaptar. Tinha feito muitos amigos, arrumado um emprego de alto escalão em uma revista importante, e estava ficando meio obcecada com... sabe, status e coisas assim.

— E você não?

Caleb ri e passa a mão pelo cabelo.

— Eu pareço alguém que se preocupa com status? Por favor, diga que não.

— Você está se saindo bem.

— Eu me viro. Não dirijo uma Mercedes, isso posso garantir.

Inesperadamente, surge em minha mente uma imagem de Max, em seu terno impecável, partindo para as Seychelles. E, não pela primeira vez desde que comecei a sair com Caleb, sinto que estou me divertindo mais com ele do que se voltasse a sair com Max.

— No fim das contas, simplesmente éramos pessoas diferentes — conclui Caleb.

— Foi amigável? A separação?

Ele olha para mim.

— Na verdade, não muito.

— E você está...? — Eu me interrompo, as palavras "planejando se divorciar" se dissolvendo na garganta. Porque, sério, isso é da minha conta? — Desculpe. Deve ser estranho falar sobre essas coisas em um...

— Em um o quê? — sussurra ele, mas, antes que eu possa responder, Caleb se inclina para perto e me beija.

É um beijo tão bom que meu coração dispara. Intenso e profundo, acompanhado pela brisa do mar e pelo sabor de sal e vinagre. Um beijo que me faz esquecer de todo o resto, que faz o mundo inteiro desaparecer, até restarem apenas nós dois, nos perdendo um no outro, incendiados por esse pôr do sol incrível.

Ao cair da noite, Caleb me convida para a casinha que aluga na vila de pescadores, algumas ruas atrás da orla. Caminhamos pelos paralelepípedos, mãos e ombros se tocando de vez em quando, enviando um arrepio de excitação até os dedos dos meus pés.

Já faz muito tempo desde que fui para a casa de alguém, e estou me esforçando muito para não pensar demais na ideia de estar em um espaço desconhecido com um homem que mal conheço.

Mas, como Jools sempre me lembra, não posso deixar o passado me segurar para sempre. E, apesar da ansiedade que ameaça dominar meu desejo de beijar Caleb mais uma vez, o que estamos fazendo parece estranhamente certo.

Enquanto caminhamos, eu me distraio contando que moro com minha irmã e que antes de me demitir estava economizando para comprar meu próprio imóvel.

— Por quê? — pergunta ele.

Passo um tempo inspirando o cheiro de maresia e algas. O litoral sempre parece muito mais vivo do que a fortaleza rural de Tash, no meio do nada.

— Por que o quê?

— Por que você quer comprar um imóvel?

Olho para ele.

— É só... É o que todo mundo faz, não é? Alugar é um pesadelo.

— Acho que depende do proprietário. Eu meio que gosto da ideia de poder simplesmente sair quando quiser.

— Você tinha casa própria em Londres?

— Mais ou menos. Assim, a Helen tinha. Foi herança. O que significava que... eu nunca senti que a casa era realmente minha, acho.

— Em qual área de Londres você morava?

— Islington. — Ele sorri. — Era legal e tudo o mais, o estilo de vida... mas isso não significa nada se coisas mais importantes estiverem faltando.

— É verdade — digo, pensativa.

Paramos em frente ao chalé Spyglass, uma casa estreita de esquina, caiada de branco, com o ar perfumado por uma clêmatis rosa-claro que sobe pela parede da frente. Todas as casas da rua têm coisas apoiadas nas paredes: boias, coletes salva-vidas antigos e armadilhas de caranguejo velhas. A noite esfriou, e a brisa carrega uma energia costeira.

Caleb hesita quando vai pegar a chave para a porta da frente azul-brilhante.

— Sabe, não precisamos... Quer dizer, podemos só ficar conversando. Isso não precisa ser...

Ele para de falar, mas eu sei o que quer dizer, então apenas concordo com a cabeça e digo:

— Eu sei. Obrigada.

Dentro da casa há uma sala de estar pequena, com espaço apenas para um sofá de dois lugares e uma poltrona. Um fogão a lenha fica embutido na lareira, e sinto um leve cheiro de óleos essenciais, ou talvez velas perfumadas.

Ele abre a janela da sala, que dá vista para a rua. Estamos tão perto da praia que dá para ouvir o som suave das ondas batendo na costa conforme a maré avança.

— Quer um café? — oferece ele.

Digo que sim e o sigo até a cozinha. Caleb pega xícaras em um armário e coloca a água para ferver em um fogão Aga que parece ter visto dias melhores. Percebo que estou tentando não encarar muito a mão dele que segura a chaleira, a largura dos seus ombros.

— Como você gosta? — pergunta ele, depois de despejar a água quente no filtro.

— Com um pouquinho de leite, obrigada.

Enquanto ele pega o leite na geladeira, começa a falar sobre seu caso de amor com o Aga, que é da casa. Comento que sempre quis ter um, desde que meus pais compraram o deles, e Caleb diz:

— Eu também. Minha cozinha em Londres era horrível. Tipo, futurista de verdade. Não dava para encontrar nenhum armário. Não tinha uma única maçaneta para contar a história. Eu precisava apertar dez lugares diferentes só para encontrar o cereal de manhã.

Dou uma olhada na xícara que Caleb me entregou. A estampa está desbotada, como se tivesse passado algumas vezes pela lava-louças, mas ainda dá para ver os dizeres EU ♥ LONDRES.

Ele percebe que estou olhando.

— Presente de Natal da Helen, quando percebeu que eu estava louco para dar o fora de lá.

— Ai.

— Foi o que eu disse.

Voltamos para a sala de estar. A decoração é simples, com paredes em um tom de magnólia que puxa para o pêssego e um tapete bege gasto. Há poucos itens pessoais no cômodo, só algumas fotografias emolduradas, uma planta, um tripé com algumas lentes e alguns livros. Um deles é uma publicação da *National Geographic*; outro é sobre as maravilhas naturais do mundo. Também vejo alguns romances policiais com lombadas maltratadas, um Nick Hornby, um Ben Elton.

Nós nos aconchegamos no sofazinho, que tem um cheiro bem leve de mofo, mas com aquele jeito de ter sido bem apreciado e bastante usado, como a poltrona querida de uma avó ou a descoberta perfeita em uma loja de antiguidades.

— Então — começa Caleb, tomando um gole do café. — Conte mais sobre o seu romance. Quer dizer, já sei que você disse que é sobre uma garota que conhece um garoto... mas que garota? Que garoto? Como eles se conhecem?

Já escrevi toda a abertura do romance — uma recriação livre do encontro dos meus pais, mas no período entreguerras. Os dois protagonistas se apaixonam durante férias em Margate, nos fabulosos anos 1920. Decidi que o casamento subsequente será cruelmente interrompido pela guerra — embora tudo se desenrole em um final feliz. Além dessa trama vaga, porém, ainda não tenho ideia do que estou fazendo. Não faço ideia da estrutura, do ritmo, da caracterização, ou de qualquer coisa, para falar a verdade. Estou só escrevendo o que sinto. O que está no meu coração.

Certa vez, o *Shoreley Gazette* publicou uma matéria sobre meus pais na edição de Dia dos Namorados — um artigo chamativo sobre a sorte do encontro deles, o romance avassalador, o felizes para sempre. Papai recortou o artigo e emoldurou; ainda está pendurado no quarto de visitas da casa deles, numa exposição meio irônica. Lembro que fiquei muito impressionada ao ver a história de amor dos meus pais no jornal — *num jornal de verdade!* —, e talvez tenha sido aí que surgiu a ideia de que eu um dia poderia imortalizar ainda mais aquele conto de fadas. Que talvez pudesse fazer mais do que um artigo no *Shoreley Gazette*.

Afinal, enquanto os pais dos meus amigos se divorciavam, brigavam e jogavam copos de cidra um no outro em churrascos de férias, os meus faziam aulas de dança de salão, aprendiam italiano e viam *Blind Date* de mãos dadas no sofá. Eles adoravam o Dia dos Namorados e amavam fazer grandes gestos românticos — como o passeio de balão que mamãe comprou no aniversário de 40 anos do papai, ou a viagem para Paris que papai organizou para celebrar o aniversário de vinte e cinco anos de casamento deles.

Enfim. Na última semana, passei os dias imersa em tudo o que diz respeito aos anos 1920, perdida em P.G. Wodehouse e Nancy Mitford, absorta em imagens de vestidos de melindrosa e cigarreiras e mulheres exibindo os cabelos recém-cortados, de Coco Chanel e Marlene Dietrich, de bares clandestinos tocando ragtime e jazz. Redescobri também todas as grandes histórias de amor que admiro, mergulhando nelas à medida que avanço na pesquisa. E já me vi de olhos marejados com a perspectiva de enviar Jack, meu personagem principal, para a guerra.

Explico tudo isso para Caleb, descrevendo meus pais e a forma como eles se conheceram, que foi a inspiração para o que estou escrevendo.

— Então, por que os anos 1920? — pergunta ele, inclinando-se para a frente, a expressão atenta e curiosa. — Por que não os dias atuais?

Hesito.

— Acho que foi uma época tão intoxicante em alguns aspectos, sabe? Gosto de histórias sobre esperança, e o início dos anos 1920 foi tão otimista e glamoroso, frívolo até.

— Tipo algo no estilo de *O grande Gatsby*?

— Isso — digo, mais animada. — Tinha um clima de escapismo, hedonismo e empoderamento...

— Antes de tudo desmoronar.

— Bem, é meio por aí. Eu quero que o que está acontecendo na sociedade reflita o que acontece no casamento deles, com a Grande Depressão e depois a guerra e tudo mais.

— Parece ótimo — comenta ele, tomando outro gole de café. — Eu leria.

— Sério? Você lê muito?

— Quando tenho tempo.

— Que tipo de coisa?

— Qualquer coisa que chame minha atenção. Adoro capas bonitas. Algumas vezes por mês, vou a uma loja de caridade e compro o que me parece bom.

Abro um sorriso.

— Incrível.

— O quê?

— Você nem tentou fingir que está lendo *Ulisses*.

Ele deixa escapar uma risada.

— Deveria?

— Definitivamente não.

Conto a ele sobre os dois caras do meu curso na universidade — um deles apelidado de *Ulisses* e o outro de *Guerra e Paz*, por causa das respostas que deram quando o professor pediu a todos para citarem seus livros favoritos no primeiro seminário.

— E você vai me deixar ler? Seu romance, digo.

— Ah — respondo, um tanto nervosa.

Caleb espera alguns instantes, o que é justo, dado que não respondi à pergunta. Então completa:

— Adoraria dar uma olhada. Se não for pessoal demais para me mostrar.

Alguns segundos de silêncio. Não é que pareça muito pessoal, é mais que eu gostaria de conhecer Caleb melhor, e se ele odiar a minha escrita... Será que isso mudaria o que ele pensa de mim? E se ele ler e decidir que sou uma boba sem talento?

— Assim, eu só escrevi umas trinta páginas — confesso, meio esperando que ele dê risada e diga: "Difícil chamar isso de romance."

Caleb se recosta no sofá, os olhos fixos em mim.

— Então... me dê uma provinha com dez páginas.
Dou risada.
— Certo. Ok. Está bem. Dez páginas.
— Você me manda por e-mail?
Concordo com a cabeça.
— Promete?
Inclino a cabeça, brincalhona.
— Por que você está tão ansioso para ler meu livro?
Ele dá de ombros bem de leve.
— Porque tenho a sensação de que vai ser incrível.

Seu olhar percorre meu corpo, iluminando pontinhos dentro de mim que eu nem sabia que existiam, me fazendo respirar fundo. Estamos sentados bem próximos, perto o suficiente para eu detectar o perfume cítrico de seu xampu sempre que ele vira a cabeça, para ver cada curva e ruga da pele quando ele sorri, para contar os pés de galinha aparentes quando ele ri. Não posso negar que tenho torcido para que ele dê um passo adiante, porque a memória do nosso beijo na mureta, mais cedo, é como um globo de espelhos na minha mente: belo, glorioso e impossível de ignorar.

Sinto um desejo repentino de me inclinar para a frente e pressionar os lábios nos dele. Então é o que faço, e Caleb responde no mesmo instante, as mãos em cada lado do meu rosto. De repente, sou tomada por calor, fome e urgência.

E eu sei que seria fácil transformar o beijo em algo mais, em algo frenético e rápido. Mas, à medida que o momento se prolonga, parece que nós dois compartilhamos uma hesitação em fazer mais. Parece que estamos dizendo, em silêncio, que gostaríamos de permanecer aqui por mais um tempinho, porque seria uma pena não aproveitar cada segundo de algo tão bom.

PARTIR

Claro que a Supernova Agency em Soho, Londres, Inglaterra, é um daqueles lugares onde a abordagem de recrutamento é menos uma entrevista e mais um ritual de humilhação. Pedem para eu listar dez utilidades de uma placa de carpete marrom (disponibilizaram um exemplar para tanto) e me perguntam qual seria o nome do meu álbum de estreia (entro em pânico e digo *Lucy Lambert ExPOPde*, o que pelo menos arranca algumas risadas). Tenho quinze minutos para projetar minha própria agência de publicidade (quê?), depois mais vinte para escrever um pitch apresentando uniformes para a equipe da agência (por sorte, essa é fácil — só digo que todos serão as próximas Matilda Kahl).

Sou guiada por um rapaz esguio chamado Kris, que parece interessado demais em me impressionar com o fato de seu nome começar com a letra K. O escritório é uma mistura marcante de aço, tijolos e concreto que ocupa três andares, com placas retrô imensas e áreas amplas em plano aberto cheias de assentos baixos, tapetes e almofadas nas cores Pantone preferidas dos funcionários. Tem uma cantina enorme com os famosos lanches e bebidas gratuitos, além de bar, academia e salão de beleza, isso sem contar a Supernova em si — uma sala imensa iluminada para, segundo Kris, imitar o núcleo de uma explosão estelar. É quente e à prova de som, as paredes e o teto como fogos de artifício em câmera lenta, supostamente projetados para estimular certas áreas do cérebro. Ou talvez Kris só esteja exagerando um pouco no branding.

De qualquer forma, é completamente diferente da Figaro, onde a característica mais moderna do escritório era uma torneira de água fervente na cozinha, tão incrustada de calcário que espirrava em quinze direções diferentes sempre que tentavam usá-la.

Mas a parte mais surreal de toda a experiência é ser chamada para conversar com o chefe e o diretor de criação, além do redator sênior, logo antes de sair, quando me oferecem o cargo de redatora júnior, com um salário dos sonhos e benefícios inimagináveis. Começo em pouco mais de uma semana.

Saio do prédio atordoada, cambaleando pelo Soho ao meio-dia. Olho ao redor e pisco como se tivesse acabado de sair de uma máquina do tempo, e é aí que sou empurrada por um sujeito mal-humorado de terno e gravata e tropeço em um parquímetro.

Inclino a cabeça para trás, deixando os olhos se fixarem na fatia de céu entre os prédios. Parece uma piscina invertida, profeticamente azul. Respiro fundo.

Serei escritora. Uma escritora de verdade, remunerada. Alguém que ganha a vida com o que pode fazer com as palavras.

É tudo o que sempre quis, a vida inteira... e, agora, por mais inacreditável que pareça, vou conseguir.

Mais tarde, naquela noite, Jools me olha de cima a baixo e balança a cabeça.

— Não adianta eu dizer para ter cuidado, né?

— É do Max que estamos falando.

A expressão no rosto da minha amiga mais antiga é quase piedosa, como se eu já estivesse perdida.

— Eu me referia ao seu coração, não à sua...

Completo a frase mentalmente: *segurança pessoal*.

É sexta à noite, exatamente duas semanas desde que esbarrei com o Max do lado de fora do pub em Shoreley. Depois de falar com Jools e Tash na manhã seguinte e tomar a decisão de me mudar para Londres, passei a tarde lidando com a loucura de tê-lo reencontrado, cada vez mais desanimada com a ideia de que ele estava a caminho das Seychelles, onde com certeza encontraria uma instrutora de mergulho esbelta e de cabelo longo chamada Celeste, que ficaria bem de roupa de mergulho e saberia flertar debaixo d'água. Eu estava convencida de que ele voltaria a Londres revigorado depois de tanto sexo, perguntando-se o que significava aquele momento de insanidade em Shoreley, o instante em que achou que seria uma boa ideia alimentar as esperanças de uma ex-namorada havia muito esquecida.

Mas, depois de alguns dias, comecei a pensar na coincidência de tê-lo visto na rua, naquela noite. Quer dizer, quais eram as chances? Não significava *alguma coisa*? Não era um empurrão do destino, um sinal que não deveria ser ignorado?

Então mandei mensagem. Coisa simples, casual. E, se ele não quisesse responder, tudo bem.

> **Foi tão legal ver vc naquele dia. Espero que esteja se divertindo. L**

A resposta foi quase imediata.

Foi legal ver vc também.

Uma pausa. *Digitando.*

Ando pensando em vc bem mais do que deveria.

Senti um frio na barriga, e um desejo familiar começou a se agitar dentro de mim.

Por que vc não deveria estar pensando em mim?

A pausa entre a minha mensagem e a resposta de Max foi mínima.

Porque sei que não mereço uma segunda chance.

E agora Max está de volta. Então vamos nos encontrar para jantar em um restaurante chique perto do apartamento dele, em Clapham Old Town. Entrei no site do restaurante e fiquei horrorizada ao descobrir que é o tipo de lugar com toalhas de mesa de qualidade, menus de degustação e um sommelier para indicar o vinho que melhor harmoniza com a refeição.

Não cheguei a comprar uma roupa nova para a ocasião, mas encontrei o vestido mais bonito que tenho — estilo envelope, azul e dourado — com um par de Jimmy Choos de camurça azul meia-noite. (Claro que Reuben começou a imitar o Elvis quando entrei na sala de estar, mais cedo.) Jools arrumou meu cabelo e fez a maquiagem, e decidimos que eu deveria pegar um táxi, momento em que comecei a entrar em pânico pensando que estávamos transformando isso em um evento muito maior do que era. Então entramos de novo no site do restaurante e decidimos que definitivamente valia o esforço, apesar de todas as complicações relacionadas a Max.

O lugar mais chique a que fui com Max, quando estávamos namorando, era uma rede de restaurantes de massa de preço médio, onde uma refeição com entrada, prato principal e sobremesa e duas taças de vinho sempre pareciam um grande luxo. Penso outra vez em quanto tempo se passou, nos mundos diferentes que agora habitamos. A ideia de que Max talvez não seja mais a mesma pessoa. E que eu talvez também não seja.

Ainda assim, acho que só tem uma maneira de descobrir.

Eu o avisto logo que chego — ele é mesmo tão marcante, ou minha mente está aguçada de desejo? —, já na nossa mesa, com os olhos na porta, esperando por mim. Meu estômago dá um nó. Max está com a aparência radiante de alguém que acaba de voltar de férias, a pele alguns tons mais bronzeada do que duas semanas atrás.

O restaurante é aconchegante e com iluminação suave, decorado principalmente em tons de cinza-escuro e com obras de arte de cores vibrantes nas paredes. Os garçons usam preto, as toalhas e guardanapos são de um branco imaculado, e ouço o som suave de um piano sob o tilintar de taças e talheres.

Engulo em seco enquanto atravesso o salão, tentando não pensar na instrutora de mergulho imaginária — que parece tão real para mim. Depois da troca de mensagens inicial, Max falou comigo todos os dias, e eu quase me sentia mal por ele estar pensando em mim enquanto passava as férias em um lugar tão mágico. Mas, como Sal apontou, estávamos nos entregando a um flerte de primeira linha, e o que poderia ser mais mágico do que isso?

Max se levanta quando chego à mesa.

— Você está incrível!

Inclinando-se para a frente, ele me beija na bochecha, e eu o cumprimento de volta com toda a educação, o que parece estranhamente formal.

Sentamos, e fico um momento só apreciando a visão dele sentado à minha frente, com seu bronzeado recente e o cabelo mais claro por causa do sol. Ele está com uma camisa num tom de azul que lhe cai bem e aquele tipo de relógio de pulso para o qual os atores de Hollywood estão sempre fazendo propaganda. De repente, me bate a preocupação de que esse homem que já amei tenha mudado completamente para uma categoria acima da minha.

— Você está ótimo — elogio. — Muito... relaxado.

Ele ri.

— Obrigado. Porém isso só durou até eu olhar meus e-mails.

— Quando você voltou?
— Ontem à noite.
— E não está com jet lag? Quanto tempo de voo?
— Dez horas. Dormi hoje quase o dia inteiro.
Abro um sorriso.
— Então é por isso que está tão ridiculamente... — Paro e sinto o rosto esquentar um pouco.
Max também sorri, levantando uma sobrancelha.
— Tão ridiculamente...?
— *Descansado*.
Enquanto ele ri, eu lembro como amo o som de sua risada: completamente natural e sem afetação, o tipo que escapa ao assistir a uma apresentação de comédia ao vivo ou sua sitcom favorita.
— Champanhe? — pergunta ele, apontando para o menu de bebidas, e percebo um garçom se aproximando.
Nunca tomamos champanhe juntos. O máximo que podíamos fazer na época de estudantes era comprar uma garrafa barata de cidra.
— Na verdade — começo (pratiquei essa parte) —, estou meio que dando um tempo no álcool.
Ele parece um pouco surpreso antes de disfarçar.
— Sem problemas. Então o que você prefere?
Não conversamos muito mais até os drinques sem álcool chegarem e pedirmos os três primeiros pratos do jantar. Então Max levanta seu copo e diz:
— Adorei receber suas mensagens. Senti saudade de você na minha vida, Luce.
O uso do apelido parece lisonjeiro e íntimo, como se estivéssemos de volta ao quarto dele no alojamento estudantil, nos beijando em sua cama de solteiro, compartilhando uma garrafa de vinho tinto tão barato que nos fazia torcer o nariz. Seminus, rindo no pescoço um do outro enquanto os amigos batiam à porta, procurando por nós. Fizemos muito isso na universidade: saíamos juntos sem ninguém saber, nos escondíamos em salas de aula escuras, atrás de prédios, em banheiros com as luzes apagadas. *Eu te amo, Luce*, sussurrava ele, a boca na minha, e me deixava tão frenética que eu mal conseguia responder.

Abro um sorriso e tomo um gole da minha taça, torcendo para que meu rosto não esteja corando com a nostalgia.

— E aí, como foi a entrevista? — pergunta ele.

Conto tudo, digo que consegui o emprego.

— Que incrível, Luce. Parabéns.

Max trava o olhar no meu, balançando a cabeça, porque ele sabe, sabe o quanto significa para mim essa chance de trabalhar escrevendo. Era tudo o que eu queria durante o tempo em que estávamos juntos na universidade.

— Obrigada. — Percebo que estou lutando contra a vontade de chorar.

Ele ergue a taça para encostar na minha.

— Bem, um brinde a você. E à sua nova vida em Londres. — Ambos tomamos um gole. — O que você está achando até agora? Deve ser bem diferente de Shoreley.

Menti um pouco quando ele ligou e disse que a mudança já estava em andamento fazia algum tempo. Não suportava a ideia de que ele pensasse que nosso encontro tinha influenciado minha decisão.

Max só me visitou em Shoreley três vezes durante as férias da faculdade, porque no resto do tempo estava estudando ou fazendo estágios. O curso dele era daqueles em que as pausas eram apenas uma espécie de licença para estudar.

— Acho que "diferente" é o que preciso agora.

Max está certo: Londres está mesmo a anos-luz de Shoreley, ainda mais da casa de Tash, onde o silêncio era tão alto que às vezes zumbia. Aqui, o silêncio é só um conceito — algo impossível de ser encontrado, eu descobri, porque o burburinho da cidade é uma música que não dá para desligar, nem à noite. Trilhos de trem barulhentos, arroubos de música alta, a comoção de vozes. A cidade é uma criatura inquieta, mas sua agitação tem me trazido prazer. Londres me agitou, me despertou.

— Luce. — Max encontra meu olhar. — Você conseguiu voltar para a universidade, terminar o curso?

Balanço a cabeça. Então vejo que estou hesitante: apesar de tudo, quero contar a ele o que aconteceu depois que parti, inclusive o que aconteceu com Nate. Sinto que ele entenderia, ele sempre foi muito compreensivo. Era Max quem insistia que participássemos de manifestações em apoio a boas causas na universidade, que se voluntariava para fazer as pazes com nossos vizinhos loucos na Dover Street, que defendia qualquer um que expressasse uma opinião impopular em um seminário de direito.

Mas, assim como chega, o momento certo passa. E, agora, do outro lado da mesa, Max está segurando minha mão.

Eu não me afasto, tentando impedir a mente de voltar para aquela noite de sexta-feira, quase uma década atrás, quando estávamos parados na ponte sobre o rio ao lado da estação de trem em Norwich. Max estava indo para casa, em Cambridge, passar o fim de semana. Ainda posso visualizá-lo tão claramente, em sua calça jeans favorita com os joelhos desgastados e um casaco de lã folgado. Nosso último semestre de outono começara pouco tempo antes, e estava chovendo.

— Por favor, não vá. — Eu estava tão anestesiada naquele momento que nem conseguia chorar.

— Vou perder o trem — foi tudo o que ele disse, a voz distante e embargada.

Eu não queria implorar. Não podia. Então apenas o observei se afastar, atravessar a ponte e sair da minha vida.

Observo o rosto dele agora — aqueles olhos cinzentos, brilhantes como holofotes, o convite suave de seus lábios — e sou inundada de tristeza. Por todos os anos que perdemos. Por tudo o que poderíamos ter sido. Por tudo o que aconteceu depois do nosso fim abrupto e inexplicável.

— Sei que isso está vindo uns dez anos tarde demais... mas sinto muito, Lucy — diz Max, apertando minha mão como se fosse a coisa mais natural do mundo. Neste momento, seria fácil imaginar que nunca terminamos, porque estamos seguindo adiante praticamente de onde paramos. O que é agradável e confuso ao mesmo tempo, como ler um livro excelente com algumas páginas faltando. Ou chegar ao cinema na metade de um filme realmente bom. — Eu queria que as coisas não tivessem terminado daquele jeito.

Naquela época, ele me amava, e eu sabia disso. Assim como meus pais — só um ano mais velhos do que Max e eu quando se conheceram — se amavam. E ainda se amam até hoje. Vão fazer trinta e quatro anos de casados em setembro.

Max era diferente de qualquer cara que conheci na escola, ou de nossos amigos na faculdade. Efusivo e falante, ele nunca escondeu sua adoração por mim e queria que todos soubessem disso. Ele jogava petiscos de bar nas pessoas que nos provocavam — *Já casados?* — antes de apertar ainda mais minha mão; fazia questão de me beijar em qualquer lugar onde estivéssemos: pubs, ruas, corredores da universidade. Falávamos sobre nosso futuro o tempo todo: morar juntos, casamento, filhos. Éramos corajosos — e determinados — o suficiente para querer tudo isso. Nem parecia fantasia. Parecia apenas... fato. Fomos destinados a nos encontrar naquela cozinha no primeiro dia na universidade e estávamos destinados a não nos separar.

Até a noite em que ele terminou comigo. Assim, de repente.

No começo, eu me culpei, achava que tinha exigido demais dele. Mas Max sempre dizia que não era o caso, que não era culpa minha.

Claro que passou pela minha cabeça que ele tivesse conhecido outra pessoa. Não na faculdade — eu tinha quase certeza —, talvez no escritório de advocacia onde estagiou durante o verão. Talvez alguém que também iria para Londres no ano seguinte para concluir o LPC, o próximo passo na qualificação para aspirantes a advogado.

E, no entanto, apesar de tudo, nada fazia muito sentido. Max não era um traidor, um mentiroso. Se tivesse conhecido outra pessoa, teria me contado. Não?

Encaro seus olhos cinzentos agora, meu coração batendo depressa. Quero perguntar de novo o que se passava na cabeça dele quando terminou tudo naquele dia de setembro, quase dez anos atrás. Seria só o clássico medo de compromisso que ele continuava negando? Mas estamos no meio de um restaurante chique, dificilmente o lugar certo para abrir o coração. Sentindo as lágrimas encherem meus olhos, puxo a mão da dele logo que chegam as entradas.

— Vamos falar de outra coisa — digo, engolindo a emoção. — Conte sobre as suas férias.

Então, entre uma garfada e outra do coelho, Max descreve os mergulhos incríveis, o resort luxuoso, as praias e o calor.

— Você conhecia o grupo? — pergunto. — Quer dizer, antes?

Ele balança a cabeça.

— Já mergulhei com a mesma empresa no Egito e em Israel, mas o grupo é sempre diferente.

— E você... conheceu alguém interessante?

Ele abre um sorriso, hesitante.

— Você está perguntando o que acho que está perguntando?

— O que você acha que estou perguntando?

— Se eu estava mandando mensagem para você para logo depois... fazer algo diferente.

Também abro um sorriso. Sinto na língua o azedo do ruibarbo da entrada de cavala em conserva que pedi.

— Assim, eu não poderia julgar. Você estava de férias.

Ele pousa o garfo e pega minha mão.

— Não. Eu estava falando sério. Passei o tempo todo pensando em você.

Estou inclinada a acreditar. Max sempre foi tão sincero, tão honesto — o tipo de cara que nunca copiaria o trabalho de outra pessoa nem sequer ficaria com um centavo de troco mal calculado.

Engulo em seco.

— Então, vamos lá. Conte mais sobre sua vida aqui. Seus amigos, seu trabalho. Quero saber de tudo.

Porque na verdade, agora mesmo, só quero ouvir Max falar, para que eu possa simplesmente sentar em silêncio e amar o som da voz dele de novo, depois de tantos anos.

Ficamos no restaurante até tarde. Os minutos se transformam em horas. O tempo se torna um rio — longo e bonito e implorando por um mergulho. Terminamos as bebidas e pedimos mais. Discutimos o trabalho dele, e o atualizo sobre meus anos na Figaro. Max descreve seu apartamento em Clapham, e conto sobre morar com Jools.

Estou vagamente ciente de que lá fora o entardecer virou noite. Tento fingir que nosso cantinho no restaurante não está cheio de eletricidade. Que a mão dele não fica encostando na minha. Que, por baixo da mesa, nossos joelhos não estão se esbarrando.

— Então, Luce. Quero saber. Você está... com alguém?

Max leva a taça até os lábios, seus olhos cintilando acima da borda.

— Não. Estou solteira já faz uns dois anos. — Faço uma careta, suspiro. — Caramba, parece uma eternidade. E você?

— Na verdade, mais ou menos o mesmo. Terminei com minha última namorada alguns verões atrás.

Engulo em seco. Ainda é uma sensação estranha e desconfortável imaginar o Max com outra pessoa. Acho que, quando alguém vai embora e você não está pronto, parte do seu coração sempre vai junto.

— E desde então? — pergunto.

Ele explica, com bastante delicadeza, que tem se concentrado no trabalho. Eu me pego ousando imaginar como ele é na cama hoje em dia, quase uma década depois.

Assim que terminamos de comer e tomar café, somos quase os últimos clientes ainda no restaurante, então, mesmo relutante, sugiro pedirmos a conta.

— Já cuidei disso — responde Max.

— O quê? Quando?

— Não se preocupe.

— Max, *não*. É demais.

— Esqueça. Sério.

— Não. Este lugar é... — *Na verdade, isso é irrelevante.* — Quero pagar minha parte.

— Bem, que tal você pagar a conta na próxima vez?

Seus olhos transbordam de diversão. Ele está gostando de me provocar, percebo.

Inclino a cabeça, evitando deliberadamente a sugestão.

— Você não precisa ser tão galanteador, sabe.

Ele ergue as mãos.

— O quê? Não foi minha intenção.

— Não se esqueça... eu te conheço.

Sim: o antigo Max, com as roupas desleixadas, a paixão por macarrão instantâneo, o péssimo senso de horário e o afeto secreto pelo grupo *Take That*.

Um sorriso de quem foi pego com a boca na botija se espalha pelo rosto dele.

— Ah, é mesmo.

— Vou transferir o dinheiro. Me passe seus dados.

Ele finge me levar a sério, forçando uma expressão de preocupação.

— Ok, farei isso.

Dou um chute nele por baixo da mesa.

— Estou falando sério!

— Com certeza.

Sorrio e balanço a cabeça, olhando ao redor no restaurante praticamente vazio.

— Bem, acho que é melhor eu pegar um táxi.

De um jeito encantador, sua autoconfiança oscila por um instante. Eu o observo engolir em seco.

— A menos que... você queira ir para minha casa? Só para um café, é claro.

— Claro.

O apartamento de Max fica a menos de cinco minutos a pé do restaurante. *Prático para seduções*, penso, antes de me repreender. Ele foi tão cavalheiro esta noite.

É um apartamento de dois quartos, e suponho que nesta região custe cerca de 750 mil libras. Por dentro, a decoração é linda: pintura impecável, todas as características de época não apenas intactas, mas elegantemente destacadas. Pôsteres estilosos em molduras elegantes pendurados em trilhos — a Riviera Francesa, uma reprodução de Hockney —, luminárias de cobre polido, almofadas em estampas geométricas audaciosas e plantas em vasos irrompendo de vários cantos. A cozinha-sala de jantar em que estamos tem cheiro de cera de madeira e desinfetante, e não vejo um único objeto fora do lugar. Até os panos de prato parecem ter sido passados antes de serem pendurados.

— Parece... uma casa de mostruário.

Lembro do meu quarto desarrumado em Tooting e penso que não posso convidar Max enquanto puder evitar. Ou terei que ser promovida na Supernova rapidinho, se quiser alugar um lugar tão chique.

— Não posso levar o crédito, na verdade — explica ele. — Pedi ajuda com a mobília e coisas assim quando me mudei.

Sento no sofá ao lado do qual estava em pé.

— De um decorador, você quer dizer?

Ele enruga o nariz, claramente um pouco envergonhado.

— Não exatamente. Foi só um favor, na verdade, de um amigo de um amigo.

Ele aperta um botão na máquina de café e pega uma garrafa de um bar de nogueira em estilo art déco.

— Você se importa se eu tomar um drinque? — pergunta.

— Claro que não.

Ele tira a tampa da garrafa.

— Tenho me interessado muito por conhaque vintage ultimamente.

Dou risada. Não consigo evitar.

— Você acabou de dizer "Tenho me interessado muito por conhaque vintage"?

Ele se vira para me encarar, percebe minha expressão e sorri.

— É disso que você estava falando mais cedo, não é?

— Sobre você estar sendo todo galante? Pagando a conta, falando maravilhas sobre conhaques? Com certeza.

Max atravessa o cômodo e, com uma voz profunda e rouca, instrui a Alexa a tocar jazz por cima do ombro.

Dou risada, e ele ri também, como se estivesse gostando de tentar — e não conseguir — me impressionar. Suspeito que já faça algum tempo desde que Max teve que se esforçar muito no jogo da sedução.

— Bem — começa ele, os olhos encontrando os meus enquanto se senta ao meu lado, —, eu talvez só esteja tentando conquistar você.

O ar parece pesar, a leveza desaparece da sala. Nossos olhares se encontram, e estendo a mão para Max. Há um único momento em que nossos olhos fazem a mesma pergunta, e, no próximo, seus lábios estão nos meus. Deslizamos os braços em volta um do outro, e ele me aperta, então no momento seguinte estamos deitados no sofá, um emaranhado de línguas e mãos e membros, arrancando as roupas um do outro e compensando aquela década perdida como se nossas vidas dependessem disso.

FICAR

No meu primeiro dia na Pebbles & Paper, avisto minha antiga chefe, Georgia, no caminho do ponto de ônibus para a loja. Fico rígida, então me enfio em uma rua lateral à direita. Não posso encará-la, não depois de como ficaram as coisas entre nós — comigo acusando-a de traição e ela me implorando para ficar. Porque a verdade é que havia muitas coisas boas na Figaro. Aquela sensação de saber que construímos algo muito bom. O clima bem família, as brincadeiras...

Ando um pouco rápido demais na direção oposta à de Georgia, meus tornozelos instáveis nos paralelepípedos. É um dia quente, e estou usando saia de algodão e sandálias para o primeiro dia de trabalho. O céu está de um azul impecável, imóvel como uma lagoa.

A manhã passa tranquila, bem como eu esperava: um fluxo constante de clientes, algumas compras, mas nem de longe o suficiente para me fazer sentir sobrecarregada. De qualquer maneira, Ivan está aqui, caso eu tenha algum problema neste primeiro turno. Ele tem grande prazer em ressaltar quantos dos produtos em estoque são únicos e feitos à mão. Penso na história que ouvi de Caleb na semana passada e sorrio.

Até agora, vendi algumas joias com pedras de signo, alguns produtos de perfumaria, um lenço de seda feito à mão, vários cartões de presente, um par de suportes para livros e uma caixa de chocolates artesanais. Ivan parece pensar que isso é um lucro razoável para uma única manhã, e por um momento me pergunto como ele vive desse jeito, então me dou conta da margem de lucro impressionante da maioria dos itens que vendi.

As coisas ficam um pouco mais agitadas ao longo do dia e, quando percebo, são cinco da tarde. Ao pegar o celular enquanto me preparo para ir embora, sorrio ao ver uma mensagem de Caleb.

O que você acha de Shakespeare?

Sou sua maior fã.

Nós nos encontramos ao anoitecer, do lado de fora do jardim murado de Shoreley Hall, onde Caleb comprou ingressos para uma produção ao ar livre de *Romeu e Julieta*.

— Você pode traduzir — diz ele, entregando os ingressos ao atendente. Caleb trouxe um tapete e um piquenique em uma bolsa térmica.
— Eu?
— Isso mesmo. Afinal, é escritora. E, ao que parece, a maior fã de Shakespeare.

Dou risada, fazendo cócegas na parte inferior das costas dele enquanto entramos no jardim e procuramos um lugar para sentar na grama.

O jardim murado parece mágico, como algo saído de um conto de fadas. Longos fios de lâmpadas circulam entre os galhos das árvores, o cheiro do orvalho da primavera e da grama pesando no ar. Os canteiros estão resplandecentes, repletos de tulipas e flores de mostarda em tons de amarelo, com botões florindo nas ameixeiras, cerejeiras e macieiras.

Além do muro de tijolos vermelhos, o céu está de um índigo imóvel, naqueles últimos minutos deliciosos antes de escurecer e uma galáxia de estrelas irromper acima de nossas cabeças. O espaço está quente, lotado de pessoas e conversas vibrantes, salpicado de risadas.

— Essa foi uma ótima ideia — comento, enquanto Caleb estende a toalha de piquenique.

— Bem, eu estava pensando em como convencer você a sair comigo de novo. E um velho amigo mencionou que estava na peça, então... — Ele abre as mãos, em vez de terminar a frase.

Dou risada.

— Sim, foi Shakespeare que me convenceu. Senão, eu com certeza teria recusado.

Trocamos um olhar carregado, e me pergunto se ele também está pensando na noite passada — os minutos passando lentamente enquanto nos beijávamos, aquela sensação de ter encontrado algo especial.

— Foi o que pensei — diz ele, sem se afetar.

— Então, qual é o papel do seu amigo?

Ele folheia uma cópia do programa.

— Conde Paris.

— Uau.

— O quê? É ruim?

Mantenho o rosto sério.

— Não sei dizer.

Ele ri e começa a servir a comida.

— Eu sabia que deveria ter prestado atenção nas aulas de literatura. Falando nisso, você não me enviou as páginas.

Faço careta. Hoje cedo, hesitei bastante em clicar em "enviar", antes de ser inundada por dúvidas.

— Eu sei.

Ele sorri.

— Eu provavelmente não deveria ter perguntado.

— Não, eu quero mandar, é só que... Talvez seja melhor fazer uma revisão primeiro.

Ele concorda.

— Se mudar de ideia, tudo bem. De verdade. Certo... Está com fome? Não sabia do que você gosta, então tive que adivinhar.

— Deixa eu ver o que você trouxe.

— Bem, estou tentando impressionar, então escolhi umas coisas bem chiques. Mas também trouxe alguns bolovos e salsichas em conserva. Além disso... — Ele levanta um saco de salgadinhos. — Não poderia faltar Scampi Fries.

Balanço a cabeça.

— Isso é incrível. Você adivinhou *tudo*. — Examino o banquete: azeitonas recheadas com alho, samosas de legumes, focaccia de quatro queijos, presunto defumado e salpicão de frango dispostos no cobertor de piquenique. — Você conseguiu, estou mesmo impressionada.

— Não tinha certeza do que você gostaria de beber, então comprei Prosecco e... — ele examina a garrafa —... refrigerante de ruibarbo.

— O refri para mim, por favor.

Ele pega a garrafa e começa a abrir, então hesita e resmunga um palavrão.

— O que foi?

— Esqueci as taças — explica, rindo. — Vamos ter que beber do gargalo.

— Isso talvez deixe tudo um pouco menos chique — brinco, indicando com a cabeça para as pessoas que nos rodeiam, todas equipadas com taças de champanhe de plástico.

— Tudo bem — sussurra ele. — Vamos esperar até as luzes se apagarem.

Como se ouvindo a deixa, um tambor toca no palco, as luzes do jardim diminuem, e a multidão murmurante faz silêncio. Mariposas voam pelo ar enquanto o palco é iluminado.

Um ator avança para o holofote.

— Duas casas, iguais em seu valor — grita o homem. — Em Verona, que nossa cena ostenta...

Do outro lado do piquenique, Caleb estende a mão, pega a minha e aperta.

— Ok, estamos seguros. Pode beber — sussurra ele.

E, quando abro um sorriso, sinto uma enorme onda de alívio por ter decidido ligar para ele semana passada, em vez de esperar pela memória de um homem perdido há quase dez anos no passado.

Embora o dia tenha sido quente — um clima mais adequado ao verão do que ao final da primavera —, nenhum de nós estava preparado para a queda brusca de temperatura conforme a rivalidade entre os Capuleto e os Montéquio avançava. No momento em que os atores se enfileiram no palco sob aplausos, estou tremendo, com os dentes batendo, mesmo me afogando no suéter que Caleb colocou sobre meus ombros durante o intervalo.

O amigo de Caleb, que interpretava o condenado Conde Paris, foi muito bem, mas uma grande multidão o cerca no final da peça, então decidimos que está frio demais para esperar para cumprimentá-lo.

— Meu Deus, desculpe — diz Caleb, depois de guardarmos nossas coisas e entrarmos na fila para sair do jardim murado. — Não achei que o clima estaria tão báltico.

Estamos rodeados de pessoas que claramente estão acostumadas a fazer esse tipo de coisa e vieram preparadas com camadas de roupas, chapéus e casacos grossos. Minha saia e meu suéter de emergência claramente me identificam como uma fã de primeira viagem do teatro ao ar livre.

Depois que saímos do jardim, nós dois hesitamos. Tenho certeza de que nenhum de nós quer que a noite acabe, mas ainda estamos naquele ponto do relacionamento em que precisamos discutir o que fazer.

— Quer voltar para a minha casa? — pergunta Caleb, passando o braço em volta dos meus ombros.

Gosto da sensação de estar perto dele, de nossos corpos juntos, de seu peito quente e inabalável.

Eu olho para ele e abro um sorriso.

— Parece uma boa ideia.

Andamos depressa de volta para a casa dele, de mãos dadas. Caleb não diz nada enquanto envolve meus dedos, e eu não faço nenhum comentário. Parece a coisa mais natural do mundo.

O céu noturno está repleto de estrelas, o vento que vem do mar é cortante e salgado. Acima dos telhados, a lua está baixa, como um disco de cera de vela gravado na escuridão.

— Então, qual a nota, de um a dez? — pergunta Caleb enquanto passamos pela pequena galeria de arte da cidade, uma exposição de paisagens marítimas iluminadas na vitrine.

— A peça ou o encontro? — pergunto, então hesito. Isso foi um encontro, não foi?

Caleb parece não perceber essa fração de segundo de dúvida.

— Vamos com a peça. Ainda não sei se estou em condições de ser julgado.

— Claro. Desculpe. Certo, acho que dou um belo nove. Você?

— Vou dizer... Sete.

— *Sete?*

— Foi mal. Mas eu gosto de peças com finais felizes.

— Mesmo as tragédias shakespearianas?
Ele ri, depois dá uma piscadela.
— Sabe, eu sempre achei que era uma história de amor.

Na cozinha, Caleb me oferece uma saideira e, quando recuso, diz:
— Você se importa se eu perguntar...?
— Álcool simplesmente não... me cai bem.
— Então você não bebe nada?
Balanço a cabeça.
— Não mais.
Ele concorda com a cabeça, sem parecer nem um pouco desconfortável.
— Bem, posso oferecer uma variedade impressionante de bebidas quentes.
— Ah, é?
Ele esfrega o queixo.
— Sim, parece até que coleciono... Você não faz isso? Tenho caixas aleatórias de chás, uns cinco tipos diferentes de café... chocolate quente, leite maltado e...
Ele começa a vasculhar um armário.
— Café está bom — interrompo, rindo.
Ele faz café para nós dois e, enquanto a água não ferve, volto para a sala e paro em frente a uma fileira de fotos na parede, todas com a assinatura de Caleb a lápis. Uma paisagem das dunas varridas pelo vento no final da praia de Shoreley; um cervo saltando por cima de um portão de cinco barras; uma foto de noivos no dia do casamento, com o brilho do sol poente logo atrás; uma foto em preto e branco de uma mulher mais velha rindo, que parece estranhamente familiar.
Sinto sua presença atrás do meu ombro, me observando vendo as fotos.
— São incríveis — elogio, me sentindo quase intimidada pelo talento dele.
— Obrigado — responde Caleb, com modéstia. Ele está deliciosamente próximo. Sinto o cheiro do sabão em pó da sua roupa, o leve perfume de loção pós-barba que permanece em sua pele. — Esse foi o casamento da minha meia-irmã. E essa última é minha mãe.

— Ela é linda — comento, compreendendo por que ela parecia familiar.

Caleb volta para a cozinha para terminar o café. Passo para outras duas fotos emolduradas acima da lareira. Uma delas é de Caleb parado em uma ponte com outros dois homens mais ou menos da mesma idade e um casal mais velho. Na outra, ele está sentado à mesa de jantar com a mãe, a meia-irmã e uma mulher e um rapaz mais novos.

Ele aparece atrás de mim de novo e me entrega uma caneca.

— Meus pais se divorciaram quando eu tinha 10 anos, então tenho um milhão de meios-irmãos.

Seu sorriso ao dizer isso não alcança os olhos, de uma forma que me lembra Jools quando fala sobre a família.

Sento-me no sofá e dobro as pernas embaixo do corpo.

— Vocês se dão bem?

Caleb fecha as cortinas e me passa um cobertor antes de acender uma luminária de aparência antiga que pisca e chia em protesto.

— Sim — responde, sentando-se ao meu lado. — É mais que... Não sei. Eu era filho único, mas meus pais construíram novas famílias há mais de vinte anos. Então às vezes me pergunto... onde eu me encaixo. Se é que isso faz sentido.

Faz total sentido, e sinto uma pontada de tristeza por ele.

— Eles moram perto?

Caleb nega com a cabeça.

— Meu pai mora em Devon, minha mãe em Newcastle. Tipo, tão longe um do outro quanto possível. E de mim, por acaso. — Ele sorri. — E os seus pais?

— Ah — digo, sentindo a onda irracional de culpa que surge sempre que converso com alguém com uma origem familiar não totalmente feliz. — Bem, a história dos meus pais é meio que... um conto de fadas maluco.

— Sério?

Tomo um gole de café.

— Sim, eles se conheceram nas férias quando tinham 20 anos, engravidaram da minha irmã e são estupidamente apaixonados desde então.

Ele sorri.

— Legal. Qual é o segredo deles?

— Eu acho... que eles sempre se consideraram almas gêmeas.

O sorriso de Caleb vacila de leve.

— Meu pai dizia isso de todas as mulheres que conheceu depois da minha mãe. — Percebo um leve revirar de olhos enquanto ele fala.

Torço o nariz, me sentindo mal por ele.

— Deve ter sido esquisito.

— Digamos que definitivamente matou para mim aquela ideia antiquada de destinos cruzados, amores escritos nas estrelas... essas coisas. — Seu sorriso retorna. — Mas deve ter sido bom para você ver a prova viva de um amor de verdade.

Para seu crédito, Caleb diz isso sem um pingo de cinismo.

— Você e seu pai são próximos?

Ele toma um gole de café.

— Para minha vergonha, sim. Eu sempre o idolatrei. — Ele ri. — Eu gostaria de não ser assim, na verdade. O problema é que ele é... irritantemente maneiro.

— O que ele faz?

— Ele é cinegrafista de vida selvagem. Sabe, para documentários e tal. Então, sim, eu basicamente quis *ser* ele a vida inteira.

— Foi daí que você pegou o gosto por viajar?

Caleb concorda.

— Acho que depois que Helen e eu terminamos, fiquei tipo... *Sim. É isso que preciso fazer agora.*

Sinto um aperto de ansiedade no peito.

— Então... isso vai acontecer em... breve?

Caleb sustenta meu olhar por um momento, depois solta um suspiro.

— Não. Quer dizer... não. Não é como se eu estivesse planejando dar no pé semana que vem ou algo assim. Não tenho nada planejado, não ainda.

Eu me forço a sorrir, mas por dentro estou pirando. É claro que alguém tão incrível como Caleb não iria simplesmente aparecer na minha vida sem problemas. Homens como ele não existem de verdade. *É claro* que ele está prestes a partir para o outro lado do mundo — é por isso que não se importa em morar de aluguel. Não quer criar raízes. E talvez por isso também não esteja interessado em começar nada sério, romanticamente falando.

— Você comentou que viajou depois da universidade — diz Caleb.

— Hum, não por muito tempo. Só uns três meses.

Com os olhos interessados, ele se inclina para a frente e faz mais perguntas, mas é difícil manter o mesmo nível de entusiasmo quando falo sobre isso e, depois de um tempo, suas perguntas param.

— Tive que interromper a viagem — concluo, sem muita convicção.

Caleb balança a cabeça.

— Por quê?

— Ah, você sabe. Só... não era para ser.

Ele não sabe, é claro, mas felizmente não insiste, então ficamos sentados um tempo em silêncio, terminando o café. De repente, me sinto tão culpada — como se tivesse estragado a noite terminando tudo com um clima tão ruim. Então ele pousa a caneca e se vira para tirar o cabelo do meu rosto.

— Já está quentinha?

Abro um sorriso e balanço a cabeça.

— Não. Ainda não.

— Bem, talvez eu possa ajudar com isso — sussurra ele, inclinando-se para me beijar.

— Assim, eu estou literalmente congelando — sussurro de volta, enquanto seus lábios se movem para meu pescoço.

Na parede, nossas sombras se avultam à luz do lampião.

Dessa vez, enquanto nos beijamos, arrisco passar a mão por baixo da camiseta dele, correndo os dedos por sua pele, roçando as costelas e os contornos de seus músculos.

Por favor, não vá a lugar nenhum, penso, enquanto ele geme baixinho. *Isso mal começou, mas já não quero que acabe.*

PARTIR

Domingo à noite, quarenta e oito horas depois do encontro no restaurante com Max.

Estamos na cama, tentando reunir energia para pedir um sushi, o que basicamente resume bem como este fim de semana foi decadente.

Só saímos do apartamento uma vez desde o encontro, ontem de manhã, e para comer, o que basicamente envolveu enfiar metade do mercado em um carrinho. Agora estamos cara a cara no colchão, a brisa que entra pela janela aberta acaricia meus ombros nus e quentes, e sinto o toque delicado dos travesseiros no rosto.

O quarto de Max é claro e vazio, com pé-direito alto e janelas de guilhotina. Muita luz. A cabeceira da cama de ferro fica contra uma parede áspera de tijolos expostos, e as roupas de cama são muito brancas e macias, com textura de marshmallow. Há poucos itens no quarto: um tapete cor de milho, um alto-falante pendurado em um canto, uma cômoda de madeira clara e um espelho de corpo inteiro encostado perto da janela. Sempre me pego olhando ao redor, tentando encontrar coisas que reconheço, pequenas bugigangas do nosso passado, mas não há nada.

O apartamento é calmo e tranquilo, como se estivéssemos em uma vila do interior, não em Londres, com janelas tão grossas que quase não dá para ouvir o trânsito. De vez em quando vem o som abafado de passos acima de nós, mas é bem diferente de sentar na sala de estar em Tooting, onde até atravessar um quarto no andar de cima a passos leves parece uma debandada. Ontem à noite, Max me disse que escolheu este apartamento em parte pelos vizinhos, sobre os quais fez pesquisas extensas antes de assinar o contrato.

— Isso é legal? — pergunto, dando risada.

— Se você acha que jornalistas precisam fazer pesquisa para ganhar a vida, tente fazer o que eu faço. Você não acreditaria nas coisas que descubro sobre as pessoas.

Estendo a mão para tocar o rosto dele. Sua pele está brilhante e úmida devido ao esforço.

— Sabe, na noite em que vi você lá em Shoreley... Eu tinha acabado de começar a conversar com um cara no pub.

Ele se apoia em um cotovelo e levanta uma sobrancelha.

— Como assim, *conversar*?

Eu sorrio e dou de ombros.

— Ah, você sabe. Mas aí vi você pela janela e simplesmente... larguei o cara no bar. De qualquer forma, ele anotou o número em um porta-copos e colocou no bolso do meu casaco. Só encontrei na semana passada.

Max dá risada.

— Uau. E você diz que sou sedutor?

— Eu sei. Quem imaginaria que você teria concorrência nesse quesito?

— E aí, vai ligar para ele?

Encontrei o porta-copos enquanto arrumava as últimas coisas para a mudança, quando caiu do bolso do meu casaco. Sorri ao virá-lo, depois o coloquei delicadamente na caixa de coisas que ficariam no sótão de Tash.

Finjo pensar no assunto.

— Pode ser. Só para não apostar todas as minhas fichas em um número só, sabe.

— Ah, com certeza. Muito esperta.

Eu me ajeito no colchão e o beijo — um beijo longo, profundo e intenso, para que ele não tenha nenhuma dúvida de que estou só brincando.

— Falando sério — sussurro —, você deveria saber que não tenho o hábito de fazer isso.

Seus olhos se enrugam nos cantos, formando um pequeno aglomerado de pés de galinha.

— Isso o quê?

Meu coração está dando cambalhotas no peito.

— Transar no primeiro encontro.

— Primeiro encontro. — Ele finge pensar no assunto. — Mas este tecnicamente não é... hum... nosso quadragésimo encontro, ou algo assim?

Abro um sorriso. Era o que eu queria que ele dissesse.

— Pode ser.

Por baixo das cobertas, Max passa a mão pela minha cintura.

— Não conta, Luce. Somos ex-namorados. — Então ele olha para mim e vira de costas. — Isso saiu errado. O que quero dizer é que somos eu e você. Já superamos essas coisas.

— Sim. Podemos simplesmente pular direto para a parte boa.

— Exatamente.

— Continuar de onde paramos.

Ele vira de volta para mim, me encarando com seus olhos cinza-fumaça.

— Sim.

Mas... onde foi que paramos?

Estou louca para perguntar isso desde sexta à noite. Desde o nosso beijo, daquela faísca que virou dinamite ali mesmo no sofá. Desde ontem de manhã, quando voltamos do mercado com cafés da delicatéssen italiana que acabaram frios e intocados na cozinha. Desde ontem à tarde, quando ele finalmente saiu da cama e me chamou para o chuveiro. Passei as últimas quarenta e oito horas numa espécie de torpor, suspensa em descrença idílica, mas até agora não consegui quebrar o encanto com as palavras que começo a dizer:

— Por que... você terminou, Max? — sussurro.

A pergunta é quase difícil demais de fazer.

Seu olhar percorre meu rosto de um lado para o outro, como se tentasse definir a resposta certa.

— Eu tive que terminar — responde ele, depois de um tempo.

Traço seu peitoral esquerdo com a ponta do dedo. A pele ainda está bronzeada, os músculos ondulando embaixo dela, seu corpo — quase uma década depois — parecendo uma versão ainda melhor de antes. Ele sempre correu e praticou esportes, mas agora seu físico parece mais bem-cuidado, como se também fizesse musculação de vez em quando. Por um momento, me sinto constrangida e me pergunto se ele está comparando quem sou hoje com a garota que amava naquela época.

Acho que não mudei muito. Não tenho o físico de bailarina da minha irmã, nem a beleza natural da Jools, mas, quando me comparo com fotos antigas, não vejo muita diferença, exceto talvez uma suavização da juventude do meu rosto.

— Você ficou... com medo do compromisso?

Nosso plano era mudar para Londres depois da formatura, e já havíamos conversado sobre alugar um apartamento juntos, até que uma conversa com Rob, um amigo dele, me fez pensar que eu tinha entendido errado. Discutimos sobre isso um dia — se ele ia morar comigo ou com Rob e Dean, outro amigo —, e, uma semana depois, ele terminou. Então me convenci de que era esse o motivo, embora ele insistisse que não.

— Não — responde ele, agora, mas não dá mais detalhes.

— Você conheceu outra pessoa?

Perguntei isso a ele naquela época, é claro. Mas talvez algumas coisas sejam mais fáceis de admitir depois de algum tempo.

Max balança a cabeça.

— Fiquei solteiro por dois anos depois que terminamos.

Ainda estamos de frente um para o outro, tão próximos que nossos lábios estão quase se tocando, os dedos deslizando pela pele. É como se estivéssemos tendo a discussão mais íntima de nossas vidas, em vez de estarmos presos em uma sucessão de becos sem saída na conversa.

Ele franze a testa.

— Você já... teve que abandonar algo porque sabia que era a decisão certa, mesmo que isso partisse seu coração?

— Não — respondo, com sinceridade.

Foi você quem partiu meu coração naquele dia.

Para minha surpresa, os olhos dele começam a se encher de lágrimas. Mal tive tempo de percebê-las, e já estão escorrendo pelo seu rosto, pingando no travesseiro como gotas de chuva.

Xingando baixinho, ele se senta, levanta da cama e vai para o banheiro. Eu também me sento, um pouco atordoada. Eu... nunca vi Max chorar de verdade. Nem quando ele ficou me encarando naquela ponte em Norwich, encharcado pela chuva e de coração partido, pouco antes de ir embora.

Foi você quem foi embora, Max. Achei que era isso que você queria. Como ainda pode sofrer tanto?

Ouço o barulho da água e, um minuto depois, ele volta para a cama, parecendo recomposto. Ele se senta ao meu lado, pega minha mão e entrelaça nossos dedos.

— Eu sei que devo mais do que essa resposta, Luce, mas... tudo o que posso dizer é que, naquela época, parecia a coisa certa a fazer. — Ele balança a cabeça. — Não quer dizer que eu não tenha grandes arrependimentos. Passei tanto tempo... pensando em como estaríamos agora se não tivéssemos terminado.

Ouvi-lo dizer tudo isso é como assistir a um foguete subindo ao céu, apenas para cair de novo momentos depois. Porque, embora seja reconfortante saber que não sou a única com arrependimentos, se nós dois nos sentimos assim, não significa que a separação foi inútil?

Revisito a fantasia tão familiar sobre como seria nossa vida se Max nunca tivesse terminado comigo. Estaríamos morando em um lindo apartamento, talvez até em uma casa. Teríamos muitos amigos, centenas de experiências valiosas compartilhadas. Teríamos visto o mundo, organizado o casamento do século. Teríamos gatos, com certeza. E estaríamos... planejando uma família. Uma confusão barulhenta e colorida para encher ainda mais nossos corações de amor. Minha vida teria seguido uma trajetória ascendente, em vez de nunca ter começado de verdade.

Mas, pior do que isso, talvez, é que eu sem dúvida teria permanecido na faculdade durante aquele último ano e me formado. Então teria me mudado para Londres com Max e encontrado um bom emprego. A esta altura, já teria uma carreira consolidada. Nunca teria ido para a Austrália, não teria conhecido Nate e não teria perdido tudo.

— Lucy?

Balanço a cabeça. Uma visão indesejável de Nate — seu rosto malicioso — permanece em minha mente.

— Sim?

— Eu estava perguntando o que você quer — diz Max, gentilmente.

— O que eu quero?

Ele concorda com a cabeça.

— Sinto que já se passou tempo suficiente para talvez... E sei que não te mereço, Lucy, mas...

Com o coração acelerado, eu me inclino e sufoco suas palavras com um beijo.

Nem me ocorre perguntar por que seria importante que o tempo passasse.

Max precisa pegar um trem para Leeds na manhã de segunda-feira. Ele diz que vai ficar lá até quinta, em reuniões e visitas a um empreendimento de alto-padrão para uso misto no centro da cidade — objeto de uma disputa na qual sua empresa está trabalhando, e parece que há milhões em jogo. Mas combinamos de nos encontrar na sexta-feira à noite, assim que ele voltar para Londres.

Em Tooting, a casa parece sombria e solitária, agitada pelo barulho da rua e dos tiros intermitentes vindos da TV do vizinho. Eu costumo gostar bastante de barulho, acho reconfortante, mas, depois de um fim de semana aconchegada no santuário macio e reluzente do apartamento de Max, é mais fácil ver como este lugar é malcuidado. Cantos sujos e superfícies sem adornos, pintura descascada e pressão fraca da água, um leve cheiro de umidade.

Estou morrendo de vontade de falar com alguém, mas Jools e Sal ainda estão no plantão, e Reuben está na casa da namorada em Leyton.

Preparo uma xícara de chá, subo as escadas e dou uma olhada no telefone. Só uma mensagem, do Max.

Que fim de semana maravilhoso. Você é incrível. Até sexta bjs

Ligo para a minha irmã. Como era de se esperar, ela já está no escritório — é chefe de desenvolvimento de negócios em uma agência de marketing digital —, tomando um suco verde que acho que é o que ela chama de café da manhã. Está vestida para o clima quente, com uma blusa creme de mangas curtas, e o cabelo loiro em um corte chanel imaculado, como fios de ouro. Meu coração se aperta quando a vejo, principalmente porque sei o quanto ficará preocupada quando descobrir o motivo da ligação.

— Eu... tenho uma coisa para te contar.

Ela olha para a tela, como se estivesse procurando pistas no cenário escuro do meu quarto.

— O quê? O que foi? Está tudo bem?

Solto um suspiro. O pequeno discurso tranquilizador que preparei desaparece da minha cabeça.

— Eu... Eu e Max...

Seu rosto se contrai.

— Você e Max o quê?

— Eu acho que... nós... vamos tentar de novo.

A expressão dela muda em um segundo. Eu não esperava que a reação fosse tão imediata.

— Não, Luce. Por favor, ele não.

— Tash, está tudo bem...

— Não, não está. Não está bem.

Por um momento, acho que ela está prestes a hiperventilar.

— Ele se sente péssimo com a forma como tudo terminou.

Ela balança a cabeça, como se isso fosse irrelevante. Eu a observo tentando se recompor.

— Só acho que você poderia arrumar coisa... *muito* melhor. Deve ter tantos caras legais em Londres. Por que você não espera até começar no trabalho novo, para ver se tem alguém legal no escritório?

— Porque — argumento, sem forças — é o *Max*. Ele sempre foi aquela conexão perdida para mim. A pessoa com quem eu deveria estar. Sabe?

— Mas não era nada disso, era? — questiona ela, a voz suavizando um pouco como se estivesse me dando uma má notícia. — Vocês terminaram e ficaram sem se falar por quase uma década.

— Mas agora... nos encontramos de novo.

É estranho discutir sobre Max assim. Fizemos isso poucas vezes nos anos depois do término. Tash nunca o perdoou pelo que fez comigo, sem contar o tempo passado desde que ele foi embora. Nunca pareceu haver muito sentido em falar dele.

— Lucy — diz Tash, num tom de voz mais urgente. — É só nostalgia. Você sabe disso, não sabe?

— Ou talvez ele seja minha alma gêmea.

Decido não mencionar o horóscopo do dia em que o encontrei, já que tenho certeza de que seria o suficiente para fazer Tash perder a cabeça de vez.

Ela franze a testa.

— Sabe, outro dia li uma matéria sobre como as pessoas pensam que conheceram sua alma gêmea quando na verdade é... só tesão. Que todos os fogos de artifício e o amor à primeira vista são só um monte de substâncias químicas espalhadas pelo cérebro. São as conexões lentas que significam mais.

A maneira como ela diz isso implica a suspeita de que Max e eu estaríamos no extremo mais leve do espectro de profundidade emocional.

— E a mamãe e o papai? Eles são almas gêmeas, com certeza. E você e Simon.

Ela pausa um pouco, olhando para a tela como se não reconhecesse mais a pessoa do outro lado.

— Só não quero que você se magoe de novo, Lucy — responde, depois de um tempo, como se soubesse que está perdendo a discussão e, por extensão, quase me perdendo. — Depois que vocês terminaram, quando você voltou da viagem, era como se fosse... outra pessoa.

Ela acha que foi Max quem fez isso comigo, mas não digo que na verdade isso não teve nada a ver com ele, ou pelo menos muito menos do que ela imagina. Nunca contei a ela sobre o que aconteceu na Austrália. E tanto tempo se passou que agora duvido que algum dia eu vá contar.

Naquela época, minha irmã dizia que eu tinha esquecido como correr riscos, ser espontânea. Bem, o que é concordar em voltar a sair com Max se não um risco, uma prova de que recuperei meu senso de aventura?

— Por favor, por favor, só me prometa que vai pensar bem antes de fazer qualquer coisa — pede Tash.

Meio tarde para isso, penso. Mas ela parece quase de coração partido por mim, então concordo com a cabeça.

— Ele viajou a trabalho esta semana. Prometo que vou pensar bem antes do fim de semana.

Eu sei o que ela está pensando: *Max saiu de férias por quinze dias e agora está numa "viagem a trabalho" por uma semana?* Deve suspeitar que ele fugiu com outra pessoa naquela época. No mínimo, sei que minha irmã acha que estou cometendo um grande erro.

Mas como isso pode ser verdade, se estar com Max sempre pareceu tão certo?

Quando chegou o Natal, no final do nosso primeiro período na universidade, já éramos amigos havia três meses. Amigos que flertavam muito, que todos presumiam que já estavam juntos. Que trocavam mensagens o dia todo e à noite iam para o quarto um do outro. Que se encontravam para tomar café no campus, sentavam juntos no bar, guardavam lugar um para o outro no cinema.

Ainda estou surpresa por termos nos segurado tanto: éramos ambos solteiros, frequentemente desinibidos pela bebida, conhecíamos profundamente os detalhes da vida um do outro. Mas Max depois disse que tinha medo de estragar nossa amizade, e eu provavelmente duvidava demais de mim mesma para dar o primeiro passo. Afinal, era o Max — tão popular no campus, tão bonito, o tipo de cara sempre cercado de gente — e eu, que nunca tivera um só namorado, não a sério.

Eu sabia que Max havia tido uma namorada em Cambridge. Os dois terminaram durante o verão — e ela continuou lá, para estudar na

Universidade de Cambridge. Dei uma stalkeada nela nas redes sociais, o que não ajudou com meus problemas de confiança: era linda, com um jeito alegre e despreocupado que me convenceu de que Max certamente voltaria a procurá-la em algum momento.

Mas três meses se passaram, e de repente era dezembro, e eu estava fazendo as malas para voltar para Shoreley na mesma hora em que Max pegaria o ônibus de volta para Cambridge.

Ele entrou no meu quarto no início da tarde do nosso último dia no campus segurando um moletom com capuz. Seu cabelo estava úmido, e ele tinha um leve perfume daquele sabonete com ervas que era o favorito de todos os caras que eu conhecia, então imaginei que havia saído para correr.

— Encontrei isto debaixo da cama — comentou ele.

— Seu maravilhoso! — Abri um sorriso. — Eu estava procurando esse casaco.

Max hesitou, de repente parecendo confuso, o que não era muito típico dele, que sempre sabia o que dizer, nunca ficava sem palavras. Seu sucesso nas competições de debate dos estudantes de direito era prova disso.

Parecendo se recuperar, ele sorriu e continuou ali perto da minha cama. O colchão estava à vista, os lençóis já em um saco de lixo prontos para serem enfiados direto na máquina de lavar dos meus pais, em Shoreley.

— Ei, encontrei a Anna na cantina mais cedo. Finalmente tive coragem de dizer para ela que meu nome não é Matt.

Abri um sorriso. Anna era uma das tutoras de Max, mas passara o semestre inteiro errando o nome dele — embora já estivesse convencida de que Max tinha potencial para ser um advogado de primeira linha.

— Ela ficou com vergonha?

— Morrendo. Comprou até uma torta de carne e um café para mim.

— Então valeu a pena.

— Rá! — retrucou ele, porque era uma piada interna entre nós dizer que o café da cantina não passava de água morna marrom. Então, de repente, ele soltou: — Você deveria vir para Cambridge comigo.

Baixei a camiseta que estava dobrando.

— Como é?

— Venha para Cambridge. Fique um pouco. Vai ser estranho não ver você por três semanas.

Concordei com a cabeça.

— Eu sei. Vou sentir saudade.

Ele olhou para o chão.

— Eu roubei uma coisa mais cedo. Da cantina.

— Sério?

Fiquei um pouco confusa. Como assim? Max era honesto demais para roubar.

Ele assentiu, então enfiou a mão no bolso de trás da calça jeans e tirou um raminho de plástico verde, meio amassado.

Azevinho.

Um sorriso se espalhou pelo meu rosto, e meu coração disparou e começou a girar descontrolado em um eixo que eu não sabia que existia.

Max levantou o azevinho com uma das mãos, o outro braço às costas, e os olhos cinzentos fixos nos meus.

— Eu precisava de uma desculpa, Luce. Para fazer algo que tenho vontade de fazer desde que nos conhecemos.

Meu sangue esquentou e meu coração enlouqueceu, cada parte de mim dominada pelo desejo. Então dei um passo à frente, colei os lábios nos dele, e de repente estávamos nos beijando, um beijo forte, quente e rápido, o braço de Max firme sobre meus ombros enquanto a distância entre nós diminuía. E logo o azevinho sumiu em algum lugar no tapete, chutado para debaixo da cama quando caímos no colchão.

No corredor, alguém tocava músicas natalinas, uma melodia tilintante e cheia de sinos. Portas rangiam e batiam, passos e vozes soavam, risos e gritos, o cheiro sempre presente de torrada no ar. Estávamos rodeados de pessoas e, no entanto — tal como senti naquela primeira noite —, a presença delas só parecia aumentar a privacidade entre nós, escondidos atrás da minha porta fechada.

Queria dormir com ele. Não parecia importar que aquele fosse nosso primeiro beijo, que dirá qualquer outra coisa. Eu sabia que nossa relação era especial, embora ainda não tivéssemos explorado muito bem *o que* era. Eu via um futuro com ele. *Sentia* isso. Uma certeza inexplicável de que estávamos destinados a ficar juntos.

— Lucy — sussurrou ele, quando começamos a arrancar as roupas um do outro. — Você... Você já...?

— Não — sussurrei de volta. — Mas está tudo bem. Eu quero.

— Tem certeza? Porque está tudo bem se... — As palavras foram abafadas, mas eu sabia que ele estava falando sério.

— Sim — falei, sem fôlego, beijando-o com mais força, com mais insistência. Eu nem me importei de estar usando meu jeans surrado e uma camiseta tão velha que o logotipo havia desbotado, ou de estar completamente sem maquiagem. Só conseguia pensar em Max, na pressão profunda de seu beijo, no calor úmido de sua pele recém-saída do banho. — Sim, eu tenho certeza.

Então Max foi meu primeiro, naquela tarde fria e ensolarada de dezembro, no meu quarto da universidade. E não foi nada parecido com o que minha irmã ou minhas amigas descreveram — nem estranho, nem doloroso, nem um pouco *ausente*. Foi sincero e especial, terno e memorável. Tudo o que eu esperava que fosse.

7

FICAR

É início da noite, e estou em um dos sofás da sala de Tash e Simon. Dylan está encolhido em uma poltrona com o iPad de Tash, já de banho tomado e pijama. Ele deveria estar brincando com um aplicativo de multiplicação, mas sei que está vendo crianças desembrulhando brinquedos caros no YouTube. Semana passada, Dylan anunciou que também queria fazer vídeos, e meu coração meio que se partiu por ele, porque sei que, no fundo, meu sobrinho não entende por que outros meninos podem brincar com tantos brinquedos incríveis o tempo todo, e ele não. Tash e Simon podem estar bem de vida, mas Dylan nunca foi mimado.

Os dois abriram uma das garrafas de vinho que guardam no porão — ou, como gosto de pensar, no subsolo, já que o porão tem mais ou menos o tamanho de uma casa. Estou experimentando uma margarita feita com destilados sem álcool: no início estava cética, mas Tash é do tipo que se importa mais com o fato de eu não beber do que eu e se sente culpada por beber, a não ser que eu tenha uma alternativa não alcoólica em mãos. Então deixei que ela brincasse com limão, gelo e xarope de agave, e o resultado não foi ruim.

A tarde foi quente, e as cortinas de brocado ainda estão abertas diante das portas de vidro, deixando entrar a brisa junto com o som do balido dos cordeiros. Para além do limite do vasto jardim gramado, a vista ondula, dando lugar a uma tapeçaria de campos e sebes que leva até o mar distante.

— Então, lemos as páginas — comenta Tash, enfiando os pés embaixo do corpo no outro sofá.

Tash e Simon estavam me importunando para deixá-los dar uma espiada no romance, então, alguns dias atrás, enviei por e-mail as primeiras dez páginas para que lessem. E, antes que pudesse mudar de ideia, enviei o mesmo e-mail para Caleb, com um recado que dizia: **Uma condição: você não pode dizer que está bom se achar péssimo bjs**

Ele respondeu o e-mail em trinta segundos. **Tenho certeza de que não vou achar. Mas claro que eu prometo bjs**

— Então… o que achou? — pergunto a Tash, hesitante.

— Achamos adorável — responde ela, num tom alegre, como se estivesse contando de um casamento que na verdade achou um tédio.

Ao lado dela, Simon balança a cabeça com uma empolgação que parece ensaiada.

— Muito, muito bom mesmo.

Acho que Simon tem o que se poderia descrever como uma beleza clássica. Ele mantém o cabelo escuro curto — pouco mais do que uma sombra bem aparada, na verdade —, e uma linha desenhada de barba por fazer ao longo do queixo. Meu cunhado é corretor de imóveis, o que parece envolver muito golfe e uma série interminável de premiações de nicho em dias úteis.

Dylan desce da poltrona e corre até Simon com o iPad, berrando incoerências sobre uma lambreta.

— Sei — respondo, incerta. — Algo mais específico do que "adorável" e "muito bom mesmo"?

— *Atmosférico* — declara Simon, triunfante, depois de uma pausa, como se tivesse tido um insight durante um programa de perguntas e respostas. Ele abre os braços e deixa Dylan subir em seu colo.

— Por favor — insisto, impaciente. — O que vocês acharam de verdade?

Tash toma um gole de vinho.

— Achei a escrita fantástica. É sério.

— Mas…?

Ela hesita.

— Acho que fiquei um pouco surpresa por se passar nos anos 1920.

— Por quê?

Um dar de ombros discreto.

— Sei lá. Acho que porque você tinha falado que era vagamente baseado na história dos nossos pais. Então talvez eu tenha esperado que fosse moderno.

— Bom, por isso a palavra "vagamente". Eles só foram a inspiração, não é uma biografia.

Ela toma outro gole de vinho.

— Você entrou em contato com aquele cara, afinal? O do grupo de escrita?

Eu a encaro, incrédula.

— Ai, meu Deus, você odiou muito.

Minha irmã arregala os olhos.

— Não, não foi isso que eu quis dizer! Só me lembrei de que você ia tentar uma aula com aquele grupo, só isso.

Insegurança e vergonha se espalham pelo meu peito como uma mancha roxa.

Houve alguns momentos ao longo dos anos em que o mundo parecia me dizer para desistir dessa história de escrever. Como quando um vazamento de água explodiu no teto do quarto da faculdade e destruiu todos os meus cadernos de rascunho. Ou quando um conto meu foi selecionado para uma antologia logo antes de eu ir embora, e a editora independente que ia publicar o livro foi à falência antes de imprimir os exemplares. Todas as propostas que enviei a revistas foram devolvidas com cartas de rejeição padronizadas.

De repente me sinto humilhada e exposta. Meu pior medo sempre foi que meu livro não fosse bom o bastante para ser lido, ou sequer escrito, e essa resposta morna só provou que esse temor era real.

Por que, por que, *eu fui mandar isso para o Caleb?*

— Você me *incentivou* a fazer isso, Tash — lembro a ela, com uma atitude infantil e defensiva.

Minha irmã arregala ainda mais os olhos.

— Lucy, está incrível... de verdade. — Tash cutuca Simon ao seu lado. — Né?

Ele ergue os olhos.

— Sendo sincero, eu não sou muito de ler, mas... sim, está legal.

Não foi lá um elogio dos mais entusiasmados.

Tash revira os olhos.

— Lucy, eu juro, eu *amei* as conversas entre Jack e Hattie, e você escreve muito bem... — Ela se interrompe, parecendo perceber a necessidade de escolher as palavras com cuidado. — Eu só me lembrei daquele grupo de escrita e pensei que, bem, pode ser útil. Porque você é iniciante. Nunca fez aulas nem nada assim.

Pego o copo de vidro com o resto da margarita falsa. Se não consigo nem mostrar o que escrevi para minha própria irmã sem me sentir assim, quais são as minhas chances na frente de estranhos?

Por sorte, Dylan ergue o iPad para o rosto de Simon e começa a descrever sua lambreta favorita de uma lista de três opções, o que nos salva de ter que ficar naquele silêncio constrangedor.

— Eu me expressei mal, Luce — diz Tash, depois que Dylan terminou seu discurso de vendedor. — A gente amou, de verdade.

Eu a encaro.

— Sério?

— Sério.

Dylan solta um gritinho de felicidade com algo que o pai falou e sai correndo da sala, largando o iPad. Simon aproveita para encher a taça de Tash e sua própria.

— E aí, como estão as coisas com o cara novo? — pergunta, claramente percebendo que precisava mudar de assunto.

Tash parece aliviada.

— É, e aí? Quais as fofocas?

Abro um sorriso.

— Não tem fofoca — respondo, toda pimpona, o que meio que é verdade.

— Ah, por favor! — insiste Tash. — Queremos todos os detalhes sórdidos.

Balanço a cabeça.

— A gente só se conhece faz o quê? Duas semanas?

— Mas você gostou dele, né?

Não consigo segurar o sorriso.

— Gostei, sim. Mas... — deixo as palavras morrerem, sem saber se meus medos são infundados.

Tash se inclina para a frente.

— Mas o quê?

— Sei lá... Tipo, ele falou que se separou da esposa porque tinham se tornado pessoas diferentes.

— Hum...

— E ele tem várias características legais, mas... Ele quer viajar e só é... muito diferente de qualquer outro cara com quem eu já namorei.

No passado, eu me atraía principalmente por caras muito motivados, focados e objetivos. Isso não quer dizer que Caleb não seja nenhuma dessas coisas, mas certamente não é o que me viria à mente se me pedissem para descrevê-lo. Ainda assim, ele não ser meu tipo parece uma coisa boa.

Mas ainda não consegui descobrir se estamos evitando aumentar a intimidade física porque Caleb não está planejando ficar muito tempo por aqui. Passamos horas nas últimas semanas nos beijando no sofá, mas ainda não fomos além disso, e talvez seja porque ambos sabemos que não vai durar.

— Ele ser diferente não é ruim, é? — pergunta Simon. — Quer dizer, esses outros relacionamentos terminaram, então...

— Sim, com certeza. Não, é mais que... Gosto muito dele e não quero me envolver muito se...

— Ele pode desaparecer a qualquer momento? — adivinha Tash.

Concordo com a cabeça.

— Você poderia simplesmente perguntar a ele — sugere Simon, dando de ombros.

— Ainda é cedo. — Eu sorrio. — Não quero assustá-lo.

— Sabe o que eu acho que você deveria fazer? — pergunta Tash.

— Não, o quê?

— Você deveria se divertir. Só isso. Quem disse que precisa levar isso a sério?

Engulo em seco e concordo com a cabeça.

— É, eu sei.

Mas o que não digo a eles — afinal, como posso ter certeza disso assim tão cedo? — é que tenho a sensação de que, no fundo, já levo Caleb a sério.

Já sei que não quero perdê-lo.

No dia seguinte, Caleb me convida para jantar em sua casa. Saio para o chalé às seis, a mente vibrando com a expectativa.

Já adoro o chalé Spyglass e seus duzentos anos de história, a minúscula escada em caracol, o banheirinho apertado. Sim, não está muito bem cuidado — a pintura dos caixilhos das janelas está descascando, a instalação elétrica é instável e algumas tábuas do chão estão empenadas —, mas tem caráter, personalidade. Há vidas e memórias entranhadas naquelas paredes.

— Tem alguma coisa cheirando bem... — comento, depois que ele me convida para entrar e eu o sigo até a cozinha.

Caleb está de calça jeans desbotada e uma camiseta meio amassada, os pés descalços e o cabelo despenteado como se tivesse acabado de sair do banho.

— Obrigado, mas... é melhor você esperar para julgar depois de comer.

Sorrio e passo para ele a assadeira com o *crumble* de maçã, minha sobremesa-padrão para jantares, em vez do vinho.

— Idem. Então, qual o menu?

Observo o conteúdo borbulhante da Le Creuset em cima do Aga, o esmalte laranja da panela manchado de marrom devido aos anos de uso.

— Bem, começou como um curry vegetariano, mas todos os meus temperos estavam fora da validade, então... acho que é melhor chamar de ensopado. — Sua expressão parece estar no meio do caminho entre uma careta e um sorriso. — Mas todos os vegetais são da horta, então espero que você me dê pontos por isso.

Abro um sorriso.

— Não se preocupe. Era para o meu *crumble* ser uma torta, até que percebi que não sei fazer massa. As maçãs vieram da árvore da minha irmã, pelo menos.

— Eu realmente não acredito que tenhamos boas chances se o apocalipse chegar, Lambert.

Dou risada, lisonjeada pelo uso repentino e afetuoso do meu sobrenome. Ele me lança um sorriso de lado.

— Desculpe. Não tenho ideia de onde veio isso.

— Não, eu gostei.

Ele solta um suspiro.

— Estou sendo o anfitrião mais estranho de todos os tempos, literalmente. Devo estar nervoso ou coisa parecida.

— Não acho que você fique nervoso.
Ele sorri e encontra meu olhar.
— Às vezes eu fico.

Como a noite está quente, comemos ao ar livre, no quintal, sentados em cadeiras de plástico cobertas de líquen. O quintal é comprido, estreito e cheio de plantas, como se não fosse cuidado há uma década, mas Caleb abriu espaço para a horta em meio à selva de espinheiros e urtigas. A vegetação exuberante é pontilhada pelo toque amarelo-manteiga dos dentes-de-leão, as nuvens violeta de miosótis, a espuma cor de creme dos antriscos. No outro extremo do quintal, dá para distinguir uma sebe rebelde de espinheiros, entrelaçada com madressilvas e ladeada por uma fileira de tílias, as folhas balançando suavemente na brisa. Atrás, o sol poente transforma o céu em um drinque carmesim, as nuvens como pinceladas de aquarela.

Caleb está me mostrando as fotos em que estava trabalhando nesta semana: o bar e restaurante de frutos do mar no calçadão, que acabou de receber uma ótima crítica em um jornal local. As fotos são impressionantes, capturando com precisão o ambiente rústico e "pé no chão" do lugar, mas também exibem as postas de peixe como se fossem obras de arte.

Depois de terminar o ensopado, que estava muito bom, dividimos o *crumble* em tigelas e o inundamos de creme inglês.

— A propósito, retiro o que disse — comenta Caleb, examinando sua colher depois de alguns bocados. — Sobre o apocalipse. Acho que nos sairíamos bem.

— Minha irmã que merece o crédito por isso — admito. — Ela teve que me explicar passo a passo. Ela é muito melhor do que eu na maioria das coisas.

— Você é muito boa.

— Até parece.

— Acho que as pessoas se sentem sempre assim em relação aos irmãos mais velhos, né?

Lambo a colher, pensativa.

— Talvez. Você se sente assim com os seus? — pergunto, me referindo aos meios-irmãos dele.

— Sim. O que é idiota, porque nunca gostei de dinheiro e carros esportivos e... — Ele olha para mim antes de dar mais detalhes. — Meus meios-irmãos por parte de pai são mais velhos e trabalham com imóveis, e parece que fazer com que todos se sintam um fracasso é o hobby deles. Ou talvez seja só comigo. Acho que me veem como o perdedor da família, embora mal *me considerem* família.

Penso em quando voltei da Austrália e me afastei quase completamente da minha família. Acho que nem Tash sabia como se conectar comigo. Houve um tempo em que só nos falávamos com intervalos de semanas. Acho que, no fundo, tive inveja de como a vida parecia ter sido tranquila para ela. De como ela parecia encontrar tudo tão fácil. Da força de seu relacionamento com Simon.

Mas, quando Dylan nasceu, tudo mudou. De repente, havia uma vidinha totalmente nova me ligando à minha irmã. Dia após dia, meu sobrinho começou a nos aproximar e, vivendo sob o mesmo teto, acabamos recriando o forte vínculo de quando éramos crianças. Mais forte, até.

— Então... — começa Caleb, me observando com um sorriso. — Eu li o que você mandou.

Por reflexo, coloquei a mão no rosto, ainda um pouco arrasada pela reação meio morna de Tash e Simon na noite passada.

— Não sei se quero saber.

Ele pega mais sobremesa.

— Por quê?

— Por que o quê?

— Por que você não quer saber?

Abro um sorriso e tomo um longo gole de água, tentando engolir minha vulnerabilidade.

— Deixei minha irmã e o marido dela lerem as mesmas páginas que enviei para você.

— E?

Dou de ombros de leve.

— Eles estavam esperando algo diferente, acho. Talvez simplesmente não seja do gosto deles.

Enquanto conversamos, ouço o leve murmúrio das ondas na praia dançando pelo ar, que se mistura com os gritos e vozes dos turistas andando pela cidade e a música ao vivo do jardim do Smugglers. Shoreley está se preparando para a alta temporada, e, embora eu ame como os turistas se aglomeram na cidade como pássaros migratórios nos meses de verão — desperta meu sentimento de orgulho local —, acho que, no geral, prefiro a baixa temporada, quando as ruas de paralelepípedos estão tranquilas, a praia é uma tela em branco e sempre dá para ouvir o mar.

— Lucy. — O olhar dele se fixa no meu. — Eu amei.

Uma brisa quente levanta o cabelo do meu rosto. Eu o aliso e torço o nariz, envergonhada.

— Sério?

Ele se inclina para a frente.

— Sério. Deus, quando você contou sobre toda aquela coisa de Margate nos anos 1920 e estávamos conversando sobre *O grande Gatsby* e todo o hedonismo e esperança... Assim, parecia ótimo. E você acertou em cheio, cem por cento. Era como se eu estivesse lá. Eu me senti... transportado, completamente absorvido. E a química entre Jack e Hattie é de outro mundo.

Sinto um rubor de orgulho subir pelo pescoço.

— Uau. Obrigada.

— Estou falando sério. Sua escrita é linda. De verdade, Lucy. Não tenho certeza do que esperava, mas... você tem um dom.

Deixo seu olhar me atravessar, o prazer brotando em minha barriga.

— Você não está dizendo isso só para me agradar?

— Acredite, sou um péssimo mentiroso. — Ele sorri, um pouco sem jeito. — Olha, eu entendo: venho divulgando meu trabalho há Deus sabe quanto tempo. Entendo como é difícil mostrar suas obras pela primeira vez. É por isso que eu nunca mentiria para alguém nessa situação. Eu respeito você demais para isso, Lucy.

Percebo que estou tremendo um pouco e, pela primeira vez em anos, sinto vontade de tomar um longo gole de vinho branco gelado. Respiro fundo, trazendo o cheiro de madressilva para os pulmões.

— Para ser sincero, estava torcendo muito para que fosse bom, porque sabia que não conseguiria fingir estar impressionado. Para minha sorte, não precisei mentir.

— Obrigada — digo, finalmente relaxando o suficiente para poder sorrir. — Isso significa muito. Escrever... é tudo o que eu sempre quis fazer.

— Lucy — continua ele, se inclinando por cima da mesa como se quisesse muito que eu ouvisse suas palavras —, você escreve muito bem. Deveria continuar.

Mordo o lábio.

— Tash me deu um folheto de um grupo de escrita em Shoreley.

— E você vai?

— Talvez.

— Mal não faria. — Ele me encara, como se entendesse minha reticência sem que eu nem precisasse falar nada. — Esse é um dos motivos pelos quais eu gostaria de ter continuado na faculdade, sabe. Ter esse... apoio do grupo é muito importante.

— Você já duvidou de si mesmo? Com seu trabalho, quer dizer.

— Só todos os dias — responde ele, com um sorriso suave no rosto. — Olha, se você faz algo criativo, vai passar a vida inteira questionando suas escolhas e duvidando das suas habilidades. Faz parte. Mas o retorno, quando vem... A sensação de outra pessoa gostar do seu trabalho, de conseguir pagar o aluguel por mais um mês com algo que você sonhou... não tem nada igual, Luce.

— Eu fico muito feliz de ter conhecido você. — As palavras saem dos meus lábios sem permissão. Eu tento alcançá-las com uma risada nervosa.

Mas Caleb não ri. Ele me encara bem nos olhos.

— Eu também fico muito feliz de ter conhecido você.

Do Smugglers vem uma música acústica que não consigo identificar exatamente, mas parece Jack Johnson.

— Eu nunca... — começo, mas me interrompo. — Isso parece muito...

— Aham. Parece mesmo, né?

Então ele se inclina para a frente e me beija, os lábios pressionando os meus com uma força doce que me faz derreter. Sua boca abre a minha com curiosidade, e tenho que me segurar para não demonstrar o quanto quero isso, o quanto quero esse homem incrível que sabe exatamente o que é ser humano, cujo coração parece bater em compasso com o meu.

Depois de alguns minutos, nós nos afastamos gentilmente. Caleb ainda está segurando minha nuca.

— Quer entrar?

Só consigo soltar um murmúrio feliz em resposta, mas por sorte ele me entende, então largamos os pratos e as taças e Caleb me leva de volta para dentro, segurando minha mão como uma promessa. Meu corpo vibra, quase estremece, de tanto desejo.

Na sala, ele se vira para me encarar e me beija de novo. Dessa vez a intensidade aumenta rápido, nossos movimentos acelerando, mais determinados e ansiosos. Nossas bocas estão quentes e úmidas, a respiração alta e arfante. Agarro a bainha da camiseta dele e a arranco por cima da cabeça, fazendo nós dois tropeçarmos para o sofá. Puxo Caleb para cima de mim, e ele ergue meu vestido. Um gemido agudo me escapa da garganta com a tortura deliciosa dos dedos dele nas minhas coxas. Eu me deixo mergulhar em seu toque, seu peso sobre mim me deixando louca, a sensação das mãos dele na minha pele sob o tecido.

Exploramos cada centímetro de nossos recônditos mais escondidos, dedos acariciando a pele, a tensão e o relaxamento dos membros. Descubro que Caleb não é exatamente musculoso, é forte e magro. Ele tem o físico não de quem frequenta a academia, mas de quem nunca precisou disso.

Abro seu cinto, me deliciando na dança do hálito quente dele em meu pescoço. Então tudo que ouço é meu sangue correndo e os gemidos guturais que Caleb solta dizendo meu nome enquanto enfim me penetra e sou completamente inundada, intoxicada, dominada pelo prazer.

PARTIR

Enquanto Max está em Leeds, decido aproveitar ao máximo minha última semana de liberdade — tranquilizada pela perspectiva do próximo salário — antes de começar na Supernova, na segunda-feira. A ideia é explorar Londres na primavera, e é como se estivesse emergindo da crisálida da minha antiga vida. As árvores estão cheias de verde, os galhos pesados com folhas que mais parecem confetes, e rastros de nuvens finas esculpem cicatrizes no céu azul. Famílias, turistas e trabalhadores de escritório —

distinguíveis pelos estilos de caminhada, curiosidade e impaciência — se despem das roupas de inverno como pássaros na muda. Passo alguns dias visitando as recomendações de Jools dos melhores cafés para tomar um brunch, os melhores lugares para comprar brownies, croissants quentes e *lattes* com leite integral. Visito brechós, livrarias e mercados, compro donuts artesanais, rolinhos de salsicha recém-assados e braçadas de flores para a casa. E, quando Jools não está trabalhando à noite, desbravamos a água ainda fria da piscina pública antes de encher a barriga com *mezze* libanês no Common, observando as crianças correrem pela grama recém-cortada — o perfume inebriante como o de hortelã recém-colhida —, nos deliciando com a liberdade do solo firme e o calor da nascente.

Também vou às compras, atualizo o guarda-roupa de trabalho para o verão, passo horas no Instagram tentando descobrir como se vestir no mundo da publicidade. Já trabalhei com publicidade, claro, mas era num prédio comercial brutalista e horrendo, colado a um edifício-garagem em Shoreley. Nylon tinha grande destaque nos looks de lá. Não era nada como o Soho e a Supernova.

À noite, Jools e eu saímos para drinques, pizza de fermentação natural e guloseimas noturnas em docerias vinte e quatro horas. Às vezes encontramos Reuben ou Sal, que decidi que quero como minha parteira se algum dia eu engravidar.

Sul-africana, Sal é uma daquelas pessoas com uma história para contar não importa onde esteja, não importa com quem encontre: o pub onde teve uma conversa longa e envolvente com Jack Dee; o garçom com seu vício em drogas pesadas para o chamado sexo químico e em BDSM; aqueles rapazes que parecem de uma torcida organizada, mas na verdade estão no alto escalão de uma famosa gigante da tecnologia.

Max e eu conversamos por vídeo algumas vezes desde que ele viajou. Max levou o celular até a janela do hotel e me mostrou o horizonte da cidade à noite enquanto a promessa da sexta-feira ardia entre nós.

Essa parte — a vista e o passeio que ele fez comigo pelo quarto de hotel — me deixou meio enjoada, trazendo lembranças indesejáveis. Mas não deixei transparecer nada. Só me concentrei em seu rosto, no bálsamo de sua voz.

Conheci alguns caras interessantes nessas últimas duas semanas — amigos de Jools, conhecidos de Sal ou Reuben. Mas estar de novo com Max reacendeu aquela certeza que senti por tanto tempo — uma certeza que ainda sinto, lá no fundo — de que nós dois estávamos destinados um ao outro. Não consigo parar de relembrar nossas três noites incríveis — a química, a diversão, o sexo alucinante — e de voltar ainda mais no tempo, para como era quando namoramos na universidade. O prazer de beijá-lo, o vício de sentir suas mãos em mim. Mas isso sempre leva à explosão destruidora que foi nossa separação, um choque parecido com deslizar no gelo negro da estrada e saber que é só questão de tempo até atingir uma árvore.

Na tarde de sexta-feira, dia em que Max volta de Leeds, Jools bate na porta do meu quarto enquanto rego a planta no parapeito da janela usando uma caixa de leite lavada como regador.

Passei quase o dia todo tentando enfeitar o quarto, porque tenho a vaga noção de que, em algum momento, talvez não tenha escolha a não ser convidar Max para cá. Saí cedo hoje de manhã para comprar lençóis brancos novos, algumas gravuras abstratas baratas já emolduradas, três vasos de plantas, um tapete cinza grosso para o piso e algumas almofadas. Hesitei pensando em comprar pisca-piscas, mas acabei decidindo que provavelmente só perderiam para incensos no quesito "decoração de adolescente".

— O quarto está bonito — comenta Jools, se aproximando da janela.

Ela está de shorts jeans bem curtos e uma regata cor de pêssego de alças finas, o cabelo bagunçado preso para trás com os óculos escuros.

— Não chega nem perto do seu.

Jools dedica tempo e dinheiro à curadoria das suas posses; não precisaria comprar metade de uma loja de decoração às pressas numa tentativa de impressionar um novo namorado.

— Isso é tudo para o Max?

Concordo com a cabeça.

— O apartamento dele é o tipo de lugar que deveria ter um concierge.

— Ele não nasceu em berço de ouro, Luce.

— Eu sei — respondo, me sentindo culpada, porque é verdade. — Eu sei disso.

Ela aperta meu cotovelo com um ar de pena.

— Enfim, vim me despedir. Deseje-me sorte.

Jools vai passar alguns dias em Shoreley para comemorar o aniversário de 60 anos do pai. As viagens dela para lá nunca são tranquilas — visitas anteriores já envolveram brigas de soco, revelações bombásticas sobre casos e filhos ilegítimos e uma proibição permanente para toda a família de frequentar uma das principais redes de hotéis de Shoreley.

— Contanto que ninguém acabe no hospital, volto no domingo à noite, então a gente se vê antes de você sair.

Por um momento não consigo entender do que ela está falando, até que me lembro: segunda é meu primeiro dia na Supernova — também conhecido como a oportunidade do século. *Prioridades, Lucy, por favor.*

Jools dá risada, pula na cama e faz uma pose de ioga.

— Você precisa que eu te ligue na segunda de manhã para *lembrar*?

— Rá, rá, não. Vou voltar domingo à noite. — Paro, um pensamento me ocorrendo. — Jools. Eu estou sendo uma amiga ruim?

— O quê?

Eu me sento ao lado dela.

— Tipo, eu vim morar aqui com você e... sei lá... desapareci por dias com o Max.

Jools segura meu rosto com as duas mãos e beija minha testa.

— Eu trabalho em plantão. A gente já ia acabar se desencontrando um pouco. Eu estou *feliz* por você, Luce. Você merece um pouco de sorte agora.

Após meu rompimento com Max, Jools — ao contrário de Tash e de muitos de meus outros amigos — nunca o menosprezou ou criticou nem declarou que não gostava dele desde o começo. Jools me ajudou a superar a tristeza sem falar mal dele nem uma vez, algo que, mais tarde eu percebi, deve ter exigido o autocontrole de um alcoólatra em um open bar. Não tenho certeza de que conseguiria fazer o mesmo na posição dela.

Ficamos sentadas juntas por um tempo, raios do sol da tarde refletidos como prismas em nossa pele. Então Jools sorri e diz:

— Na verdade, eu sempre achei que vocês iam voltar alguma hora. São feitos um para o outro, todo mundo sabia.

— Ele pode partir meu coração de novo.

É a primeira vez que digo isso em voz alta. Max pode me abandonar de novo, como já fez. Talvez ele ainda tenha medo de compromisso. Por um momento de loucura, eu me pergunto se deveria entrar em contato com a ex dele e perguntar se ela pensa a mesma coisa.

Jools concorda com a cabeça.

— Pode ser. Então vá com calma.

— É meio tarde para isso.

Um sorriso.

— Eu quis dizer emocionalmente.

— Eu também.

Algumas horas depois, encontro Max em seu apartamento, dessa vez com algumas mudas de roupa (ele mandou mensagem mais cedo: **Quer passar o fds aqui?**). Vamos para uma festa na casa de um amigo dele, em Balham.

Quando chego, Max está esperando perto da porta. Assim que largo a bolsa de roupas, vamos aos tropeços para o quarto, os beijos tão loucos e descontrolados quanto nossas mãos arrancando as roupas, sem pensar em nada além de estarmos juntos.

— Tenho que confessar uma coisa — diz ele, pela fresta da porta da suíte, enquanto me seco depois do banho, o cheiro apimentado de seu sabonete se dissipando no vapor.

— O quê? — pergunto com um tom leve, embora minha mente grite irracionalmente: *Namorada? Esposa? Filhos?*

— A festa... É na casa de Olly e Joanna.

Enfio a cabeça para fora da porta. Max está em frente ao espelho, vestido com uma calça jeans escura e um suéter preto.

— Você não se importa, né? — Ele pede desculpas com os olhos. — Achei que você talvez não aceitasse se eu contasse.

Realmente, a ideia me parece estranha: estudamos com Olly e Joanna, namoradinhos de adolescência da mesma cidade nas Midlands, os dois estudantes de química. Eles eram do nosso grupo de amigos mais amplo, mas todos achávamos que eram meio codependentes. Mal consigo me lembrar de algum detalhe sobre a personalidade deles, de que músicas ou filmes gostavam, que drinques pediriam em um bar.

— Vocês são... amigos?

Max concorda com a cabeça.

— Encontrei Olly em Balham, alguns anos atrás. Ele estava doidaço, então o acompanhei até em casa. No dia seguinte, ele me mandou um engradado de vinhos em agradecimento.

— Um engradado? — pergunto, pensando: *Uma garrafa não seria o suficiente?*

— Eles são legais, eu juro.

— Isso é porque ficaram mais interessantes, ou porque você ficou mais...

Max me interrompe com uma risada.

— Isso a gente deixa você julgar.

A casa de Olly e Joanna fica no meio de uma daquelas ruas arborizadas em que quase todas as casas têm uma família com crianças pequenas, todas com passagens laterais de serviço, portas duplas envidraçadas para a cozinha e sala de jantar e um daqueles tapetes de lã berbere na sala de estar. Max disse que Olly trabalha com análises químicas e Joanna escreve textos técnicos para — adivinha só — a *mesma* empresa farmacêutica.

— Eles também trabalham juntos? Isso não pode ser saudável — comento, enquanto saímos do táxi.

— Cuidado para não deixar isso cair — comenta Max, olhando para a garrafa de champanhe que seguro pelo gargalo. — Essa rua não é do tipo em que é OK deixar vidro quebrado.

— Você acha que eles sabem que são duas pessoas independentes?

Max ri e segura minha mão, então subimos juntos os degraus até a porta e tocamos a campainha como se fôssemos um casal que vai a festas juntos há anos.

Claro que eu me sinto uma escrota assim que Joanna atende. Ela continua exatamente como me lembro: magérrima, de um jeito meio tenso, com o cabelo loiro puxando para o ruivo e uma pele tão branca que chega a dar nervoso, parecendo ainda mais pálida por conta do vestido de seda azul-marinho.

— Olá, querido! — ela cumprimenta Max, inclinando-se para beijá-lo. Então recua e me observa, balançando a cabeça com tanto orgulho que

é como se eu fosse sua primogênita começando no primeiro dia de aula.
— Lucy! Não nos vemos desde aquele seu truque de desaparecimento.

Antes que eu possa decidir se foi uma ironia de propósito, ela me puxa para um abraço saudoso e apertado, cheio de perfume almiscarado e mechas de cabelo esvoaçantes.

Lá dentro, Olly é igualmente efusivo — "Mas que demora!" —, e logo estamos de bebida na mão, vagando entre grupos de vizinhos, colegas e amigos de Olly e Joanna, muitos dos quais Max parece conhecer.

Cada cômodo impecável da casa está iluminado por abajures, com travessas de petiscos mediterrâneos em superfícies onde antes poderia haver cinzeiros e copos de plástico. É tudo muito classe média alta urbana, e a maior parte da conversa parece girar em torno da tão admirada reforma da casa de Olly e Joanna e da troca de contatos de empreiteiros, encanadores e eletricistas, além dos debates habituais sobre a abordagem do conselho local em relação ao policiamento, às escolas, ao estacionamento... O clima é de uma riqueza sutil, do tipo que ninguém admite, mas que escapa em referências casuais a casas de veraneio, babás, endereços... Começo a me sentir constrangida pelo vestido de verão barato, de algodão verde e branco estampado — perfeito para o clima, eu pensava. Nem me preocupei muito com os amassados, pensando: *quão elegante pode ser uma festa em casa?* Mas reconheço um par de Louboutins e uma manicure de cem libras quando vejo.

— Não quer mesmo um desses coquetéis? — pergunta Max, mais ou menos uma hora depois de chegarmos. — São incríveis.

Abro um sorriso.

— Não acho que beber em público depois de dez anos sóbria seja uma boa ideia.

— Dez *anos*? — pergunta Max, mas por sorte é interrompido por um tapinha nas costas de um cara alto, de cabelo loiro-acinzentado, maçãs do rosto salientes e olhos azuis brilhantes, que se vira quase imediatamente para mim.

— Lucy Lambert. Ora, ora.

Por baixo do burburinho da sala, o baixo de uma música da Mumford & Sons está acelerando. Percebo que a batida frenética parece combinar com a entrada desse cara, sabe-se lá como.

Eu conheço esses olhos, penso, minha mente se esforçando para identificar de onde. Mas acaba que demoro demais.

— Desculpe, eu...

— É o Dean — diz Max, ao mesmo tempo que seu amigo responde:

— Dean Farraday.

— *Ah!* — solto, com os olhos se reajustando à versão mais esbelta, mais confiante e mais controlada do amigo de Max do curso de direito. Um dos caras com quem ele foi morar depois da formatura. Sempre me perguntei se teria sido Dean (ou Rob) que o convenceu a terminar comigo, para que pudessem ser três advogados solteirões soltos em Londres. Mas acabei concluindo que devia ser besteira, porque Max sempre soube o que queria. — Desculpe, eu não reconheci você.

— Só me imagine bem maior. — Dean dá uma piscadela. — Max finalmente me convenceu a ir para a academia.

Dou risada.

— Não foi isso que eu quis dizer.

E é verdade: minha confusão tinha muito mais a ver com a pose, a atitude, algo que nunca de fato existiu no Dean que conheci.

Pergunto o que ele anda fazendo. Dean conta que mora em Chiswick com a esposa e a filha pequena e que é advogado criminal na Chancery Lane.

— Ao contrário do seu namorado aqui, esse traidor. — Ele balança a cabeça, com os olhos travessos. — Tanto potencial desperdiçado atrás de uma mesa...

— Cara, eu não conseguiria fazer o que você faz — retruca Max, irônico. — Muitos sustos às cinco da manhã, clientes horríveis e viagens de trem para o fim do mundo.

Sorrindo, Dean bebe um pouco de champanhe e depois se vira de volta para mim.

— E o que você anda fazendo, Lucy? Não me diga — ele se interrompe antes que eu possa responder. — Você é uma escritora best-seller.

Abro um sorriso.

— Não exatamente.

Dean simula um choque.

— O quê? Quer dizer que os rumores não eram verdadeiros?

— Que rumores?

Mas eu sei, é claro, porque fui eu quem os espalhou.

— Que você largou a faculdade para escrever um romance em uma praia na Tailândia ou algum lugar desses.

Minha única opção é disfarçar com estilo.

— Na verdade, começo um novo trabalho na segunda-feira. Em publicidade.

— *Ah* — disse Dean, solidário. — Entendi. Bem-vinda ao clube.

— Como assim?

— O clube das profissões que as pessoas adoram odiar. Agentes imobiliários, advogados, publicitários. Ou *publicitárias*.

— Não dê bola para ele — diz Max. — Dean só está tentando justificar a inexistência de sua vida social.

Mas o advogado em Dean começa a cavar mais.

— Então vamos lá, Lucy. Qual a sua história? Uma hora você está na universidade com a gente, então... — Ele faz um movimento com o punho que suponho representar uma nuvem de fumaça.

Abro um sorriso, mesmo sentindo o corpo esquentar, desconfortável.

— Estou sendo interrogada?

Ele também sorri, mas não é um sorriso cruel.

— Sinto muito. Força do hábito.

Naquela época, eu disse a todos que ia viajar, que planejava escrever um livro. Agora, sinto até vergonha quando penso nisso, na confiança com que informei a todos que escreveria em hotéis, praias, redes e bares.

Mas a verdade é que o fato de Max ter terminado comigo no início do último semestre de outono me destruiu a tal ponto que eu não conseguia dormir, perdia prazos, esquecia seminários e aulas de reforço, entregava trabalhos desleixados e malfeitos. Depois de uma semana em Shoreley tentando me recompor, eu me esforcei para sobreviver até o final do semestre, evitando completamente Max, que se mudara do nosso apartamento para um quarto alugado no centro.

Mas a queda no meu desempenho foi tão grave que a minha orientadora me chamou para uma conversa pouco antes das férias de Natal e sugeriu que talvez fosse melhor repetir o último ano. Vinte minutos depois, ao sair do prédio da faculdade, vi um panfleto pregado em um quadro de avisos convocando voluntários para trabalhar em um programa comunitário na Tailândia. E foi isso. Eu já tinha recebido sinais o suficiente: a decisão estava tomada.

Depois que larguei a faculdade, as mensagens e ligações para perguntar como eu estava persistiram por um tempo. Mas, pouco depois do Natal, quando embarquei no voo para Paris — minha primeira escala —, os telefonemas começaram a rarear, até pararem quase completamente quando todos regressaram à universidade no ano seguinte. Comprei um celular novo, então passei a responder apenas a alguns e-mails, garantindo aos remetentes que estava tudo bem. Que eu estava amando a liberdade, viajando e escrevendo, me divertindo muito.

Max também entrou em contato, mas minha resposta foi muito menos alegre: só algumas frases frias — talvez para puni-lo — dizendo que não voltaria. Meus amigos acabaram contando o restante e, depois disso, não tive mais notícias dele.

A música da festa muda para algo bem brega, e gritinhos irrompem, algumas mãos se erguendo.

— Quer dizer, eu fui viajar — explico a Dean.

Ele balança a cabeça, pensativo.

— Ah, bom pra você. Hoje em dia, o máximo que consigo é ir para estações de esqui. E eu *detesto* esquiar. — Ele suspira e examina a sala. — Certo, melhor eu circular. Parece que conheço todo mundo aqui, exceto duas pessoas.

Ele e Max apertam as mãos.

— Um beijo para Chrissy — diz Max.

— Não estrague tudo desta vez — despede-se Dean, embora eu não tenha certeza de qual de nós é o alvo.

Agora estamos no fundo da sala, em um canto tranquilo ao lado de uma luminária enorme com um abajur de vidro impecável, como um aquário virado para baixo.

Max se vira para mim e levanta uma sobrancelha.

— Hum. Parece que é melhor eu não estragar tudo.

— Eu fiquei sem saber com quem ele estava falando.

— Vou arriscar que era de mim. — Ele pega minha mão livre, o polegar acariciando a parte interna do pulso. — Desculpe por tudo isso.

— Não, ele é... — Balanço a cabeça. — Dean é legal. Sempre gostei dele.

— Então — Max muda de assunto —, o que aconteceu com aquele livro? Você já escreveu? Posso ler?

— Ah! Não.

Ele sorri.

— Não é sobre mim, é?

Eu o cutuco de leve com o cotovelo.

— Não.

— Acha que algum dia vai pegar nele de novo? Você falava de ser escritora na faculdade.

— Acho que não era um plano de carreira muito realista. Assim, pelo menos na Supernova vou poder escrever por um salário de verdade.

— Bem, você poderia pelo menos me mostrar as fotos da viagem algum dia? — pede Max. — Seria bom ver você de novo... do jeito que era quando nos conhecemos. Se é que você me entende.

— Ah. — Engulo em seco. Agora não é hora nem lugar para explicar por que não tenho uma única foto, nenhuma evidência de que algum dia estive nessa viagem. — Claro, tudo bem.

Max sorri e toma um gole da bebida.

— Luce, você já teve a chance de pensar... sobre o que eu disse?

No fim de semana passado, fiquei com Max até segunda-feira, quando ele acordou cedo para pegar o trem para Leeds. Caminhei com ele pela manhã quente, sob um céu leitoso, até o metrô de Clapham Common.

— Volte para mim — sussurrou ele, quando paramos na calçada do lado de fora. Max estava muito perfumado, cheirando a loção pós--barba e Listerine. — Faço qualquer coisa para fazer dar certo com você de novo.

Eu não respondi, apenas o abracei de volta e o beijei, dizendo que a gente se veria na sexta-feira. Também não parecia certo discutir o assunto por telefone enquanto ele estava fora. Mantivemos a conversa leve, falando de seu grande caso em Leeds e da minha última semana de liberdade, de Jools e da casa e de Reuben, que escapou por um triz de um motorista psicótico depois que os dois começaram a trocar xingamentos enquanto ele pedalava pela Holloway Road.

Olho para Max agora, para aqueles olhos cinzentos e tempestuosos. E assinto com a cabeça uma única vez.

— Quero ver até onde isso vai. Quero dar uma chance para nós dois.

E, num piscar de olhos, é como se eu tivesse caído na minha antiga vida, porque Max me pega no colo e me gira, gritando e rindo, exatamente como teria feito na universidade, tantos anos atrás. E as pessoas também estão olhando e rindo, embora não entendam a graça, e eu estou sorrindo, meu rosto apoiado no ombro dele, pensando: *Sim. Essa é a nossa hora. Finalmente chegou.*

Na manhã seguinte, vamos tomar brunch em um café perto do apartamento de Max. Ele disse que passa lá quase todos os dias a caminho do trabalho para tomar um espresso e, de fato, os atendentes o cumprimentam pelo nome. Por alguns momentos, eu me pergunto com quantas mulheres ele já veio aqui, na manhã seguinte. Fico paranoica pensando que o sorriso da barista é um código para: *Não vou contar a ninguém.*

O café está quase cheio, mas conseguimos a última mesa para dois junto à janela, com vista para a rua. O lugar é bem-iluminado e tem pé-direito alto, o quadro-negro está cheio de ofertas para o brunch, e o cheiro de café permeia o ar.

Está calor, e Max usa seu uniforme casual de fim de semana: bermuda e camiseta, com óculos escuros no topo da cabeça. Fico olhando para ele e pensando: *Estamos mesmo juntos. Isso finalmente está acontecendo. Estávamos mesmo destinados a ficar juntos, afinal.*

Sua pele está cheia de viço, os olhos brilhantes. Ele saiu para correr hoje de manhã, mesmo depois de tantos drinques na noite passada e de tão poucas horas de sono quando voltamos para o apartamento.

— Eu me sinto culpado, Luce — diz ele, do nada, enquanto mergulho um pedaço de pão na gema mole do ovo pochê.

— Culpado por quê?

— Porque você nunca se formou. Foi culpa minha você ter largado a faculdade, não foi?

Faço uma pausa, deixando a torrada enfiada no ovo como uma espada sacrifical.

— Acho que, se não tivéssemos terminado, eu não teria largado o curso. Mas a escolha foi minha. Ninguém me forçou. Eu tomei essa decisão.

— Você já pensou em voltar?

— Um diploma é só um pedaço de papel — respondo, embora não tenha certeza de que isso seja verdade.

Se você deixar, ter largado a faculdade afeta tudo — o currículo, a autoconfiança, as perspectivas —, o que foi meu caso durante muito tempo.

— O que seus pais disseram? — pergunta ele, elevando a voz um pouco acima da pulsação de um moedor de café.

— Eles ficaram tristes por nós.

— Eu quis dizer sobre a faculdade.

— Na verdade... eles não estavam pensando muito nisso. Nem eu, na época.

Para tentar manter ao menos algum nível de dignidade, não chego a dizer que era com meu coração partido que todos estavam preocupados.

— Como eles estão, seus pais?

Max se encontrou com eles em algumas ocasiões — nas vezes que foi a Shoreley, e duas vezes em Norwich, quando meus pais me visitaram na faculdade. Em todas, ele foi o namorado perfeito: atencioso e educado, mas não excessivamente gentil, sem nunca se esforçar demais. Naquela época, pensei que talvez o dom especial de Max na vida fosse fazer as pessoas se apaixonarem por ele.

— Estão bem. Ainda trabalhando.

Minha mãe é professora do ensino fundamental e meu pai é gerente de uma companhia de seguros, embora ultimamente tenham corrido boatos de demissões em massa, o que nunca é uma boa notícia para alguém na casa dos 50 anos. Mas não vou aborrecer Max com essas coisas agora.

— Ainda perdidamente apaixonados?

— Ah, sim, loucamente. — Sorrio, largo o garfo e pego meu café. — Você se lembra da minha irmã, Tash?

Ele hesita, provavelmente relutante em admitir que não, não muito.

— Acho que vocês se encontraram poucas vezes. Mas ela está ótima. Trabalha com marketing. Casada e com um filho.

— Que loucura — comenta Max, como se estivesse com a mesma dificuldade que eu tive ao longo da semana para entender a passagem do tempo, para se familiarizar de novo com tudo o que pensava estar firmemente no passado.

— Me conta sobre sua última namorada — peço, tomando um gole de café.

A expressão dele permanece sincera, imperturbável.

— Tudo bem. O que você quer saber?

— Por que vocês terminaram?

— Nossas vidas estavam indo em direções opostas. Gosto de Londres, e ela queria desistir de tudo para abrir um retiro de ioga em algum lugar no exterior.

— Uau.

— Pois é. Na verdade, éramos opostos em termos de personalidade.

— Você já pensou no que poderia ter acontecido se tivesse ido com ela?

Max termina seu espresso e dá risada.

— Já. Eu teria pegado o primeiro voo de volta para o Heathrow.

Abro um sorriso.

— E você? Por que você e seu ex se separaram?

— Faltava fogo — digo, o que é uma forma generosa de dizer "um pouco preguiçoso demais" e "passar tanto tempo assim em jogos online não é saudável para ninguém".

Claro que não menciono o fato de que pensei muitas vezes em Max enquanto estava com meu ex. Às vezes, tarde da noite, enquanto ele roncava ao meu lado. Às vezes quando saíamos para jantar e ele pedia garfo e faca em vez dos hashis. E, em uma ocasião — eu me envergonhava disso — enquanto estávamos transando. Tive que morder a língua para me impedir de dizer o nome de Max.

8

FICAR

— Acho que está bom — diz o homem com rosto cor de tomate, em dúvida. — Só não é muito do meu gosto.

Ele dá de ombros e olha para mim, meio culpado. Meu coração dispara, e estou prestes a dizer a ele que tudo bem, que entendo perfeitamente, quando Emma — a garota de cabelo loiro comprido sentada à minha frente — retruca:

— Como é? Boa escrita não é do seu gosto?

— O que eu quis dizer — se explica o Cara de Tomate — é que não leio muitos romances.

— Mas isso aqui é um grupo de escrita — rebate Emma. — Você não pode querer criticar só thrillers distópicos.

Estou sentindo que talvez exista alguma história entre esses dois.

— Eu não gosto só de thrillers distópicos — retruca o Cara de Tomate. — Eu também gosto de suspense e de fantasia.

Sua irritação óbvia ressoa pela sala onde estamos sentados, que fica ao lado da sacristia de uma igreja no centro de Shoreley. O lugar, aliás, é grande demais para nós seis, com pé-direito alto, vitrais enormes e níveis desnecessários de reverberação do som. Embora o clima lá fora esteja quente, o ar aqui é fresco como em qualquer igreja, rico com o aroma mineral do calcário centenário. Uma longa faixa de tecido está pendurada na parede à minha frente, com os dizeres: CONFIE NO PLANO DO SENHOR PARA SUA VIDA. Isso me lembra uma aula específica de estudos religiosos que tive na escola, quando nosso professor disse algo semelhante e alguém levantou a mão para perguntar por que deveríamos nos esforçar para fazer qualquer coisa, se Deus já tinha um plano para nós. A resposta do professor foi que Deus sabe para onde você está indo, mas como chegar lá depende de você.

Durante muitos anos, mesmo depois do término, foi assim que me senti sobre minha relação com Max: estávamos destinados a ficar juntos, por mais tortuoso que fosse o caminho. É uma surpresa perceber que não me sinto mais assim.

Ao redor da mesa, um silêncio tenso está se instalando. Relutante em defender um lado ou outro do impasse, encaro meu celular, a tela de que estava lendo agora escura.

— Tudo bem, então — intervém Ryan, animado, como um recreador infantil tentando acalmar crianças em guerra. Ele olha para o relógio. — Acho que temos tempo para mais um exercício antes de encerrar.

Ryan para ao meu lado enquanto me preparo para ir embora. De cabelo escuro e rosto encovado, ele está vestido quase todo de preto, com correntes em volta do pescoço como se fosse tocar guitarra em uma batalha de bandas.

Ele já publicou dois livros, duas comédias de humor sombrio ambientadas na cena corporativa de Londres. No início desta semana li o primeiro, um best-seller quando foi lançado, nove anos atrás. O livro me lembrou vagamente de Joseph Heller, e me perguntei se seria pelo menos em parte autobiográfico (tirando todas as armas, claro).

O entusiasmo de Ryan por seu ofício às vezes parece beirar a excentricidade — durante toda a sessão, ele de vez em quando colocava as mãos na mesa, inclinando todo o corpo para defender seu ponto de vista, depois se levantava e andava de um lado para o outro da sala. Eu estava preparada para ver o homem pular em cima da mesa a qualquer momento.

Ryan está mais calmo agora. Percebo que toda aquela adrenalina vinha de compartilhar sua paixão, o que é muito inspirador, de um jeito meio *Sociedade dos Poetas Mortos*.

— Você vai voltar para a próxima? — pergunta ele. — Espero que a gente não tenha te assustado.

Abro um sorriso.

— De jeito nenhum. Eu gostei bastante.

— Só por curiosidade... Há quanto tempo você escreve?

— Só algumas semanas, na verdade — respondo, tímida.

Ele parece surpreso.

— Jura? Começou agora?

— Bem, eu já tinha a ideia anos atrás, mas... nunca tinha levado adiante.

Ele assente com a cabeça devagar.

— A vida atrapalhou?

— Mais ou menos Eu me sinto meio boba por ter demorado tanto para começar.

— Margaret Mitchell levou dez anos para escrever *E o vento levou*.

Abro outro sorriso.

— Ah. Então ainda há esperanças para mim.

— Com certeza. Você deveria continuar. Sério. Você tem talento.

Quase tinha desistido e ido para casa antes do começo da discussão — cheguei atrasada depois de um dia inteiro sozinha na Pebbles & Paper, pois a filha de Ivan havia sido atingida no pescoço por uma bola de lacrosse na escola (felizmente, ela está bem). E, quando enfim cheguei, foi difícil encontrar um caminho até a sala que não envolvesse atravessar a nave da igreja fazendo barulho durante o ensaio noturno do coro. De qualquer forma, além de Ryan e eu, outros quatro participam sempre dos encontros: Debs, uma avó de quatro na casa dos 60 anos que está escrevendo um romance bem religioso ambientado em um hospital; Aidan, engenheiro de computação e pai de dois filhos, cuja escrita lembra um pouco a de Jay McInerney; Paul, o Cara de Tomate, que adora thrillers distópicos; e sua oponente, Emma, mais ou menos da minha idade, talvez mais nova, que está escrevendo um romance sobre uma mulher que abandona a própria vida para se encontrar.

Gosto de Emma: só a conheço há duas horas, mas ela pareceu gostar de minha escrita, e fiquei contente de ver sua defesa feroz contra Paul. Em lados opostos da mesa, trocamos um olhar assim que os dois pararam de discutir, e ela me deu uma piscadela de "de nada".

Gosto da ideia de que podemos nos tornar amigas. Saí com alguns ex-colegas da Figaro desde que pedi demissão, mas vê-los é estranho. Falar sobre Georgia parece proibido, e não conversamos muito sobre o escritório, então sem esses assuntos em comum — colegas, clientes, quem roubou os biscoitos de quem, o cara meio assustador que vende sanduíches —, nossas conversas logo secaram, e nossos encontros se tornaram cada vez mais esporádicos. Ainda tenho antigos amigos de escola de Shoreley, mas nunca foram amizades íntimas, só relações superficiais, baseadas em fofocas. Funciona para drinques rápidos e bate-papos com café, mas não passa disso. Meus verdadeiros amigos se espalharam por todo o país depois da formatura — foram para a universidade, arrumaram empregos, entraram em relacionamentos —, e em pouco tempo ficou claro que Shoreley se tornou o lugar para onde voltavam apenas no Natal, ou para funerais, casamentos ou férias.

Com Caleb é praticamente a mesma coisa. Quase todos os seus amigos da escola já se mudaram, e os amigos que ele fez desde então moram a maioria em Londres. Assim como eu, Caleb tem alguns conhecidos aqui, que pode encontrar para tomar uma cerveja ou jogar sinuca, mas seus amigos mais próximos ainda estão no norte de Londres e também são amigos em comum de Helen.

Logo no início da conversa desta noite, Ryan perguntou se eu me sentiria confortável compartilhando um trecho do meu livro, para dar a todos um gostinho do meu estilo de escrita. Então, com o coração acelerado e as bochechas formigando, li o primeiro capítulo.

Achei que iria me arrepender assim que terminasse — apesar das palavras de incentivo de Caleb no fim de semana —, mas algo estranho aconteceu. À medida que o grupo começou a discutir o que escrevi, sugerindo melhorias, dissecando as personagens, debatendo certas frases, senti a mente começar a cantar algo parecido com orgulho. O mesmo sentimento que Caleb conseguiu despertar em mim na outra noite, pela primeira vez em quase uma década.

— Ele deve ter problemas emocionais mal resolvidos — sugere Caleb, mais tarde, depois que conto sobre a discussão entre Paul e Emma. — Não leve para o pessoal.

— Não, tipo, o retorno no geral foi bem positivo. E Ryan me deu muita força.

Caleb aperta minha mão de um jeito encorajador.

Aperto a mão dele de volta.

— Então, aonde vamos, afinal?

Está tarde, muito depois de escurecer. Liguei para Caleb depois do grupo para ver se eu poderia dar uma passada lá. Ele não se importava, então foi o que eu fiz, mas acabamos nos distraindo bastante assim que a porta se abriu, então já eram dez da noite quando ele diz:

— Quer fazer uma coisa meio maluca?

— Depende. Quão maluca?

— Bem, isso também depende — retruca ele, erguendo uma sobrancelha. — Do seu apetite por aventura.

Claro que eu quero que Caleb pense que sou extremamente aventureira, então saímos juntos e vamos andando de mãos dadas até a praia. Estamos caminhando em direção à parte em que o cascalho termina, a parte que fica de frente para dunas, em vez de casas.

Diante de uma fileira de cabanas de praia clássicas cor de algodão-doce, Caleb faz uma pausa. Essas cabanas de madeira estão aqui desde que me lembro, são muito populares por oferecer refúgio na maré alta para os banhistas de Shoreley. Ficam aninhadas atrás das pedras, no meio das dunas, como se tivessem surgido naturalmente entre a grama seca.

— Quer nadar?

Solto um som que se classificaria em algum lugar entre uma risada e um estremecimento.

— O quê?

— Venha nadar comigo.

— Eu... Assim...

Não. Não. Nem em um milhão de anos. Se eu não me afogar, provavelmente vou morrer congelada ou serei presa por atentado ao pudor.

— Desculpa, esqueci de perguntar. Você *sabe* nadar, né?

— Bom, sei... Mas...

— Você vai adorar, prometo. Não tem nada igual.

— Eu não... trouxe biquíni. — Só de falar a palavra senti um arrepio.

— A ideia é meio que essa — sussurra ele, com um sorriso travesso.

— Acho que isso é contra a lei.

Ele parece tentar controlar o sorriso.

— Bom, então a gente precisa se certificar de que não vai ser pego.

— Além disso, eu não quero parecer frouxa, mas... está *congelando*.

Caleb espalma a mão na parede da cabana ao nosso lado. É pequena e bonita, pintada de um rosa-choque brilhante.

— Não se preocupe. Temos um bom lugar para nos aquecer depois.

— É sua? — pergunto, surpresa e impressionada. — Essas cabanas são uma fortuna.

— Não, na verdade, não — confessa ele. — É de um amigo meu da escola. Mas ele saiu da cidade faz anos e mal vem para cá. Então me deu uma chave.

Caleb vai até a cabana e destranca a porta, e eu entro logo atrás. A família de uma colega da Tash tinha uma cabana nessa rua, mas não era tão bonita. Esta é muito arrumada e chique: a madeira no interior foi pintada de creme, o canto alemão é forrado de um tecido listrado bem típico de cadeiras de praia, e tem flâmulas coloridas penduradas na parede dos fundos. O lugar me lembra uma casinha de brinquedo metida à besta na qual eu era fissurada quando criança. Um lugar mágico para onde escapar, um mundinho todo seu.

Caleb liga uma fileira de pisca-piscas pendurados em uma prateleira e começa a me mostrar o lugar — se bem que o tour é limitado pelo espaço pouco maior que um galpão de jardim.

— Bom, então aqui temos toalhas e cobertores, além do mais importante: um fogão, um aquecedor e chocolate quente. Vamos?

Deixando escapar uma risadinha, percebo que estou começando a ficar nervosa.

— Então, o quê? A gente só tira a roupa e mergulha no mar? Simples assim?

— Eu topo se você topar.

Solto o ar como se tivesse comido algo quente, então dou risada de novo.

— Tá bom. Tá bom. Beleza. Vamos nessa. Por que não? Vamos.

— Ah, agora você me convenceu — brinca Caleb.

Tiramos os sapatos e os casacos na cabana, depois Caleb tranca a porta e esconde a chave embaixo de uma escultura de madeira, e vamos para o quebra-mar. O cascalho é frio e afiado, machucando meus pés descalços. Seguindo atrás de Caleb, decido que ele é a única pessoa no mundo capaz de me convencer a fazer uma coisa dessas.

Paramos na beira do mar. Dou uma olhada de um lado para o outro. As únicas outras pessoas que vejo são dois pescadores noturnos, suas barraquinhas brilhando como iglus, a quase quinhentos metros de nós. O ar está calmo e fresco, de uma imobilidade sublime.

— Então... — começa Caleb.

— Então... — respondo.

A única vez que estive nua com Caleb até agora foi de perto, bem ao alcance do toque, no calor do momento. É muito diferente da ideia de ficar parada sem roupa na frente dele, o que temo parecer um pouco como um teste para receber algum papel.

— Eu vou primeiro — anuncia ele, galante, e começa a se despir.

Dou uma olhada quando ele tira as roupas. Alto, forte e magro, com um sorriso irresistível e incorrigível.

— Sua vez.

Tiro o vestido, depois a calcinha e o sutiã, e percebo que não me sinto tão constrangida quanto pensei. Na verdade, ficar aqui com ele parece a coisa mais natural do mundo.

As estrelas parecem purpurina salpicada nas dobras aveludadas das nuvens no céu. Na superfície da água, a lua se estilhaça em um milhão de fragmentos trêmulos.

Caleb me passa um gorro de lã.

— Toma. Isso vai ajudar a manter o calor.

Coloco o gorro e sorrio.

— Como estou?

Ele mantém os olhos no horizonte e balança a cabeça.

— Na verdade, estou me esforçando *muito* para não olhar para você agora.

Dou risada.

— Ah, desculpe.

Ele dá um passo para perto de mim e segura minha mão.

— Preparada?

— Acho que sim.

Entramos no mar juntos. É de um frio criogênico, como entrar na neve sem roupa. Vamos avançando mais para o fundo, e a água atinge primeiro meus joelhos, depois as costelas, fazendo meu peito se contrair. Engasgo com o choque, ficando mais hesitante a cada passo.

À esquerda, Caleb logo está submerso. Em pouco tempo, sua mão se solta da minha.

— Só mergulha — incentiva ele, a voz um pouco rígida devido ao choque da imersão. — É exatamente como... arrancar um Band-Aid.

Minha voz agora é um meio-termo vergonhoso entre um suspiro e um apito.

— É bem pior que isso!

Mas sei que ele provavelmente tem razão, então respiro fundo e me lanço para a frente em um movimento deselegante, como um leviatã. Num instante, a água chega até meu queixo, e meu coração dispara, a respiração rápida e superficial. Caleb, ao meu lado, pega minha mão e solta um grito que me assusta tanto que começo a rir. Ele parece tão animado que seria de se pensar que estamos saltando de paraquedas ou surfando em algum recife desconhecido no meio do oceano Índico.

Demoro cerca de trinta segundos para controlar a respiração, meus membros agitados e o coração galopante. Mas, quando consigo me acalmar, começo a relaxar e posso enfim começar a apreciar o prazer tenso e gelado do mar envolvendo meu corpo, a sensação de estar cercada por somente água salgada e estrelas.

Ficamos boiando lado a lado enquanto as ondas batem suavemente ao nosso redor.

— Que... lua excelente — sussurra Caleb.

Olho para cima, observando o rosto extravagante e pálido da lua.

— Verdade. Está linda.

— Você está bem? Com frio?

Eu me viro para ele, subindo e descendo ao meu lado, e sorrio.

— Não, estou bem — respondo, mesmo com a respiração acelerada no peito. — Isso é incrível!

— Não é?

Indico a praia com a cabeça.

— Só espero que ninguém nos veja.

— Ah, isso não é metade da diversão?

Dou risada, estreitando os olhos.

— Você não vai dizer que é um nudista enrustido, vai?

Ele ri também e se vira para mim.

— Hum, não. Apesar de todos os sinais em contrário, não sou nenhum exibicionista carente. — Sob a superfície da água, as mãos dele encontram minha cintura, as palavras deixando seus lábios em arfadas de ar. — Mas a questão é que ninguém pode *ver* a gente agora, Lambert. Bom, só dá para ver nossa cabeça. Nada indecente.

— Até a polícia aparecer e nos mandar sair com um megafone.

— Se isso acontecer, vou exigir um cobertor térmico.

— Então — digo, ainda batendo os pés, os lábios começando a inchar de frio —, você faz muito isso?

— Não tanto quanto eu gostaria. É preciso dizer que é muito bom ter alguém com quem fazer isso. — Ele move as mãos para cima e para baixo dos meus quadris. — Teoricamente faz bem para a imunidade e para a pele e saúde de vários jeitos, mas... Sei lá. Eu só gosto da sensação de estar aqui, só eu e o mar e o céu e a natureza. — Ele me dá um beijo salgado nos lábios. — Você não acha que sou doido, acha?

Dou um sorriso trêmulo enquanto meus dentes começam a bater.

— Bom, se você é doido, então acho que eu também sou.

De volta à cabana, depois que nos secamos e nos vestimos, Caleb acende a lareira e prepara chocolate quente no fogãozinho.

— Acho que isso foi a coisa mais romântica que já fiz na vida — comento, enquanto nos aconchegamos debaixo dos cobertores no canto alemão, bebendo o chocolate quente e olhando o mar. Perto dos nossos pés, a lareira ruge como uma fornalha.

Caleb se inclina e beija meu pescoço.

— Sério?

— Sério.

— Quer deixar ainda mais romântico?

— Quero — respondo, estremecendo, e viro a cabeça para beijá-lo.

E, no momento seguinte, nossos dedos ainda frios procuram a pele quente, provocando risadas, depois choques silenciosos de prazer. Lá fora, o mar bate e brilha como um espelho inclinado sob o luar, a escuridão acima enfeitada com joias de estrelas.

PARTIR

— Oi — diz o fotógrafo. — Desculpa o atraso, meu nome é...

— Ah, meu Deus! Oi.

Estou na metade do primeiro dia na Supernova. Até agora, participei de uma sessão de brainstorming sobre um novo pitch para uma grande marca de cosméticos e apresentei meu portfólio — por menor que seja — para toda a equipe criativa, para que pudessem "me conhecer"; isso foi em uma área de descanso, e pessoas aleatórias também paravam para observar enquanto passavam, o que me deu nos nervos. Quem me mostrou o escritório foi minha nova colega de trabalho no setor da criação, Phoebe, cinco anos mais nova que eu e que dois anos atrás foi nomeada uma das "pessoas para acompanhar" da publicidade por um jornal importante. Ela por acaso também é uma influenciadora digital bem conhecida, *por fora*. Minha gerente se chama Zara, uma mulher superinteligente com um talento vasto e intimidante. Parece que ela criou todos os slogans famosos do varejo que o Reino Unido já conheceu. Na minha entrevista, fiquei convencida de que ela perceberia na hora minha criatividade inferior e a mataria com a frieza implacável de uma neurocirurgiã. Seu cabelo escuro é cortado rente à cabeça, e ela tem o tipo de rosto que parece estar o tempo todo julgando. Zara está usando um vestido preto na altura do joelho que parece tão fácil e confortável que não consigo tirar os olhos do tecido. Ou dela. Zara é exatamente o tipo de pessoa que atrai o olhar, deixa você desesperado para ocupar sua órbita. Um pouco como Max.

E, embora tenha sido uma correria, passei a manhã toda com um sorriso do rosto, a ponto de começar a me preocupar que as pessoas pudessem pensar que sou um pouco estranha. Simplesmente não consigo acreditar que estou aqui, em uma das maiores agências de publicidade do país, e que dessa vez estou mesmo trabalhando na criação, sendo paga não por minhas habilidades de organização e pesquisa, mas por minha capacidade de escrever. O trabalho que Georgia sempre me prometeu, mas nunca cumpriu. Estou aqui. Consegui.

Estou tirando algumas fotos um pouco antes do almoço, depois terei uma reunião com Seb, o designer com quem vou fazer dupla na maioria dos meus projetos iniciais. Quero causar uma boa impressão: sei o quanto se importam com a química criativa por aqui.

Mas primeiro... aconteceu uma coisa muito estranha. O fotógrafo que vai tirar minhas fotos é Caleb — o cara que larguei no bar na noite em que encontrei Max em Shoreley. Que colocou um porta-copo no bolso do meu casaco com seu telefone anotado.

Claro que ele também me reconheceu e, por alguns momentos humilhantes, ficamos cara a cara sem dizer mais nada.

Depois de um tempo, consigo falar, sentindo o rosto corar.

— Sinto muito. Você me deu seu telefone, e...

— Não, por favor — interrompe ele, rindo, como se estivesse mega-envergonhado. — Aquela foi a pior cantada da minha vida. Não merecia resposta mesmo.

— Não foi nada... contra você, eu juro. É só que o cara que eu vi do lado de fora... era meu ex, Max, e...

Ele sorri.

— Você não me deve explicação nenhuma, Lucy. Eu sabia que era improvável que alguma coisa acontecesse.

Solto a respiração para tentar diminuir o constrangimento enquanto tento sacar se ele lembra meu nome daquela noite ou se foi informado disso antes de chegar aqui hoje.

— Mesmo assim. Eu deveria ter mandado uma mensagem para explicar.

— Ei, de jeito nenhum. Conversamos durante um total de quê... dois minutos?

Abro um sorriso, pensando que uma mudança de assunto pode ajudar.

— Então, o que você está fazendo por aqui?

— A Supernova é um dos meus clientes corporativos, mas eu moro em Shoreley. Inclusive me desculpe, foi por isso o atraso. Os trens estavam um inferno.

Por mais incrível que pareça, estudamos em escolas diferentes, em lados opostos da cidade. Enquanto ele se preparava para as fotos, conversamos sobre nossas vidas em Shoreley — Caleb descreve uma infância passada quase toda na praia, depois uma ida para a faculdade de artes, apesar de ter sido reprovado no primeiro ano e abandonado o curso logo depois.

A gente passa quase vinte minutos conversando antes que ele verifique a hora com uma careta.

— Foi mal. Melhor começar. Só me deram meia hora.

— São muito exigentes com o tempo aqui — comento, com um sorriso, lembrando a explicação de Zara mais cedo sobre o pagamento de horas extras.

— Vamos tentar aqui primeiro — diz Caleb, apontando para uma parede rosa-choque atrás de mim. — Pediram que a foto tenha um toque de cor.

— Você quer que eu fique séria ou...?

Caleb se inclina para tirar uma mesa do caminho, encostando-a na parede mais próxima. Ao fazer isso, sua camiseta cai para a frente, revelando os músculos da barriga.

— É só relaxar — responde ele, endireitando-se.

Tento não corar por conta de um pedacinho de pele à vista.

No momento seguinte, o flash dispara, me assustando.

— Desculpa. Acho que pisquei.

Ele sorri.

— Sem problemas. Ajudaria se eu fizesse uma contagem regressiva?

Ah, ele é tão legal. Tento manter os olhos longe do corpo dele, pensando mais uma vez em como o achei atraente no Smugglers, naquela noite.

— Talvez. Se bem que isso pode me fazer pensar demais.

— Vou contar até três — diz ele. — Pisque no dois.

Nós tentamos e, claro, eu pisco no dois *e* no três. *É só uma foto, Lucy, não pode ser tão difícil.* E agora estou começando a me sentir constrangida e tensa, mas Caleb logo me distrai com uma história sobre a vez em que filmou uma recepção de casamento quase inteira antes de perceber que estava tirando as fotos do irmão gêmeo idêntico do noivo. E é só quando estou rindo — rindo mesmo — que percebo que Caleb passou o tempo todo clicando.

— Eu vi o que você fez aí — acuso, apontando o indicador para ele.

— Bem, conheço todos os truques. — Ele sorri para mim e dá uma piscadela, um dos poucos homens que já conheci capazes de fazer isso sem parecer assustador. — Então, o que trouxe você à Supernova?

Na noite em que nos conhecemos, você tinha acabado de largar o emprego, e agora...

— Eu sei. Na verdade, esse também foi parte do motivo para eu não ter ligado para você. Minha amiga estava com um quarto disponível em Londres, então pensei... por que não me mudar para cá e começar do zero?

Ele me encara e, por um momento, acho que está prestes a me perguntar sobre Max. Mas apenas sorri e concorda com a cabeça.

— Por que não, é verdade. Bem, foi ótimo encontrar você de novo. Boa sorte com tudo.

— Eles não te assustaram, né? Você vai voltar amanhã?

Eu e Max estamos sentados em extremos opostos do sofá amarelo-mostarda imenso na casa dele, pernas e pés interligados, esperando um delivery de sushi — um pedido, percebi horrorizada, que custaria tanto quanto meu mercado para a semana.

Sushi, como descobri recentemente, é a comida favorita do Max. Voltar a conhecê-lo tem sido uma mistura estranha do novo e do antigo, uma combinação do familiar (seu senso de humor, sua forma de sempre pensar nos outros, seus beijos) e do novo (seus gostos evoluíram de miojo, Britpop e cerveja para sushi, música eletrônica e vinho de qualidade).

Mesmo com a mente ainda embotada pela névoa do primeiro dia, abro um sorriso e concordo com a cabeça.

— Vou trabalhar lá até me aposentar ou morrer. Sério. Só vão me arrancar de lá mortinha.

Max dá risada.

— Nossa. Queria ter alguém assim na minha equipe.

— É sério. Não acredito que estou sendo paga para escrever.

— Por que não seria? Você sempre foi uma ótima escritora. Por que não?

— Mas escrever é diferente de direito. Tipo, você tem uma vocação. Treinou por cinco anos...

— Seis.

— Desculpe, seis anos. E aí você consegue sua qualificação. Não me entenda mal... — completo, com uma pontada de culpa, porque sei o quanto Max se esforçou para chegar aonde está, ainda mais em uma firma de prestígio como a HWW. — É óbvio que você ralou muito. Mas, na escrita... não tem um caminho óbvio. Não é tipo fazer um curso e pronto: você é um escritor qualificado. Não existe isso.

— Não importa. Você está escrevendo agora.

— E como demorei!

— Bom, não dizem que as melhores coisas da vida vêm para quem espera?

— Verdade. — Nós nos encaramos, e abro um sorriso. — Ah, a coisa mais doida aconteceu hoje de manhã.

— É?

Ele me oferece um potinho de ervilhas sabor wasabi. Torço o nariz e balanço a cabeça.

— Sou mais do time Scampi Fries.

Ele ri.

— Nossa, não como isso há séculos. Ainda é fabricado?

— Sei lá. A gente devia ir a um pub procurar.

— É estranho que eu prefira ervilhas de wasabi hoje em dia?

— Sim. É a coisa mais estranha que eu já ouvi falar.

Ele sorri e joga algumas bolinhas na boca.

— Perdão. O que você ia contar?

— Então, o fotógrafo que foi tirar minhas fotos para o crachá... era o mesmo cara com quem eu estava conversando no pub em Shoreley, naquela noite que vi você na rua, lembra?

— No Smugglers?

— Aham.

— Você não falou que ele te deu o telefone dele?

Dou uma risadinha tensa.

— Deu, sim.

— Deve ter sido esquisito.

— No início foi, sim.

— Não foi estranho ele tirar suas fotos?

— Não, ele foi muito profissional.

Não sei bem por que estou contando isso para o Max. Não estou tentando deixá-lo com ciúme, ele nunca foi do tipo ciumento. Talvez seja porque esbarrar com Caleb tenha sido uma coincidência curiosa, e esse é o tipo de coisa que gosto de dividir com Max.

Conto mais sobre meu dia — as reuniões da manhã e da tarde com Seb, que me mostrou alguns de seus trabalhos recentes: uma animação para um banco importante, uma campanha nas redes sociais para um delivery de caixas de receitas e uma série de outdoors para uma grande marca de lingerie.

Durante todo o tempo em que Seb falava, eu tentava não olhar muito fixamente para ele, porque estava vidrada no momento — que *aquele* era meu novo parceiro criativo, que eu era agora uma redatora *naquela* agência com pessoas talentosas como *ele*. Dada a minha falta de experiência em escrita, eu não culparia Seb pela hesitação ou preocupação com a possibilidade de eu ser um peso morto em termos criativos. Sei que agora cabe a mim provar que mereço estar lá.

Ainda assim, a falta de autoconfiança não me impediu de aproveitar o momento. Na verdade, quanto mais Seb e eu conversávamos, mais eu tinha dificuldade para não pular e fazer alguma volta olímpica ao redor da área de descanso, circulando pufes e fazendo "bate-aqui" com o pessoal da criação que passava.

— Morro de orgulho desse aqui — contou Seb, passando os rascunhos da campanha de lingerie para folhear. — O cliente queria uma campanha supertosca típica dos anos 1980 e, no fim, o que o convencemos a fazer foi...

— Chique — completei, impressionada de verdade com a elegância do conceito de design e do texto. — Muito chique.

Seb assentiu e descruzou as pernas. Ele é muito magro e alto, e a calça que estava usando era tão curta que só chegava até a metade das panturrilhas quando ele se sentou, revelando um par de meias bem excêntrico.

— E tinha um cara superchato na equipe de marketing deles, então dar a volta *nele* foi uma verdadeira vitória.

— Sempre tem um desses — comentei, pensando nos meus dias no planejamento da Figaro, em quantas reuniões tive com caras exatamente assim.

— Né?

Abri um sorriso. Já sabia que ia gostar de Seb.

— Então, por que você saiu do seu antigo trabalho? — perguntou ele.

— Eu queria me mudar para Londres, começar do zero — respondi, o que, embora não fosse totalmente verdade, não parecia tão distante da realidade.

Seb riu, o pomo de adão subindo e descendo.

— A maioria das pessoas quer *sair* de Londres para isso.

Quando descrevo os escritórios da Supernova, até o papel higiênico personalizado — ao que parece, projetado por um ex-estagiário que agora está em um cargo de alto escalão na Supernova de Nova York —, Max comenta:

— Meu Deus, um bar no trabalho. Acha que eu conseguiria vender essa ideia ao meu vice-presidente?

— Com certeza. Tem alguma razão pela qual os advogados precisam ser mais sérios do que qualquer outra pessoa?

— Sim. Os processos judiciais quando erramos.

— Não é muito difícil processar um advogado?

Ele ri.

— Que nada. É por isso que temos seguro.

Bebo meu refrigerante de gengibre.

— Agora estou imaginando todos vocês sendo muito profissionais, levando tudo muito a sério.

— Bem, nem sempre.

Ele descreve seus colegas: alguns com quem trabalhou durante anos e de quem é muito próximo, outros meros conhecidos, alguns que o irritam bastante.

— Não consigo imaginar você se irritando com alguma coisa. Deve ser uma das pessoas mais pacientes que já conheci.

Uma lembrança especial se destaca para mim: Max recebendo um telefonema, no nosso segundo ano da faculdade, avisando que a mãe estava gravemente doente. Fui com ele até a estação de Norwich, onde soubemos por outro passageiro que todos os trens tinham sido cancelados por falta de pessoal. Não encontramos qualquer funcionário para nos ajudar e, enquanto isso, os minutos passavam, e com isso aumentava a possibilidade surrealmente aterrorizante de que a mãe de Max morresse antes de ele chegar lá. Por fim, ele encontrou uma funcionária e, considerando o desdém com que ela o tratava — um estudante desleixado cuja preocupação e olhos arregalados ela claramente interpretou como induzida por drogas —, Max foi calmo, educado e muito simpático, mesmo tendo todos os motivos para não ser. Nunca esqueci disso.

Pergunto para ele como Brooke está. Max sempre a chamou assim, nunca de mãe. Quando o conheci, achei muito legal. Só depois de tantos anos é que percebo como isso é triste.

— Nada muda no mundo de Brooke Gardner — responde Max.

Sua voz não carrega nenhum afeto, como se ele estivesse narrando um documentário meio maldoso sobre a vida da mãe.

Ele nunca conheceu o pai. Brooke sempre bebeu muito e costumava afirmar, em seus momentos mais cruéis, que nem se lembrava de ter dormido com o cara. Tinha vários empregos, muitas vezes ao mesmo tempo, e, quando não estava trabalhando, estava "relaxando com os amigos", como gostava de dizer. Max ficava sozinho quando tinha uma idade em que era ilegal e assustador deixar uma criança sozinha, até que alguém apontou isso para ela; depois disso, Brooke o deixava com diversos vizinhos e amigos de amigos. Certa vez, Max me disse que achava que tinha sido assim que aprendeu a conversar com qualquer um, mesmo com pessoas muito diferentes dele.

— É por isso que você quer ser advogado? — perguntei, na noite em que Max me confidenciou tudo isso pela primeira vez, algumas semanas depois de nos conhecermos.

Imaginei que sua infância o tivesse levado a desenvolver um forte senso de justiça, de certo e errado. Não estávamos namorando naquela época, mas eu já sabia que não havia mais ninguém com quem preferisse passar o tempo.

Ele assentiu.

— Em parte. Uma vez, uma assistente social disse que crianças como eu seguem um de dois caminhos: ou saem dos trilhos, ou viram as pessoas mais certinhas do mundo. Acho que sou assim.

— Você... já perdeu a paciência com ela? — pergunto a Max agora, porque na época ele ainda fazia visitas, ligava, mandava mensagens e e-mails... se esforçava para manter contato.

Vejo um leve movimento do músculo da mandíbula, mas o sushi chega assim que ele começa a responder.

— Então — começo, quando estamos na mesa da cozinha, as caixas de delivery abertas entre nós.

Max colocou uma playlist tranquila para tocar e baixou as luzes.

Ele pega uma peça de nigiri de guaiuba com os hashis, dá uma mordida e continua a história.

— Bem, eu cometi o erro de levar uma namorada para passar o fim de semana em Cambridge. Achei que podia apresentar a menina a Brooke, que jurou que estaria sóbria e sob controle e que se esforçaria para tudo dar certo.

— Quem era a namorada? — pergunto, torcendo para que minha voz soe leve e só um tantinho curiosa, não desesperada para saber mais.

— Allegra. Nós nos conhecemos no trabalho. Isso faz uns... sete anos.

Concordo com a cabeça, brigando comigo mesma pelo desejo de pegar o celular e gritar: *Ei, Siri, faça uma busca em Allegra!*

— Na época, Brooke estava tentando ficar sóbria e tinha largado o maldito namorado, então eu tinha esperanças. Combinamos de nos encontrar em um restaurante; nada chique, só uma franquia comum, graças a Deus. Mas, quando Brooke chegou, estava com o olhar distante e sem foco. Tipo, totalmente *fora* de si. Dava para ver no segundo que ela entrou. — Max balança a cabeça. — Eu só senti uma... raiva incontrolável dentro de mim. Mas consegui me segurar, nós nos sentamos e aí... literalmente a primeira coisa que ela fez quando abriu a boca foi me pedir dinheiro. Nem olhou para a Allegra, nem sequer disse oi.

Franzo a testa e baixo meu sushi de siri.

— Que horror.

— Pois é. Eu simplesmente... perdi a cabeça. Comecei a gritar com ela. Allegra literalmente teve que me arrastar para fora do restaurante. E depois pensei: meu Deus, e se eu tivesse começado a jogar coisas no chão e tivesse, sei lá, machucado alguém... Eu poderia ser preso e acusado de sabe-se lá o quê, e minha carreira estaria acabada. Tanto trabalho... — Ele balança a cabeça. — Uma única idiotice poderia ter mudado minha vida inteira.

Percebo que estava prendendo a respiração enquanto ele falava.

— Você ainda fala com ela?
— Com Brooke? Ou...?

Eu hesito.

— Você ainda fala com Allegra?

Seu olhar encontra o meu, calmo e sincero.

— Ela está trabalhando em outra firma. Mas nos esbarramos de vez em quando em eventos de networking e tal.

— Por que vocês terminaram?

— Ela estava me traindo. Com um paralegal que sempre fazia serviços para nós. — A risada dele é dolorida. — Ele não trabalha mais lá. O que é uma pena, na verdade. Era muito bom.

Limpo a boca com um papel-toalha. Meus lábios estão grudentos e adocicados do sushi.

— Eles ainda estão juntos?

— Aham. Se casaram e estão esperando um bebê.

Não sei por que fico tão triste quando Max me conta isso. Afinal, se os dois não tivessem terminado, eu e Max não estaríamos juntos agora. Ou talvez estivéssemos. Quem sabe? Penso vagamente em algo que meu professor de estudos religiosos disse uma vez, que Deus sabe seu destino, mas você é quem decide como vai chegar lá. Se eu e Max estamos destinados a ficar juntos, então Allegra e o paralegal e tudo o mais foram só distrações no caminho para o evento principal. Certo?

Ergo a mão para apertar a nuca dele, passando os dedos pelo cabelo, um pequeno gesto para demonstrar que sinto muito.

— Enfim — continua Max, inclinando a cabeça para trás como um gato apreciando o carinho —, não falo muito mais com Brooke hoje em dia. Ela está com um namorado novo, com outras coisas acontecendo. Acho que ela sempre viu a maternidade como uma obrigação, algo que atrapalhava o que realmente queria. E, quando parei de me esforçar, acho que ela sentiu que... estava livre da responsabilidade. Faz sentido?

Não quero dizer que sim, porque nada disso deveria fazer sentido.

Sempre me surpreendeu que Max fosse tão otimista, dada sua origem difícil. Tão constantemente esperançoso. Agora percebo que foi um mecanismo de defesa. Se ele mantivesse a atenção fixa no horizonte, não teria que contemplar as instabilidades do presente ou as dificuldades do passado.

— Então, Luce — começa ele, virando a cabeça para me encarar —, se importa se eu perguntar uma coisa?

— À vontade.

— Por que você parou de beber?

De repente me pergunto se ele acha que é porque o álcool virou um problema para mim, como aconteceu com Brooke. Se, lá no fundo, ele não está se perguntando se talvez Brooke e eu não sejamos tão diferentes. O que é um pensamento bem ruim.

— Nada horrível — digo, embora não esteja nem perto da verdade. — Eu acabei... decidindo que era mais feliz sem beber.

Tento me lembrar de como era, relembrar as sensações que acabaram me assustando mais: perder o controle, acordar sem lembranças da noite anterior. Me sentir fraca.

Por sorte, tenho dificuldade para acessar essas memórias.

— Mais feliz como? — pergunta Max, colocando a mão na minha perna.

— Bem, eu só quero me lembrar de tudo — respondo. — De todos os melhores momentos da vida. Não quero me esquecer de nenhum.

Ele não responde, apenas se inclina para me beijar, movendo a mão pela minha coxa. E eu o beijo de volta, um pouco triste pelo alívio que sinto por não estarmos mais conversando.

Algumas horas mais tarde, acordo do nada. De pronto, não sei por quê — o quarto de Max está escuro e silencioso como um porão.

Ou talvez seja exatamente por isso.

Não entre em pânico. Você está com Max, no apartamento dele. Respire. Respire.

Às cegas, tateio em busca da mesinha de cabeceira do meu lado, acendendo o celular para ver as horas.

Uma notificação de mensagem me espera, de Tash. Leio por alto, então leio de novo, completamente confusa.

> Max, aqui é a Tash. Você precisa fazer a coisa certa. Não sei por que você resolveu voltar com a Lucy, de todas as mulheres do mundo, mas você precisa

Enlouquecida, clico na mensagem e leio o restante.

terminar com ela. Parar de sair com ela. Não é justo. Ela não ia aguentar se descobrisse.

Meu coração começa a se comportar de um jeito estranho, primeiro disparando, depois migrando do peito para a garganta. Releio as palavras, confusa, de novo e de novo.

Quando percebo que Tash deve ter me enviado a mensagem por engano, meu telefone começa a tocar, sem parar, um som estridente que me atravessa, como ouvir um grito na calada da noite.

Max se senta na cama e acende a luz.

— Luce, você está bem?

— Eu... eu não tenho certeza.

O que eu não aguentaria? O que Tash não quer que eu descubra?

Fico de pé, tateando em busca da saia e da camiseta que acabaram no chão algumas horas atrás. Eu me visto sem cuidado e fico parada onde estou, sem saber o que fazer e me sentindo meio idiota.

— Você vai atender? — pergunta Max, fazendo careta, enquanto meu telefone toca na mesa de cabeceira.

— Não, eu...

Eu preciso pensar.

— Luce, o que está acontecendo?

— Eu não sei.

Os pensamentos estão começando a quicar como bolas de tênis no meu cérebro. *Se eu descobrisse o quê? Por que Tash quer que Max termine comigo? Se eu descobrisse o quê? Se eu descobrisse o quê?*

— Luce?

Max tenta pegar minha mão, mas erra. Sua voz está mais urgente, talvez por frustração. Ele rola na cama até minha mesa de cabeceira, pega meu celular e olha para a tela, onde a mensagem continua aberta. Ao lê-la, seu rosto fica pálido, como se o sangue tivesse parado de correr.

Meu telefone volta a tocar.

— Max, o que... O que a Tash não quer que eu descubra?

Max me encara, mas não diz nada. Seus olhos parecem quase vazios. Se ele não estivesse sentado, eu poderia pensar que estava desmaiado.

— Max?

Eu nunca o vi sem palavras, e é essa súbita incapacidade de falar que me faz perceber que a situação é ruim. Muito ruim. Ele fez algo ruim, algo tão terrível que nem consegue abrir a boca.

Mas como isso tem a ver com minha irmã? Tash não o suporta, ela torce o nariz sempre que menciono o nome dele, ela... *Ah, não.*

Sinto o chão desaparecer enquanto nos encaramos, e algo indescritível se passa entre nós.

Isso, não. Por favor, tudo menos isso.

— Max... O que você fez? — consigo sussurrar, embora minha boca pareça seca e tensa, como se eu estivesse tentando engolir farinha.

Ele só balança a cabeça em resposta, e sei que, se ele não consegue nem falar em voz alta, então é a pior coisa que posso imaginar.

Então começo a juntar minhas coisas, porque sei que o único movimento que posso fazer agora é correr — para o mais longe que puder, sem parar, correndo, correndo, correndo.

— A gente não deveria tirar conclusões precipitadas.

Estou de volta em casa, no quarto da Jools, sentada com ela na cama. Minha amiga acendeu a luz e preparou chá de camomila para nós duas, e eu vesti uma legging, lavei o rosto e escovei o cabelo. Estou me sentindo um pouco mais calma agora que cheguei em casa e consegui parar e pensar.

— Quer dizer, sim, é uma mensagem estranha. Mas pode significar qualquer coisa. — Jools hesita, aperta os lábios, como sempre muito delicada.

— Pode falar. Eu literalmente pensei em todos os cenários.

Ela tira uma mecha de cabelo do rosto, jogando para o outro lado com a mão inclinada.

— Bem, a explicação mais provável não é que Max fez algo um pouco babaca e Tash descobriu? Não consigo imaginar, nem em um milhão de anos, que isso envolvesse que Tash e Max estivessem... *juntos*. Para começar, quando eles tiveram oportunidade para isso?

A tela do meu celular começa a piscar. Desliguei o telefone assim que fugi do apartamento de Max e peguei o ônibus para casa, e acabei de ligá-lo de novo.

É a décima ligação de Max. Enquanto isso, Tash acumulou quinze chamadas perdidas.

Jools assente com a cabeça. Relutante, eu ligo de volta.

— Estou aqui fora. — Sua voz parece trêmula, tensa. — Por favor, me deixe entrar.

Desço as escadas, mas não deixo Max entrar. Em vez disso, saio para o degrau da calçada e fecho a porta atrás de mim. O ar noturno está quente e parado, o céu, salpicado de estrelas. Ouço o barulho dos veículos na estrada principal e sinto uma rápida pulsação de pânico no peito, a vontade familiar de fugir.

Normalmente tão bem-vestido e bem-cuidado, Max parece amassado, mal-ajambrado. Está usando camiseta e calças de moletom e, na rua, um 4x4 — suponho que dele — está estacionado em um ângulo ridículo em relação ao meio-fio, do jeito que detetives estacionam em seriados policiais quando estão atrás de uma pista importante.

Eu nem sabia que Max tinha carro.

— Se eu descobrisse o quê? — É tudo o que digo, porque, neste momento, essa é a única pergunta que quero que ele responda.

E sua expressão se torna quase selvagem — cheia do quê? Medo? —, e meus joelhos começam a ceder quando o ouço confirmar o pior, então sinto os braços de Jools, aparentemente alertada por algum barulho que fiz. Um enxame de vozes furiosas sobe e desce acima da minha cabeça, e ouço Reuben ameaçando chamar a polícia, mas o tempo todo só uma palavra ecoa em minha mente, algo a que posso me agarrar: *Não, não, não, não, não.*

9

FICAR

Caleb disse que posso usar a cabana da praia para escrever, então todas as tardes, depois do turno da manhã na Pebbles & Paper, paro na delicatéssen para comprar um café para viagem e um sanduíche de caranguejo e sigo para as dunas, trocando cumprimentos com passantes, turistas e pescadores.

Algo na vista da cabana — a paisagem temperamental da água, o grito das gaivotas planando, o vaivém da maré que parece uma criatura respirando — desperta minha imaginação. Pela porta da frente, observo o tempo mudar sem parar: chuvas de verão que cortam o mar e tamborilam pelo telhado, intercaladas por respiros de sol forte e brilhante. Observo o céu em todo o seu catálogo de cores, do mais raro dos prateados ao impecável azul da tarde, enquanto as nuvens passam como lã na brisa. A vista de onde estou sentada é uma tela em constante mudança, meu impulso diário de criatividade.

Graças ao incentivo de Caleb e à inspiração que tiro do grupo de escrita, estou começando a ganhar confiança. As palavras voam dos meus dedos. Eu as sinto como um segundo batimento cardíaco dentro de mim. Escrevo por horas seguidas, parando apenas quando percebo que estou com sede ou com fome. A cada dia, minha mente gira com novos mundos, meu sangue fervilhando com as possibilidades.

Talvez a pessoa que disse que as melhores coisas da vida são de graça estivesse certa, afinal.

— Lucy, eu amei ele — sussurra Tash.

Convidei Caleb para almoçar na casa de Tash e Simon. Estamos na sala de estar, e Caleb está sentado no tapete com Dylan, perto da lareira, ajudando-o com as peças de um conjunto de Lego com tema de aeroporto. Caleb deve ter falado algo engraçado, porque Dylan está rindo alto, daquele jeito rouco das crianças pequenas, e, bem no momento em que ele começa a se acalmar, Caleb diz outra coisa, levando a outra rodada de histeria, que deixa Dylan caindo de lado no tapete, incapaz de se conter.

— Você tem cem por cento de certeza que ele não tem filhos?

— Tenho — sussurro.

— Então vocês dois estão... tipo, oficialmente juntos?

— Bom, acho que sim. Ainda não discutimos os detalhes, mas a sensação é que não precisa. Sabe?

Ela assente, pensativa.

— Eu entendo o que você quer dizer. Ele é mesmo diferente de todo mundo que você já namorou.

Eu me viro para ela.

— É?

— Bom, ele é muito... confiante, né? — sussurra minha irmã. — Mas não é arrogante. Só parece um cara confortável consigo mesmo. Uma cara que não gosta de joguinhos.

— Aham — concordo, observando Caleb ajudar Dylan a prender as asas no avião. — Parece que com ele sei onde estou.

— Você sabe o que ele é, não sabe?

— Não, o quê?

— Um adulto de verdade.

— Argh, assim ele fica parecendo um chato.

— Não, não é um chato. Só... é real. Isso é bom, não é?

— É — concordo, me recostando no sofá com um sorriso. Tomo um gole do suco de maçã gaseificado, a versão de hoje de bebida aperitiva. — É muito bom.

E, realmente, os últimos meses foram muito bons. Caleb e eu passamos o início do verão aproveitando tudo o que Shoreley tem para oferecer antes do início da alta temporada turística. Vagamos de mãos dadas pelas ruas de paralelepípedos, apontando nossos antigos lugares de infância: o coreto no parque onde meus amigos e eu nos reuníamos depois da escola; o pequeno pátio atrás da loja de doces antiquada onde Caleb deu seu primeiro beijo; a colina inclinada em direção ao extremo norte da praia, onde me sentei com meus amigos no último dia de aula e observei o pôr do sol entre crises de choro dramáticas enquanto bebíamos uma garrafa de cidra, com o coração partido pela separação iminente. Andamos de galochas pelos riachos atrás do porto com as gaivotas voando bem acima de nossas cabeças, as velas dos barcos atracados ressoando contra os mastros como percussão na brisa. Caminhamos descalços pelas salinas, ambos chorando de rir quando Caleb escorregou na lama e não conseguiu se levantar, me puxando para o chão enquanto eu tentava ajudar. Colhemos salicórnia fresca e levamos os talos de volta para a casa de Caleb, então os escaldamos no Aga e os encharcamos com manteiga e pimenta-preta antes de devorar tudo com a mão mesmo. Tomamos muito sorvete de caramelo salgado da sorveteria do calçadão. Pescamos caranguejos e nadamos pelados, assistimos ao pôr do sol com o céu cor de framboesa tocando o mar na mureta do porto, trocamos beijos sob os postes das ruas iluminadas pela lua. Foram os dias mais gostosos e mais românticos, e me fizeram ver minha cidade natal sob uma luz totalmente nova. Redescobri seus atrativos, seu charme e apelo, digno de todos os cartões-postais, quebra-cabeças e ímãs de geladeira. Com isso, lembrei por que as pessoas vêm para cá. Shoreley vende um sonho e, este ano, eu me apaixonei muito por esse sonho.

— Você vai apresentá-lo à mamãe e ao papai? — pergunta Tash.

É sempre uma ideia assustadora apresentar um namorado aos nossos pais: almas gêmeas de longa data, os guardiões da própria história de amor épica.

— Pensei em começar com a irmã mais velha. De qualquer forma, são só dois meses. Parece meio cedo.

Tash sorri enquanto, da cozinha, Simon grita: "Almoço!". Dylan dá um pulo e leva seu novo melhor amigo para lá, seguindo o cheiro da carne assada de domingo. Caleb olha para nós por cima do ombro, dando de ombros com uma expressão alegre enquanto é levado embora.

Minha irmã balança a cabeça, observando os dois, então me cutuca.

— Lembra quando você encontrou o Caleb pela primeira vez e sentiu que o conhecia de algum lugar? Como se vocês já se conhecessem?

Eu concordo.

— Lembro. Mas nunca descobri o porquê.

Tash aperta os lábios como se estivesse tentando conter a animação.

— Bem, parece que isso é um sinal de que você conheceu sua alma gêmea.

Uma risadinha irônica me escapa pelo nariz.

— Achei que você não acreditava em almas gêmeas.

Ela dá de ombros.

— Uma garota do trabalho estava falando disso na sexta-feira. Ela leu uma revista com um artigo inteiro sobre o assunto. Parecia bastante convincente, até.

Abro um sorriso.

— Bem, Caleb também não acredita em almas gêmeas, então não comente nada disso durante o almoço, certo?

Ela me dá um sorriso esperançoso.

— Mas você acredita.

— Talvez — digo, tímida. — Estou só vendo no que vai dar.

Não quero admitir que o que ela acabou de dizer fez sentido para mim de uma forma ao mesmo tempo estranha e perfeita.

É bem fofo como Tash e Simon se esforçaram no almoço de hoje. A mesa parece prestes a ceder sob decorações dignas do Met Gala — três vasos enormes cheios de peônias, uma quantidade excessiva de talheres dourados, copos e taças cor-de-rosa, toalha de mesa estampada e louças combinando. Tash, Simon e Caleb estão bebendo o vinho chique, trazido do porão, e Simon colocou música clássica para tocar.

Espero que não pensem que não apreciamos o esforço, considerando que Caleb está usando a calça jeans desbotada com camiseta de sempre, e eu coloquei um vestido leve de algodão verde e branco sem me preocupar em passá-lo.

— Então, Lucy estava contando sobre a cabana, Caleb — comenta Tash servindo mais vinho para ele enquanto comemos a carne assada.

— É mesmo? — pergunta Caleb, com um sorriso, e dou um chute de leve na sua canela, porque tenho a sensação de que está pensando em todas as vezes que transamos lá nos últimos tempos.

— O que é uma cambana? — Dylan pergunta para Tash.

— Uma cabana de praia. É tipo uma casinha na areia — explico. — Para guardar os baldes e pazinhas e se proteger da chuva.

— Nós não vamos muito à praia, né? — comenta Tash, para Simon. — Definitivamente não aproveitamos bem o fato de morar tão perto do mar.

— Eu entendo — intervém Caleb. — Sentia falta disso quando morava em Londres. Não me entenda mal, tem várias coisas na cidade que adoro, mas ultimamente...

— Você não é muito da cidade grande? — sugere Tash.

Ele dá de ombros.

— Acho que simplesmente sabia que não queria morar lá para sempre.

— Na verdade, eu penso o contrário — diz Simon.

Caleb toma um gole de vinho.

— Ah, é?

Franzo a testa e me viro para o meu cunhado.

— O quê? Você não quer morar em Londres.

Ele dá de ombros.

— Às vezes sinto falta de ter mais vida em volta, sabe? Eventos culturais à vontade, mais opções de comida além de um único restaurante chinês de péssima qualidade...

Tash solta um suspiro impaciente, que sugere que não é a primeira vez que esse assunto surge.

— Tem muitas opções culturais em Shoreley, Simon. Você só precisa se esforçar mais para encontrar. E não tem nada de errado com aquele restaurante chinês. Foi só um bolinho de camarão ruim.

— Mãe, o que é culturais? — pergunta Dylan, empurrando a salada de um lado para o outro do prato.

Tash olha para o filho sem prestar atenção.

— Coma as cenouras, por favor, querido. Hum, eventos culturais são coisas como peças de teatro e apresentações musicais.

— Tipo o que estamos ouvindo agora — explica Simon, enquanto pela caixa de som vem uma nota trêmula depois de um crescendo da orquestra.

— Eu e Caleb assistimos *Romeu e Julieta* algumas semanas atrás — comento. — Isso é cultura.

— Eu não chamaria os Menestréis de Shoreley de auge do teatro — retruca Simon, embora eu suspeite de que no fundo é só brincadeira.

Dou risada, torcendo para Caleb não se ofender.

— Que esnobe!

— Sinto muito. Só sinto falta de coisas além de Shoreley de vez em quando, só isso.

— Não é para isso que a gente tira férias? — indaga Tash, com um tom leve, mas ainda noto a tensão no ar.

Imagino que não deve ser fácil ouvir o marido criticar a vida que construíram juntos de um jeito tão leviano.

Sorrindo, Dylan começa a repetir a palavra *esnobe* entre surtos vigorosos de risada.

Isso faz Caleb rir, o que me faz rir também. A alegria que Dylan consegue tirar de uma simples palavra sem graça é adorável.

— Então você não sente falta de Londres, nem um pouco? — pergunta Simon, para Caleb, quando Dylan começa a ficar vermelho e ameaça perder a compostura.

— Bom, tem algumas coisas de que sinto falta — responde Caleb, e me pergunto se ele está começando a ficar desconfortável. Afinal, Londres é onde ele tinha uma vida com Helen. — Mas, no geral, não. Não há outro lugar onde eu gostaria de estar mais do que aqui.

Mais tarde, aproveitamos o sol ao máximo, então descemos até a cabana da praia, deixamos a porta aberta e nos acomodamos juntos para apreciar a vista. É aquele momento fugidio de luz antes do crepúsculo se transformar em escuridão total. A lua no céu está embaçada pelas nuvens, como uma lâmpada na névoa.

— Obrigada por hoje — digo, encostando o ombro em Caleb. — Tash e Simon adoraram você.

Ele sorri.

— Os dois são ótimos. Também gostei deles. Você tem muita sorte.

Inspiro fundo, sentindo o cheiro da areia salgada. Luzinhas salpicam no horizonte; navios, talvez? Plataformas de petróleo? O ar da noite está calmo e cálido, ainda ameno pelo dia de sol.

— Você vê sua família com frequência?

Ele torce o nariz.

— Não muito. É sempre uma situação meio tensa. Todo mundo tentando não ofender ninguém. Conversas superficiais. O tipo de encontro que faz você querer beber alguma coisa depois, para se recuperar. — Caleb hesita. — Desculpa.

Balanço a cabeça para dizer que está tudo bem.

— Bom, Dylan te adorou também. Você fez um amigo para a vida inteira.

Ele sorri.

— Ele é um carinha muito engraçado.

— É mesmo. — Tomo um gole de chá. — Você já pensou que... talvez teria filhos com a Helen?

Sei que é uma pergunta muito pessoal, mas sinto que não é nada fora do limite para nós. Além disso, Caleb é o tipo de cara que vai dizer diretamente se não quiser falar de alguma coisa.

— Aham. — Ele pigarreia. — A gente tentou, por um tempão.

— Sério? — digo, me afastando um pouco, já que estava encostada nele e com a cabeça em seu ombro.

Não sei por que estou tão surpresa; acho que só imaginei que os dois tivessem terminado antes de começar a pensar mais a sério em ter uma família. Tipo, você não tentaria ter filhos com alguém que parece querer algo totalmente diferente de você, né?

Caleb baixa o rosto para mim, mas sem me encarar.

— Sério.

E não fala mais nada.

— Vocês não... terminaram porque estavam distantes?

— No fim, sim. Mas antes disso acho que passamos muito tempo em negação. Ou talvez fosse só eu. Acho que eu tinha me convencido de que seria feliz em Londres se tivéssemos uma família.

Eu espero, sentindo que ele tem mais a dizer.

— Foram seis tentativas de fertilização in vitro. — Sua voz soa pesada com a confissão. — Sem sucesso, óbvio.

Seis tentativas de fertilização in vitro?

— Helen é cinco anos mais velha que eu. Ela estava preocupada, sabe. Em ser tarde demais.

Por um momento, tenho dificuldade de encontrar as palavras. Então... com certeza foram essas seis tentativas malsucedidas de inseminação artificial que os fizeram se separar, não discordâncias sobre fazer trilha ou criar galinhas, certo?

— Caleb, eu achei que... — Mas não sei como terminar.

Levo um momento para acertar meus pensamentos, absorvendo a paz da noite sem vento, o som da água salgada no cascalho em ondas rítmicas e suaves.

— O quê?

— Você acha que ainda estariam juntos? Se tivesse funcionado?

Ele suspira.

— É... impossível de dizer.

Eu esperava mais tranquilização.

— Achei que vocês tinham terminado porque queriam coisas diferentes.

— E é verdade. Acho que precisamos daquele estresse todo para perceber isso.

— Uau.

A palavra sai quase sem som, o que suponho que a faça parecer um pouco sarcástica.

Ele franze a testa. Sinto sua mão apertar meu ombro.

— Lucy, eu e a Helen... não era para ser.

Concordo com a cabeça, mas não sei mesmo como responder. Estava pensando que o casamento deles tinha chegado a um fim natural, e agora descubro que, na verdade, os dois passaram por um trauma enorme que mudou suas vidas. Que queriam começar uma família. E, se *tivessem* engravidado, será que não estariam juntos em Londres neste momento, pais orgulhosos de uma criancinha, seu próprio bebê milagroso?

Balanço a cabeça, numa tentativa de desalojar a imagem da minha mente.

— Então... quem terminou com quem?

Ele espera muito tempo antes de responder.

— Foi mútuo. Percebemos que, sem a possibilidade de uma família, não tinha... mais nada para nós.

Franzo a testa, puxando as mãos para dentro das mangas do suéter um pouco longo demais para meus braços.

Sinto Caleb deslocar seu peso contra mim. Ele encosta os lábios no meu pescoço e me beija de leve. Percebo a fragrância amadeirada distante da loção pós-barba que ele usou no almoço, já quase desaparecendo, e me pergunto se foi Helen quem comprou. Se foi um presente de aniversário, uma surpresa de Dia dos Namorados.

— Não importa *por que* a gente se separou — diz ele. — Bom, a questão é que acabou.

Eu não sei se concordo totalmente, então fico quieta.

— E, só para você saber, não tinha nada de "errado" — continua ele. — Fisicamente, quero dizer. Só... não aconteceu.

— Não fala isso, Caleb. Você não precisa me contar esse tipo de coisa.

Outra longa pausa.

— Você já... pensou nesse tipo de coisa?

Viro a cabeça para encará-lo e solto uma risadinha tensa.

— Por favor.

Caleb continua me encarando com os olhos arregalados e uma expressão calma.

— O quê?

— É estranho você me perguntar isso. Quando acabou de me contar... Você e Helen se separaram faz só oito meses. É cedo demais para...

— Tá bom — interrompe ele, parecendo entender. — Mas eu só quero que você saiba que... eu ainda quero essas coisas para o meu futuro. Se não for demais falar isso.

Engulo em seco.

— Podemos mudar de assunto, por favor?

— Claro. Tudo bem.

Mas, por alguns minutos, ficamos em silêncio.

— Quer nadar? — pergunta Caleb, por fim.

— Quero — respondo, surpresa com minha própria resposta.

Há algo que me atrai na ideia de pular no mar, mergulhar na água fria, lavando a estranha tensão que se instalou entre nós inesperadamente.

Caleb se levanta e me estende a mão. Quando me levanto, ele me puxa para perto.

— Sinto muito — sussurra — se não fui totalmente franco sobre o motivo pelo qual eu e Helen terminamos. Acho que estava tentando minimizar isso porque... Bom, eu gosto mesmo de você, Lucy. Assim, muito.

— Não vamos mais falar sobre isso — sussurro em seu peito. — Vamos atrás do mar.

PARTIR

Tash passou o mês inteiro tentando falar comigo quando, finalmente, numa manhã de domingo em meados de junho, ela me pega de surpresa a caminho do mercado.

Minha irmã me embosca na rua quando saio de casa, o que me faz pensar que estava esperando lá desde o amanhecer.

Eu me pergunto se Dylan e Simon vieram para Londres com ela. Eu me pergunto o quanto Simon sabe.

É a primeira vez que ficamos cara a cara desde que descobri, desde aquela noite impensável de maio, quando meu mundo inteiro desabou.

— Lucy — chama ela, como se eu não a tivesse visto parada bem na minha frente.

Minha irmã perdeu muito peso, tanto que me chocaria se eu já não tivesse recebido uma série de mensagens irritantes da minha mãe me informando que Tash mal come desde a nossa briga.

— Vá embora, Tash — murmuro.

Ela me viu entrar em crise após o rompimento, questionando tudo. E teve dez anos para confessar.

— Isso é loucura — diz Tash. Ela já parece prestes a desmoronar. — Por favor, Lucy. Eu só quero conversar.

Por um instante, hesito, depois balanço a cabeça e começo a me afastar.

— Aonde você vai?

— Ao mercado. Vá para casa, Tash.

Saio andando em direção ao final da rua, onde viro à direita e entro na estrada principal. A rua ainda está começando a despertar, com carros, pessoas correndo e passeando com carrinhos de bebê. A faixa de céu entre os topos dos edifícios está cinza e repleta de nuvens escuras, mas o ar da manhã está quente.

Olho por cima do ombro para verificar se Tash não está me seguindo, então atravesso a rua em direção às bancas de jornal. Só quando entro no mercado é que percebo que estou tremendo e que esqueci completamente o que vim comprar. Acabo pegando leite, pão, café e biscoitos antes de voltar para casa, rezando para minha irmã já ter ido embora.

Ela não foi, é claro. Está esperando lá na frente, como um vendedor porta a porta que não aceita não como resposta.

— Lucy, *por favor*. Só me deixa contar o meu lado. E, depois... se você nunca mais quiser me ver, tudo bem. Mas pode pelo menos me ouvir?

Não digo nada por alguns momentos. Percebo que ainda não a encarei, com medo de que, se olhar em seus olhos, serei confrontada com uma visão dela e de Max que nunca vou conseguir esquecer.

Atrás dela, um grupo de mulheres passa pela calçada, todas com crachás do serviço nacional de saúde, provavelmente recém-saídas do turno da noite no hospital. Fico olhando para elas, tentando desesperadamente conjurar Jools para ter uma desculpa para mandar Tash embora.

— Lucy?

As mulheres seguem andando.

— Tudo bem — digo, depois de um tempo, a voz fria e entrecortada. — Você pode entrar, dizer o que tem a dizer e depois ir embora. Eu tenho que trabalhar.

Ela entra atrás de mim. Por sorte, sou a única em casa — Sal também está no turno da noite, e Reuben dormiu na casa da namorada ontem de novo.

Eu não estava mentindo sobre o trabalho. Embora a Supernova seja tudo o que eu esperava e muito mais, os dias são longos e intensos, ainda mais quando temos que preparar um grande pitch. Costumo chegar em casa às oito ou nove da noite e tenho trabalhado até meia-noite pelo menos uma vez por semana desde que comecei, além de em alguns fins de semana.

Meu projeto mais recente foi criar uma nova identidade para uma célebre marca de vida saudável, dirigida por uma influencer famosinha.

O feedback que Seb e eu recebemos na sexta-feira sobre a última apresentação foi brutal de uma forma que eu não esperava de alguém que vende roupas para meditação — tanto que me deixou quarenta minutos hiperventilando no banheiro feminino. Quando finalmente saí, Seb estava esperando do lado de fora para me garantir que Zara não me demitiria por causa da opinião de uma subcelebridade qualquer. Mesmo assim, até acabarem meus seis meses de experiência na Supernova, não posso relaxar.

Também não estava mentindo quando disse a Max que só me tirariam desse trabalho quando eu estiver morta. Já é impossível me imaginar trabalhando em qualquer outro lugar. Sinto como se enfim tivesse encontrado minha vocação, a carreira que sempre quis seguir.

Ainda assim, quase todos os fins de semana estou mentalmente esgotada — e é por isso que, hoje de manhã, estou tão empolgada para ouvir as falsas declarações de remorso de Tash quanto estaria para ler as obras completas de Shakespeare ou aprender grego antigo. Seb e eu concordamos em nos reunir na segunda-feira de manhã e pensar em algumas ideias para a empresa de vida saudável e, apesar de ter trabalhado ontem o dia quase inteiro, ainda não cheguei em nada de fato realista que pudesse apresentar. O que significa que preciso me concentrar no trabalho hoje e nada mais. Com certeza não vou deixar Tash — nem Max — me distrair do melhor trabalho que já tive.

Tiro os sapatos e subo as escadas sem oferecer nada para minha irmã, então fecho a porta do quarto depois que nós duas entramos. A noite foi quente, e o espaço já está abafado, então abro a janela, deixando entrar o zumbido suave da cidade acordando e o ar urbano ameno.

Sento na cadeira ao lado da lareira fechada e espero.

Tash tira a jaqueta jeans e se senta na beira da cama. Sua blusa verde tem um decote profundo, revelando os ossos delineados sob as clavículas.

— Lucy — começa ela, a voz trêmula. — Você precisa saber. O que aconteceu entre Max e eu não significou nada.

Sinto as lágrimas tentando correr, mas as seguro.

— Por favor. Faz um mês. Não, na verdade, faz *dez anos*. Você com certeza teve tempo para pensar em alguma coisa mais original, não?

Ela não responde, e eu me pergunto se esse era o seu único argumento, tudo em que conseguiu pensar para pedir perdão.

— Bom, pelo menos agora tudo faz sentido — continuo, fria. — Eu nunca entendi por que ele terminou, e Max também nunca conseguiu explicar. Eu me culpei por tanto tempo. Achei que tinha pedido demais, que assustei ele. Mas você já sabe disso.

Tash seca uma lágrima.

— Tudo que eu posso dizer é que eu *sinto muito*, Lucy...

— Meu Deus, quantas vezes achei que você odiava o Max por ele ter me magoado, quando na verdade era só porque ele lembrava a pessoa horrível que você é.

Minha irmã revira a bolsa atrás de um pacotinho de lenços, pega um e seca os olhos.

— Eu literalmente não sei por que você está chorando.

— *Por favor*, Lucy. Por favor não seja assim tão fria...

— Fria? Você está de sacanagem?

— Você... você falou com o Max?

— Não.

Não nos falamos desde aquela noite na porta de casa no mês passado, quando ele confessou ter transado com minha irmã. Ele tentou — apareceu aqui e no escritório, mandou mensagens, deixou recado, ligou e até me escreveu uma carta. Mas, sempre que penso nele, minha imaginação o associa à Tash. *Minha irmã*. A pessoa que mais deveria me amar no mundo. Eu fiquei me torturando, imaginando se o sexo foi bom, memorável, inesquecível; tentei contar quantas vezes dormimos juntos desde que ele fez o mesmo com ela; repassei diversas vezes o impacto que tudo isso teve na minha vida nos últimos dez anos, mesmo sem eu saber.

De qualquer maneira, Max desistiu esta semana, depois que Reuben ameaçou denunciá-lo por perseguição.

Acabou assim:

Encontrei Rob, amigo de Max, no mercadinho do campus naquela sexta-feira quente de setembro. Ele contou, na breve conversa — bem casual —, que Max queria morar com ele e Dean no verão seguinte, quando todos se mudassem para Londres para a especialização em direito. Senti o choque dessa afirmação como um tapa; ainda na noite anterior, Max e eu estávamos olhando apartamentos juntos, fazendo planos para a grande mudança para Londres dali a nove meses.

Confrontei Max naquela tarde, debaixo de um cedro enorme, perto da faculdade de direito. Ele já estava nervoso e tenso, graças à tonelada de trabalhos que acabara de receber sobre direito de propriedade intelectual e à logística de organizar outro estágio na HWW durante as férias de inverno. Max se recusou a ligar para Rob — como eu queria que fizesse, bem naquele momento — para dizer, sem deixar margens para dúvida, que moraria comigo no próximo verão.

Convencida de que ele estava mentindo, eu me afastei e falei, por cima do ombro, que ia cancelar com Tash, que viria nos visitar em Norwich naquela noite. Ela estava planejando vir de carro depois do trabalho e íamos passar o fim de semana juntas.

Mandei uma mensagem falando para ela não vir, então fiquei fora até tarde com amigos, sem querer voltar para o apartamento que dividia com Max. O futuro do qual eu tinha tanta certeza de repente parecia ameaçado — mas será que tinha sido culpa minha? Será que minha reação foi exagerada, que me comportei de maneira irracional? Rob estava simplesmente se adiantando, entendendo mal as conversas que teve com Max?

Quando voltei para o apartamento, de madrugada, já estava convencida do meu erro. Max era muito popular, o que não era culpa dele. É claro que seus amigos iam querer morar todos juntos no ano seguinte. Isso não significava que Max faria o mesmo. Eu planejava subir na nossa cama, cobri-lo de beijos, sussurrar minhas desculpas e compensá-lo da melhor maneira possível.

Mas parecia que o dano já era irreversível. Max me afastou naquela noite, virou as costas, não quis falar comigo. E, durante toda a semana seguinte, estava distante, fechado. Ele se recusou a discutir a briga, não falou do futuro, fugiu do assunto como se o machucasse. Então, na sexta-feira seguinte, ele terminou comigo. Não me lembro muito da conversa, de tão atordoada e descrente que fiquei. Mas me lembro de ouvi-lo dizer que, afinal talvez fosse mesmo morar com Dean e Rob no próximo verão.

Foi como entregar meu coração e depois ficar observando enquanto ele o partia em dois.

* * *

— Eu não recebi sua mensagem naquela noite — explica Tash, suplicante, os olhos azuis arregalados como os de um bebê. Sua voz está pesada e chorosa. — Fui até Norwich como tínhamos combinado e parei no apartamento, mas você tinha saído. Max contou da briga.

Balanço a cabeça. Apesar do mês inteiro que tive para processar tudo, ainda não sei se aguento ouvir os detalhes do que aconteceu entre minha irmã e o amor da minha vida.

— Nós ficamos bêbados — continua ela. — Tipo, muito bêbados. Max tinha uma garrafa de gim.

— Você nem gosta de gim — comento, que nem uma idiota.

Por um segundo, ela fecha os olhos.

— Não, porque aquela noite me traumatizou pela vida inteira.

Uma lembrança me vem à mente: uma garrafa de gim vazia no lixo, na manhã seguinte, meio escondida sob uma pilha de cascas de ovos. Achei esquisito — primeiro porque Max comprara a garrafa poucos dias antes, mas também porque parecia estranho beber tanto gim quando eu sabia que ele tinha planejado uma corrida de dezesseis quilômetros naquela manhã com um amigo.

Tash continua falando.

— Eu tinha tido umas semanas horríveis no trabalho e... acho que Max também estava com problemas. Vocês tinham brigado, ele estava preocupado com as provas, os amigos...

— Só pode ser brincadeira. Sua defesa é dizer que vocês dois estavam muito *estressados*? — Minha voz está aguda e seca, como se eu estivesse prestes a vomitar.

Pela janela aberta, vem o grito urgente de freios na rua do lado de fora, seguido pela explosão de uma buzina, portas batendo, palavrões.

Tash franze a testa.

— Você precisa saber, Lucy, a gente mal... A coisa toda durou menos de cinco minutos.

Imagens insuportáveis começam a pipocar pela minha cabeça. Beijos. Roupas sendo tiradas. Mãos, partes do corpo, sons sôfregos.

— Quem deu em cima de quem?

— Ele se inclinou para pegar meu copo e... eu achei que ele ia me beijar.

— *Por que* você pensaria uma coisa dessas?

— Como eu disse, estávamos bêbados.

Quando olho para ela, de repente percebo a pior parte de tudo isso. Por mais difícil que seja de acreditar, não é o ato físico de eles terem transado, embora, claro, isso seja horrível. A pior parte é descobrir que minha irmã é uma completa estranha. Que a pessoa que eu pensava que ela era — honesta, gentil, correta — na verdade não existe. Que nunca existiu. Que cada interação que tivemos desde aquele dia foi uma mentira. Sim, houve um período depois que voltei da Austrália em que me afastei de todo mundo, inclusive dela. Mas, desde que Dylan nasceu, estivemos mais próximas do que nunca, e posso dizer honestamente que ter reconstruído nossa relação era um dos meus maiores orgulhos.

— Eu larguei a faculdade porque Max terminou comigo e estava destruída demais para continuar. Fui viajar e... — Paro e respiro, afasto o fantasma de Nate. — E aceitei o primeiro emprego que me ofereceram porque não tinha um diploma. Eu nunca entendi por que Max tinha terminado. Não... fazia sentido. Ele era a melhor coisa na minha vida, e a gente perdeu... *tanta coisa* depois de se separar. E você ficou vendo tudo isso acontecer, mas era sua culpa o tempo todo. Você me deixou *morar com você*... — Lágrimas quentes escorrem pelo meu rosto, molhando meus lábios enquanto falo. — Você teve quase dez anos para me contar a verdade. Você viu o quanto eu sofri com esse término, tudo que perdi...

Ela também está chorando.

— Eu sei. Eu sinto muito. Eu devia ter contado na hora, mas quanto mais tempo passava...

Eu me pego distraída pelos brincos dela, um par de pérolas em formato de gota de aparência cara que ganhou de Simon de aniversário de três anos de casamento. São tão chiques que chegam a ser pomposos, não combinam com uma mulher que trepou com o namorado da irmã.

— O Simon sabe?

Ela balança a cabeça, limpa mais lágrimas. Sinto uma satisfação mesquinha em ver o rímel e o delineador deixarem seu rosto todo manchado.

— Ainda não.

Simon e Tash se conheceram depois de tudo isso acontecer, então tecnicamente não importa, mas imagino que ela tenha ficado quieta porque quer que ele acredite em sua virtude e moralidade, em sua superioridade moral.

Bom, talvez eu conte para ele, penso, com uma raiva selvagem. *Assim ele vai saber o tipo de pessoa com quem se casou.*

— Sabe, é engraçado — comento. — Quando voltei de viagem, você falou que eu era outra pessoa. Como se eu tivesse mudado, esquecido como me divertir ou correr riscos. — Ela assente, mas continua em silêncio, claramente envergonhada para valer. — E, quando Max voltou para a minha vida, eu lembrei do que você falou. E pensei: *Vou correr um risco, vou tentar fazer as coisas funcionarem com Max.* — Balanço a cabeça. — Que idiota. Eu *nunca* deveria ter arriscado meu coração com ele de novo.

Tash suspira e abre a boca para falar, mas não sai nenhuma palavra. Ficamos em silêncio por um tempo, como duas pessoas completamente destruídas.

— Você tem que ir embora agora — anuncio.

— Por favor, Lucy. A gente não....

— Fora — interrompo, sem nem olhar para ela. — Eu nunca mais quero olhar na sua cara.

Quando chega em casa, algumas horas depois, Jools deve ter se perguntado por que ainda não acordei, porque bate à minha porta, abre e enfia a cabeça pela fresta.

— Bom dia.

Estou na cama, onde fiquei folheando o caderno das viagens, minha única lembrança daquela época, contendo as primeiras sementes do romance que eu queria escrever. Estou relembrando como cada página era marcada de autorrecriminação por conta de Max, pelo meu coração partido e o arrependimento que sentia por ter perdido minha alma gêmea. Agora essas palavras assumem um significado completamente diferente, como se o idioma em que as escrevi estivesse obsoleto. Porque toda a minha confusão sobre a maneira como Max e eu terminamos de repente parece tola, infantil e ingênua.

Fecho o caderno, me sento e aproximo os joelhos do peito. Descanso o queixo em cima deles.

— Tash passou aqui mais cedo.

— Ah, meu Deus. — Jools se senta na beirada da cama. — Vocês conversaram?

Concordo com a cabeça.

— Ela falou que não significou nada, ela e Max. Que durou menos de cinco minutos. Como se isso resolvesse a questão.

Parei de chorar uma hora atrás, e minha cabeça parece simplesmente vazia e pesada, como se eu tivesse tomado um sedativo. Acho que esse é o jeito de o meu cérebro desligar quando passo tempo pensando demais.

— Ah, Luce — diz Jools, pegando minha mão.

Ela parece exausta do turno da noite, e na mesma hora me sinto culpada. Jools precisa comer e dormir, não ficar me ouvindo reclamar da minha vida patética.

— Desculpa — sussurro. — Como foi o trabalho? Quer que eu faça uma torrada?

— Fique quieta e me dê um abraço. — Ela me puxa para si. — Não quero que você faça nada, só me conte tudo.

Então repito a conversa, depois ficamos sentadas juntas como se estivéssemos observando as ruínas do meu relacionamento, tentando descobrir como limpar a bagunça.

— Então, o que é pior: uma trepada bêbada e sem sentido ou um caso apaixonado? — pergunto, por fim.

— Nem uma coisa, nem outra. O resultado é o mesmo, não é?

Ainda bem que Jools está aqui. Além de ser minha melhor amiga, também é uma especialista em dramas familiares. Literalmente nada é capaz de chocá-la.

— Sabe, desde que voltei da Austrália, Tash se esforçou tanto... Como se estivesse desesperada para que a gente voltasse a ser próxima, sabe? Achei que só estivesse preocupada comigo... E às vezes até me senti culpada por não contar o que aconteceu com Nate. Mas agora percebo que tudo aquilo foi porque *ela* se sentia culpada pelo que fez.

Limpo uma lágrima teimosa, tentando não pensar em Max. O homem que, até mês passado, eu achava que era minha alma gêmea, destinado a voltar para a minha vida. Que eu observava na cama e pensava: *É exatamente assim que tem que ser.* O homem por quem eu estava me apaixonando de novo, incapaz de acreditar que era meu pela segunda vez.

— Jools, posso perguntar uma coisa?
— Claro.
— Eu estou exagerando?

Ela estreita os olhos.

— Sobre a sua irmã e o seu namorado... terem transado?
— Faz quase dez anos. Eu e Max tínhamos 21. Todo mundo faz coisas idiotas quando é jovem, não?
— Bom... Uma coisa idiota é roubar um batom da farmácia ou ligar bêbada para um cara horrível. Ou comer um kebab daquele boteco sujo da esquina. O que Tash e Max fizeram... foi cruel.

Parece tão estranho ouvir Jools falar mal de Max. Ela sempre se manteve tão neutra.

Do nada, uma imagem de Dylan me vem à mente, e sinto uma onda de calor surgir atrás dos olhos. O que diabo posso fazer? Não tenho como simplesmente cortar meu sobrinho da minha vida, nem quero isso. Mas também não consigo falar com a mãe dele.

— Tempo — diz Jools, como se estivesse lendo meus pensamentos. — É a única coisa que vai curar isso.
— Não sei se dá para curar.
— Você só precisa de espaço, não vai ser de um dia para o outro, pode acreditar.

Eu me sinto exausta de repente, como se não dormisse faz uma semana.

— Eu sei. Você tem razão.
— E o Max? Acha que consegue falar com ele, agora que conversou com Tash?

A única coisa que sei é que fico com vontade de chorar só de ouvir o nome dele, e no momento estou fraca demais para lutar contra isso. Então fico ali na cama e me debulho em lágrimas enquanto Jools me abraça.

Depois que me acalmo e Jools vai tomar um banho e dormir, abro o computador e faço um brainstorm de ideias para a empresa de vida saudável. Depois de um tempo decido que pode ter algo interessante no slogan: *Faça por você*. (Não crie hábitos saudáveis para impressionar seus amigos, ou colegas de trabalho, ou seu ex traidor, ou sua irmã mentirosa. Faça por você.) Marco a frase, sublinhando três vezes para não acabar usando o slogan errado com Seb amanhã, então começo a pensar em alguns caminhos criativos a partir disso.

    Devo ter dormido logo depois, porque, quando me dou conta, o quarto é uma avalanche de luz e meu despertador de segunda de manhã está atravessando todas as células do meu corpo, então não tenho mais tempo para pensar em nada.

10

FICAR

— Eu fico no quarto do Nigel. Vocês podem ficar no meu — diz Jools, praticamente assim que entramos em sua casa em Tooting.

Jools e Nigel, o auditor financeiro que trouxe muffins para ver o quarto, estão saindo já faz alguns meses. As coisas estão indo bem, parece que Nigel é cem por cento normal e tranquilo — em outras palavras, o homem ideal para minha amiga. Ele trabalha com serviços financeiros, não tem segredinhos sujos envolvendo clínicas de reabilitação, pornografia ou afirmações duvidosas postadas nas redes sociais e — como Jools — tem opiniões muito firmes sobre pessoas que dizem gostar de peças de teatro interativas (não funciona como um atalho para uma personalidade), *courgetti* (um insulto à culinária italiana) e ciclistas que usam roupas de Lycra e acham que são o próximo Bradley Wiggins (eles literalmente nunca são).

— Minha irmã achou ele um chato — Jools me confidenciou semana passada. — Mas se "chato" significa que ele é simpático e maduro e não fala babaquices só para chamar a atenção, para mim está ótimo.

Quando Jools sugeriu pela primeira vez, eu não tinha certeza se convidar Caleb para ir a Londres era uma boa ideia. A revelação da fertilização in vitro teve um efeito estranho em mim por alguns dias, a ponto de começar a me perguntar se estava emocionalmente pronta para ter um relacionamento com um homem que esteve tão envolvido com outra pessoa — só faltavam as crianças. Durante o mês que se passou desde aquela conversa, nós nos vimos algumas noites por semana e, em todos os outros aspectos, ficar com ele é inebriante e prazeroso como sempre. Mesmo assim... a coisa com Helen está o tempo todo no fundo da minha mente. Às vezes me pego refletindo sobre os piores tipos de perguntas: *Ele gostaria que a fertilização in vitro tivesse funcionado? Ele ainda a ama? Ele tem mesmo planos de seguir com o divórcio?* E o pior de tudo: *Será que sou só um prêmio de consolação?*

Mas não me sinto confortável para perguntar nada disso, em parte porque não quero correr o risco de despertar emoções que ele ainda não tenha enfrentado. Depois de um tempo, tive que concluir que, não importa o que aconteça, eu prefiro estar com Caleb, e se isso significa que algumas perguntas ficarão sem resposta, então é assim que tem que ser.

Convidá-lo para passar o fim de semana em Londres pareceu um pouco estranho, visto que, menos de um ano atrás, essa era a cidade onde ele vivia com Helen — o lugar onde os dois pensavam que poderiam ter um futuro e uma família juntos. Mas, como Jools observou, Caleb vai a Londres a trabalho de vez em quando, e não é como se estivéssemos hospedados ao lado de sua antiga casa em Islington. Tem um rio inteiro e vários bairros entre nós.

Depois dos drinques em casa, onde Sal, Reuben e sua namorada, Beth, se juntaram a nós, seguimos para o restaurante libanês favorito de Jools, a poucos minutos de caminhada.

Do lado de fora, o ar está pesado com o calor de julho. A rua está fervilhando de trânsito, uma confusão de rostos em movimento e bicicletas passando depressa. Mesmo sob efeito de anfetaminas, não sei se Shoreley algum dia chegaria perto da agitação de Londres, com seu turbilhão constante de estímulos, a cidade como uma maré que nos arrasta pelos pés.

— Você sente falta? — pergunto a Caleb, baixinho, enquanto caminhamos, sentindo-o observar tudo quase como se estivesse vendo a cidade pela primeira vez.

Estamos de mãos dadas alguns passos atrás de Jools e Nigel, que andam pela rua abraçados, parando de vez em quando para se beijar, rir e se aconchegar de uma forma que parece curiosamente pós-coito.

— Na verdade — responde Caleb, a voz baixa como se temesse que Jools e Nigel pudessem ouvir —, estava pensando no alívio que é morar na minha casinha empoeirada em Shoreley.

Sinto meu coração inflar um pouco, como uma pipa voando na brisa.

— Tem um motivo para eu ter saído de Londres — completa ele, apertando minha mão.

Damos a volta em um grupo de pessoas de cara feia que parecem ter sido ameaçadas com uma arma para aceitarem ir à pior balada do mundo.

— E você?

— Eu o quê? — pergunto.

— Bom, você falou que quase veio morar aqui com Jools. Já se arrependeu?

Parece estranho sequer pensar nisso agora, que eu poderia ter me mudado para Londres e nunca mais falado com Caleb.

— Não — respondo. — E, pensa só: se eu tivesse ficado com o quarto, Jools nunca teria conhecido Nigel.

Ele dá risada.

— Entendi. Mas estava esperando que teria outro motivo para você não se arrepender.

Dou risada também.

— Perdão! É claro. Achei que já tinha comentado.

Ele está sorrindo, mas percebo um leve brilho de confusão em seus olhos.

— Não, com certeza não falou.

— *É claro* que fico feliz por ter ficado em Shoreley. Por estar com você — digo, apertando a mão dele.

— O momento passou, Lambert — brinca Caleb, sussurrando porque paramos na fila do restaurante.

A ideia de que eu possa tê-lo magoado é tão assustadora que preciso me controlar para não o puxar até o beco mais próximo, sufocá-lo de beijos e dizer mil vezes como estou feliz por ter feito a escolha que fiz naquele dia, três meses atrás.

O restaurante é pequeno e simples, com cadeiras de madeira comuns e mesas minúsculas, tão popular que tivemos que esperar na fila pela reserva. São só duas saletas ligadas por um corredor estreito que passa pela área de servir, e o espaço está lotado, então temos que levantar a voz para ouvir uns aos outros.

Nossa mesa está repleta de pratos e travessas — peixe grelhado e frango assado, folhados e arroz com açafrão, tigelas de homus cremoso e pães árabes muito macios, todos adornados com ervas frescas e salpicos dourados de óleo, sementes de romã rechonchudas e fatias de limão.

Jools está perguntando há quanto tempo Caleb faz natação.

— Eu definitivamente não diria que faço natação — responde ele, dando risada. Está tão lindo hoje, num estilo bagunçado perfeito, de camisa xadrez, jeans e tênis. — Na verdade, só fico boiando. Mas é porque ouvi dizer que a água fria é boa para circulação, o sistema imunológico e a concentração e tal.

Jools assente com a cabeça, prestando atenção.

— A gente às vezes nada na piscina do centro comunitário. Não é o mar, mas já é alguma coisa.

— É tão *frio* quanto o mar — comenta Nigel.

Ele fica segurando a mão de Jools quando não está enchendo a taça de vinho e não para de oferecer pratos diferentes para ela, e tenho dificuldade de lembrar outro momento em que a vi tão feliz.

Os dois perguntam sobre o trabalho de Caleb com fotografia, e ele é modesto demais, então passo o tempo todo comentando exemplos de seu talento — os prêmios e bolsas que já ganhou, os inúmeros elogios e endossos ao seu trabalho, a vez em que ele fotografou o aniversário de 30 anos de uma influenciadora famosa depois que alguém o recomendou no Instagram.

— Quase não aceitei o trabalho — comenta ele, rindo —, porque era muito ridículo. Assim, ela até que era legal, mas contratou *zebras* só porque combinavam com a paleta de cores da festa.

Nigel sorri.

— O sonho de todo fotógrafo, não?

— Quer dizer, mais ou menos. Mas ela queria que tudo parecesse muito planejado e impressionante. O que foi fácil, claro, com tantos animais, engolidores de fogo e fumaça de gelo seco. Mas prefiro tirar fotos de coisas reais, sabe?

— Aposto que o pagamento foi de outro mundo — comenta Jools, com um sorriso.

— Ah, sim, não me entenda mal: aquela festa pagou minhas contas durante um ano inteiro. Mas esses eventos caros não são muito minha praia. O pessoal de relações públicas dela não me tirava de vista. Cada foto teve que ser aprovada. A pós-produção foi ridícula, quase antiética. Prefiro trabalhos discretos. Trabalhos em que consigo ver o impacto real do que faço.

Pergunto como Nigel começou a trabalhar com auditoria financeira. Sinto que ele é o tipo de pessoa cuja aparência raramente muda, não importa se está no escritório, no pub ou na sala de estar. Ele tem traços delicados e está muito bem arrumado, com camisa polo e calça de sarja, o cabelo escuro repartido de lado, bem certinho e cheio de gel.

Ele se vira para Jools, sério.

— Combinamos que você ia dizer que sou dublê de filmes de ação.

Dou risada. Minhas papilas gustativas estão dançando com os temperos apimentados e a hortelã, o queijo suave e os vegetais em conserva.

— Ela não namoraria você se você fosse dublê.

— Não? Por quê?

— Não gosto de perigo — explica Jools, piscando para mim.

Nigel parece satisfeito.

— Então *definitivamente* somos o par perfeito.

Caleb se inclina para a frente.

— O que você audita, exatamente? Desculpe a pergunta burra.

Adoro isso em Caleb: como ele se interessa pelas outras pessoas, como é atencioso. Como, se dependesse dele, mal falaria sobre si mesmo.

— Bem, eu basicamente reviso as contas das empresas. Verifico se tudo está em ordem e de acordo com a lei.

Assentindo com atenção, Caleb continua fazendo perguntas, embora eu saiba que o trabalho de Nigel está bem longe de ser uma coisa que ele considera inspiradora.

Depois de um tempo, Nigel sorri, encontrando os olhos de Caleb. Só posso esperar que um bromance esteja se formando.

— No fim das contas, não é minha *paixão*, mas... não consegui transformar minha paixão em algo de longo prazo, então este é meu plano B. — Ele dá de ombros e toma um gole de vinho. — Quer dizer, não é ruim. Gosto da empresa e das pessoas com quem trabalho.

Caleb arranca um naco de pão e passa um pouco de homus, o cotovelo da camisa perigosamente perto de uma tigela de molho de iogurte.

— E *qual* é a sua paixão?

— Nigel ia ser pianista profissional — responde Jools, como se não pudesse mais se conter.

— Uau, sério?

Nigel assente.

— Sim. Eu tinha agente e tudo, estava indo bem no circuito de concertos, com algumas residências em hotéis marcadas, e aí... *bam*.

Caleb e eu esperamos, prendendo a respiração, para descobrir o que foi o *bam*.

— Artrite. Meus dedos incharam como salsichas. Eu mal consegui usá-los durante quase um ano.

— Ah, meu Deus! — comento. — O que... O que causou isso? Quer dizer, você é tão jovem.

Nigel é só um ano mais velho que Jools. Ele dá de ombros.

— Não tenho ideia. Mas foi grave.

— E agora? — pergunta Caleb.

— Nada mal. — Ele mexe os dedos, que me parecem perfeitamente delgados e firmes. — Estou tomando uns remédios bem pesados, mas não tenho ideia de quanto tempo vai funcionar, ou se o financiamento pode ser retirado amanhã, então... achei melhor encontrar outra coisa para fazer.

Concordo com a cabeça.

— Daí a auditoria?

Nigel dá risada.

— Sim. Ser meticuloso era literalmente a única outra coisa em que eu era bom.

— Você ainda toca?

Percebo que seus olhos ficam meio distantes enquanto ele assente.

— Só por diversão. Nunca poderia... entrar naquele mundo de volta. É... você sabe. Doloroso demais.

— Sinto muito — sussurro.

Sua expressão distante desaparece, e seu rosto parece se contrair de repente, como se Nigel tivesse acordado de repente de um sonho.

— Ei, não, odeio estragar o clima. Está tudo bem.

Jools sorri.

— Ele está sendo modesto, mas toca piano feito literalmente um *demônio*.

— Vamos encontrar um piano — diz Caleb, sentando-se um pouco mais ereto e limpando a boca. — Vamos procurar um bar que tenha um. Deve haver um por aqui.

Nigel balança a cabeça.

— Ah, não. Estou enferrujado demais para tocar em público. Eu dou uma palhinha em casa mais tarde, se quiserem. Eu tenho um teclado.

— O que foi que eu disse? — Jools diz, olhando para nós. — Modesto demais. Vamos, Caleb. É nosso dever encontrar um piano *de verdade* para esse homem.

Depois de um tempo, conseguimos encontrar um piano vertical de aparência desgastada no fundo de um bar que de vez em quando oferece noites com música ao vivo. É um lugar apertado e mal iluminado, com uma decoração que parece seguir o tema masmorra e que poderia tirar proveito de uma semana com as janelas abertas. Mesmo assim, Caleb caminha até o bar e, depois de trocar algumas palavras com um barman ranzinza, volta triunfante, brandindo uma garrafa.

— O piano é seu — diz para Nigel. — Pelo preço de uma garrafa de cidra. — Ele passa um braço ao meu redor e beija minha bochecha. — Comprei um Virgin Mary para você. Tudo bem?

Abro um sorriso e o beijo de volta, porque ele sabe que sim, que um simples Virgin Mary me lembrará para sempre da noite em que nos conhecemos.

Encontramos uma mesa de cabine pequena nos fundos e, depois de praticamente virar o drinque, Nigel caminha até o piano como se a ideia de sentar e tocar alguma coisa tivesse acabado de surgir em sua mente. Quando ele arregaça as mangas, se senta e começa, fica claro que é muito menos certinho do que imaginei à primeira vista, que há música correndo em suas veias.

Eu estava esperando — não sei por que — alguma coisa meio jazz, o tipo de música que as pessoas tocam no saguão de um hotel em Park Lane ou em um *piano lounge* em Manhattan. Mas Nigel me surpreende ao começar com Coldplay, depois Lady Gaga, "Shallow", e então "God Only Knows" dos Beach Boys. Depois de um tempo, percebo que uma pequena multidão se reuniu ali perto, embora não tenha certeza de onde vieram, já que quando entramos o lugar estava praticamente deserto.

Eu me acomodo nos braços de Caleb, seus dedos tamborilando as melodias no meu antebraço.

— A propósito, estou adorando esse vestido — sussurra ele para mim em determinado momento, afastando o cabelo do meu pescoço, sua voz roçando meu ouvido enquanto Nigel toca uma música do Stereophonics.

Caleb coloca a mão na minha coxa, tocando a barra do vestido de uma forma que sei que é muito menos casual do que parece. Sinto uma corrente elétrica atravessar meu corpo e, por um momento, penso em pegar sua mão e puxá-lo para um canto escuro, para o banheiro, ou para a rua lá fora.

Então começo a me preocupar, lamentando outra vez minhas dúvidas fugazes das últimas semanas, aqueles medos estúpidos em relação a Helen que na verdade nada mais são do que minha própria insegurança. E daí que Caleb levou a sério a ideia de construir uma vida com outra pessoa no passado? Todo mundo faz isso. Não?

Eu me inclino para ele e aperto sua mão.

— Você e eu — digo, as palavras mal distinguíveis acima do piano, da multidão e dos gritos de Jools. — Se eu tivesse me mudado para Londres, não estar com você seria a pior coisa.

— O quê? — grita ele, inclinando-se diretamente para mim.

— Você e eu — grito de volta. — Foi a melhor coisa que aconteceu quando decidi ficar em Shoreley.

Nigel termina sua música com um floreio, e a multidão irrompe em aplausos.

— Desculpe, Luce — murmura Caleb, balançando a cabeça. — Não entendi nada do que você falou.

Decido que vou repetir tudo assim que sairmos do bar, mas é claro que a essa altura já estamos comemorando o triunfo musical de Nigel — que culminou com o barman se animando e o convidando para aparecer na semana seguinte e discutir apresentações regulares —, e, quando Caleb e eu ficamos sozinhos de novo, no quarto de Jools, parece que o momento já passou.

E aí acontece. Vem como uma piada de mau gosto de algum poder superior.

Estou na cozinha de Jools no térreo, pegando um copo d'água para levar para o quarto enquanto ela explica a Caleb como usar o chuveiro e mostra a melhor maneira de fechar a porta do banheiro para que a tranca funcione, quando meu telefone apita.

Uma mensagem.

De Max.

Max Gardner.

Oi, Luce. Quanto tempo. Foi tão bom encontrar você em Shoreley, em abril.
Queria não ter saído correndo naquela noite.
Adoraria saber como você está.
Avise se estiver a fim. Eu ainda penso em você. bjs M

Passo tanto tempo encarando o celular que, quando ergo os olhos, me pergunto se horas se passaram, se a casa inteira já adormeceu. Então percebo que Jools entrou na cozinha na ponta dos pés e está encostada na pia com uma expressão estranha no rosto.

— Tudo certo?

— Não sei. Acabei de receber isso... do Max.

Passo o telefone para ela. Acima de nossas cabeças, a luz da cozinha pisca ameaçadoramente.

Jools examina a mensagem, então olha para mim.

— É a primeira vez...

— É. Não tive notícias dele desde aquela noite.

— A noite em que você conheceu Caleb — completa ela, cheia de duplos sentidos.

— A mesma noite em que meu horóscopo disse que eu encontraria minha alma gêmea — digo, não sei por quê. Parece idiota no momento em que sai da minha boca.

Jools inclina a cabeça e me encara.

— Por favor, Luce.

Escondo o rosto entre as mãos.

— Eu sei, eu sei.

Ela me devolve o telefone.

— Você não fez nada de errado. Mas é melhor apagar essas mensagens.

Não digo nada. De repente, o mau estado da cozinha — a torneira que pinga, a luz fluorescente piscante, o monte de pratos sujos na pia, os armários com portas tortas — parece refletir a mudança abrupta no clima.

Jools olha para mim.

— Você não está pensando em responder, né?

— Não, eu...

Ela suspira e balança a cabeça.

— Ah, meu Deus, você *está* pensando sim.

— Não, mas... Sei lá. Todas essas coisas com Helen...

— Todas essas coisas com Helen são invenções da sua cabeça. Os dois se separaram seis meses antes de vocês se conhecerem.

— E passaram por algumas coisas bem importantes juntos.

— E daí? Caleb tem alguma bagagem emocional, e quem não tem?

— Max, provavelmente — digo, meio como piada. — Ele sempre foi muito bom em processar as coisas.

— Não é o que parece, se ele ainda está mandando mensagens depois de tanto tempo.

— Caleb e Helen... Eles ainda são casados. Não se divorciaram.

— Bom, o que você quer dizer com isso? — pergunta Jools, a voz suavizando. — Acha que ele ainda está apaixonado por ela?

Eu suspiro e franzo a testa.

— Não, claro que não. Eu só... É tão estranho que Max tenha me enviado isso quando... Sempre pensei que ele e eu estávamos destinados a ficar juntos, sabe?

— Max está no passado, Luce. Caleb está muito presente, aqui e agora. E, para ser totalmente sincera, eu acho que seria idiotice responder a essa mensagem.

Estou prestes a responder quando vejo uma sombra escurecer por um momento a faixa de luz na fresta da porta entreaberta da cozinha. Então ouvimos passos subindo as escadas.

Horrorizada, olho para Jools.

— Era Caleb?

Ela morde o lábio.

— Não tenho ideia. Podia ser Nigel ou Sal ou...

Fecho os olhos. *Ou Caleb*. Ela pousa a mão no meu braço.

— Suba, fique com Caleb. Esqueça o Max. Você seguiu em frente. Max Gardner é o seu passado, nada mais. Caleb é o seu futuro.

PARTIR

— Só estou pedindo para você pensar um pouco. Por favor. Você tem estado tão desesperadamente infeliz desde que tudo isso aconteceu.

Suspiro e me ajeito. Mamãe está certa, é claro: tenho me sentido infeliz desde que descobri sobre Tash e Max. Mas a visão dela de como isso poderia ser fácil de consertar é, no mínimo, otimista.

Estou parada na rua em frente aos escritórios da Supernova, esperando nossas pizzas. Seb e eu estamos trabalhando até tarde de novo, em uma das primeiras campanhas de que participei quando comecei na empresa. É uma série de animações para uma ONG de defesa da vida selvagem, reimaginando contos de fada famosos considerando as mudanças climáticas.

— O aniversário do Dylan não é a hora nem o lugar — digo para minha mãe. — Não posso trazer tanta... raiva e tensão para a festinha dele. Não seria justo.

— Mas Lucy, é disso que estou falando — insiste ela. — Acho que bastaria olhar para a carinha dele para você se sentir melhor com tudo.

— Você acha que eu me sentiria melhor... com o fato de Tash ter dormido com Max? — pergunto, para verificar se estou entendendo direito.

— Bem, *foi* há muito tempo. Não estou defendendo o que ela fez — esclarece minha mãe, antes que eu possa interromper —, mas já se passou quase uma década. Você vai deixar um erro de bêbada destruir seu relacionamento com sua irmã?

Não foi só um erro de bêbada, quero dizer. *Foi o pior tipo de traição.*

Inclino a cabeça para trás e olho para o céu índigo da noite e os pombos arrulhando e batendo as asas entre os telhados, a única natureza visível neste trecho específico do Soho. É uma noite quente de sexta-feira, com o ar úmido e abafado, e por um momento imagino que estou em algum lugar do hemisfério sul, o mais longe possível da realidade.

E pensar que, durante todo o tempo em que passei viajando por climas assim, anos atrás, eu pensava em Max e me questionava... e o tempo todo ele tinha feito uma coisa impensável.

— Você precisa encontrar uma maneira de superar — insiste minha mãe. Então, tendo a bondade de admitir que minha irmã *também* pode ter um papel a desempenhar em tudo isso: — Vocês duas precisam.

Tento pensar em uma maneira de explicar que possa tirá-la de cima do muro de neutralidade materna em que está tentando se manter.

— Como *você* se sentiria, mãe? Se papai tivesse dormido com... a tia Kath?

Há um breve silêncio, durante o qual não consigo dizer se mamãe está tentando não rir ou tentando imaginar esse cenário de verdade. Poderiam ser as duas coisas, suponho: se tia Kath — a diretora escolar mais feroz de Leicester — já sequer beijou um homem é um mistério que minha mãe não está mais perto de resolver agora do que trinta anos atrás.

— Bem, acho que a grande diferença é que você e Max não eram casados nem tinham filhos quando tudo isso aconteceu, querida.

Não, penso, amargamente. *Mas talvez um dia teríamos. E foi isso que Tash roubou de mim: um futuro, uma possibilidade, uma chance de felicidade verdadeira. E se eu nunca encontrar outro Max na vida?*

— Tash pediu desculpas, não foi? Você não pode pelo menos tentar encontrar um meio-termo com ela?

Mamãe sabe o que Tash tem feito. Flores enviadas para meu escritório e para minha casa, um voucher para uma estadia de duas noites em um spa em Berkshire para "podermos conversar", que prontamente devolvi. Cinco e-mails longos, duas cartas, inúmeras mensagens, áudios e chamadas perdidas.

Mas não estou ignorando minha irmã só por teimosia. Estou ignorando-a porque sinceramente não sei o que dizer nem como dar um passo em direção ao perdão. Será que *quero* perdoá-la?

Na minha frente, na rua, passa um cara da minha idade. Um homem de negócios com atitude de *bad boy*: óculos escuros, gravata afrouxada, andar confiante. Ele olha para mim e, por um momento, fico constrangida por estar aqui com meu vestido de chiffon fino. Percebo a ponta de seu sorriso, mas isso não me faz sentir bem. Só me faz sentir falta de Max.

Baixo os olhos para os pés, arranhando uma pedra saliente do pavimento com a ponta da sandália.

— Mãe, você sempre disse que você e papai são... almas gêmeas, não é? Que vocês estavam destinados a ficar juntos.

Ao fundo da ligação, ouço um barulho abafado, como se mamãe estivesse cobrindo o telefone com a mão. Mas ainda posso ouvi-la brigando com o papai:

— Sim, Gus, está *bem*!

O que, para ser honesta, enfraquece meu argumento.

É estranho. Nunca ouvi mamãe gritar com papai daquele jeito. Essa história de Tash e Max deve estar afetando a todos nós mais do que eu imaginava.

— Você já pensou — começa ela, com a voz mais suave, como se eu tivesse 6 anos de novo e essa fosse sua enésima tentativa de me explicar uma determinada tabela de multiplicação — que talvez o fato de Max ter dormido com sua irmã signifique que ele não é a pessoa com quem você deveria estar, afinal?

E de repente, me sinto idiota, porque, é claro, isso é mesmo óbvio. Max dormiu com minha irmã. *É claro* que ele não é o homem com quem devo passar a vida.

Almas gêmeas não traem. Simples assim.

Pelo menos é assim que todo mundo — num raciocínio bastante lógico — vê as coisas. Mesmo assim... ainda não consigo ignorar meus sentimentos por ele. Mesmo depois de tudo o que aconteceu.

— Por favor, venha para a festa de Dylan — minha mãe insiste. — Você não o vê há dois meses. O tempo passa tão rápido nessa idade.

Uma bicicleta elétrica está acelerando na minha direção, o que significa que ou estou prestes a ser assaltada, ou a pizza chegou. De qualquer forma, estou aliviada por ter uma desculpa para encerrar a ligação.

— Tenho que desligar, mãe.

O entregador tira o capacete e desce, equilibra a bicicleta no pé e abre a caixa na traseira.

— Só pense a respeito — repete mamãe. — Por favor?

— Tudo bem, vou pensar — respondo, e é o máximo que posso garantir neste momento.

Seb joga a borda da fatia de pizza de volta na caixa.

— Ok, então estamos dizendo que a diferença é que o Patinho Feio *é* mesmo feio. Por causa do vazamento de óleo.

Seb e eu estamos sentados em pufes em um dos espaços de descanso da Supernova, a pizza enorme entre nós já pela metade. São quase dez da noite, mas o tempo passou quase sem eu sentir, e finalmente estamos fazendo progresso nos componentes principais da campanha.

— *Sim* — digo, rabiscando no bloco de rascunho. — E todos os outros pássaros pararam de migrar porque... os invernos não são mais frios, por causa...

— Das mudanças climáticas — diz ele, apontando para mim antes de pegar outra fatia.

Faço careta.

— É bem deprimente, mas...

— Mas foi isso o que eles disseram que queriam. — Ele folheia uma pilha de papéis, então lê o que está escrito no documento enviado pedindo alterações. — "Precisamos que a campanha seja mais contundente." — Ele dá uma mordida na pizza e ri. — Ei, aposto que você nunca pensou que trabalhar na Supernova seria tão deprimente. Ano passado a gente literalmente só tinha alta-costura e carros esportivos.

Abro um sorriso e balanço a cabeça.

— Acredite se quiser, para mim isto aqui é o oposto de deprimente.

Eu o sinto me observar enquanto mastiga.

— Você devia mesmo ter começado anos atrás, sabe. Você é uma ótima redatora.

Olho para ele, emocionada.

— Obrigada. Escrever é tudo que eu sempre quis fazer, então... isso significa muito para mim.

E é verdade, ainda mais vindo de alguém tão talentoso como Seb, e quando tenho tanto a provar aqui. Mas, agora, talvez pela primeira vez desde que comecei na Supernova, percebo que os medos que sentia sobre a falta de experiência em redação estão começando a diminuir. Conquistei meu lugar na equipe: contribuo, no mínimo, tanto quanto Seb em nossas tarefas conjuntas e, sempre que toda a equipe criativa se reúne para um briefing, nunca me faltam ideias, algumas que inclusive são levadas adiante e incluídas em argumentos de venda e campanhas importantes.

Seb dá de ombros, como se só estivesse falando o que pensa, o que de alguma forma só torna tudo ainda mais significativo.

— Então, o que mais temos aqui?

Folheio meu bloco de rascunho.

— *João e o pé de feijão*: o pé de feijão não cresce por causa do aquecimento global. E em *Chapeuzinho Vermelho*...

— A floresta está sendo derrubada pelo agronegócio.

Uma ideia começa a surgir na minha mente, algum jogo de palavras que estava bem debaixo do meu nariz, mas que eu não tinha notado. Bato o lápis no papel.

— Ah, espera. — Olho para Seb e sorrio. — Deve ter algo que a gente possa fazer com *Contos de Fadas dos Grimm*. — Anoto isso bem depressa, sublinhando três vezes a palavra GRIMM, que pode dar um belo trocadilho com a palavra inglesa "grim", que significa cruel, sombrio.

Trocamos soquinhos de cumprimento.

— Ótimo. Falando nisso, vamos encerrar por hoje?

Ele alonga os braços acima da cabeça e boceja.

— Você pode levar o resto da pizza.

— Não — retruca ele. — Amanhã estaremos aqui, não? Vamos deixar para o almoço.

Seb mora em Battersea, então pagamos um táxi juntos. Ele liga imediatamente para a namorada, para discutir alguma emergência de encanamento em casa, o que me dá tempo de pensar em outra coisa além do trabalho pela primeira vez em horas, talvez até dias. Enquanto o táxi atravessa o rio, as luzes da cidade deslizando como chuva pelo vidro traseiro, meus pensamentos se voltam para Max.

Trabalhar tanto teve um efeito quase tranquilizante em mim: encher meu cérebro com a Supernova e lutar para provar meu valor estancou o fluxo constante de dúvidas, perguntas e anseios. Os serões me impediram de pensar demais em como me sinto, ou de me perguntar o que Max está fazendo no momento — se também está trabalhando em excesso, porque parar para pensar, mesmo que por um segundo, dói demais.

Consigo dormir até mais tarde no dia seguinte, antes de deixar Jools me arrastar até o mercado, onde entramos em nosso café favorito para um brunch de café e paninis. O ar está dominado pelos aromas e sons do mercado no fim da manhã de sábado — flores, peixes e frutas, o clamor de vozes, caixotes e portas de metal abrindo e fechando.

— Desculpe se fizemos barulho ontem à noite — pede Jools, enquanto nos sentamos, com um brilho travesso nos olhos.

Por um momento, não consigo entender o que ela quis dizer, então lembro que ela teve um encontro depois do trabalho. Outro enfermeiro, que se mudou há pouco tempo de Edimburgo para Londres. Eu já devia estar dormindo quando eles chegaram.

Ela me contou que foram ver uma peça de Tom Stoppard, seguida de drinques em um daqueles bares que costumavam ser banheiros públicos.

— Os mictórios eram embutidos nas mesas. O que foi meio estranho, considerando que nós dois passamos o dia todo obcecados por higiene no trabalho. — Ela se ilumina. — Mas, fora isso, foi ótimo. Ele é engraçado, bastante cavalheiresco à moda antiga. Abre a porta para você, esse tipo de coisa.

Max abre a porta para mim, penso automaticamente, antes que me ocorra o pensamento alarmante de que ele talvez agora tenha começado a fazer isso para outras pessoas. Afinal, já se passaram dois meses desde que terminamos, e Max nunca ficou sem atenção feminina.

— Acha que vai sair com ele de novo? — pergunto para Jools, a boca cheia de cogumelo e queijo emmental.

— Talvez. Sim. Acho que vou.

Eu me inclino para a frente, tentando tirar Max da cabeça.

— Desculpe, como você disse que era o nome dele mesmo? Victor?

Jools ri e toma um gole de café.

— Vince. — Ela olha para mim. — Você está bem, Luce? Tem certeza de que não está trabalhando demais? Se não se importa que eu diga, você parece um pouco... hã, doentinha.

É uma observação justa: parece que tenho passado a maior parte do tempo parecendo e me sentindo indisposta. Para tentar tirar Max e minha irmã da cabeça, meus dias se fundiram em uma série de cafés da manhã e almoços que ignoro, jantares congelados, muito café, madrugadas trabalhando, zero sono...

Verifico a hora no celular.

— Na verdade, é melhor não demorar muito. Vou encontrar Seb à uma.

— Posso dizer uma coisa?

— Claro — murmuro para o café, o vapor umedecendo meus lábios.

— Eu sei que o que aconteceu com Max foi horrível... mas você pode escolher como lidar com isso. Sabe?

— Estou lidando com isso.

Terminando o sanduíche, Jools limpa as migalhas das pontas dos dedos.

— Não, você está em negação. É bem diferente.

— Estou só me concentrando no trabalho. Que está indo muito bem — digo, lembrando a alegria que senti depois da sessão de criação da noite passada e dos elogios que Seb me fez.

Alguns adolescentes passam com pressa pela mesa, quase lançando nossos cafés pelos ares. Pegamos os copos com o reflexo rápido dos dependentes de cafeína e sorrimos uma para a outra.

— E isso é ótimo — diz Jools —, mas você não resolveu as coisas com sua irmã, e trabalhar que nem uma doida não vai substituir isso. Mais cedo ou mais tarde, você vai ter que encarar o que aconteceu.

Concordo com a cabeça, hesitante, porque sei que ela está certa: Tash tem surgido cada vez mais na minha cabeça e, quanto mais tento afastá-la, mais persistente ela se torna.

— Minha mãe quer que eu vá à festa de aniversário de Dylan no mês que vem.

— Bem, pode ser um começo.

— É, talvez — digo, mordiscando o lábio inferior.

— Posso ir com você, se precisar de apoio moral. Sou especialista em crises familiares, lembra?

— Obrigada, mas eu não te sujeitaria a lidar com as minhas crises também.

Termino meu sanduíche e pedimos mais dois *lattes* para viagem.

— Max falou mais alguma coisa? — pergunta Jools, enquanto voltamos para o mercado, evitando um grupo de homens carregando bebês em slings.

Por alguma razão, vê-los faz meu sangue pulsar de tristeza.

Balanço a cabeça.

— Só aquela última mensagem, algumas semanas atrás. Acho que ele desistiu.

Ela assente.

— Isso é bom?

Engulo em seco e tomo um gole de café, queimando o céu da boca.

— Sim, tem que ser. Eu não poderia voltar com ele agora. Nem se quisesse.

Porque eu teria vergonha de admitir que, nos meus momentos mais sombrios, é isso que quero. Eu me pego imaginando que talvez simplesmente acabe batendo na porta de Max, e não vamos precisar conversar nem dizer nada, porque falar é muito doloroso. Em vez disso, deixaremos a química fazer seu trabalho, o que é fácil, porque isso — para minha vergonha — nunca desapareceu de verdade. E não vou me preocupar se ele é minha alma gêmea ou só um cara que não consigo esquecer. Não vou permitir que meu cérebro se envolva na questão, deixarei isso para meu coração. E talvez a gente faça isso uma vez por semana depois do trabalho, e às vezes aos fins de semana, e a conversa — que parece tão impossível — nunca nem chegue a ser considerada.

Eu me entrego a essa fantasia com tanta frequência que, às vezes, quando vejo, já peguei chaves, carteira, bolsa e abri o Uber no celular, antes de lembrar que agora é só isso que pode ser: uma fantasia que nunca poderá ser realizada.

No metrô, a caminho da Supernova, releio a última série de mensagens que Max enviou.

> Não vou mais entrar em contato depois disso. Prometo. Só preciso dizer que eu sei como a gente podia ser bom um para o outro. E, sim, estraguei tudo da pior maneira possível. Mas vou fazer o que for preciso para consertar isso.
> Se existir alguma chance de resolver, mínima que seja, você só precisa me dizer como.
> OK. Não vou mais mandar mensagem, juro.
> Por favor, saiba que essas foram as melhores semanas da minha vida, e eu faria qualquer coisa para ter você de volta. bjs M

11

FICAR

Na manhã do aniversário de Dylan, acordo com ele na minha cama, batendo de leve no meu rosto com uma varinha mágica.

— Tia Lucy — sussurra o menininho —, eu tenho 6 anos!

— Feliz aniversário, querido — sussurro de volta, estendendo a mão para bagunçar seu cabelo. — Olha só que coisa, 6 anos!

— Vou transformar você em um coelho — sussurra ele, com um sorriso, passando a varinha em volta do meu rosto.

Depois que Dylan me obriga a fazer orelhas de coelho com os dedos e mastigar uma cenoura imaginária, eu o puxo para um abraço. Ele se enrola na dobra do meu braço e descansa em meu ombro. Enfio o nariz no topo da sua cabeça e sinto seu cheiro reconfortante, de baunilha, sono e inocência.

— Tio Caleb vem hoje?

É a primeira vez que ele o chama assim. Eu me pergunto se deveria apontar, com toda a gentileza, que Caleb tecnicamente não é tio dele, então me lembro que (a) é aniversário dele, (b) ele tem 6 anos, e (c) quem se importa? Isso significa que Dylan gosta de passar tempo com Caleb, e isso com certeza é só o que importa.

— Claro — respondo, beijando o topo de sua cabeça. — Ele mal pode esperar para ver você.

Dylan aconchega o corpinho ainda mais perto de mim. Cruzo os dedos, rezando para não ter contado nenhuma mentira, já que quase não vejo meu namorado desde nosso fim de semana em Londres com Jools.

* * *

Recentemente, a obsessão de Dylan passou de vídeos de crianças abrindo brinquedos para vídeos de adolescentes fazendo mágica, então, depois que ele foi dormir na noite passada, enfeitamos a casa inteira com decorações temáticas de magia em preto, vermelho e prata: cartolas, varinhas e balões enormes com letras do alfabeto soletrando ABRACADABRA, cortesia do estoque da Pebbles & Paper. Uma pilha enorme de presentes de Tash e Simon esperam na mesinha de centro no andar de baixo, e minha irmã comprou um bolo com mais camadas do que o de um casamento médio.

Mandei uma mensagem para Caleb ontem à noite, para lembrá-lo do tema da festa, mas, quando acordei hoje de manhã, ele ainda não havia respondido.

Mais tarde, Caleb me encontra na cozinha, onde estou me escondendo de todas as conversas e fofocas dos pais da escola enquanto preparo mais sucos que mudam de cor para as crianças.

— Olá — cumprimenta ele, da porta.

É difícil dizer há quanto tempo Caleb está ali. Tento ler sua expressão, que permanece friamente neutra, desapegada de uma forma que me deixa nervosa.

— Oi. — De repente me sinto tímida, como se estivesse tentando impressionar um crush de longa data em uma festa. — Você veio.

— Você está bonita.

— Ah, obrigada. — Ajusto o chapéu de festa com uma pose coquete. A pedido de Tash, estou usando prata para combinar com o tema de mágico, embora a única coisa que consegui encontrar tenha sido um top de alcinha bem revelador, mais adequado para uma boate do que para uma festa infantil. — Você também.

Sua camiseta tem uma única estrela branca na frente. É bem antiga, acho, uma camiseta de banda, e é difícil saber se ele tentou seguir o tema ou só decidiu se vestir assim.

— Desculpa — pede ele, meio ríspido — por estar um pouco ausente nas últimas semanas.

Engulo em seco.

— Tudo bem.

Tenho a horrível sensação de que é porque ele ouviu a conversa que tive com Jools na cozinha, em Londres. Eu não queria tocar no assunto naquela noite, com medo de brigarmos na casa da minha amiga. Mas, desde então, Caleb sempre diz que está ocupado, seja com amigos ou sobrecarregado pelo trabalho, dividindo o tempo entre trabalhos corporativos em Londres, um casamento em Whitstable e um trabalho no meio da semana para um de seus meios-irmãos em Devon.

— Você já viu o Dylan?

— Hã, não. — Ele segura um pacote de presente. — Onde devo colocar isso aqui?

— Ah, você não precisava...

— Acabou que comprei o Lego do Harry Potter — declara ele, de repente, quase me interrompendo, e nós dois ficamos nos encarando por um longo momento.

Sinto algo como desânimo tomar conta de mim e quase tenho que conter as lágrimas.

— Caleb, a gente...

— Vou procurar o Dylan — diz ele. — Falo com você daqui a pouco.

Falo com você daqui a pouco. Como se fôssemos inimigos de escritório se esbarrando em um evento de networking, e o que ele queria mesmo no fundo era me evitar.

Cerca de vinte minutos depois, consigo localizá-lo, depois de distribuir mais bebidas e ajudar a pastorear as crianças até a sala de jantar, onde a hiperatividade está sendo contida por um homem com barba tirando coisas de chapéus.

Observo Caleb por alguns minutos antes de me aproximar. Ele parece familiarizado com muitas das pessoas presentes. Sei que ele já tirou fotos para a escola de Dylan e acho que também trabalhou para muitos dos pais. Ele passa com facilidade de um grupo para o outro, conversando, contando piadas, rindo nos momentos certos. Talvez seja um clichê dizer que ele ilumina a sala, mas não posso negar que a casa parece muito mais brilhante com sua presença.

Em algum momento, percebo que ele se livrou de uma conversa particularmente envolvente com duas mães, uma delas tocando seu braço e dando gargalhadas exageradas sempre que ele abria a boca. Foi quando seus olhos encontraram os meus, e ele me lançou um sorriso que parecia dizer: *Uma ajudinha aqui, por favor?*

— Precisa de resgate? — sussurro, minha mão encontrando a dele ao lado do pôster de "Coloque a cicatriz no Harry Potter", desejando que ele diga sim.

Uma onda de gritos de alegria irrompe da sala de jantar, e Caleb sorri.

— Bem, se não precisava antes, agora preciso. Vamos para algum lugar mais tranquilo?

— Sim, por favor — digo na hora, mas, quando estamos nos virando para sair, uma mulher que meio que reconheço, mas não consigo identificar, dá um tapinha em meu ombro.

— Lucy! Meu Deus, há quantos *anos*!

Ela obviamente decidiu ignorar o memorando sobre o código de vestimenta mágico e está arrumada à la Gwyneth Paltrow; é alta e magra, com um longo cabelo cor de areia, usando uma calça jeans skinny branca e uma camiseta de seda azul-petróleo, a pele num bronzeado de férias na praia.

— Briony — ela se apresenta depressa, me poupando do constrangimento de ter que confessar que não lembro seu nome. — Estudei com Tash.

— Claro.

Dou um abraço nela, tentando não tossir enquanto inspiro uma poderosa dose de perfume.

— Escute, me desculpe a indiscrição, mas sua irmã está bem?

Franzo a testa.

— Está, ela... Sim, acho que sim. Por quê?

— Eu a vi *chorando* agora há pouco — explica Briony, num sussurro exagerado, inclinando a cabeça em direção ao corredor.

— Tem certeza de que era a Tash?

Talvez fossem lágrimas de felicidade, como as que ela derramou hoje de manhã enquanto Dylan abria os presentes.

— Sim, cabelo loiro curto, macacão prateado?

Sentindo o sorriso desaparecer, decido tentar encontrá-la com o olhar e verificar, mas é aí que Briony se vira para Caleb.

— Max, não é?

— Não — digo às pressas, o calor subindo pelo rosto. — Este é Caleb.

— Ah, desculpe. Achei... Achei que seu namorado se chamasse Max, não sei por quê. — Ela solta uma risada estridente. — Meu Deus, sinto muito! Devo estar pensando em outra pessoa.

— Não, Max mora em Londres — digo, sem pensar, então passo a desejar que o mágico barbudo apareça aqui para me transportar magicamente (ou, de preferência, transportar Briony) para longe de Caleb e dessa conversa insuportável o mais rápido possível.

Passamos mais alguns minutos dolorosos falando sobre os filhos de Briony e as fotografias de Caleb — sua curiosidade despertada pela câmera pendurada no pescoço dele —, então ela pergunta o que eu faço.

— Ah, estou... escrevendo um livro.

— Você é escritora?

— Bem, não — digo depressa, me sentindo uma fraude. — Ainda não. Ainda estou só no primeiro rascunho. Na verdade, também trabalho meio período na Pebbles & Paper. Você sabe, a...

— Sobre o que é o seu livro? — pergunta ela, os olhos brilhando de um jeito quase intrusivo.

— Ah, você sabe. Garota conhece garoto. Esse tipo de coisa.

— Um romance?

— É, acho que sim.

— É sobre você? — ela pergunta a Caleb, piscando e sorrindo para mim como se estivesse contando uma piada interna.

Parecendo estranhamente desconfortável, Caleb limpa a garganta.

— Até onde eu sei, não.

No momento em que estou abrindo a boca para dizer alguma coisa — qualquer coisa — que não tenha a ver com Max ou romances não relacionados ao Caleb, as portas da sala de jantar se abrem, e as crianças saem com seus chapéus de mágico, balbuciando sobre magia e batendo na cabeça umas das outras com pequenas varinhas de plástico.

— Foi um prazer conversar com vocês dois — diz Briony, me dando um tapinha no braço, e vai embora.

— Vamos lá para fora — diz Caleb, a voz tensa, e sinto uma onda de pavor no estômago, algo que nunca senti com ele.

Seguimos para o jardim. O ar está fresco e ensolarado, perfumado com o aroma de grama úmida dos irrigadores que cobrem o vasto gramado, numa tentativa de compensar as temperaturas recordes de agosto. Está recém-cortado, aparado semanalmente em listras campestres inglesas por um jardineiro que também cultivou a massa multicolorida de dálias, rosas, crisântemos e gerânios que brotam de todos os lados.

O céu é um vasto lago azul, sua superfície inalterada exceto pelo voo eventual de um tordo ou chapim-azul. No ponto mais distante do jardim, dá para distinguir o recém-construído escritório ao ar livre de Tash, aninhado sob as longas gavinhas de uma bétula prateada, a parede frontal feita quase toda de vidro unidirecional.

É bom estar aqui, longe da playlist de desenho animado que Tash botou para tocar em todos os cômodos, dos gritos de excitação das crianças, da corrente acalorada de fofocas dos pais.

— Me desculpa — peço, as palavras saindo da boca assim que paramos ao lado da casa, fora da vista de todos lá dentro.

Caleb balança a cabeça enquanto nos encaramos, e não consigo entender sua expressão. Tristeza? Raiva? Vergonha?

— Eu ouvi você naquela noite — anuncia ele. — Na cozinha da Jools.

Fecho os olhos por um momento, a lembrança do que eu disse escorrendo por mim como um balde de água fria.

— Eu sinto muito.

— Foi um pouco estranho — admite ele. — Pensei que tudo estava indo muito bem entre nós, mas você de repente começou a agir de um jeito distante, e então a ouvi dizendo que acha que tenho bagagem demais e que você se sente estranha por eu e Helen ainda estarmos casados... E, ainda por cima, você disse para a sua melhor amiga que sempre pensou que estava destinada a ficar com Max, que ele poderia ser sua alma gêmea...

As lágrimas transbordam dos meus olhos. Estendo a mão para tocá-lo, mas Caleb enfia as mãos nos bolsos da calça jeans.

— *Não* — retruco, determinada. — Eu só estava... Max me enviou uma mensagem do nada, e fiquei momentaneamente confusa com...

— Bom saber.

— Não é assim. Eu estava me sentindo um pouco estranha em relação a Helen, e... — Mas eu paro de falar, sem saber como explicar as emoções que não sinto mais.

— Lucy, você vai ter que me explicar, porque não tenho ideia de onde Helen entra nisso tudo.

Não digo nada por alguns instantes. Minha mão direita encontra o bracelete de madeira em volta do pulso oposto e começa a girá-lo, ansiosa.

— Acho que... a coisa da fertilização in vitro me assustou um pouco. E você ainda *é* casado.

— Sim, no papel — retruca ele, tenso. — Para nós dois, o próximo passo é o divórcio.

Engulo em seco, sentindo o alívio percorrer meu corpo, apesar de tudo.

— Certo.

— Então, o que você está me dizendo, Lucy? Você acha que fez a escolha errada entre seu ex e eu?

— *Não*. Nunca pedi para o Max me enviar aquela mensagem.

— Mas pensou em responder mesmo assim.

— E não respondi. Não faria isso. Você entendeu tudo errado.

— Na verdade, ouvi isso de fonte primária — retruca ele, os olhos terrivelmente frios fixos em mim. Ele inclina a cabeça em direção à casa. — E aí aquela mulher disse que pensou que você estava com o Max.

Eu engulo em seco e balanço a cabeça.

— Não. Falando sério. Não sinto nada pelo Max. Não estou em contato com ele. Não *quero* entrar em contato com ele.

Sinto uma onda de vergonha sempre que penso naquela noite na cozinha de Jools. Essas últimas semanas longe de Caleb me fizeram perceber o quanto quero estar com ele e como foi idiota me sentir chateada pela ideia de ele ter tentado ter filhos com Helen. Talvez ele não devesse ter subestimado o papel disso na separação, mas, como Jools comentou na semana passada, se isso não for totalmente inaceitável para mim, é loucura perder mais tempo me preocupando com essa questão. Odeio ficar longe de Caleb. Penso nele o tempo todo. A ideia de terminar me deixa gelada de tristeza.

Percebi, talvez tarde demais, a força dos meus sentimentos. E estou convencida de que Caleb — e não Max — é a pessoa certa para mim, a pessoa com quem *devo* estar.

— Então foi por isso que você passou essas últimas semanas distante? Está me punindo? — pergunto baixinho.

Caleb balança a cabeça.

— Na verdade, estava tentando descobrir o que faria se você me dissesse que vai voltar com... ele. Porque a verdade é que eu te amo, Lucy. Eu me apaixonei por você.

Olho para ele, a respiração engasgada na garganta.

O sorriso aparece primeiro nos olhos e depois nos cantos da boca.

— Sério, eu te amo. Você é a melhor pessoa que já conheci, sem dúvida. Até comecei a acreditar...

Ele para e olha para os pés. Estendo a mão e toco seu braço.

— Acreditar no quê?

Ele engole em seco.

— Nunca acreditei na ideia de almas gêmeas, Lucy. Toda aquela coisa de estar escrito nas estrelas. Nem quando eu era casado. Você sabe disso.

Concordo com a cabeça, torcendo muito para que a próxima palavra que ouvirei seja *mas*.

— Mas finalmente comecei a me perguntar se tinha entendido tudo errado esse tempo todo. Que, na verdade, eu estava predestinado a te encontrar naquela noite no Smugglers. Que você e eu... fomos feitos um para o outro.

Meu coração dispara de alegria.

— E a ideia de que você pode não sentir o mesmo... está me matando. Desculpe.

— Sim — deixo escapar. — Eu *sinto* o mesmo. Eu também te amo. Sinto muito por quase estragar tudo. Eu não quero terminar com você. Nunca.

Seu sorriso se alarga.

— Sério?

— Sério — repito.

Caleb dá um passo na minha direção, tão perto que estamos quase nos tocando. Minhas costas estão apoiadas nos tijolos aquecidos pelo sol. Então ele levanta a mão e a coloca na parede acima da minha cabeça, os olhos fixos no meu rosto. Sua expressão é tão feroz que fico arrepiada. Então ele se inclina para a frente, me beijando com uma intensidade que sinto até nos dedos dos pés. Caleb pressiona seu corpo contra o meu e de repente estou ardendo por ele.

— Senti saudade, Lambert — sussurra ele.

— Também senti saudade.

Estou desesperada para sugerir irmos para o meu quarto, ou mesmo até o escritório de Tash do outro lado do gramado, mas minha consciência consegue me controlar, ainda que por pouco. Afinal, este é o aniversário de 6 anos do meu sobrinho, não uma festa da universidade.

— Mais tarde — murmura Caleb, a palavra pousando no meu plexo solar. — Vamos fazer a espera valer a pena.

Eu o beijo de novo, um frio de desejo na barriga, então me apoio na parede para recuperar o fôlego roubado. No gramado, um esquilo salta de um lado para outro antes de escalar a bétula prateada, fazendo suas folhas brilharem como água com a perturbação.

— Eu acho — digo, depois de um tempo — que costumava acreditar que Max era minha alma gêmea porque as coisas entre nós dois ficaram muito em aberto.

Ele assente com a cabeça.

— Talvez, se vocês tivessem continuado a namorar, teriam percebido depois de um tempo que na verdade não estavam destinados a ficar juntos.

Abro um sorriso.

— Sabe, na noite em que nos conhecemos, no Smugglers, meu horóscopo disse que eu iria encontrar minha alma gêmea.

Ele levanta uma sobrancelha.

— Ah, sério?

— Aham.

— Por que você só está me contando isso agora?

Estendo o indicador e dou um cutucão de brincadeira em suas costelas.

— Porque você nunca acreditou em almas gêmeas, lembra?

Suspirando, ele sorri.

— Certo. Tenho atazanado você por causa disso, mas... tenho uma coisa a confessar.

Fico esperando.

— Eu queria contar quando nos conhecemos, mas achei que você poderia achar um pouco estranho.

Eu sorrio.

— Devo ficar nervosa?

Ele coça a nuca e depois solta um suspiro.

— No dia em que nos conhecemos no Smugglers, quando você correu lá para fora para falar com Max, vocês dois pareciam tão... Sei lá. Felizes, algo assim. De se encontrarem. De qualquer forma, eu estava saindo e ia me despedir, mas vocês estavam tão absortos um no outro que... Enfim, eu estava com minha câmera, então tirei uma foto rápida. Fiquei impressionado com a maneira como vocês se olhavam. Eu ia mandar a foto por e-mail, se você entrasse em contato. Pensei que talvez pudesse ser um quebra-gelo, ou algo assim... Até que percebi que seria um ligeiro tiro no pé para mim.

— Você ainda tem a foto?

Ele balança a cabeça.

— Apaguei. Achei meio estranho guardar aquilo, depois que a gente começou a sair.

Eu franzo a testa.

— Por que você está me contando isso?

Ele dá de ombros.

— Naquela noite eu percebi o quanto Max significava para você, e acho que... isso meio que explica por que me sinto um pouco... sensível em relação a ele. Além de o cara ser uma espécie de Adônis superdotado, claro.

— Ele não é nada disso — retruco, depressa. — Mas obrigada. Agradeço a honestidade.

Ele aproxima o rosto do meu.

— Alguma chance de você me beijar ou algo assim, para eu não me sentir tão idiota?

Eu dou risada, me inclino para a frente e obedeço.

Estamos prestes a voltar para a casa quando, nos fundos, uma porta bate, nos dando um susto.

Eu me estico para ver além do canto da parede, e Tash e Simon estão no pátio. Tash está chorando, o rosto todo vermelho.

Olho para Caleb de olhos arregalados. Ele balança a cabeça e leva um dedo aos lábios.

— Tash — diz Simon. — Você está exagerando.
— *Exagerando?* Você foi tomar um drinque com *ela*, de todas as pessoas do mundo, e acha...
— Pela centésima vez, não foi um drinque, foi a merda de um evento de trabalho! Tinha umas cem outras pessoas lá!
— Eu *disse* que, se você saísse com ela de novo, seria o *fim*...
— Não *saí* com ela, esbarrei nela. O que você queria que eu...
— Natasha? — Minha mãe surge no pátio, com o timing impecavelmente péssimo que só as mães têm.

Parece que meu pai está acamado em casa, com enxaqueca, o que é estranho — não consigo lembrar a última vez que ele ficou doente e também não sabia que ele tinha enxaquecas. Sem falar que papai adora seu único neto. Talvez toda a questão das demissões tenha ressurgido, e sei o quanto isso o deixa estressado. E mamãe também parece bem chateada, embora esteja tentando fingir que não. Acho que ela está acostumada a ter meu pai sempre ao seu lado.

— Dylan quer saber se podemos cortar o bolo — explica. Uma pausa se alonga enquanto ela observa o rosto de Tash. — Você está... bem, querida?
— Está tudo bem — responde Tash, a voz tão ríspida que me dá arrepios. — Já vou.

Há outra pausa, então mamãe recua e fecha a porta atrás de si.
Sinto o coração batendo na garganta. Já vi minha irmã com raiva, mas nunca a vi perder o controle desse jeito.
— Tash — diz Simon, a voz tensa como se estivesse sendo fisicamente arrancada do peito. É ridículo, mas ele ainda está de cartola, que imagino (ou espero) ter sido alugada para combinar com o tema de hoje. — Andrea foi um erro. Não sei quantas vezes preciso dizer isso.
— Se você não consegue ficar longe dela, então nem sei o que estamos fazendo, Simon.

Do outro lado do gramado, atrás deles, um melro passa voando, como se tivesse se assustado com toda aquela comoção.
— Tash. É o aniversário do Dylan — Simon implora.
Então ela simplesmente balança a cabeça, se vira e volta para dentro. Simon vai atrás e fecha a porta ao passar, deixando o jardim em silêncio.

Eu me viro para Caleb.

— Quem diabos é Andrea?

É provavelmente a primeira vez que confronto alguém sobre uma discussão que testemunhei enquanto estava bisbilhotando, e deve ser por isso que faço tudo tão errado.

Falo com Tash enquanto estamos limpando a cozinha. Dylan está na sala de estar com a avó, passando por uma dolorosa crise de choro causada pelo excesso de açúcar, soluçando por causa de algum garoto que ficava roubando seu baralho, enquanto Caleb ajuda Simon a desmontar as decorações.

— Tash — começo, meio sem jeito, olhando por cima do ombro para verificar se não há ninguém atrás de nós —, quem é Andrea?

A mão que segura uma pilha de pratos de papel fica mole enquanto Tash me encara.

— Você andou conversando com Sarah Meadows?

— Não, eu...

— Então onde você ouviu esse nome? — questiona ela.

Seus olhos estão distantes e úmidos. Neste momento, minha irmã parece destruída, e ver isso me destrói. Meu instinto é abraçá-la, mas tenho a sensação de que ela se afastaria. Sua tristeza tem um toque particularmente raivoso.

Não sei como responder sem revelar nossa presença no jardim mais cedo. Por alguma razão, não consigo confessar que ouvimos tudo. Deve ser porque ela não parece que vai aceitar muito bem.

Por sorte, a pergunta parece ser retórica.

— Não quero falar sobre isso, Lucy.

— Só quero saber se você está bem...

— Estou bem. Está tudo bem. Mas, por favor, não diga mais o nome dela. Estou falando sério.

PARTIR

Tash e eu concordamos de antemão, por meio de uma série de mensagens monossilábicas, que só sentaríamos para conversar depois que a festa de aniversário do Dylan terminasse. Por sorte, a grande quantidade de pessoas torna bastante fácil evitá-la até meu sobrinho estar na cama em segurança, com Simon lendo uma história para ele dormir, então Tash me leva ao seu novo escritório no jardim, que mandou construir sob a bétula prateada. É tão longe da casa que preciso apertar os olhos para ver a edícula.

Surpreendentemente amplo por dentro, o espaço é mobiliado com simplicidade: escrivaninha, impressora, um vaso de plantas e uma estante, além de um sofá com duas poltronas combinando dispostas em torno de um fogareiro apagado. O ar está carregado com o cheiro persistente de grama molhada e da madeira recém-cortada do telhado e das paredes. Há várias fotografias em preto e branco de Tash, Simon e Dylan penduradas, sorrindo em várias poses, as melhores de ensaio fotográfico que mamãe deu de presente para Tash no Natal do ano passado.

Não sei bem se minha irmã nota meu sorriso amargo ao ver essas imagens, mas ela me passa uma manta (caxemira, é claro, "Caso você fique com frio") e gesticula para que eu me sente. Eu me acomodo no sofá ao lado da parede de vidro voltada para o jardim, e ela se senta em uma poltrona, colocando os pés embaixo do corpo como uma criança. Tash está enrolada em um enorme cardigã preto que vai até os joelhos, cobrindo completamente o minúsculo macacão prateado que usou o dia todo. Estou aliviada, porque isso significa que não preciso mais olhar para sua pele nua e imaginar Max acariciando-a, ou observar suas pernas esbeltas e imaginá-las enroladas em torno dele.

Ainda assim, mamãe estava certa. Ela perdeu peso a um nível alarmante. As roupas estão tão grandes que ela parece uma criança brincando de se fantasiar.

— Obrigada por ter vindo — arrisca Tash, nossos olhares se encontrando de verdade pela primeira vez desde que ela passou lá em casa, dois meses atrás. — Eu sei o quanto deve ter sido difícil.

— Bem, estou feliz por ter vindo.

A expressão dela se anima.

— Que bom.

— Dylan... Nada disso é culpa dele.

Ela engole em seco.

— Não. Ele nem tinha nascido quando tudo isso aconteceu.

Balanço a cabeça, concordando.

— E... obrigada pelo presente — continua ela. — Você realmente não precisava gastar tanto.

Comprei uma caixa cara de Lego na hora do almoço, na quinta-feira, mal olhando o que havia dentro. Só queria dar o melhor conjunto que pudesse para compensar todo o tempo que passei longe.

— Quer que eu explique mais sobre aquela noite? — pergunta Tash. — Ou... — Balanço a cabeça. — Ajudaria se eu dissesse que... eu sei como você se sente?

Franzo a testa para ela, confusa.

— Bem, a menos que eu tenha dormido com Simon sem perceber, acho que você não sabe.

— Simon transou com outra mulher — confessa Tash, baixinho. — Pouco antes do Natal, no ano em que nos casamos. Uma mulher chamada Andrea. Ela trabalhava com ele.

Fico olhando para ela. Simon, o pai de Dylan? O homem mais passivo e inofensivo que conheço?

— Mas vocês só estavam casados...

— Fazia cinco meses. — Ela concorda com a cabeça. — Isso mesmo.

Quero dizer que sinto muito, mas as palavras não vêm. Então, em vez disso, apenas digo:

— Ah. Certo.

— Simon mudou de emprego pouco tempo depois. E, de alguma forma, superamos isso. Fizemos terapia. Ainda fazemos, na verdade. Só que... — Ela para e olha para baixo. — As pessoas ficam falando. Ouvi alguém dizer o nome dela, mais cedo, e tive que me controlar para não... — Ela balança a cabeça. — Mas não queria fazer um escândalo nem nada que fizesse você pensar que vir aqui hoje foi um erro.

Tiro a manta de caxemira dos joelhos. Está úmido aqui, o ar ainda quente devido à minionda de calor dos últimos dias. Ou talvez sejam apenas os anos de traição silenciosa fervendo entre nós.

— Por que... Por que você está me contando isso? Não é a mesma coisa.

— Não, mas acho que queria dizer... que pessoas boas às vezes podem fazer coisas horríveis, Lucy.

— Estou confusa. Quem é a pessoa boa aqui? Você? Andrea?
Ela estremece um pouco quando digo o nome da mulher.
— Só quero dizer que as pessoas cometem erros às vezes. Só isso.
— Mas você é *minha irmã,* Tash — digo, surpresa por estar conseguindo me manter relativamente calma. — Sabe o que significa *você* ter feito isso comigo?
— Acredite, eu sei, e nunca vou parar de questionar por que fiz o que fiz. — Seus olhos se enchem de lágrimas, a voz fica embargada e trêmula. — Mas quero que você saiba... não vou a lugar nenhum. Você pode ficar com tanta raiva quanto precisar, e eu *nunca* vou parar de tentar me desculpar.
— Se não fosse por Dylan...
— Se Dylan acabar sendo a única razão pela qual permanecemos na vida uma da outra, então... bem, ele é um anjo ainda maior do que eu pensava.
Penso em Nate, em como eu provavelmente nunca o teria conhecido se Tash e Max não tivessem transado naquela noite. Considero contar para Tash agora, descrever minha experiência em detalhes completos e sórdidos, para fazê-la se sentir ainda pior. Ela não sabe. Nunca contei. Só Jools sabe a verdade.
Mas não vou fazer isso. Não posso. De alguma forma, sinto que deixar escapar tudo isso por amargura não me traria satisfação.
— Não consigo parar de imaginar — digo, apertando os braços contra o corpo. — Você e ele.
— Eu sei — sussurra ela, enxugando os olhos. — Eu fiquei assim também, com Andrea.
— Por favor, pare de comparar as duas coisas. É diferente.
Ela desvia do meu olhar, solta um suspiro e esfrega uma marca invisível no tornozelo.
— Eu sei. Desculpa.
Um silêncio se instala, tão desconfortável que me deixa enjoada.
— Você falou com Max? — pergunta ela, depois de um tempo.
— Não faz sentido. Eu tenho que escolher entre você e ele, não tenho?
Ela parece considerar isso por um momento.
— Não vejo por quê.

— Porque não posso ter vocês dois de volta na minha vida. Como isso funcionaria, exatamente?

— Bem...

— E as reuniões de família? As trocas de presentes no Natal? O bate-papo no almoço de domingo? As festas de aniversário? Ora, por favor, caia na real.

Tash se inclina, o cabelo loiro balançando à luz do abajur.

— Nunca pensei que seria capaz de beijar Simon de novo, muito menos de deixá-lo me tocar. Mas, com o tempo... você *pode* superar coisas que pensava serem impossíveis, Luce.

— Ah, posso? Ou isso é só você tentando limpar sua consciência?

Ela engole em seco.

— A verdade é que nada limparia minha consciência, nessa situação. Talvez só a capacidade de voltar no tempo.

Eu me pego olhando atordoada para os pés perfeitamente feitos dela enquanto uma brisa contorna as janelas e o telhado, deslizando entre as folhas das árvores.

Há um longo silêncio antes que ela volte a falar. Seu batom escarlate agora é pouco mais que uma mancha cor de framboesa, como se ela tivesse exagerado nos sanduíches de geleia. Tash parece arrependida, frágil e cheia de dúvidas.

— Você ainda o ama, não é? — pergunta. — Max. Você ainda gosta dele.

Aí eu começo a chorar.

— Eu não deveria. Que tipo de pessoa isso faz de mim?

Fraca, zomba uma voz na minha cabeça. *Patética. Idiota.*

— Max é a pessoa certa para você — sussurra Tash. — Todo mundo sabe disso. E você nunca saberá o quanto me mata, Lucy, que eu talvez tenha destruído isso para sempre.

Percebo agora que não há mais nada a dizer. Que tudo se resume a uma escolha simples: seguir em frente com minha vida ou permanecer assim e deixar isso me consumir.

* * *

Na manhã seguinte, termino a longa viagem de Shoreley até em casa parando em frente ao apartamento de Max, o coração batendo forte, mal conseguindo acreditar no que estou prestes a fazer.

Saio do carro e vou cambaleando até a porta, então aperto a campainha com força antes que possa mudar de ideia.

A espera é agonizante, até que vem o clique.

— Alô? — murmura ele como se tivesse acabado de sair da cama.

— Max — eu digo. — É...

Minhas palavras são enterradas em um zumbido antes que eu possa terminar, e, no instante seguinte, o vejo parado na minha frente, os olhos cinzentos arregalados, o corpo imóvel, como se estivesse tentando se lembrar de como respirar.

— Estou tão surpreso de você estar aqui — comenta ele, quando estamos sentados na sala.

Está descalço, de bermuda e camiseta, com o cabelo bagunçado e os olhos meio vermelhos. Sua pele parece áspera, e as bochechas perderam o estofo, como se ele tivesse passado os últimos três meses sobrevivendo com pouco mais que café e uma carga de trabalho extenuante, que nem eu.

Um lado do sofá está soterrado com documentos e arquivos abertos — pilhas de relatórios de registro de imóveis e papéis enormes que parecem títulos de propriedade. Seu laptop está aberto ali perto, e tem copos grandes da Starbucks na mesinha de centro.

A sala está quente por causa do sol da manhã, a luz marcando nossa pele através das venezianas inclinadas.

— Pra falar a verdade, eu também.

Ele ri, embora minhas palavras não sejam nem um pouco engraçadas, e levanta a mão para coçar o queixo. Seu rosto geralmente liso está com barba por fazer. Ele também parece um pouco mais forte do que da última vez que o vi — não muito, mas o suficiente para eu notar, como se andasse fazendo hora extra na academia.

— Então... por que você veio?

A verdade é que estava muito difícil sentir tanta saudade dele, mas não vou dizer isso.

— Conversei com Tash — respondo.

Ele assente, hesitante.

— E como foi?

— Vamos tentar... resolver as coisas. Pelo Dylan.

— Que notícia boa, Luce. — Sua voz é cheia, sincera.

— E você... como está? — pergunto, tomando um gole do chá que ele preparou para mim.

Max esfrega o rosto outra vez.

— Nada bem.

— Como está o trabalho?

— Ocupado. Você?

— Idem. Não parei um minuto nesses últimos meses.

— Ajuda, não é?

Eu tento um sorriso.

— Aham. Graças a Deus não trabalhamos juntos.

Ele sorri de volta, mas de uma forma que não alcança os olhos.

— Na verdade... eu não quero falar sobre trabalho.

Concordo com a cabeça, porque eu também não quero.

— Estou com saudade de você, Luce. Eu estava falando sério naquela mensagem. Faria qualquer coisa para te ter de volta na minha vida.

Uma pequena tempestade de lágrimas começa a se formar atrás dos meus olhos, mas faço um esforço para contê-las.

— Tash me contou que... Simon a traiu há alguns anos. Eles... fizeram terapia, se resolveram.

— Você quer fazer terapia? — pergunta ele, mais do que depressa.

Eu balanço a cabeça.

— Não consigo pensar em nada pior.

Max se inclina para a frente, a testa franzida em uma expressão de dúvida, o cinza profundo de suas íris parecendo se intensificar.

— Então...?

— Isso só me fez pensar que talvez a gente tenha que... fazer uma escolha. Uma decisão consciente de conviver com o que aconteceu e tentar superar isso. Se é o que você quer.

Ele fecha os olhos por um momento, como se, numa reviravolta do destino, um júri o declarasse inocente de algum crime terrível.

— Isso é *tudo* que eu quero. É a única coisa em que consegui pensar nesse tempo todo.

O alívio que sinto quando ele diz isso é como alcançar o ar depois de estar presa debaixo d'água.

Max vem até o sofá, senta do meu lado e pega minha mão.

— Eu sei que não mereço essa chance. Nem você.

Olho para os seus dedos envolvendo os meus. Posso sentir uma pulsação entre nós, como uma corrente elétrica.

— Eu sei que você está arrependido. E também sei o quanto Tash se sente mal.

— A única coisa que me importa — sussurra ele, encostando o rosto na base do meu pescoço, sua respiração dançando na minha pele — é que você consiga confiar em mim de novo.

— Temos que ir com calma.

— Com toda a calma do mundo. — Sua voz vacila, como se ele fosse começar a chorar antes de mim. — Estou tão feliz que você está aqui.

Conversamos o dia todo, sem nem parar para comer, e já deve ser tarde, porque está escuro lá fora. Minha boca está seca e pegajosa, sinto uma dor de cabeça surgindo.

Max fechou as venezianas. A sala está iluminada apenas por uma única luminária de chão, e me esforço para distinguir bem suas feições ou a expressão em seu rosto, já que ele está recostado na poltrona perto da lareira, com alguns metros de distância entre nós. Mas consigo decifrar as inflexões de suas frases, as pausas que deixa entre as palavras, sentimentos tão únicos.

— Você quer falar sobre Tash? — pergunta ele, a certa altura, porque ainda não fizemos isso.

— Não — respondo, honestamente. — E você?

Ele balança a cabeça.

— Não.

Do lado de fora da janela vem o barulho de um táxi estacionando, depois uma porta batendo, seguida por uma gargalhada que tenho vontade de agarrar e tentar absorver de alguma forma. Na verdade, não sei dizer se dei uma só risada de verdade desde maio.

— Você estava certa, mais cedo — diz Max, engolindo o chá que já deve estar frio no fundo da xícara. — Sobre fazer uma escolha. Tomar uma decisão consciente.

Eu concordo com a cabeça.

— Eu achava que você era... "o cara", sabe? Minha alma gêmea. Que estávamos destinados a ficar juntos, ou coisa do tipo.

— E agora?

— Não tenho mais certeza de que acredito nisso. Talvez... a gente combine bem, mas ainda depende de nós o que fazer com isso. Não do destino, ou das estrelas, ou de algum poder superior. Talvez o que realmente aconteça é que você conhece alguém, se apaixona e faz tudo o que pode para que a relação funcione.

Penso no que Tash me disse ontem à noite, sobre Simon e Andrea. *Pessoas boas podem fazer coisas horríveis. Você pode superar coisas que achava impossíveis, Luce.*

Max parece refletir sobre isso por um momento, e não consigo dizer se está ofendido, confuso ou um pouco dos dois.

— Posso ser totalmente honesto?

— De agora em diante, vamos fazer isso sempre.

— Certo. Bem, na verdade, tiveram três pessoas na minha vida com quem eu tive essa... sensação de "destino". — Concordo com a cabeça, ignorando a breve onda de ciúme. — Mas só tem uma pessoa sem a qual não quero viver. — Ele limpa a garganta. — O que quero dizer é que concordo. Eu quero resolver isso, Luce. Quero me esforçar de verdade. Custe o que custar. Eu te amo demais para abrir mão de você.

Olho para ele, meio que me perguntando se Max vai se levantar, atravessar a sala e me beijar, mas ele não faz isso. Max simplesmente olha com seriedade para o espaço entre nós dois, como se estivéssemos no mar, lutando para manter a cabeça acima da água. E, neste momento, tudo o que posso fazer é torcer, com todo o meu coração, para conseguirmos voltar à praia.

FICAR

Estou no bar com Emma — a garota do grupo de escritores — e nosso professor, Ryan. Nas últimas semanas, nós três ficamos amigos, estabelecendo uma rotina de bebidas pós-sessão para conversar sobre escrita, livros, paixões e vida.

— Estou falando sério — diz Emma, batendo o dedo indicador na mesa, como se estivesse discutindo com o tampo de madeira, e não comigo.

Dou risada.

— Estou vendo.

Emma não está rindo.

— Mas...?

— Não estou pronta — respondo, dando de ombros.

— Olha. — Ela se inclina para a frente, o cabelo loiro balançando perigosamente perto do copo, e levo um sustinho com a ameaça de uma *balayage* de vinho tinto. Nossa mesa fica ao lado de uma fornalha, então ela está com as mangas do suéter dobradas até os cotovelos, o que lhe dá uma aparência particularmente sensata. — Se você não quiser me ouvir, pelo menos ouça Ryan. Um especialista na área e tudo mais.

Olho para o bar, onde Ryan está conversando com dois jovens. Acho que eles gostam de literatura, porque parecem atentos a cada palavra dele, como se tivessem esbarrado com Stephen King, e não com o maior ex-sucesso do mercado editorial (palavras de Ryan, não minhas). Um deles tem um caderno na mão, e o outro segura um exemplar de... Ah, meu Deus. É *Ulysses*.

O verão já se rendeu aos avanços do outono, as folhas das árvores ficando douradas, o ar mais denso com a umidade. Sempre penso em

Shoreley como um lugar mais adequado ao clima frio, apesar de ser um ponto turístico no verão. Para mim, a cidade fica melhor quanto mais você se afasta da praia, quando chega aos paralelepípedos e às ruelas sinuosas, onde as construções medievais ficam todas encostadas umas nas outras como se tivessem exagerado no hidromel, e todos os lugares são iluminados por aqueles postes antigos que parecem saídos de uma adaptação de Dickens. Acho que a história da cidade atinge o auge de sua beleza envolta em luzes de Natal e beijada pela geada, quando todas as janelas brilham em âmbar e todos andam por aí com chapéus e luvas, segurando bebidas quentes e tirando selfies sob as estrelas. Eu até me surpreendi ao me empolgar com o planejamento das decorações de fim de ano na Pebbles & Paper, apresentando ideias de produtos para Ivan — coroas de conchas, estrelas-do-mar para pendurar no topo das árvores de Natal, bolinhas de areia da praia — e sugerindo um evento de compras de presente, com vinho quente de cortesia para seduzir os clientes.

— Se você editar mais esse capítulo — insiste Emma —, vai estragar o que já tem. Vai sugar toda a vida do texto. Você sabe que estou certa. Não estou certa, Ryan?

— Certa sobre o quê? — pergunta Ryan, voltando para a mesa com outra rodada de bebidas em uma bandeja.

Ryan e Emma têm tentado me convencer a inscrever meu livro em um concurso de primeiros capítulos organizado por um grande prêmio literário. O vencedor terá seu capítulo publicado em uma revista chique, além de fazer uma reunião com um editor sênior de uma editora de renome e um agente importante. O prazo acaba em uma semana.

Distraída pelo momento, Emma acena para as bebidas, as bochechas rosadas pelo calor do fogo.

— Você é incrível, Ryan. Conseguiu isso de graça?

Ele se senta e distribui nossos copos antes de tomar um gole de cerveja.

— Rá, rá. Bem que eu queria.

— Aqueles garotos reconheceram você? Estavam querendo uma selfie?

— O cara do bar disse que eu era um escritor best-seller. — Ele revira os olhos e balança a cabeça. — Não sei como ele sabia.

— Talvez uma noite dessas você tenha se gabado um pouco, depois de muito vinho tinto — brinca Emma, e Ryan dá uma cotovelada nela.

— Deve ser legal — digo, apontando outra vez para os rapazes. Por alguma razão, estou desesperada para que Ryan tenha o seu momento. — Ser reconhecido por algo que você conquistou. Os dois pareciam bastante impressionados.

Ele faz uma careta.

— Sim, por uns dois minutos, até que eu contei que não publicava nada há sete anos. O que para eles é como se fosse meia vida, claro.

Ryan me disse algumas vezes que fica se perguntando se algum dia sonhou ter fechado um contrato para um livro — que, hoje em dia, o mais próximo que chega de se sentir um autor é quando distribui cópias de seu segundo e último romance, *O dia fora*, para novos membros do nosso grupo de escritores, um momento sempre seguido por algumas cutucadas gentis de Emma.

Ryan olha para ela.

— Já convenceu essa aqui? — Ele se refere a mim.

— Não. Ela está teimando mais que minha avó quando tentamos fazê-la usar meias de compressão.

— Lucy — diz Ryan, como já fez um milhão de vezes antes —, está pronto.

— Eu simplesmente não sinto que esteja.

— Mas por quê?

Penso um pouco. Estou escrevendo o livro há quase seis meses e, embora esteja quase terminando o primeiro rascunho, a sensação é que só agora consegui descobrir o que quero dele. Tenho escrito febril e avidamente na cabana da praia todas as tardes, as horas passando despercebidas, às vezes sem levantar os olhos até escurecer. Fiquei perdida em um frenesi de compulsão e inspiração, alimentada por café e balas de gelatina e quase mais nada. Isso fez eu me sentir mais criativamente viva do que qualquer outra coisa que já fiz — às vezes até levo meia hora para clarear a cabeça o suficiente e ser capaz de manter uma conversa simples com Caleb, os pensamentos ainda fervilhando como a espaçonave daquele videogame de que Dylan tanto gosta. Mas, depois de tanto esforço, tenho um livro quase terminado e, pela primeira vez na vida, estou começando a me sentir uma escritora de verdade. Criei algo e persisti, mesmo que às vezes pareça uma montanha impossível de escalar. Depois de tanto tempo, me reconectei com meus antigos meios de expressão, a maneira como costumava dar sentido ao mundo e aos meus próprios sentimentos. Escrever esse livro foi tão catártico quanto manter um diário: eu me sinto mais leve depois de cada dia escrevendo, como se tivesse desabafado, derramado minha mente no papel. Acho que, se eu fosse do tipo brega, diria que escrever foi minha terapia.

Mas ainda não me sinto confiante o suficiente para mostrar o que escrevi a ninguém além de Caleb e os membros do grupo.

— Você precisa se expor — insiste Ryan.

Bebo minha limonada.

— Talvez eu não esteja pronta para me expor.

— Estou dizendo que está.

Emma parece prestes a dizer algo obsceno, mas pensa melhor.

Ryan não vai desistir.

— Você precisa se arriscar. Eu juro que vai valer a pena. Essa pode ser uma daquelas conversas de que você vai se lembrar quando for uma escritora best-seller. Sabe: "Quase não entrei na competição, mas meu professor de redação incrivelmente talentoso, Ryan Carwell…"

— "E minha amiga Emma Deacon, ela própria uma estrela literária em formação…" — contribui Emma.

Balanço a cabeça.

— Por que vocês dois não entram no concurso?

— Não pode já ter sido publicado — explica Ryan, com um dar de ombros que eu interpretaria como presunçoso se já não soubesse que ele é totalmente humilde.

— Ou ser muito, muito ruim em primeiros capítulos — completa Emma, torcendo o nariz. — Já você, por outro lado…

Ryan se vira para mim.

— Faça-me um favor e se torne uma sensação literária. E quero dizer um favor mesmo: eu preciso muito de um empurrãozinho na carreira.

— Muito engraçado — retruco, com um sorriso, balançando a cabeça.

Caleb hoje está trabalhando até tarde, então depois de terminar a bebida e prometer aos outros que vou pensar sério sobre a competição, vou para o estúdio dele.

É uma noite fria de outubro, carregada do cheiro de fogões a lenha e da promessa de inverno. Minha respiração vira fumaça no ar enquanto ando, o sal gruda na pele por causa da brisa do mar. Os paralelepípedos estão com um brilho fresco, o ar ao redor dos postes de luz está opaco com uma névoa fina.

Ao me aproximar do estúdio de Caleb, diminuo o ritmo. Ele está do lado de fora, abraçando uma mulher alta e de cabelo escuro que eu reconheceria em qualquer lugar.

Enquanto os dois estão se afastando, ele me vê. Seguindo seu olhar, Helen se vira. Daqui, não consigo ver se ela está sorrindo — estou paralisada a cerca de cem metros dos dois —, mas, se eu tivesse que adivinhar, diria que a expressão dela permanece firme, inflexível e totalmente imperturbável.

Caleb me chama, mas já me virei e comecei a me afastar.

— Lucy. — Ouço seus passos atrás de mim. — Lucy.

Ele segura meu braço e me faz parar.

Eu me viro para encará-lo, mas não digo nada. Caleb me incentiva a dar alguns passos adiante na rua, provavelmente para que sua esposa não nos escute.

— Lucy… não é o que parece — explica, a respiração como fumaça quente no ar entre nós.

O clichê é tão tosco que tenho que resistir à vontade de fazer careta. Caleb suspira e olha para os pés.

— Tipo, ela simplesmente apareceu aqui.

— Sei.

— Eu não tinha ideia de que ela viria.

Concordo com a cabeça de novo, agora com mais força.

— E o que ela queria?

— Só conversar.

Não sei muito bem por que isso tinha que envolver contato físico, ainda mais considerando que ele sempre alegou que as coisas não tinham terminado de forma amigável, mas não digo mais nada. Cabe a ele explicar, não a mim perguntar.

— Olha. — Percebo que ele quer pegar minha mão, mas sente que posso puxá-la para longe. — Você se incomodaria… se Helen e eu fôssemos comer alguma coisa?

Engulo em seco, sentindo o estômago revirar. *Sim, me incomodaria. Por que ela está aqui, de verdade? Qual é a jogada dela, aparecendo do nada assim?*

Olho por cima do ombro de Caleb na direção de Helen. Ela nem está olhando para nós; está encarando o celular, a tela iluminando o rosto com uma luz macabra. A falta de interesse combina perfeitamente com a imagem mental que tenho dela: uma pessoa altiva, totalmente desacostumada a ouvir a palavra *não*. Ninguém chega ao topo da hierarquia editorial sem ter um pedaço de gelo em algum lugar dentro do peito. Eu a imagino trabalhando no West End, em um escritório executivo com janelas do chão ao teto, com assistentes correndo atrás dela enquanto caminha entre compromissos e reuniões, gritando para as pessoas simplesmente *se virarem*.

A indiferença de Helen significa que ela não tem interesse em Caleb, ou que ela me vê como algo totalmente inconsequente?

— Achei que você tivesse dito que não eram mais amigos — comento, cruzando os braços, já ressentida por ele ter me transformado em uma pessoa desconfiada, papel que não tenho interesse em interpretar.

Um tanto amargurada, penso no que minha irmã disse sobre Caleb, na primeira vez que se encontraram, em junho: *Ele parece um cara que não gosta de joguinhos.*

— Não somos. Mas... temos coisas a discutir, e eu ainda não comi, então... — Ele coloca a mão na nuca. — Podemos nos encontrar no chalé mais tarde?

Torço o nariz. O que poderia ser mais patético do que esperar na casa do meu namorado ele voltar do jantar com a esposa?

— Não, vou ficar na casa da Tash hoje. Me ligue amanhã.

— Luce. — Ele segura minha mão antes que eu possa ir embora. — Eu juro, isso são só... negócios.

Negócios? Coisas a discutir? Ele está sendo deliberadamente evasivo, ou está tentando proteger meus sentimentos? "Negócios" significa divórcio? Mas não é para isso que servem os advogados?

Talvez seja só uma péssima escolha de palavras, mas chamar isso de *negócios* me parece um pouco hipócrita. Desde quando jantar com sua esposa para discutir o divórcio é algo totalmente desprovido de emoção, algo que não desperta nenhum sentimento significativo?

Estou meio que esperando que Caleb tente me beijar, mas ele não faz isso. Só aperta minha mão e a solta com delicadeza antes de voltar pelas pedras da calçada em direção a ela.

PARTIR

Max se juntou a mim e a um grupo da Supernova para beber depois do expediente. Não é sempre que ele sai cedo o suficiente do trabalho, então senti o coração acelerar de felicidade quando o vi entrando no bar mais cedo. Ainda me sinto assim sempre que o vejo, mesmo depois de tantos anos.

O bar é um dos favoritos de Zara (acho que ela é parente do proprietário) e é popular entre o pessoal de publicidade e de mídia. É um daqueles lugares subterrâneos com porta secreta, tão escuro que mal dá para ver lá dentro. Costumo odiar espaços sem janelas e sem uma rota de fuga óbvia, mas, se Zara sugere um lugar, ninguém tenta sugerir uma alternativa.

Já estive aqui uma ou duas vezes. Por ser tão pequeno, o ambiente sempre parece abarrotado, perpetuando o clima de exclusividade e popularidade. Você acaba se sentindo quase sortudo por estar aqui, o que é ridículo. É só um bar.

— Lucy me disse que você trabalha com litígio de propriedade — comenta Zara, falando com Max, depois que o apresento a todos.

Max acabou de pagar uma rodada, o que fez todas as onze pessoas neste canto da sala se apaixonarem um pouco por ele.

— Sim, estou pagando pelos meus pecados — responde ele, com uma piscadela amigável.

— Então talvez você possa me ajudar.

— Certamente posso tentar.

— Meus vizinhos. Um pesadelo de casal. Estão construindo um *anexo* — explica Zara, no mesmo tom que a maioria das pessoas diria *masmorra sexual*. — Eu vi as plantas. Completamente desnecessário e uma monstruosidade horrível. Vai barrar toda a luz da minha cozinha.

Max limpa a garganta educadamente.

— Certo. Isso às vezes é mais uma questão de planejamento, mas depende de...

— Nem me fala. — Zara se inclina para a frente, com o martíni na mão. Sua grossa pulseira de ouro fica batendo na mesa, e ela está usando um macacão azul-marinho que em qualquer outra pessoa pareceria uniforme de prisão, mas nela lembra algo que estaria no topo das indicações de tendências de uma revista de moda. — Quem *são* esses idiotas do conselho? Eu fiz uma objeção, mas eles mesmo assim permitiram a construção. — Ela balança a cabeça. — É para os filhos adolescentes demoníacos dos dois, que só vão usar o lugar para se drogar e tocar música alta. Nada que você possa fazer? Enviar uma carta ameaçadora ou algo assim?

As pessoas fazem muito isso com Max — imaginam que podem contratá-lo em uma conversa rápida de bar. Abro um sorriso para meu Virgin Mary. É a bebida que mais peço hoje em dia, me lembra muito de quando vi Max naquela noite no Smugglers, quando ele apareceu na rua e voltou à minha vida.

Max faz algumas perguntas para Zara e começa a falar sobre a aplicabilidade de acordos restritivos. Minha chefe, interessada, pega o telefone dele. Agradeço o esforço que Max está fazendo: ele poderia tê-la dispensado, deixado bem claro, em termos inequívocos, que a reclamação não tem nenhum fundamento legal, mas Max sabe o quanto a Supernova é importante para mim e como estou ansiosa para ganhar pontos com a mulher mais difícil de impressionar do mundo.

Phoebe, minha colega de mesa, se inclina para perto de nós. Ela está com uma faixa de cabeça e usando cropped — o clima nunca parece ser um fator importante quando Phoebe escolhe o que vestir —, e invejo sua confiança fácil. Em uma reunião, semana passada, Phoebe chamou um executivo de *cara*, e ele corou mais do que ela.

— Alguém topa um karaokê mais tarde?

Zara lança um olhar para Phoebe que só posso descrever como fulminante, e eu abro um sorriso.

— A menos que Max esteja interessado, acho que nós...

— Na verdade — intervém ele —, eu bem que gostaria de cantar.

Fico olhando para ele. Antigamente, nós costumávamos rir de karaokês, talvez até sentindo alguma superioridade por não ter que subir no palco para provar nossa desinibição.

— Sério?

— Qual é a sua música? — Kris pergunta a ele.

— "Wonderwall" — responde Max, sem perder tempo.

Kris parece surpreso.

— Hum. Achei que você seria mais do tipo "My Way".

Encontro os olhos de Max e sorrio. Ele cantava "Wonderwall" para mim na faculdade, sempre que tocava em um bar ou show, e, toda vez, meu corpo inteiro vibrava de felicidade.

Faz pouco mais de um mês desde que concordei em tentar de novo com Max, em deixar o passado para trás. Nem nos beijamos antes de eu sair do apartamento dele, naquela noite, mas, quarenta e oito horas depois, liguei para ele e sugeri um restaurante de mesa única que Jools recomendara. A ideia de comer com estranhos me atraiu — pensei que poderia ser uma maneira simples de voltarmos à vida um do outro, sem a pressão de uma refeição em casal ou a tentação de pularmos na cama juntos se passássemos a primeira noite em casa.

No fim, percebi que não tinha pensado muito bem na questão: tivemos que responder a muitas perguntas estranhas sobre onde nos conhecemos e há quanto tempo estávamos juntos. Ainda assim, serviu para quebrar o gelo, e conhecemos algumas pessoas interessantes, incluindo um meteorologista da TV que Max e eu meio que reconhecemos e um ex-participante do X-Factor, que definitivamente não sabíamos quem era.

A ideia de dormir com Max de novo parecia um pouco com chegar ao topo de uma montanha-russa. Meu maior medo era que Tash surgisse em minha mente como um boneco de mola sempre que ele tentasse me tocar. Mas, no fim das contas, não foi assim. Depois do jantar, nós dois voltamos para a minha casa, o nervosismo parcialmente aplacado pelas horas de conversa. E aquele primeiro beijo, que eu mesma comecei, pareceu muito natural, como uma vontade depois de muitas semanas de abstinência. Na verdade, fiquei surpresa com o desejo que sentia por ele, com a vontade de ir direto para o quarto e recomeçar de onde havíamos parado três meses antes.

Assim que estávamos na cama, Max me deixou decidir o ritmo e, nos minutos iniciais, imaginei que estávamos de volta à universidade, naquela primeira noite antes das férias de Natal. Fingi que estávamos começando tudo de novo, que o passado fora apagado. Então meu corpo assumiu o controle, o ímpeto prazeroso da memória muscular, e tudo foi melhor do que eu pensava ser possível. Depois, ficamos nus na cama, arfando, as cortinas ainda abertas, ouvindo através do vidro fino o barulho dos adolescentes passando na rua lá embaixo, xingando, gritando e rindo. Eu me senti estranhamente à vontade, como se tivesse acabado de encontrar a última peça que faltava em um quebra-cabeça que estava me deixando louca.

Desde então, as coisas têm andado um tanto devagar. Sei que Max quer que eu estabeleça o ritmo, que determine a frequência com que quero sair com ele, sugira as coisas que quero fazer. O que é bacana da parte dele, e até que útil. Mas, às vezes, só quero fingir que a história toda com a Tash nunca aconteceu — definitivamente não quero discutir isso mais do que já discutimos —, e acho que Max está tentando chegar a algum meio-termo que na verdade não existe.

A pior parte é me perguntar o que todo mundo pensa. Só Jools e minha família próxima sabem o verdadeiro motivo de nossa separação temporária, e, quando saímos com amigos ou colegas, às vezes noto um olhar de soslaio e um sorriso incerto. Como se estivessem pensando: *Quem traiu quem? Ele é ruim de cama? Será que no fundo ela é uma chata? Ele é um esnobe insuportável?*

Tento não pensar muito sobre o que diriam se soubessem a verdade.

Na calçada do lado de fora do karaokê, hesito um pouco. Sabe-se lá por quê, fico nervosa antes de entrar. Talvez seja a ideia de outro espaço escuro sem janelas, todo mundo amontoado junto em uma daquelas cabines quentes e abafadas. Não quero correr o risco.

— Você está bem? — pergunta Max ao me ver hesitar, observando os outros entrarem na nossa frente.

Poderíamos simplesmente ir para casa, penso. Zara voltou para Highgate. Todo mundo já está bêbado. Eu não estaria deixando ninguém na mão.

— Vamos. Me deixa ser todo cafona e berrar "Wonderwall" para você.

Sorrio e aperto a mão dele porque, para ser sincera, é uma oferta difícil de resistir. Então respiro fundo e entro atrás de Max.

Enquanto aguardamos ser levados à nossa cabine, meu olhar é atraído para uma figura alta e de cabelo escuro à nossa frente. O sujeito está com outro grupo, e só consigo vê-lo de lado, mas parece terrivelmente familiar. A mesma constituição esbelta e camisa clara. Uma atitude muito confiante, um autodomínio que me arrepia. Ele está a apenas alguns metros de distância. Poderia se virar e...

Por um momento, sinto como se alguém tivesse tapado minha boca. Meu corpo todo fica rígido, a pele toda formigando, como se eu tivesse sido enfiada em uma moita de urtigas. Se um incêndio começasse agora, eu não conseguiria fugir. Meu coração dispara, o sangue correndo à toda e rugindo em meus ouvidos.

Nate.

Não. Não pode ser.

Nate. Ele está aqui. Ele te encontrou.

Finalmente forço meu corpo a se mover; no instante seguinte, estou de volta à rua. Puxando o ar frio como se tivesse acabado de correr uma maratona, apoio as mãos nos joelhos num esforço para não desmaiar, mas meu coração está batendo tão rápido que é bem possível que isso acabe acontecendo.

Sinto alguém tocar minhas costas e dou um pulo antes de perceber que é Max.

— Luce? Você está bem?

— Desculpe — respondo.

Estou ridiculamente aliviada em vê-lo, como se tivesse acabado de acordar de um pesadelo.

— Meu Deus, qual o problema? Você ficou branca que nem um fantasma.

Demoro alguns minutos para encontrar as palavras.

— Acabei de ver alguém lá dentro que...

Ele espera, mas não consigo dizer.

— Alguém que você conhece? — pergunta.

Balanço a cabeça.

— Alguém que...

Talvez finalmente seja hora de contar a ele.

Devo parecer bastante doente, porque Max não faz mais perguntas. Ele simplesmente tira o casaco e me envolve no tecido — só agora percebo que meus dentes estão batendo —, então chama um táxi para nós.

13

FICAR

— O quê? Então você realmente viu os dois se abraçando?

Eu franzo a testa e concordo.

— Vi.

Estou com Tash na cozinha da casa dela, na manhã depois de ver Helen e Caleb se abraçando do lado de fora do estúdio dele. Estou desde que amanheceu lendo a versão mais recente do meu manuscrito, que imprimi e comecei a editar, riscando tudo com caneta vermelha. Há pouco tempo, percebi que, sempre que algo me incomoda — por mais sério ou trivial —, mergulhar na escrita se tornou minha maneira de lidar com a questão. Ou não lidar, dependendo de como você encara as coisas. De qualquer forma, poder me perder em alguma coisa ajuda. Seja o que for que esteja se passando pela minha cabeça, sempre acabo encontrando alguma versão disso no papel.

A cozinha está iluminada por uma luz fria e repleta daqueles aromas caseiros de início de dia: torradas douradas, café fresco e roupas recém--lavadas. Simon e Dylan já saíram, e ficamos só eu e Tash, aproveitando a meia hora juntas antes de ela ir para o escritório e eu começar meu turno da manhã na Pebbles & Paper.

— Caleb ligou depois?

Abro um sorriso incomodado.

— Sim, à uma da manhã.

Eu não atendi, e ele não me mandou nenhuma mensagem desde então. Então ainda não sei como foi o jantar dele com Helen.

Tash estremece.

— Ai.

Eu balanço a cabeça.

— Não sei, talvez fosse esperar demais que essa mulher saísse da vida dele logo depois de se separarem.

— O que você acha... Ele ainda sente algo por ela?

A ideia de Caleb redescobrir seu amor por Helen no jantar da noite passada — rindo das piadas dela, flertando durante a sobremesa, querendo continuar no restaurante — faz meu peito se contrair e meu coração disparar.

— Eu achava que não, mas... se ele entrou em contato só à uma da manhã... então os dois devem ter saído para beber e... — Solto um suspiro. — Quem sabe? Talvez.

É isso que acontece, penso, tristonha, *quando se arrisca o coração com alguém que parece bom demais para ser verdade.*

— Você poderia olhar o celular dele.

Dou uma risada melancólica.

— Ah, por favor.

Ela dá de ombros.

— Por que não?

— Se chegar nesse ponto, é melhor não estarmos juntos, não é?

Tash engole em seco, depois olha para as mãos e gira a aliança de casamento algumas vezes.

— Sei lá. Às vezes... se você só precisa dessa garantia...

Por alguma razão, a expressão em seu rosto me faz lembrar a discussão que ela e Simon tiveram no jardim, durante a festa de aniversário de Dylan.

— Tash — digo baixinho, embora meu coração esteja disparado. — Simon te traiu?

Ela espera o que parecem minutos antes de responder, a testa enrugada como uma máscara começando a rachar.

— Sim. Uma vez. Com uma mulher chamada Andrea, alguns meses depois de nos casarmos. Os dois trabalhavam juntos.

Solto um palavrão baixinho e seguro as mãos dela no topo da ilha da cozinha.

— Meu Deus, Tash... por que você não me contou?

— Fiquei com vergonha — admite ela, a voz subitamente mais aguda. Suas mãos estão tremendo de leve. — Foi constrangedor. Éramos recém-

-casados. Eu me senti humilhada, só queria fingir que aquilo nunca tinha acontecido.

Penso no que ela acabou de dizer, sobre olhar o telefone de Caleb.

— Você acha que Simon ainda...

— Não. — Ela balança a cabeça. — Nós resolvemos isso. Superamos. E eu acho mesmo que foi a coisa certa a fazer, não contar para você, para a mamãe nem para qualquer outra pessoa, porque... Simon é um pai incrível para Dylan e um marido maravilhoso e... Nós escolhemos fazer isso funcionar, Luce. E, todos os dias, fico feliz por essa escolha.

Claro que é bom ouvi-la dizer isso, mas não tenho certeza do que ela acha que isso significa para mim.

— Então, e... se algo aconteceu entre Caleb e Helen, você acha que eu deveria só... aceitar tranquilamente?

— Claro que não. Mas você pode decidir como lidar com a questão. — Sua testa se franze um pouco. — Sabe, é por isso que nunca acreditei nessa história de almas gêmeas, Luce. Acho que o amor é uma escolha, não um sentimento. Acho que é algo a que você tem que se dedicar muito.

Abro um sorrisinho fraco.

— Você não disse que uma garota do seu trabalho leu um artigo sobre almas gêmeas que parecia muito convincente?

Ela dá de ombros de leve, como se tudo o que acabei de contar tivesse encerrado aquele seu breve flerte com o sentimentalismo.

— Devo ter sido levada pelo momento.

Posso não concordar com a abordagem pragmática sobre o amor da minha irmã, mas preciso admitir que tudo isso parece de uma maturidade impressionante. Aperto as mãos dela.

— É incrível. Que você conseguiu perdoar Simon, superar isso.

Seria difícil argumentar que não foi uma coisa boa, porque, se não tivesse acontecido, Dylan não existiria.

— Não me entenda mal — explica ela, mais do que depressa, sem me olhar nos olhos. — Se ele tivesse um caso de longa data, teria sido diferente. Mas eu também não sou perfeita, já fiz algumas... coisas ruins no passado. Acho que só tentei lembrar que... as pessoas cometem erros, sabe? Pessoas boas às vezes podem fazer coisas ruins. A vida não é preto e branco. É um milhão de tons de cinza, mas hoje em dia ninguém parece aceitar isso.

— Então o que você está dizendo é que eu não devo ser muito dura com Caleb?

— Bem, pelo menos ouça o que ele tem a dizer, então continue daí. — Ela olha para mim, os olhos de repente brilhando com emoção. — Eu te amo, Luce. Tenho muita sorte de ter você como irmã.

Para minha surpresa, ela começa a chorar. Deve ser a emoção de falar sobre Simon e Andrea, então vou até ela e a abraço, beijo seu cabelo e digo que também a amo.

Pouco antes do almoço, a porta da Pebbles & Paper bate, e Caleb entra.

Foi uma manhã lenta — até agora, só vendi algumas velas em formato de cadeiras de praia e um ou outro cartão —, e eu tinha acabado de começar a rabiscar anotações para meu romance no verso do papel de embrulho da loja.

— Oi.

Engulo em seco enquanto tento descobrir se Caleb parece ter passado a noite transando com sua ex-esposa. Ele certamente parece cansado, como se precisasse de um café e um prato de comida.

— Você não pode entrar aqui, sabia? — lembro, de brincadeira.

(É verdade, ele foi proibido de entrar na loja. No meu primeiro dia, Ivan me entregou uma folha de papel com os nomes de seis pessoas que não eram mais bem-vindas na loja, incluindo o nome de Caleb. Só não sei como Ivan espera que eu saiba os nomes dos infratores assim que eles entram.)

— Eu literalmente não poderia me importar menos. — Caleb está parado no meio da loja, ao lado das mantas de pele de carneiro, as mãos enfiadas nos bolsos do casaco de lã cinza-escuro. Seu cabelo parece úmido, e percebo, com um aperto no peito, que ele deve ter acordado tarde. — Como você está?

Assinto, mexendo a cabeça bem devagar.

— Tudo certo. Você?

Ele assente de volta, a expressão sombria.

— Podemos conversar?

— Eu saio à uma.
— Me encontra na cabana de praia?
— Tá bem — respondo, percebendo que ele pode estar prestes a partir meu coração. Que ele talvez vá me dizer que dormiu com Helen na noite passada, que os dois vão voltar, que terminar com ela e ficar comigo foi um erro horrível, um mero desvio em sua jornada pela vida de casado.

Quando chego à cabana, depois do trabalho, Caleb acendeu o fogão e colocou uma chaleira para ferver. Em silêncio, eu me sento à sua frente, e ele me passa um café.
— Então você teve uma boa noite — digo, a voz carregada de resignação.
— Por que você diz isso?
Dou de ombros. Sei que corro o risco de parecer mesquinha, mas não consigo evitar.
— O contato à uma da manhã parece um sinal de que correu tudo bem.
Ele apenas balança a cabeça, como se estivesse reconhecendo a derrota, e toma um gole de café.
— Foi... uma noite estranha.
Não digo nada, só observo e espero. Não vou ajudá-lo, ele tem que começar a conversar, ser franco comigo sobre o que aconteceu.
Caleb faz uma longa pausa antes de elaborar:
— Helen... quer que eu volte a morar com ela, em Londres.
Meu estômago se contrai até o tamanho de um punho.
— Ah.
Sinto seu olhar me atingir.
— Lucy, você precisa saber que eu avisei logo de cara que estava apaixonado por você. Que isso *nunca* vai acontecer.
O alívio me atravessa como uma espécie de narcótico. Ainda assim, não consigo deixar de pensar que deve ter mais coisa nesta história.
— Mas isso parece uma conversa bem rápida. Por que você ficou acordado até uma da manhã?
— Ela estava chateada. Voltamos para minha casa.
Imagino os dois lá juntos, na salinha de estar bagunçada que aprendi a amar. Será que Helen abriu uma garrafa de vinho e colocou sua música

favorita para tentar fazê-lo relembrar? Talvez por baixo daquele casaco ela estivesse usando um vestido de que ele sempre gostou. Ou pior...

— Mas vocês estão separados — digo, a exasperação explodindo dentro de mim como uma lâmpada quebrada. — Você se mudou, mora a duas horas de Londres agora. Você deu...?

— Dei o quê?

Franzo a testa e aperto um pouco mais as mãos em volta da xícara de café.

— Sei lá, deu uma impressão errada para ela, ou algo assim? Achei que vocês não estavam em contato.

— Não estávamos. Eu juro, isso veio totalmente do nada.

— Ela só... mudou de ideia sobre se separar? De repente?

— Ela diz que está consultando um terapeuta por causa... da questão dos filhos. Acha que está pronta para enfrentar a ideia de um futuro sem crianças.

Sinto meu coração subir pela garganta e chegar à boca.

— Caleb.

— O quê?

— Vocês dois estavam... dando um tempo?

— *Não.* — Seus olhos se arregalam com o susto. — Nós nos separamos. O próximo passo, na minha cabeça, era o divórcio.

Balanço a cabeça.

— E agora?

— Eu disse a ela que nada mudou. Que eu amo *você*.

Apesar da garantia, sinto uma culpa irracional apertando meu peito. Como se talvez eu estivesse entre eles, atrapalhando algo bom. Talvez, na verdade, Helen e Caleb é que estejam destinados a ficar juntos, não nós. Eu me pergunto se a coisa certa a fazer é dizer a Caleb para voltar para ela, dar outra chance ao casamento. Afinal, não é isso que o casamento significa? Para melhor ou pior. Na alegria e na tristeza. Não seria a coisa certa a fazer?

As palavras estalam e borbulham na minha língua. Então algo muito mais urgente sai:

— Ela dormiu na sua casa, não foi?

Ele espera muito tempo antes de responder:

— Sim. Mas... eu dormi no sofá.
Balanço a cabeça.
— Uau.
Do telhado da cabana, ouvimos o baque do pouso de uma gaivota, desencadeando um coro irritante de outros pássaros próximos. Parecem um tanto furiosos, não sei por quê. Ou talvez eu esteja só projetando.
— Eu *juro* que nada aconteceu. — A angústia está óbvia no rosto de Caleb. — Foi só que... Era uma da manhã, não havia outra opção.
Olho para ele, minha mente no limbo. Quero tanto acreditar, mas... será que estou simplesmente sendo crédula, uma idiota ingênua?
— Eu vi vocês se abraçando, no estúdio.
Ele trinca os dentes por um momento.
— Eu sei. Ela estava chorando e me pediu um abraço. Negar teria sido muito... não sei. Muito frio.
Bebo meu café.
— Você perguntou onde ela estava hospedada antes de levá-la para beber?
— Ela disse que tinha alugado um quarto em uma pousada. E eu não... levei ela para beber...
— Uma pousada imaginária?
Ele assente de leve.
— Acho que ela pensou que a noite acabaria de outro jeito.
— Ela tentou te beijar?
Helen é inquestionavelmente linda e parece desesperada para reconquistar Caleb. Mal suporto perguntar, mas não posso acreditar que ela não teria tentado, nem mesmo uma vez.
Ele resmunga um palavrão e passa a mão pelo cabelo.
— Sim.
Sinto o estômago apertar.
— Então, quando você disse que nada aconteceu, o que você quis dizer foi que *algo* aconteceu.
— Não — rebate ele. Seus olhos estão cheios de urgência, embotados de angústia. — Ela tentou me beijar, e eu a afastei. Nós *não nos beijamos*, Lucy.
— Meu Deus, como você se sentiria? Se isso acontecesse comigo e Max?

Ele olha para as mãos e balança a cabeça.

— Bem, eu ia querer dar um soco nele, é claro.

— Construtivo.

Ele ergue os olhos.

— O que você quer que eu diga? Claro que eu poderia, *deveria* ter agido de outra maneira ontem à noite. Deveria ter mandado ela voltar para casa assim que apareceu. Mas... eu nunca dei qualquer indicativo ou motivo para ela pensar que estava minimamente interessado em voltar. Lamento que tudo isso tenha acontecido, mas talvez... Talvez ela agora tenha a conclusão de que precisava. Eu acho que devia ter feito isso há muito tempo, para ser sincero.

— Como terminou? — pergunto, tentando ignorar a sensação torturante no estômago enquanto imagino Helen fazendo uma última investida contra ele na porta hoje de manhã, antes de voltar para Londres em seu Porsche.

— Eu disse a ela que quero o divórcio. Eu e Helen... Acabou entre nós. É com você que eu quero ficar, Lucy. Ninguém mais.

Não digo nada. Por um lado, gostaria que o dia de ontem não tivesse acontecido, mas, ao mesmo tempo, ele talvez tenha razão. Talvez Helen agora tenha uma conclusão.

Penso de novo na minha irmã. Se ela conseguiu perdoar Simon por ter transado com outra mulher, então eu não deveria ser capaz de superar Caleb por ter dispensado a esposa, mesmo que meio sem jeito?

Caleb pousa o café na mesa, atravessa a cabana e fica de joelhos na minha frente.

— Minha vida com você, aqui, é *dez vezes maior* do que era com Helen. — Ele abaixa a cabeça para beijar minhas mãos, entrelaçadas no meu colo. — É assim que o amor *deve* ser, Lucy. O que nós temos. Eu e você.

Sei que ele está certo quando diz isso: é assim que o amor deve ser. Sei disso desde o primeiro momento em que estivemos juntos. Estar com Caleb é como entrar em uma sala iluminada depois de passar muito tempo tropeçando no escuro.

Mas ainda não consigo deixar de sentir uma onda de desconforto, como se as luzes pudessem se extinguir a qualquer momento, e eu fosse ficar mais uma vez no escuro.

PARTIR

Max e eu não falamos nada entre a saída do karaokê e a volta para Tooting. Ele só fica segurando minha mão no táxi, e eu viro o rosto para longe, deixando algumas lágrimas caírem, embaçando a janela com meu hálito.

Como posso ainda sentir tanto medo, tantos anos depois?

De volta em casa, subimos as escadas, eu tiro os sapatos e o casaco de Max e subo na cama, me encolhendo toda. O aquecimento está ligado, e o quarto está quente — ainda bem, porque ainda estou gelada pelo choque de ter encontrado o sósia de Nate.

Há pessoas lá embaixo na sala. Dá para ouvir Reuben falando por cima de todo mundo, e a risada de foca de quando Sal está chapada ou bêbada. Tem música tocando, e a batida serpenteia pelo teto até o espaço entre nós, junto com o cheiro de maconha. A presença deles lá embaixo é reconfortante e tranquilizadora.

Jools saiu com Vince esta noite. Talvez termine com ele. Depois de um início promissor envolvendo conversas noturnas, flores entregues aqui em casa e todos os sinais de boas maneiras, as coisas não estão indo bem. Ele fica dizendo que quer avançar para o próximo nível — seja lá o que isso significa —, mas não responde às mensagens dela, às vezes por dias seguidos.

Max se senta na cadeira ao lado da lareira.

— O que aconteceu?

Percebo que ainda tem lágrimas escorrendo pelo meu rosto. Vou até a mesa de cabeceira em busca de um lenço de papel e as enxugo com a mão trêmula. Max me observa, seu rosto franzido de preocupação.

Jools é a única pessoa para quem contei o que aconteceu. Parte de mim gostaria que ela estivesse aqui agora, segurando minha mão.

— É uma coisa... mas também não é nada. Quero dizer, é ruim, mas minha mente me prega peças. Às vezes eu me pergunto se estou exagerando. Quer dizer, estou viva...

— Viva? — Max parece assustado. — Você precisa me contar o que está acontecendo, Luce. Agora mesmo.

Então engulo em seco e começo a falar.

* * *

Foi quase dez anos atrás. Saí da universidade em Norwich no dia seguinte ao Natal e fui viajar pela Europa, depois Marrocos, Tailândia e Malásia, sendo a Austrália minha última parada. Em março, desembarquei em Sydney com planos de ficar um tempo na Austrália, então seguir para a Nova Zelândia e depois para a América do Norte.

Era minha primeira noite na Austrália. Que idiota.

Algumas pessoas neste mundo têm um encanto que sem dúvidas é patológico. Max tem charme e carisma para dar e vender, mas também tem um bom coração. O melhor.

Mas o charme de Nate, quando olho para trás agora, nada mais era do que uma atuação brilhante e assustadora.

Ele deve ter me seguido, percebi depois. Eu não poderia ser um alvo mais perfeito, andando sozinha do hostel até o Opera Bar, onde meu plano era tirar algumas selfies. Passei o caminho todo conferindo o trajeto pelo celular.

Tash tinha combinado um jantar para mim com uma amiga e o marido para a noite seguinte, mas aquela primeira noite era só minha.

O tempo estava nublado e úmido. O bar estava lotado. Pedi uma bebida e, depois de conseguir um dos últimos assentos disponíveis bem perto da baía, comecei a folhear um guia turístico. Sim, eu literalmente fiz isso. Devo ter parecido a imagem da inocência. Só seria mais óbvio se eu tivesse ME ASSALTE rabiscado na testa com batom.

— Erin, não é?

Por um momento não reagi, mas quando a sombra perto da minha cadeira não se moveu, olhei para cima. Ele era bonito como um astro de cinema: olhos verdes, cabelo escuro, feições tão perfeitas que quase pareciam irreais, como se tivesse surgido por efeitos especiais ao meu lado.

O pior é que fiquei instantaneamente desconfiada. Eu sabia desde o início. Eu *sabia*.

Mesmo assim, não o impedi.

Sorri educadamente e balancei a cabeça.

— Não.

— Ah! Desculpe. Você parecia... — Ele balançou a cabeça e levantou a mão em desculpas. — Deixa para lá.

E foi aí que ele conseguiu baixar minha guarda: parecia tão constrangido que senti pena. Acho que ele até corou um pouco — só Deus sabe como conseguiu.

— Está esperando alguém? — perguntei, arrependida da suspeita que sentira.

Ele estava elegante, pronto para um encontro, com camisa jeans clara e um relógio aparecendo por baixo do punho. Era o relógio mais pesado que já vi, o tipo de coisa que as pessoas precisariam de uma pequena hipoteca para pagar. Ele fez careta e ergueu o pulso.

— Bem, eu estava. Uma hora atrás. Você era minha última esperança.

Fiz uma careta e pedi desculpas.

— Sinto muito.

— Não, *eu* que sinto muito. Por incomodar. Tenha uma boa noite.

Fiquei olhando enquanto ele ia até o bar, balançando a cabeça, colocando a mão na nuca, fazendo uma ligação no telefone. Em retrospecto — porque essa parte permanece tão clara na minha mente até hoje —, ele desempenhou o papel do estranho infeliz e bonito à perfeição.

Depois de uns vinte minutos, ele passou de novo pela minha mesa, supostamente indo para casa. Ele olhou para mim, me lançou uma expressão tímida e fez uma pausa.

— Inglesa?

Assenti, um pouco tímida.

Ele sorriu, depois hesitou, combinando perfeitamente com a minha timidez.

— Minha tia mora em Bath.

(Outra jogada genial: quem não ama Bath?)

— Ah, é mesmo? Bath é muito legal.

— É mesmo. — Ele hesitou de novo, como se não estivesse acostumado a conversar com garotas em bares. Como eu caí nessa? — Posso... te oferecer uma bebida?

Repassei aquele momento tantas vezes na minha mente ao longo dos anos desde que aconteceu. *Diga não. Deseje a ele uma boa noite. Levante-se, vá embora e não olhe para trás.* Mas não foi isso que eu fiz, é claro. Eu simplesmente me senti lisonjeada por aquele australiano bem-vestido, com um bronzeado matador, olhos magnéticos e uma tia gentil em Bath querer comprar uma bebida para mim.

Quando perguntei o que ele fazia, Nate até pegou um cartão de visita na carteira, que supostamente dizia que era gerente sênior de um banco conhecido. Descobriu-se depois, é claro, que ninguém nunca tinha ouvido falar de Nathan Drall por lá.

— Pode me chamar de Nate — disse ele.

E, não muito depois disso, minhas memórias desaparecem completamente, como se ele tivesse me derrubado no chão com um único soco.

Acordei na manhã seguinte — pelo menos presumi que fosse de manhã — com torcicolo e uma dor de cabeça que parecia que meu crânio estava sendo esmigalhado. Eu me senti desorientada, incapaz de identificar onde estava.

O quarto estava escuro, mas não era o albergue. Soube disso instintivamente. Era muito quieto, muito calmo. Muito frio, com o ar-condicionado ligado.

Algo estava errado. Senti o pânico subir pela garganta.

E então: o toque de um alarme soando repetidamente, tão discordante, tão repentino e urgente que fez meu coração disparar. Levei cerca de dez segundos para perceber que um telefone estava tocando.

— Bom dia — disse uma voz suave quando finalmente atendi. — Esta é uma ligação de cortesia para avisar que o checkout é às onze horas.

Checkout?

Murmurei alguma coisa, depois pisquei e desliguei, lutando para sentar. A dor de cabeça estava piorando.

Um hotel. Eu estava em uma cama enorme, com as cortinas bem fechadas. O quarto tinha a sensação de ar silencioso e parado de uma cabine de avião. Eu ainda estava completamente vestida, com as mesmas roupas da noite passada.

Um arrepio passou por mim.

Nate.

Onde ele estava? Ainda estava por perto? Por que *eu* estava ali?

Acendi um abajur e examinei o quarto. Era grande e estava bizarramente bagunçado, com garrafas e copos vazios em uma mesa de centro, duas bandejas de serviço de quarto. Eu não me lembrava de nada disso. Franzi o nariz e respirei fundo, talvez pela primeira vez desde que acordei. O ar cheirava a fritura e alguma outra coisa. Tentei encontrar meu celular, mas não consegui vê-lo em lugar nenhum.

Saí da cama e fui aos tropeços até o banheiro, mas o fedor me fez recuar. A pia estava cheia de vômito.

Meu pânico se intensificou, então arranquei o edredom da cama, virei as almofadas, abri portas e gavetas e puxei as cortinas com força. Fiquei quase tonta quando olhei pela janela — deslumbrada com o sol, confusa com a visão da Ópera calmamente do outro lado do porto, como se nada tivesse acontecido.

Afastei-me da vista — que normalmente seria de tirar o fôlego — como se ardesse. Minha bolsa — que, da última vez que verifiquei, continha meu celular, dinheiro, documentos, passaporte, tudo — havia sumido.

Como uma idiota, examinei a sala em busca de um bilhete — *Houve um mal-entendido, ele pegou minha bolsa por acidente, acabou de sair para tomar café da manhã e voltará em breve com croissants e café, como nos filmes* — antes que a realidade me atingisse. Nate se fora, e todo o resto também.

Fiquei tão chocada e atordoada que comecei a me perguntar se, de alguma forma, sofrera um ferimento na cabeça. Bebi uma garrafa de água, tentei limpar o banheiro — de quem era aquele vômito? —, então fui até o saguão para fazer o checkout, vagamente ciente de que, se simplesmente fosse embora, poderia constituir algum tipo de roubo.

Fiquei com vergonha de dizer qualquer coisa na recepção. Só peguei a conta do serviço de quarto da madrugada e do monte de bebidas que aparentemente pedi e saí de lá.

No começo, pensei que tinha ficado tão bêbada que Nate tinha feito o check-in para mim e me deixado lá, constrangido. O cartão de visita que ele deu não estava em lugar nenhum, então não pude nem ligar e pedir desculpas.

As coisas pioraram quando voltei para o albergue. Quem roubou minha bolsa também usou a chave do quarto para roubar as coisas que estavam lá. Só o que deixaram foi o caderno embaixo do meu travesseiro.

Cada célula do meu corpo gritava para sair do país, ir para casa, me sentir segura. Então liguei para Jools. Devo ter parecido assustada de um jeito surreal, porque mal trocamos meia dúzia de frases antes que ela insistisse em me reservar um voo para casa, me explicasse como conseguir documentação de emergência e dissesse que se encarregaria de cancelar meus cartões.

A ideia de ir à polícia me dava arrepios, era como pressionar um ferro quente na pele nua. Porque qual era a minha história, de verdade? Eu não tinha provas de que Nate tivesse roubado minhas coisas. Como eu poderia acusar alguém assim, se não tinha nenhuma lembrança? Talvez eu tivesse deixado a bolsa no bar. Talvez ele tivesse me levado para aquele hotel para que eu ficasse em segurança. Eu claramente estava bêbada a ponto de apagar. Que crime denunciaria?

Mais tarde, porém, concluí que só podia ter sido ele. Porque minha conta bancária estava vazia, e meus cartões de crédito, estourados, e ele era o único que poderia ter descoberto a senha. Deve ter perguntado enquanto eu estava bêbada — ou talvez tenha me visto digitá-la durante a noite.

De qualquer forma, Nate teve sorte, porque eu usava a mesma senha para todos os três cartões na minha carteira.

Só uma semana depois, quando voltei para casa em Shoreley, minhas viagens interrompidas com dois meses de antecedência, que Jools perguntou se eu achava que Nate tinha me drogado.

Contei tudo o que conseguia lembrar sobre ele. O que, honestamente, não era muita coisa. Eu me sentia tão envergonhada, tão ingênua, tão insegura com o que acontecera.

Mas, num instante, o que havia me deixado confusa e inquieta por tantos dias se tornou nitidamente claro, como se eu tivesse limpado a sujeira de uma lente.

— Assim, você nunca fica sem memória quando bebe — comentou Jools, com toda a delicadeza.

E ela estava certa. Pensando a respeito, aquela noite com Nate foi a primeira vez que tive a experiência de todas as minhas memórias serem interrompidas em um determinado ponto. Era tão estranho, tão incomum.

E, naquele momento, no meu coração, eu soube. Nate tinha colocado alguma coisa na minha bebida.

Até hoje não sei se fui estuprada naquele quarto.

Reuni forças para ir ao médico, onde fiz exames e um teste de gravidez, mas estava tudo OK. E nunca contei a verdade.

Mas claro que, depois disso, percebi que precisava contar à polícia, porque Nate provavelmente era um monstro que continuava à solta. Por outro lado, já tinha se passado quase um mês, eu estava fora do país e as chances de pegá-lo eram quase nulas. Mesmo assim, entrei em contato com a polícia de Sydney e contei tudo o que sabia. Ou que pensei que sabia.

Nas semanas que se seguiram, passei dias inteiros pensando no que acontecera, me esforçando para lembrar até o cérebro doer. Eu sabia que estava totalmente vestida quando acordei naquela manhã horrível, mas será que tinha *sentido* alguma coisa, fisicamente?

Também fiquei obcecada procurando por ele na internet, mas claro que não encontrei nada. Porque Nathan Drall, como eu já imaginava, não existia.

Isso tudo me deixou atormentada, dormindo apenas em breves intervalos febris. E, quando conseguia dormir, acordava algumas horas depois como se um raio tivesse me atingido, convencida de que Nate estava parado ao pé da minha cama.

Fiquei quase dois anos sem transar e não toquei em uma gota de álcool desde aquele dia. Durante muito tempo, minha capacidade de concentração ficou destruída, assim como meu senso de humor. Virei uma pessoa mal-humorada e irritadiça, o pior tipo de companhia.

Disse à minha família que tinha voltado mais cedo porque fiquei sem dinheiro, tinham levado minha câmera em um assalto e estava cansada de viajar. Que o estilo de vida nômade não era para mim. Tash comentou mais de uma vez que eu tinha voltado da Austrália uma pessoa completamente diferente, que esquecera como me divertir, ser espontânea, aproveitar a vida. E, pela maneira como ela disse — com tristeza e gentileza —, percebi que, de alguma forma, ela sabia que eu tinha perdido mais do que minhas coisas no exterior.

Depois de denunciar Nate, eu ansiava desesperadamente por uma ligação me dizendo que ele tinha sido pego, para que eu soubesse que, apesar do choque e da incapacidade de agir durante aquelas primeiras semanas, eu não colocara outra pessoa em perigo, mesmo sem querer.

Mas a ligação nunca veio.

Max olha para mim, com os olhos cheios de lágrimas.

— Meu Deus, Lucy. Eu sinto muito.

— É por isso que tenho... muita dificuldade de confiar.

Posso dizer que a ironia não passou despercebida para ele. Seu rosto empalidece, e Max desvia o olhar.

— Eu só... não consigo acreditar nisso. Por que não me contou antes?

Hesito, desenhando formas na almofada que coloquei no colo para me sentir confortável, como uma criança.

— Assim, eu continuo sem nem saber o que realmente aconteceu.

— Acho que você sabe, sim — murmura ele.

Sim, eu sei. Mas, como Max gosta de dizer, instinto não é evidência.

— Eu sei que ele roubou minhas coisas. Mas não sei... o resto. Não tenho certeza.

O som de uma moto em alta velocidade atravessa a sala vindo da estrada. Parece que está indo tão rápido que espero as sirenes em seu encalço, mas, para variar, elas não vêm.

— É por isso que você não tem fotos da viagem — comenta ele, raciocinando aos poucos. — Fica inventando desculpas para não me mostrar, mas é porque não tem. Ele roubou sua câmera.

Concordo com a cabeça, sentindo a testa franzir.

— O pior é não ter como descobrir a história completa. Fico enjoada se penso muito nisso. É por isso que não bebo mais. A ideia de perder o controle daquele jeito de novo...

Ouvir cada segundo de arrependimento entre nós agora é uma das sensações mais tristes que já experimentei.

— A polícia investigou?

Concordo com a cabeça.

— Tanto quanto foi possível. Nate apareceu no circuito de câmeras de segurança do hotel, então sabem que foi ele quem roubou minhas coisas. Mas não sabem o resto. E ele nunca foi pego.

— Você já conversou com alguém sobre isso?

Max está brincando com uma pinha, virando-a na mão sem parar. Deve ter caído da pequena pilha que equilibrei na grelha da minha lareira que não funciona.

— Só Jools sabe.

— Nem a sua família?

Balanço a cabeça.

— Nem um profissional?

— Não.

— Eu acho que você deveria contar para alguém. É muito sério o que aconteceu.

— Não quero reviver tudo isso de novo. Na verdade, só quero esquecer.

Mais alguns segundos se passam.

— Meu Deus, Lucy, eu só... sinto muito.

Ele não diz o que nós dois estamos pensando: que, se ele não tivesse dormido com a Tash, talvez nunca tivéssemos terminado, e eu talvez nunca tivesse viajado, talvez nunca tivesse conhecido Nate...

Se... se... se...

Mas a verdade é que não quero que Max se sinta culpado. Não por Nate. Há muitas outras coisas pelas quais eu poderia culpá-lo. Mas não isso.

Lá embaixo, uma comemoração irrompe, como se as pessoas estivessem prestes a começar uma conga ou alguém tivesse acabado de perder no strip poker. Isso me faz sorrir, apesar de tudo.

— Imagino que... não foi realmente ele quem você viu esta noite? — pergunta Max, gentilmente.

Eu balanço a cabeça.

— Ele já estaria dez anos mais velho. Estaria diferente. Foi só minha mente me pregando uma peça. Já aconteceu outras vezes.

Uma vez em um restaurante, com meus pais e um ex-namorado. E uma vez na Figaro, quando entrei em uma sala de reuniões e encontrei um cliente novo, que por acaso era a cara do Nate. Em ambas as ocasiões fugi e me tranquei no banheiro para vomitar, o que convenceu quase todas as pessoas em volta de que eu estava grávida.

Max vem até a cama e pega minha mão, então nos deitamos um ao lado do outro, respirando em sincronia e em silêncio. E, quando abro os olhos de novo, já é de manhã e, por um momento horrível, penso que estou de volta àquele quarto de hotel. Então viro a cabeça e vejo Max ao meu lado. Estou envolta em seus braços, nós dois ainda totalmente vestidos. E, neste momento, saber que estou segura é o sentimento mais precioso do mundo.

14

FICAR

Estou nadando com Caleb numa manhã de sábado em novembro. Bem, eu digo nadar, mas na verdade estou só boiando de costas, encarando o céu enquanto remo com os dedos, admirando a vastidão de outro amanhecer cinzento. O frio gruda na pele como a geada na terra, e de vez em quando sinto seu impacto profundo e elétrico conforme a água se move ao meu redor. A água é cinza-pérola, o céu, salpicado de brilho e nuvens, como uma bola de gude contra a luz. Ocasionalmente, os pássaros disparam em direção ao céu claro acima de nossas cabeças — escrevedeiras-das-neves e seixoeiras, chalretas e pilritos-das-praias. Na praia, outras aves costeiras brincam timidamente na areia, como se a água hoje estivesse gelada demais até para elas.

Mas o frio está me revigorando. Preciso acordar — ficamos fora até tarde, ontem à noite, com minha irmã, Simon e meus pais, comemorando a recente promoção do meu cunhado.

Não pude deixar de lançar olhares de soslaio para Simon ontem à noite, me perguntando, enquanto ele servia o vinho e brincava com minha mãe sobre jogar golfe para conseguir aquela promoção, se é mesmo verdade que uma vez traidor, sempre traidor.

Enquanto minha mãe ria de algo que Caleb dissera, percebi que ela não estava usando aliança.

— Cadê sua aliança, mãe?
— Ah — responde ela. — Perdi.
— *Perdeu?*
— Shhh. Vai aparecer em algum lugar.
— Mas, mãe... é a sua *aliança*.

Olhei para o papai, porque sabia que ele ficaria arrasado.

— Eu sei. Shhh. Tenho certeza de que está em algum lugar lá em casa. Inesperadamente, senti meus olhos se encherem de lágrimas.

— Mãe, você não pode perder sua aliança de casamento! Depois de todos esses anos...

— Já falei, Lucy. Está em algum lugar lá em casa. — Então ela se voltou para Caleb. — Na verdade não, nunca estive em Newcastle. Como é?

Debaixo da mesa, Caleb descansou a mão na minha perna, num ponto alto o suficiente para tornar quase impossível eu me concentrar na entrada de queijo de cabra.

Meus pais adoram Caleb. Na primeira vez que se conheceram, ele passou duas horas inteiras conversando com os dois sobre seus trabalhos e política — os dois assuntos favoritos deles no mundo (e eu nem tinha comentado nada). Já estava quase na hora de irmos para casa quando os dois finalmente tiraram os olhos de Caleb e pareceram notar que eu também estava presente.

No mês passado, Caleb e eu fomos para Devon, para que eu pudesse conhecer seu pai, sua madrasta e os dois meios-irmãos mais velhos, com esposas e filhos. Ficamos em uma pousada nos arredores de Exeter e encontramos a família dele em um restaurante italiano logo na primeira noite. A coisa toda foi muito educada e civilizada, com muitos "me passe o pão, por favor" e perguntas amigáveis sobre Shoreley, meu livro e minha família. Mas percebi o que Caleb queria dizer sobre se sentir um estranho lá: ele era tão diferente de todos os outros à mesa, com seus carros, casas de veraneio, investimentos e opiniões sobre os melhores locais para jogar golfe na Europa.

— Não que haja algo de errado com tudo isso — comentou Caleb, depois —, mas é difícil sentir que tenho algo a acrescentar às conversas sobre esqui e hipismo, sabe?

À medida que o tempo esfriava, tentamos manter o hábito de nadar algumas vezes por semana, embora agora com roupas de Neoprene para nos proteger um pouco do frio. Ainda assim, o primeiro minuto é bem difícil — aquele ato inicial e masoquista de mergulhar um corpo quente como um edredom na água glacial. Mas, depois de me adaptar e sentir minha respiração encontrar seu ritmo, posso ficar uns quinze minutos na água, e o efeito é bastante semelhante ao de tomar dois espressos fortes. Às vezes vemos focas, e, quando nadamos depois de escurecer, uma das minhas coisas favoritas é olhar para Shoreley da água, para as luzes da cidade brilhando como um navio de cruzeiro atracado à noite. Depois, atravessamos o cascalho de volta à cabana de praia, onde ficamos tremendo juntos debaixo de um cobertor e dividimos canecas de chá quente.

Agora, ao meu lado na água, Caleb toca meu braço.

— Acho que chega para mim.

Volto para a posição vertical.

— OK.

— Preciso conversar com você sobre uma coisa.

Abro um sorriso hesitante.

— Parece sério.

Ele encontra minha mão debaixo da água e a aperta.

— Vejo você na cabana?

Concordo com a cabeça.

— Tá bom. Cinco minutos.

Voltamos para o chalé para o café da manhã, porque hoje está tão frio que a atração do fogão a lenha é forte demais. Caleb corta a lenha enquanto faço chá e um prato cheio de torradas com manteiga com o pão que compramos ontem na padaria.

Depois que ele acendeu o fogo, apoio as torradas e duas canecas de chá fumegante na mesinha, e nos acomodamos juntos no sofá, observando as chamas dançarem hipnoticamente atrás do vidro.

— Então, o que houve? — pergunto, tomando um gole do meu chá.

Ele não falou muito desde que chegamos em casa, com um comportamento que parece confuso e preocupado.

— Helen me mandou mensagem ontem. Ela concordou com o divórcio.

Embora meu coração dê uma pequena cambalhota, sei que este não é o momento para dar um soco no ar ou pedir um "bate aqui". Então apenas mantenho o rosto sério e concordo com a cabeça.

— Como você está se sentindo?

Ele apoia a cabeça por um instante nas almofadas do sofá e suspira.

— É... Eu me sinto... hum, *bem* provavelmente não é a palavra certa. Positivo.

Coloco a mão na perna dele.

— Desculpe. Não sei se devo... dar os parabéns ou...

Ele olha para mim e sorri.

— Você pode fazer isso, se quiser. Não é como se eu estivesse... sabe, de luto pela morte do meu casamento, nem nada assim. Mas enfim. Isso me fez pensar. Sobre o que fazer a seguir.

Sinto um pêndulo de medo balançar dentro de mim. É agora, a conversa que tenho temido desde que ele tocou no assunto pela primeira vez, sete meses atrás.

— Estou adorando estar de volta a Shoreley, o trabalho está indo bem, e você... — O sorriso dele vai direto para os meus pés. — Você é incrível.

— Mas? — digo, me forçando a sorrir de volta, mesmo que meu corpo esteja me mandando fazer o oposto.

Ele encontra meu olhar. Suas bochechas estão meio vermelhas pelo calor do fogo.

— Estava conversando com um cara sobre trabalho, essa semana. Ele acabou de voltar de uma viagem ao redor do mundo. E isso me fez pensar. Estava pensando... se você gostaria de ir para algum lugar.

Engulo em seco.

— Onde você estava pensando?

Ele hesita, dá uma mordida na torrada.

— Ainda não pensei bem em todos os detalhes. Acho que só queria saber se, na teoria, você gostaria de viajar um pouco.

— Uma viagem ao redor do mundo?

— Não necessariamente.

Sinto a testa franzir.

— Então... tipo tirar umas férias?

Ele balança a cabeça.

— Eu estava pensando mais em... seis meses ou mais.

Um silêncio se instala entre nós.

— Certo — diz Caleb, depois de um tempo, dando uma risadinha. — Não estou sentindo um entusiasmo *avassalador* aqui...

Resisto à vontade de fechar os olhos e respirar fundo por alguns momentos.

— Eu não sei.

Outra pausa, os segundos passando ameaçadoramente.

— Bem — continua ele —, que tal se recomeçarmos de onde sua viagem parou, tantos anos atrás? Poderíamos ir aos lugares que você nunca visitou.

O restante da Austrália. Nova Zelândia. América do Norte.

Caleb não sabe o verdadeiro motivo pelo qual encerrei minha viagem antes do tempo, só disse que fiquei sem dinheiro. O que, tecnicamente, é verdade. Toda vez que ele pediu para ver as fotos da viagem, inventei alguma desculpa, tagarelando algo sobre os cartões de memória estarem no sótão de Tash.

Hesito, tentando decidir o que dizer. Há razões plausíveis para eu não ir: não quero abandonar meu livro — ser escritora é o que faz sentido para mim neste momento. Chegar em casa todos os dias exausta física e mentalmente, mas também meio animada. Às vezes parece uma experiência quase espiritual, como se... eu tivesse me encontrado. Algumas pessoas, como Caleb, podem querer viajar meio mundo para isso, mas eu consegui aqui mesmo, na minha cidade natal. E se eu for selecionada para a competição do primeiro capítulo (na qual acabei me inscrevendo de última hora, após a pressão implacável de Ryan e Emma)?

Mas, sendo sincera, sei que posso escrever de qualquer lugar. Não deveria ser essa a beleza do trabalho? E, mesmo que não pudesse, tirar seis meses de folga não seria o fim do mundo, seria? Se eu quisesse mesmo ir viajar com Caleb, nada disso seria motivo, e ele é inteligente o suficiente para saber disso.

— Eu acho — começo a dizer, hesitante — que, se você quiser viajar, com certeza deveria ir.

— Certo — responde Caleb, procurando algo mais nos meus olhos. — Mas estou perguntando se *você* quer fazer isso.

Incapaz de articular tudo o que se passa em minha mente, balanço a cabeça.

— Acho que não.

Ele concorda com a cabeça, balançando-a devagar, como se estivesse tentando entender e não conseguisse. Não é de se surpreender, considerando que até agora não apresentei uma única razão para recusar.

— Não estou dizendo que quero terminar — digo, porque estou desesperada para deixar isso bem claro. — Poderíamos dar um jeito, manter um relacionamento à distância, por seis meses. Depende de como você se sentiria sobre isso.

Ele ri de leve, esfrega o queixo.

— Hum, acho que me sentiria muito mal. Você não?

Tento imaginar: Caleb me ligando tarde da noite de algum bar do outro lado do mundo, mandando mensagens do pico de uma montanha, enviando e-mails de um albergue no meio do nada. E tudo parece errado. A ideia de ficar longe dele por seis meses parece um tijolo na minha barriga. Mas conhecer o mundo tem sido o sonho da vida dele, e certamente não serei eu a impedi-lo. Sei demais sobre ambições não realizadas para fazer algo assim.

— Claro — digo, baixinho, tomando meu chá. — Mas eu esperaria por você. Nós faríamos isso dar certo.

E eu sei que é verdade, porque a alternativa... Bem, no que me diz respeito, a alternativa não existe. Caleb é a minha pessoa. Não há mais ninguém neste mundo com quem eu deveria estar.

Ele se levanta e dá uma volta rápida pela sala antes de voltar ao sofá.

— Olha, esquece. Foi só uma ideia.

Eu me sento um pouco mais reta.

— Não, é o seu *sonho*...

— É um deles, mas aí eu conheci você, que é mais importante para mim do que ceder ao desejo de viajar. — Ele pega minhas mãos. — O que temos é especial demais para arriscar.

Balanço a cabeça.

— Caleb, esse é um dos motivos pelos quais você e Helen se separaram: tinham ideias diferentes sobre o que queriam da vida. Você não pode sacrificar seus sonhos por mim. Passar seis meses longe seria difícil, mas não deveria ser motivo para você não ir.

Ele balança a cabeça, como se estivesse pensando a respeito.

— Acho que só estou me perguntando por que você descartou a ideia tão depressa. Assim, não é como se você nunca tivesse viajado. Não vai nem pensar...

— Acredite, *nada* poderia me convencer a entrar em um avião agora.

Deve haver algo na maneira como digo isso — a aspereza na minha voz, a frieza no meu tom — que o faz parar. Sinto seus olhos em mim, percebendo a rigidez dos meus ombros, meu olhar inconstante.

— Por favor, Luce, fale comigo.

Olho para ele e solto um suspiro lento. Por que estou me esforçando tanto para esconder uma parte de mim, meu passado, do homem que amo? E, talvez porque o fogo está aceso, o chá me acalmou e me sinto totalmente amada e segura, eu me sinto capaz de respirar e, enfim, começar a falar.

Quando termino de contar, Caleb fica um tempo sem falar nada. Nós dois só ficamos sentados, ouvindo o fogo crepitar na lareira, até que não aguento mais.

— Fale alguma coisa.

Ele passa a mão pelo cabelo.

— Eu... estou tentando encontrar as palavras.

— Não precisa ser nada profundo ou significativo. Sério. Quer dizer, eu já lidei com isso.

Ele tamborila os dedos depressa no braço do sofá, como se o que quisesse mesmo fosse despedaçar Nate com as próprias mãos.

— Eu... sinto muito, Luce. É por isso que... você não bebe?

Concordo com a cabeça.

— Sim.

Ele olha para mim com a expressão abalada.

— Por que não me contou?

— Porque... eu odeio falar sobre isso. E não quero que o que aconteceu domine a minha vida. Eu lidei com isso e...

De forma quase distraída, ele move uma das mãos e a apoia de leve no meu joelho, um gesto que parece reconfortante e protetor.

— Ele ainda está roubando de você, você sabe.

Recuo um pouco, um tremor quente de defesa surgindo na garganta.

— Não está, não.

— Bem, você não quer nunca mais pisar em um avião... O que é isso senão ele roubando experiências de você? — Sua voz é gentil, mas o que Caleb está dizendo me atinge bem no estômago.

Coloco a caneca agora vazia na mesinha de centro.

— Estou resolvendo a questão do meu jeito.

— Eu entendo, e nunca teria a pretensão de dizer como você deve lidar com isso. Mas, para ser sincero, fico furioso de pensar que aquele filho da puta deixou você presa aqui pelo resto da vida.

— Muitas pessoas não viajam. É ridículo imaginar que é impossível ter uma vida plena sem viajar.

— Você sabe que não é isso que estou dizendo. Eu não me importaria se ficássemos em Shoreley para sempre, mas odiaria ver você tomar essa decisão por medo. Você... teme que isso possa acontecer de novo?

— Não, claro que não...

— Porque você sabe que eu *nunca* deixaria nada assim acontecer.

— Caleb, não é que eu precise que você me proteja. É mais... subconsciente do que isso. Fico nervosa só de pensar, a experiência não valeria o estresse...

Caleb de repente pega minha mão.

— Eu sei que agora não parece, mas vai ter alguma forma de tirar algo positivo disso.

— Algo positivo? Como o quê?

— Bem, pelo menos não deixar aquele idiota vencer.

PARTIR

— Então, diga: este é o aniversário mais estranho que você já teve? — pergunto a Max, com um sorriso.

— Meu Deus, não. Quando eu era criança, Brooke me deixou com uma família aleatória na estrada e passei o dia assistindo a mil episódios de *Bottom*.

Olho para ele, lamentando minha irreverência.

— Ah. Que horrível.

Ele ri.

— Ah, está tudo bem. Deixaram que eu comesse meu peso em batatas fritas. — Ele olha ao redor do salão de baile. — E as coisas parecem melhores agora, certo?

Seria difícil argumentar contra isso. Max e eu estamos no bar do salão de um hotel chique no Hyde Park, participando do Prêmio de Estrelas em Ascensão em Londres — 40 Abaixo de 40. O prêmio, organizado por um jornal nacional, nomeia quarenta pessoas com menos de 40 anos, indicadas por seus pares, que vivem e trabalham em Londres e que se destacam em seu campo específico. Para nossa vergonha (alguns jornalistas de negócios enlouqueceram com essa história, o que me faz pensar que precisam sair mais de casa), tanto Max quanto eu estamos na lista.

O prêmio de Max reconhece sua reputação crescente como um dos advogados imobiliários mais ferozes de Londres por causa de seu trabalho recente em uma série de casos de alta visibilidade. Bem, eu digo alta visibilidade, mas, a menos que você assine o *The Lawyer* e tenha um interesse bastante nichado em litígios imobiliários, é improvável que esteja por dentro do que se passou. O meu foi pela contribuição para a campanha *Um mundo ideal*, que usa contos de fadas para falar sobre as mudanças climáticas, na qual trabalhei com Seb. (Ele também está por aqui, acompanhado da namorada.) Até agora não recebi a recompensa de uma promoção na Supernova, mas, por outro lado, estou trabalhando lá há apenas seis meses. Parece um pouco cedo para exigir um aumento. Embora Zara esteja satisfeita com a publicidade positiva e os clientes novos que vieram para a agência devido ao nosso trabalho, tenho quase certeza de que ela diria que preciso fazer muito mais do que uma campanha decente antes de ser considerada para uma promoção.

— Então — começa Max, me puxando para perto —, acho que deveríamos parar um momento para apreciar o fato de que, apenas seis meses depois de começar na Supernova, você já está ganhando prêmios pelo trabalho como redatora.

— Para — retruco, fingindo timidez.

— Não, estou falando sério — sussurra ele. — Você está arrasando, Luce. Estou tão orgulhoso.

— Bem, é melhor do que ser uma escritora faminta, acho.

Ele sorri.

— Sim, acho que sim.

Penso no meu caderno há muito abandonado, em como teria sido difícil fazer com que aquela ideia valesse a pena. E sorrio de volta para Max.
— É, estou muito feliz com a forma como tudo aconteceu.
No meio do bar lotado, eu o puxo para o milionésimo beijo de feliz aniversário do dia, fazendo com que alguém próximo murmure, com um sotaque de classe alta:
— Ah, arrumem um *quarto*.
Max dá risada.
— *Essa* é uma excelente ideia.
— Não fui eu — digo, pelo canto da boca.
— Não, na verdade *vou* arrumar um quarto para nós — diz Max, os olhos cinzentos brilhando de malícia. — Volto em um segundo.
Seguro a mão dele.
— Espera, o quê? Os quartos aqui devem custar...
— Sinto muito — retruca ele, com naturalidade, me interrompendo —, mas esse vestido é incrível demais para uma viagem de táxi de vinte minutos até em casa.

No fim das contas, o vestido só fica no lugar durante a viagem de elevador até o quarto porque não paro de bater na mão de Max, rindo.
— Não! Alguém pode entrar.
Ele encosta a cabeça na parede do elevador e geme.
— Por. Que. Essa. Joça. Está. Parando. Em. Cada. Andar?
— Viu? Um táxi teria sido mais rápido.
Max solta um suspiro dramático, mas a maneira como olha para mim no espelho causa um frio na minha barriga. Ele está de black-tie, e, embora eu sempre tenha admirado sua aparência de terno, devo dizer que o nível extra de elegância está me deixando bem animada.
O hotel está todo adornado para o Natal — cheio de enfeites, guirlandas e laços enormes de papel brilhante —, embora ainda seja novembro. Havia uma árvore de Natal do tamanho de um monumento nacional no salão, e estavam tocando canções natalinas no elevador.
— Imagine se ficássemos presos aqui — comenta Max —, e a última música que ouvíssemos na vida fosse esse *cover* em gaita de pã de "Frosty the Snowman".

— Ah, não!

— Posso imaginar a manchete: *Casal mais presunçoso da Grã-Bretanha morre em tragédia festiva.*

Sei que ele está brincando, mas me pergunto se pode estar certo — se corremos o risco de nos tornarmos um pouco presunçosos. Vestidos com nossas melhores roupas, segurando prêmios, gastando centenas de libras em um quarto de hotel para passar a noite, só porque podemos. *Essa é a vida que eu deveria estar levando?*, penso comigo mesma, enquanto nos observo no espelho do elevador. O pensamento chega espontaneamente, do nada. De repente, parecemos estranhos, um casal que não reconheço.

O elevador faz um *ping* ao chegar no nosso andar.

— Finalmente — murmura Max, procurando minha mão, segurando o cartão-chave entre os dentes.

Afasto a sensação de desconforto, permitindo que o calor da antecipação se espalhe pelo meu estômago.

De onde é que veio isso?, penso, enquanto avançamos pelo corredor.

Nosso quarto é de um nível de requinte que ainda deixa os universitários dentro de nós sem fôlego. Vista do chão ao teto do Hyde Park, decoração art déco toda em tons de rosa e verde-menta, com móveis com detalhes em *rose gold* e um banheiro revestido de mármore. O carpete é tão macio e grosso que quase engole meus pés.

Observo uma caixa de chocolates e um vaso de rosas pálidas em uma mesa perto da janela.

— Max. Você...

— Incluíram isso quando eu disse que era seu aniversário — comenta ele, envolvendo minha cintura por trás e beijando meu ombro.

Dou risada.

— Mas é *seu* aniversário.

— Ah. Erro meu — sussurra ele, e no segundo seguinte meu vestido é uma poça preta brilhante no chão, junto com seu smoking e a gravata-borboleta, e estamos caindo na cama juntos pela segunda vez no dia.

— Teve notícias da Brooke?

Pelo serviço de quarto, pedimos drinques sem álcool agradavelmente criativos e muito saborosos. Fico aliviada com a breve distração que as bebidas proporcionaram, porque algo neste quarto — a opulência, talvez, ou o cheiro de limpeza — me lembra outro quarto, há muito tempo, em Sydney.

— Não — diz Max.

Embora o hotel seja bem aquecido, nós dois estamos usando os roupões atoalhados de cortesia. No começo, vestimos de brincadeira, porque eu disse que achava que desfilar com roupões brancos combinando era um pouco Swiss Toni demais. Agora tenho que admitir que Max fica lindo com o dele, embora eu não devesse me surpreender: ele fica lindo com praticamente qualquer coisa.

— Nós não nos falamos muito — completa ele.

Eu me acomodo na namoradeira ao lado da janela, dobrando as pernas embaixo do corpo. O quarto está escuro, a única luz vinda de uma luminária no canto.

— Eu sei, mas... nem no seu aniversário?

Da cama, Max balança a cabeça.

— Ela realmente não se importa com essas coisas. Duvido que sequer se lembre do dia. Mas... talvez seja melhor assim. Mando flores no aniversário dela todos os anos, algum buquê estúpido e caro que ela provavelmente joga direto no lixo para não ter que colocar as flores em um vaso. Mas é superficial, é só um gesto. Acho que ela nem notaria se eu nunca mais mandasse.

Passo um instante pensando em como é louco que Max tenha tido uma infância tão disfuncional e ainda assim... Aqui estamos, esta noite, aparentemente com tudo o que poderíamos desejar.

Bebo um gole da bebida, que vibra na minha língua, o açúcar e o brilho girando no estômago.

— Já houve...? — Começo, mas logo paro, sem saber como continuar. Ele espera. Sinto o calor de seu olhar enquanto ele me observa. — Houve algum momento, quando você era mais novo, em que se sentiu tentado a seguir outro caminho? Você sabe, esquecer tudo ou tentar se sentir melhor de alguma outra forma...

— Tentado a sair dos trilhos? — Max resume minha linha de pensamento sinuosa, como o advogado eficaz que é.

Já o ouvi fazer isso ao telefone às vezes, cortando os clientes com delicadeza quando começaram a divagar, o que é gentil da parte dele, considerando o quanto cobra por hora.

Concordo com a cabeça.

— Sim.

Do outro lado da janela, ouvimos o som abafado da sirene de uma ambulância.

Max também assente.

— Acho que sim. Teve um ano em que comecei a andar com uma galera errada. — Ele dá uma risadinha. — Na verdade, penso nisso com bastante frequência. Brooke não estava por perto, não tínhamos dinheiro, e na época comecei a pensar que talvez... era assim que minha vida deveria ser, sabe? Só meio... merda. E, quando voltei para a escola depois da Páscoa, comecei a agir de um jeito meio respondão, acho, então meu professor de educação física, o sr. Janson... um dia me chamou de canto e me convidou para a equipe de atletismo.

— Ah — digo, surpresa.

Esperava que ele fosse dizer que recebeu uma bela bronca, foi ameaçado de expulsão ou algo assim.

Max sai da cama e atravessa o quarto até a mesa embaixo do espelho onde está o alto-falante Bluetooth, emparelhando-o com seu celular. A música enche a sala e, com ela, meu coração: é um álbum antigo de Tom Baxter, que ouvíamos o tempo todo na faculdade.

— Agora vejo que foi uma jogada de mestre — continua ele, voltando para a cama e sentando-se com as costas apoiadas na cabeceira. — Porque eu era muito bom na corrida e tinha... umas garotas que eu queria impressionar, e outros garotos que eu queria vencer, e... Juro que ele percebeu o que estava acontecendo comigo e deu um jeito de intervir. Comecei a treinar depois da escola, em vez de pichar prédios, fumar e beber. No fim, o sr. Janson meio que me salvou.

— O bom e velho sr. Janson. O que será que anda fazendo?

— Ainda dando aulas — responde Max, com um sorriso. — Mandei um e-mail para ele no ano passado, para agradecer. Vou levá-lo para tomar uma cerveja na próxima vez que estiver em Cambridge.

— Você sabe o que aconteceu com o pessoal com quem você andava?

Um aceno solene.

— Um morreu, na verdade. E o outro cara está preso.

Sinto uma pontada de raiva por Brooke, por negligenciar tanto Max. *Que golpe de sorte*, penso, ter sido salvo pela dedicação de um único professor naquele verão.

— Você tem muita sorte — comenta Max, colocando a mão atrás da cabeça. — Por ter pais como os seus.

Concordo com a cabeça — é verdade, é claro que é verdade, mas sinto um toque de arrependimento. Porque, em uma vida paralela, minha mãe deveria assumir o papel de Brooke: ser uma mãe para Max, cobri-lo de amor, tratá-lo como o filho que nunca teve. Mas isso não vai acontecer, pelo menos não da maneira que poderia ter acontecido, desde que descobrimos a história de Tash.

A última vez que meus pais viram Max foi uma década atrás. Os dois foram me visitar na universidade em Norwich, pouco depois do meu último período letivo. Quando Max e eu voltamos, em abril, parecia cedo demais para reapresentá-los, e logo depois veio a revelação sobre Tash. Estive pensando na ideia de convidá-lo para visitar Shoreley comigo neste Natal, mas esse tipo de ousadia exige preparação de nível militar, e ainda não tive cabeça para pensar no assunto.

Fico triste em saber que o que aconteceu vai ficar para sempre como uma mancha resultado de descuido e que nunca será totalmente limpa. À primeira vista, minha família aceitou meu relacionamento com Max, mas temo que, com o tempo, uma distância natural se abra entre nós se eu continuar meu felizes para sempre com ele, com o homem que fez algo que nenhum de nós suporta mencionar.

Meu celular vibra. Olho para a tela: é Jools. Está reclamando de Vince de novo, que, depois de terminarem no mês passado, foi atingido pela revelação — que antes lhe escapara — de que Jools é o amor de sua vida, que quer que o relacionamento seja exclusivo (que idiota), e quer *morar junto*.

Tipo, diz a mensagem de Jools, **não dá pra acreditar na OUSADIA dele.**

— O que você vai fazer? — pergunta Max.

— Hã?

Tiro os olhos do telefone e me sinto mal, então o coloco na mesinha dourada ao meu lado. Afinal, é aniversário dele.

— Se Jools for morar com... Qual é mesmo o nome dele?
— Vince. Vicent.
— Isso. Quero dizer... você ficaria na casa?
— Ah, ela não vai aceitar. Ele só está chorando porque levou um fora. O cara praticamente confessou ter saído com outras até o momento em que ela terminou.

Max sorri e, por um momento, não consigo interpretar sua expressão.
— Mas pensa aqui comigo.

Um momento de silêncio.
— Sobre o quê?
— Bem, *digamos* que Jools se mudasse... você consideraria vir morar comigo, por exemplo?

Fico olhando para ele. Max está dizendo o que acho que está? Admito que passou pela minha cabeça a fantasia de morarmos juntos — estender a mão para tocá-lo todos os dias quando acordo, tomar uma ducha juntos antes do trabalho, ouvir sua chave girar na fechadura depois de um longo dia. Fazer aquelas coisas de casal que parecem tão estupidamente excitantes na primeira vez: preparar o jantar juntos (macarrão chique, sempre macarrão chique), abrir espaço no guarda-roupa para as minhas coisas, brincar de brigar pelo controle remoto, comprar bugigangas que ambos amamos para a casa que montaremos juntos.

Todas as coisas que planejávamos fazer uma década atrás, antes de tudo dar errado.

— Tenho tentado segurar essa pergunta — continua Max, sorrindo para o copo como se estivesse discursando em um casamento. — Mas... eu adoraria, Luce, se você viesse morar comigo.

— Meu Deus! — Eu arfo, tentando me manter no limite entre a animação e o autocontrole. — Eu teria que ver o que Jools acha. Teriam que encontrar outra pessoa para o quarto, e...

— Isso é um talvez? — questiona Max, seus olhos cinzentos brilhando.
— Sim — respondo, abrindo um sorriso. — Definitivamente é um talvez.

Ele se levanta, atravessa o espaço entre nós e inclina seu copo em direção ao meu. Neste momento, poderíamos estar de volta a Norwich, no bar da atlética, brindando com copos de plástico, loucamente apaixonados e planejando o futuro, com toda a nossa vida pela frente. Fecho os olhos e fantasio — só por um segundo — que estou de volta àquele momento, antes de tudo dar errado, quando o mundo parecia ter apenas possibilidades, uma abundância de coisas boas.

— Bem — continua Max —, isso é motivo para comemorar, não acha?

Voltando ao presente, dou risada.

— Quanto mais duas pessoas podem comemorar?

Ele tira o copo da minha mão com toda a delicadeza antes de se inclinar, colando os lábios nos meus e puxando o cinto do meu roupão.

— Ah, você ficaria surpresa.

Algumas horas depois, acordo com um susto, minha pele escorregadia de suor. Pisco na escuridão, tentando lembrar onde estou. Por um momento, penso que estou de volta a Sydney, num quarto de hotel estranho, e que Nate está ao meu lado da cama, debruçado sobre mim.

Tento gritar, pedir socorro, mas minha respiração forma um nó na garganta.

Procuro uma luz, quase caindo da cama, então vou até a janela e abro as cortinas. Parte de mim espera que o quarto seja inundado pela luz do dia, que a vista sinistra da Ópera de Sydney vá surgir à minha frente.

Mas lá fora está tudo escuro, exceto pelo brilho âmbar difuso do Hyde Park Corner à noite, iluminado por uma mistura colorida de pisca-piscas de Natal. Solto um palavrão e fecho os olhos, tentando acalmar o coração pulando no peito.

Sinto alguém tocar meu ombro e me viro. Mas é só Max, claro. Respiro fundo de novo.

— Desculpe. Eu só... pensei ter visto...

Ele me puxa para um abraço, e ficamos em silêncio por alguns momentos. Tento não me fixar no quanto o quarto está silencioso, no quanto quero ligar a TV ou botar alguma música para tocar. De repente, também estou sentindo um calor quase insuportável. Mas essas janelas não abrem. Não tenho como escapar.

— Eu não pensei nisso — sussurra Max depois de um tempo, baixinho.

— Como assim?

— Em ficar em algum lugar assim. Que isso poderia... trazer lembranças ruins.

Balanço a cabeça, a mente fervendo de frustração.

— Ah, não. Imagina, está tudo bem. Eu preciso ser capaz de dormir em uma droga de um quarto de hotel, não?

Há uma longa pausa enquanto ficamos juntos em frente à janela. Deveria ser a vista mais romântica do mundo, mas aqui estou, me perguntando se algum dia me sentirei segura de novo em um lugar como este.

— Sabe, minha empresa... — Max começa, mas logo para.

— A HWW?

Sinto sua barba por fazer quando ele assente, o queixo apoiado na curva do meu pescoço.

— Tenho plano de saúde particular, e os parceiros estão cobertos. Parceiros como namoradas, namorados...

— Hum — eu digo, sem saber onde isso vai dar.

— Fiquei pensando que... você poderia usar meu plano para se consultar com uma psicóloga, se quiser. Acho que cobriria algumas sessões. Se você achar que pode ajudar.

Eu me afasto dele e me sento na beira da cama. Qualquer clima romântico evaporou completamente.

— Meu Deus, Max. Você acha mesmo que eu...

— Acho — responde ele, baixinho, ainda perto da janela. — Acho, sim. Acho que o que aconteceu com você foi muito sério. E não acho que você tenha... superado totalmente.

— Não *sei* o que aconteceu comigo — lembro a ele.

— Bom, exatamente. Caramba, Luce, isso por si só não é suficiente para mexer com a cabeça de alguém?

A pergunta paira entre nós por volta de um minuto, enquanto tento pensar em uma maneira de salvar a noite. Não quero passar nosso tempo aqui discutindo meu estado mental, ou Nate, ou se devo usar o plano de saúde da HWW para assistência psiquiátrica.

— Foi só um pesadelo — digo, depois de um tempo.

— Sim, um que você ainda tem dez anos depois — argumenta ele, com toda a delicadeza. — Só... prometa que vai pensar no assunto.

Olho para ele, para esse homem incrível que amei durante quase metade da minha vida, que quer que a gente viva juntos, que se importa tão profundamente comigo.

— Tá bom — respondo. — Tudo bem. Vou pensar no assunto.

FICAR

Caleb e eu estamos jantando no patiozinho ajardinado do bistrô francês de Shoreley — um pouco otimistas, admito, considerando o clima das noites de maio — quando ele se inclina para a frente e coloca seu copo junto ao meu. Este é um espaço romântico, o chão de tijolos antigos tão irregular que deixa todas as mesas instáveis, com pisca-piscas ao longo da parede dos fundos. O ar é perfumado por pequenos vasos de ervilhas-de-cheiro, a brisa rica com o ressonar do mar agitado.

— Então... rolou.

Prendo a respiração. Sei a que ele está se referindo, porque esperávamos que saísse hoje a certidão final, o documento confirmando que ele e Helen não são mais casados, mas preciso ouvi-lo dizer isso com todas as letras.

— Estamos oficialmente divorciados. Acabou.

Solto o ar, sem saber se abro um sorriso ou fico séria. É uma coisa estranha ver a pessoa que você ama se separar de outro alguém — que por acaso é a pessoa que *ela* mais amou no mundo no passado. O processo tem sido bastante tranquilo, com exceção de algumas pequenas discussões sobre um carro e algumas economias, mas ainda sinto o alívio se espalhar por mim como uma onda quebrando.

— Foi por isso que você sugeriu esse jantar? — pergunto, arriscando um sorriso.

Caleb me ligou hoje de tarde e perguntou se eu gostaria de jantar fora, e, pela voz dele, senti que tinha algo para me dizer.

— Mais ou menos — responde ele, sem me olhar nos olhos.

De repente, Caleb parece tão desconfortável que meu alívio desaparece e é substituído por aquela sensação de frio na espinha que você sente quando alguém decide explorar um porão escuro em um filme.

Mas então ele parece afastar o pensamento.

— Enfim, me conte as novidades — conclui, mudando de assunto de repente.

Tento controlar minha ansiedade.

— Não é nenhuma novidade — digo, resignada, com um sorriso sombrio.

Depois de não conseguir ser indicada na competição do primeiro capítulo, na qual Ryan e Emma tanto insistiram que eu deveria me inscrever, ano passado, faz pouco tempo que enfim reuni coragem para participar de outra competição, que vi em uma revista literária.

O e-mail chegou hoje, e mais uma vez o mesmo resultado. Nem mesmo indicada.

— Talvez isso seja um sinal — digo, melancólica. — Sabe, um toque do universo me dizendo para não colocar toda a minha energia na escrita.

— Ah, por favor.

— Estou falando sério.

Caleb hesita um pouco, franzindo a testa para sua taça de vinho.

— Então, o que você está dizendo é que as pessoas deveriam tentar só uma vez antes de terem sucesso? — Ele olha para cima e me encara. — Acho que até você sabe que isso é besteira, Lucy.

E há algo tão prático e pragmático nas suas palavras que acabo dando risada.

— Tudo bem. Talvez isso tenha soado um pouco autoindulgente.

Ele se inclina para mim, sustentando meu olhar. Seus olhos são doces e escuros como melaço.

— Olha, a meu ver, se você quer ser escritora, só tem uma opção no momento.

— Que é...?

— Levantar, sacudir a poeira e dar a volta por cima.

Faz pouco tempo que terminei o primeiro rascunho do livro. Escrever os últimos capítulos foi muito difícil — Ryan e Emma tiveram que praticamente arrancá-los de mim —, mas agora, finalmente, as palavras estão todas no papel. Ainda há muito a editar, mas pelo menos tenho uma história completa com que trabalhar.

E Caleb está certo. Claro que está. Não cheguei aqui só para desistir de tudo.

— Então — digo, ansiosa para parar de cutucar a ferida da minha rejeição —, tinha algum outro motivo para você querer jantar hoje?

Aquele olhar de novo. Desconforto e incômodo. Algo em sua mente. Aperto mais meu cardigã em torno do peito e espero.

Tem a ver com Helen? Nós? Sua felicidade, ou a falta dela?

Ele demora alguns segundos para responder, girando o que sobrou do vinho no fundo da taça.

— Tudo bem. Então, depois que recebi o e-mail sobre o divórcio, fiz uma consulta com o dentista, e na sala de espera... tinha uma revista.

— Ok... — digo devagar, ainda sem conseguir imaginar onde isso vai dar.

— Era uma daquelas tipo *National Geographic*, e no final tinha uma propaganda.

Ele me passa seu telefone, aberto em uma foto.

A propaganda é de uma ONG de patrimônio cultural em busca de um fotógrafo residente para documentar pontos de interesse no Sudeste Asiático, em troca de um salário modesto e todas as despesas pagas. O prazo de inscrição termina daqui um mês, e a residência duraria seis meses.

— Ah. — Não consigo pensar em dizer mais nada.

Muitas vezes não tenho vontade de beber, mas uma dose caprichada de alguma coisa alcoólica seria muito útil agora.

Caleb espera. Sei que ele não vai tentar me convencer, e fico feliz por isso. Ele não deveria ter que vender a ideia para mim. Instintivamente, entendo que é algo que ele precisa fazer.

Então, embora eu já me sinta uma egoísta chorona, estendo a mão por cima da mesa para pegar a dele.

— Você *tem* que ir.

Suas feições parecem se suavizar, a expressão de Caleb agora coberta de culpa e incerteza.

— Lucy, eu...

— Estou falando sério. Você tem que fazer isso.

Ele fica quieto por um momento, segurando minha mão com força.

— É só que... parece muito estranho sugerir isso quando você é literalmente a melhor coisa que já aconteceu comigo.

Sinto minha testa franzir de leve, sucumbindo ao peso das emoções.

— Olha, eu sei que dizem que o amor é uma questão de compromisso, mas não acho que isso deva significar desistir dos seus sonhos.

Caleb baixa a cabeça para a frente, soltando um longo suspiro, e percebo que ele estava com medo de me contar.

— É só que o momento parece errado, de alguma forma.

— Não, o momento é *perfeito*. — Aperto sua mão. — Caleb, ver essa propaganda no mesmo dia da finalização do seu divórcio... Não pode ter sido coincidência. É o seu destino. Você *tem* que fazer isso.

Ele levanta a cabeça e bebe um pouco de vinho. Quando nossos olhares se encontram de novo, tento não pensar em como vou sentir saudades.

— De qualquer forma, ainda é tudo uma ideia — argumenta ele. — Tenho que me inscrever, e a concorrência vai ser grande, e...

— Você vai conseguir — digo, já absolutamente confiante de que isso é verdade.

Seu sorriso é tímido.

— Bem, deveríamos conversar. Sobre o que isso significaria, e você sabe... se você talvez gostaria de se juntar a mim, em algum momento?

Ele formula essa última parte como uma pergunta. Conversamos muito sobre Nate nos últimos seis meses, desde que contei o que aconteceu na Austrália. No início, foi estranho falar sobre algo que escondi por tanto tempo, mas ao mesmo tempo é inesperadamente catártico. Caleb nunca evita o assunto, foge ou recua porque é difícil falar. Ele mergulha profundamente, sempre me dando forças para compartilhar meus sentimentos e até — depois de muitas semanas de conversa — me perguntando se algum dia eu poderia pensar em fazer uma viagem ao exterior com ele. Na verdade, comecei a me sentir estranhamente reconfortada ao discutir a questão nos últimos tempos, em compartilhar meu pânico e minha tristeza com alguém cujo único objetivo é me ajudar a superar esse trauma.

Mesmo assim, minha cabeça responde à pergunta com um firme *não*. Por outro lado... no meu coração tenho a desconhecida sensação de tentação.

— Desculpe — diz ele, quando não respondo de pronto. — Estou me adiantando.

— Quando você partiria?

— Início de dezembro. Então, mesmo que eu conseguisse, teríamos seis meses antes...

— Isso me deixaria... *muito* feliz. Ver você viajar e fazer tudo isso. — Apesar da minha tristeza prematura, sinto todo o meu corpo sorrir ao pensar no assunto. — Eu ficaria muito feliz por você, de verdade.

— Mas eu sentiria muito a sua falta — sussurra ele.

Seus olhos brilham, refletindo a luz das velas.

Abro um sorriso, me forçando a ser corajosa.

— Sim, mas imagine só nosso reencontro.

Ele ri e passa a mão pelo cabelo.

— Meu Deus, sim. Imagine só.

— Então, você realmente consideraria ir? — Jools sussurra para mim, na manhã seguinte.

Em cima da hora, ela e Nigel resolveram fazer uma rara viagem de fim de semana para Shoreley, e nós duas estamos caminhando pelo calçadão, alguns passos atrás de Caleb e Nigel. É pouco antes do meio-dia e, depois de acordarmos tarde, vamos almoçar no restaurante de frutos do mar.

— Não — respondo. — Seria um pouco demais para mim. Além disso, sinto que é algo que ele precisa fazer sozinho. É uma coisa de trabalho, sabe?

— Mas...? — Jools adivinha com um sorriso.

— Mas, talvez... Talvez eu tope dar um pulo em algum lugar da Europa algum dia. Um fim de semana prolongado. Coisa do tipo.

Ela entrelaça o braço ao meu.

— Estou tão feliz por você ter contado para ele, Luce. O que aconteceu na Austrália.

Concordo com a cabeça enquanto, lá em cima, gaivotas voam em órbitas constantes, procurando batatinhas de turistas desavisados para roubar. A maré está alta. Os turistas encheram o calçadão e a fatia ainda exposta de cascalho cor de biscoito, caminhando em grupos e tomando enormes casquinhas de sorvete artesanal.

— Ele age de forma tão... calma e lógica sobre tudo isso, sabe? — conto. — Tipo, ele entende toda a minha dor e o meu sofrimento, mas também quer muito me ajudar a seguir em frente.

Olho para as costas de Caleb enquanto andamos. Ele está rindo de alguma coisa que Nigel disse, gesticulando como se estivesse imitando algo ou alguém.

— Nigel é igualzinho — comenta Jools. — Ele está assumindo a missão de me ajudar a reconstruir laços com os, digamos, membros mais disfuncionais da minha família.

— Imagine se no ano passado eu tivesse ido morar com você, Jools. Tipo, sem ofensa, mas você nunca teria conhecido Nigel, e eu provavelmente nunca teria ligado para Caleb.

Ela sorri.

— Na verdade, acho que todos nós teríamos nos encontrado mais cedo ou mais tarde.

Sorrio de volta para ela. Adoro essa ideia.

— Acha mesmo?

— Eu tenho *certeza*. — Então ela hesita, como se estivesse agarrada ao sentimento, sem querer abandoná-lo. — Ah, não posso esperar mais.

Eu franzo a testa.

— Esperar pelo quê?

— Nigel! — Jools chama.

Ele e Caleb se viram, e ela acena freneticamente com uma das mãos para os dois se aproximarem.

— Você não pode esperar pelo quê? — insisto, tocando seu braço.

Jools me ignora.

— Podemos contar agora? — pergunta ela, quando os dois nos alcançam.

Nigel sorri, como se estivesse se divertindo com aquela agitação repentina.

— Claro, se você quiser.

— Contar o quê?

Jools se vira para mim, pegando minhas mãos. Está linda como sempre, com a pele de pêssego e o cabelo de sereia bagunçado pela brisa do mar. Ela olha para Nigel de novo.

— Desculpa, sei que combinamos que faríamos isso durante o almoço, mas... não aguento mais.

— Jools! — exclamo, rindo com frustração e expectativa.

Ela solta minhas mãos e se aproxima de Nigel, passa um braço em volta da cintura do namorado, respira fundo e olha para ele. No céu, o sol brilha de repente ao escapar de uma nuvem, como que para abençoar seu anúncio.

— Nós vamos nos casar.

Fico de boca aberta. Meus joelhos ameaçam dobrar de surpresa e alegria. Ao meu lado, sinto Caleb pegar minha mão.

— Sabemos que foi rápido — diz Nigel, olhando para sua futura esposa. Essa semana foi o aniversário de um ano de namoro deles, poucas semanas depois do nosso. — Mas...

— Quando você sabe, você sabe — completa Jools, radiante.

Abraço minha amiga e a aperto com toda a força humanamente possível, depois faço o mesmo com Nigel. Ele e Caleb trocam um daqueles abraços de homem, então damos um abraço em conjunto, o quarteto todo, nossos braços em volta uns dos outros. Sinto como se meu coração estivesse explodindo, mas da melhor maneira possível.

Jools está totalmente certa. Quando você sabe, você sabe.

PARTIR

— Pobre do seu apartamento... — falo para Max, recuando para examinar a montanha de caixas que acabamos de trazer da van: uma confusão descombinada de caixas de papelão de marcas de salgadinhos, fraldas, cereais e suco de laranja, todas vindas do mercado.

Há também algumas bolsas enormes da Ikea, além de vários sacos de lixo pretos lotados. Pareço estar a caminho de uma venda de garagem, não me mudando para o apartamento mais bonito do mundo.

— Não tem problema — diz Max, inexpressivo, esfregando o queixo. — Quer dizer, eu presumo que você vai desfazer as caixas em algum momento, não?

Dou risada.

— O que tem dentro delas não é muito melhor, acredite.

Ele se esgueira por trás de mim, deslizando os braços em volta da minha cintura.

— É por isso que você adiou a mudança por tanto tempo? Achou que eu iria reclamar das suas coisas?

Sim e não, penso, embora saiba que ele está só brincando. Estamos em maio — faz seis meses desde que Max sugeriu que eu viesse para o apartamento dele. No começo, fiquei me sentindo mal por Jools, afinal, estávamos morando juntas há apenas sete meses e eu já estava pensando em me mudar com meu novo namorado. Parecia estranhamente antifeminista, mas claro que Jools nunca fez eu me sentir assim. Então tentei refletir comigo mesma para descobrir *de verdade* por que estava hesitando e percebi que, no fundo, talvez ainda parecesse cedo demais. Max era o homem que eu mais amava no mundo, mas também era a pessoa que me traiu da pior maneira possível.

Desde que voltamos, as coisas entre nós têm estado boas — não, melhor do que boas. Passamos a maior parte das noites em restaurantes, no teatro, em shows, ou saindo com amigos. Conheci seus colegas da HWW. Ficamos próximos de Dean e da esposa, Chrissy. Olhando de fora, nosso relacionamento não poderia estar melhor.

Mesmo assim... Enquanto eu pensava em me mudar, uma pequena dúvida ainda surgia de vez em quando no fundo da mente, dizendo para eu esperar um pouco mais. Inconscientemente, pode ser que eu estivesse esperando uma onda de emoções secundárias, e queria que isso acontecesse antes de me mudar, não depois.

Mas a verdade é que essa onda nunca veio. Então, mês passado, eu disse a Max que estava pronta.

— Encha este apartamento do que quiser — sussurra Max, agora, no meu ouvido. — Não me importo nem um pouco. Para mim, a única coisa que importa é que você esteja aqui.

Eu não consigo resistir e brinco:

— Mas o que o seu designer de interiores vai dizer?

Ele ri.

— Acho que ele ficaria feliz por mim, para ser sincero. Dava para ver que ele achou aquela história de apartamento de solteirão meio triste.

Abro um sorriso.

— Você abriu espaço no guarda-roupa?

— Claro. Agora tem uma metade inteira só para você.

— Uau. Estou impressionada.

Max pega minha mão e me puxa para sentar ao seu lado no sofá. Sua expressão é suave e penetrante, os olhos cinzentos parecem procurar alguma coisa em meu rosto.

— Luce, falando sério, quero que você saiba que... esse apartamento é tão seu quanto meu. Não quero que você sinta que está... de visita.

Aperto os lábios e concordo com a cabeça. Por um momento, sou transportada de volta aos nossos anos de estudante, quando ficávamos sentados juntos em sofás decrépitos e conversávamos durante horas sobre nossos sentimentos e o futuro, a vida que tínhamos pela frente.

— Meu Deus, como eu sonhava com esse dia, quando a gente estava na universidade.

Ele também assente.

— Pois é.

— Não tanto com a nossa primeira mudança para Londres... mas principalmente com o que estamos fazendo agora. Com carreiras bem estabelecidas, bons amigos e uma ideia de que vida teremos pela frente, sabe?

Max hesita por um ou dois segundos, então levanta a mão para tirar o cabelo do meu rosto.

— Posso perguntar uma coisa?

— Claro.

— Pode ser que assuste.

Abro um sorriso.

— Por quê?

— É só um palpite.

— Vamos tentar.

— Certo. Bem, a gente sempre falava de... casar e ter filhos, e... sei que não temos feito isso nos últimos tempos, e obviamente entendo por quê. Mas acho que só estou curioso... se você ainda vê essas coisas no nosso futuro. Quer dizer, não sei o que você imagina quando pensa em nós daqui a cinco, dez anos...

Engulo em seco, numa tentativa de evitar que meu coração exploda e meus olhos se enchem de lágrimas. Mas eu sei, de verdade, que não conseguiria fingir não me importar nem se minha vida dependesse disso. Quando Max e eu voltamos, concordamos que seríamos cem por cento honestos um com o outro, sempre. Então é isso que vou fazer. Dane-se, o pior já aconteceu.

— Claro. Todos os dias. Casar e ter filhos com você... Eu ainda quero tudo isso, Max.

Ele murmura um palavrão, então apoia a cabeça nas mãos. Toco suas costas. Max está quase arfando.

— Achei que você poderia não querer — explica. — Achei que talvez eu tivesse desperdiçado minha chance de fazer isso acontecer.

— O coração quer o que o coração quer — sussurro, com um leve dar de ombros e um sorriso.

Ele me encara, a inquietação se transformando em curiosidade.

— Quantos filhos?

Deixo passar alguns segundos.

— Três. Não, quatro.

— Uma festança de casamento ou... fugir para uma praia distante?

— Ambos?

— Cidade ou subúrbio?

— Cidade. Por agora. Ou quando for a hora. Você entendeu. Nada disso está acontecendo ainda.

Ele se inclina para me beijar.

— Eu te amo tanto. — Ele pega o celular e o posiciona para tirar uma selfie. — Para a posteridade?

Dou um beijo em sua bochecha para a foto, depois colocamos Coldplay para tocar e começamos a desempacotar as caixas. E, cada vez que encontro seu olhar ou nossos cotovelos se encostam, sinto a felicidade crescer dentro de mim enquanto penso: *É isso. É com esse cara que vou envelhecer.*

Mais tarde, Jools me liga. Max saiu da sala para atender um telefonema do pobre assistente que trabalha no fim de semana para provar seu valor. Passamos as últimas horas no chão da sala folheando fotos dos tempos de universidade, rindo dos olhos vermelhos, da imagem granulada, da má composição das imagens. Cabeças cortadas, pessoas olhando para a direção errada. Naquela época, ninguém posava muito. As selfies ainda eram novidade. Ninguém se importava tanto assim com roupas. Não havia curadoria, e fomos capturados no nosso melhor estado de imperfeição e despreocupação.

— Não me leve a mal — diz Jools. — Mas *obrigada* por se mudar.

Abro um sorriso, bebendo meu chá.

— Bom, de nada, mas vou precisar de explicação.

— Aquela garota que viria morar aqui mudou de ideia.

— O quê?

Estava tudo combinado para hoje: uma amiga de Sal que trabalha na produção do ateliê de um grande estilista. Jools estava tão animada com a mudança dela, insistindo, sempre que eu a criticava, que não tinha nada a ver com a perspectiva de conseguir roupas de graça.

— Pois é, algo sobre uma mudança de última hora para Milão.

— Coisa normal.

— Sim, mas aí o Reuben ligou para aquele cara. Aquele que veio ver o quarto ano passado, lembra, o dos muffins? — A voz de Jools fica um tanto agitada e estridente. — Lembra, ele apareceu para ver o lugar depois que você aceitou, e tivemos que mandá-lo embora. *De qualquer forma*, ele acabou de passar para ver o quarto de novo e...

— Ele trouxe muffins?

— Danem-se os muffins — retruca ela —, o cara é um *gato*. O nome dele é Nigel. Vai se mudar no próximo fim de semana. Parece que era pianista profissional.

Mergulho um biscoitinho recheado no chá e o mantenho submerso durante os três segundos de lei.

— E o que ele faz da vida agora? Tipo, se é ex-pianista.

— Ele é auditor financeiro.

— Parece promissor — digo, pensando: *Tranquilo. Confiável.*

— Sim, e é uma daquelas pessoas que faz contato visual e escuta de verdade quando você fala.

Percebo que já faz muito tempo que não vejo Jools realmente animada com um cara.

— De qualquer forma — continua ela —, o que estou dizendo é que, por mais que eu tenha adorado morar com você, Luce, Nigel definitivamente tem mais potencial a longo prazo, romanticamente falando.

Dou risada.

— Meu Deus, Jools! Você nunca fica tão sentimental com caras.

— Eu sei! O que tem de errado comigo?

— Você está bêbada?

— Cem por cento sóbria.

— Bem, então acho que deve ser amor à primeira vista.

— Deve ser.

16

FICAR

É domingo à noite, e Caleb e eu estamos sentados no quintalzinho da casa dos meus pais em Shoreley. Eles passaram o fim de semana em Sussex, e, como Tash e meu cunhado estavam em Bristol, visitando o irmão de Simon, concordamos em ficar na casa deles, porque mamãe é paranoica com ladrões e papai tem medo de que o gato, Macavity, vá morrer de fome. Amanhã de manhã vamos trancar tudo antes que eles voltem e deixar a chave na caixa de correio.

Os dois parecem nervosos nos últimos meses, estranhos. As enxaquecas de papai persistem, e voltaram a circular os rumores de demissão na empresa. Fiquei contente quando eles anunciaram que iriam viajar por alguns dias.

Caleb e eu estamos embrulhados em casacos pesados, cachecóis e luvas. O metal da cadeira parece gelado, mesmo através da calça jeans. Acabamos de jantar, um banquete de vieiras locais e bacon frito na manteiga. A noite está clara, o céu salpicado de um milhão de estrelas, então Caleb sugeriu fazer chocolate quente e acender o fogareiro, para que pudéssemos ficar sentados aqui no escuro, admirando a variedade de constelações brilhantes lá no alto.

Estávamos discutindo meu livro — Caleb acabou de ler o primeiro rascunho completo. Ainda faltam alguns pequenos ajustes e edições, mas eu queria que ele lesse tudo antes de viajar, caso tivesse algum feedback importante.

Caleb conseguiu o trabalho no Sudeste Asiático, é claro, e estou muito animada por ele. Caleb é um gênio atrás das câmeras e merece muito essa oportunidade. Vai pegar o avião para Bangkok daqui a quinze dias para as primeiras orientações e ficar lá por seis meses.

Sentirei muito a falta dele. Muito, muito mesmo.

— Sinceramente, achei épico — vai dizendo Caleb. — Sério. Você é um talento, Lucy.

— Não sei, não.

— Bem, eu sei. A ambiguidade do final... É genial.

Mordo o lábio inferior. Assim, para ser sincera, o final na verdade foi ideia de Ryan, imaginado durante um *happy hour* pós-grupo no Smugglers.

— Acha mesmo?

— Tenho certeza.

Ele se inclina e me beija. Seus lábios estão quentes e doces por causa do chocolate quente, e o beijo é longo, profundo e lento, como se estivéssemos marcando o momento.

— Obrigada. Pena que demorei tanto.

Ele se afasta de mim e inclina a cabeça.

— Margaret Mitchell não levou dez anos para escrever...

— *E o vento levou*. — Abro um sorriso. — É o que dizem.

E suponho que, de certa forma, também passei dez anos escrevendo meu livro. Talvez não no papel, mas essa história está na minha cabeça desde que embarquei naquele voo em Heathrow, no dia seguinte ao Natal, onze anos atrás.

Eu me aconchego no casaco, me aproximando um pouco mais do fogareiro em um esforço para afastar o gelo de novembro. Uma lufada de vento às vezes sopra, misturada com o cheiro salgado do mar agitado.

Caleb se recosta na cadeira, olhando para as estrelas.

— Eu diria inclusive que o mundo *precisa* ler seu livro, Lambert.

Dou uma risadinha irônica.

— Não. O mundo não *precisa* ler meu livro. O mundo precisa de... igualdade e direitos humanos, do fim da corrupção e da fome, e...

— Verdade. Mas, enquanto existirem livros, o seu também deveria existir.

— Ah, você está falando isso só para me agradar.

— Não estou. Quando você vai deixar Ryan mostrar o manuscrito para o agente dele?

Abro um sorriso. Nós quatro — Ryan, Emma, Caleb e eu — ficamos bem próximos no último ano e meio. Fazemos jantares, nos encontramos para drinques e assados de domingo no Smugglers, saímos para filmes, peças de teatro e leituras de poesia.

Ryan vem insistindo há semanas para que eu deixe seu agente em Londres dar uma olhada no meu rascunho. Mas ainda não estou pronta.

— Em breve — digo, sem me comprometer.

Caleb pega minha mão e entrelaça os dedos nos meus.

— Só me prometa uma coisa.

— Qualquer coisa.

— Não vá publicar isso enquanto eu estiver fora, tá bem? Você *tem* que esperar eu voltar para casa. Quero estar aqui para o seu grande momento. Eu morreria se tivesse que ouvir tudo pelo Skype.

Sua fé em mim me faz abrir um sorriso, e jogo a cabeça para trás, reajustando os olhos para a galáxia brilhante no céu.

— Combinado. Vou me esforçar ao máximo para não alcançar o impossível enquanto você estiver fora.

Ao meu lado, ele suspira.

— Seis meses. — Sua respiração vira uma nuvem gelada no ar entre nós. Sinto-o olhando para mim, mas não quero olhar de volta, porque sei que isso pode me fazer chorar.

Então, em vez disso, apenas assinto com a cabeça e engulo a tristeza com o resto do chocolate quente.

— Serão os melhores seis meses da sua vida.

Vou ficar na casa de Caleb até ele voltar. Fiquei tão feliz por ele não ter aberto mão do lugar. Assim, tem vazamentos, ladrilhos soltos e pedaços caindo o tempo todo. Mas é aconchegante e confortável, de uma decrepitude romântica. Eu me imagino sentada lá, sozinha, enquanto Caleb está longe, ouvindo o mar, o barulho suave das ondas reconfortante como um coração batendo.

Enquanto nos preparamos para dormir, meu telefone vibra. É Jools, falando do próximo fim de semana, quando Caleb concordou em fazer uma sessão de fotos de noivado para ela e Nigel em Londres. Vamos para Tooting na sexta-feira, então organizei uma festa surpresa de despedida para Caleb no sábado à noite. Não consigo imaginar uma maneira melhor de passar o último fim de semana antes da viagem dele.

Jools e Nigel vão se casar em Shoreley no verão que vem, e Caleb vai fotografar. Antes de conhecer Nigel, Jools nunca demonstrou muito interesse em casar, ainda mais porque seus pais não conseguiam levar a sério o próprio relacionamento intermitente. Mas, desde que ficou noiva, ela se tornou uma entusiasta do casamento tradicional, algo que ninguém previa. Temos procurado vestidos e locais, provamos docinhos e bolos, passamos horas contemplando destinos de lua de mel e fantasiando sobre listas de presentes. Na semana passada, uma de suas colegas até a chamou, brincando, de *"bridezilla"*, e Jools me contou isso com um sorriso no rosto, como se tivesse acabado de ser promovida ou como se Reuben finalmente tivesse devolvido todo o dinheiro que ela emprestou para o aluguel.

No meio da noite, acordo com um cheiro acre de piche. Queima o fundo da garganta como fumaça, deixando-a irritada. Fico alguns momentos deitada, confusa, tentando lembrar se ontem à noite comemos alguma coisa defumada.

Então eu percebo. É *fumaça*.

Caleb, ao meu lado, está sentado na cama.

— Lucy — chama ele, com muita calma. — Acho que a casa pode estar pegando fogo.

— Hã... mãe — diz Tash. — Quer um conhaque ou algo assim? Você parece muito pálida.

Tash veio correndo assim que soube, e eu tirei a manhã de folga do trabalho. Disse a Ivan que escapara de um incêndio em casa, o que era uma pequena mentira, já que só parte da sala foi afetada. Uma tomada atrás da TV entrou em curto-circuito e pegou fogo durante a noite, mas os bombeiros conseguiram apagar antes que houvesse grandes danos. Liberaram a entrada em casa poucos minutos antes de nossos pais chegarem de Sussex. Por sorte, Macavity ficou bem.

Nós cinco estamos amontoados em volta do balcão da cozinha minúscula, tremendo porque todas as portas e janelas estão abertas. Sempre adorei essa cozinha, com os armários de madeira feitos à mão, o teto inclinado e o Aga vermelho-cereja. Tem personalidade. Alma.

As palavras escritas na parede acima do quadro de cortiça chamam minha atenção. *O destino vai trazer o que é seu.* Sou conhecida por brincar com meus pais sobre a breguice desse ditado, mas hoje parece dolorosamente comovente.

Caleb fez um bule de chá e está servindo as xícaras. Encontro seu olhar enquanto ele me entrega a minha e sinto o conforto me dominar como uma âncora caindo suavemente no oceano.

O que vou fazer sem ele?

Mamãe balança a cabeça diante da oferta de uma dose de conhaque.

— Não, querida, obrigada. Sempre odiei aquele quadro, mesmo.

Tash me lança um olhar engraçado. Ela deve estar falando da pintura a óleo de papoulas que ficava acima da TV. Não foi a única coisa que pegou fogo: muitos outros itens se perderam, incluindo, ironicamente, o exemplar de *Jane Eyre* que eu estava lendo ontem à noite. Acho que mamãe está se concentrando naquela pintura porque está em estado de choque ou coisa do tipo. Tenho quase certeza de que foi o papai quem comprou aquele quadro, muito tempo atrás.

— Que *sorte* você e Caleb estarem aqui — diz minha mãe, balançando a cabeça. — Imagine se não estivessem. A casa inteira teria queimado, e Macavity...

Ela para, tapando a boca com a mão, incapaz de continuar. Caleb se aproxima e aperta a mão dela.

— Não pense nisso, Ruby. A gente *estava* aqui. É isso que importa.

Minha mãe vira para ele com os olhos brilhando de lágrimas.

— Obrigada, Caleb.

Sei que ela está grata pela presença dele, acho que todos estamos. Se aprendi alguma coisa nos dezoito meses em que estamos juntos, é que Caleb é o tipo de pessoa que você quer ter por perto em uma crise. Ele é tão calmo, pragmático e confiável. Só de olhar para ele eu já me sinto mais calma. Há alguns meses, estávamos em um trem para Newcastle — foi a primeira vez que encontrei sua mãe e os meios-irmãos mais novos — quando um passageiro idoso do outro lado do corredor de repente desmaiou no assento, a pele completamente descorada. Caleb foi um modelo de compostura: desobstruiu as vias respiratórias do senhor, orientou os outros passageiros a pedir ajuda, acalmou uma mulher que entrou em pânico e ficou frenética. Na parada seguinte, onde a ajuda médica aguardava, o idoso já tinha despertado, e mais tarde descobrimos que ele teve recuperação total. Mas isso me fez pensar que Caleb desperdiçou sua vocação em serviços de emergência. Na minha opinião, é uma habilidade e tanto ser tão imperturbável durante uma crise.

Ao meu lado, Tash está estranhamente quieta. Ela parou aqui a caminho do escritório, e é por isso que está tão profissional, com o casaco caramelo e o terno cinza-claro. Ela parece horrorizada pelo que aconteceu: a princípio pensei que fosse me culpar por ter deixado a TV ligada na tomada antes de dormir, mas, quando perguntei isso, ela me abraçou e disse que claro que não, que só estava em estado de choque.

Sei que ela está tendo dificuldade em lidar com a ideia de eu me mudar da casa deles e ir para a cabana quando Caleb for viajar, porque gostou muito de ver minha relação com Dylan se aprofundar ao longo dos três anos e meio que passei morando com eles. Mas a hora de seguir em frente sempre chega, e acho que ambas sabemos que a hora é agora. Talvez eu use o dinheiro que economizei para comprar uma casa com Caleb, quando ele voltar. Ou talvez use para algo um pouco mais empolgante. De qualquer forma, é ótimo ter opções, e sinto um arrepio sempre que penso no meu futuro com esse homem que amo tanto.

— Escutem, crianças — começa mamãe, pigarreando. — Temos uma notícia que gostaríamos de dividir com vocês.

Caleb, ao meu lado, se ajeita ligeiramente na cadeira.

— Você quer que eu...

— Não, Caleb — diz minha mãe. — É bom você ouvir isso também.

Meu Deus, ela parece muito séria. Olho para papai, que encara a xícara em suas mãos, sentado a uma distância bem grande de mamãe. Isso tem acontecido bastante recentemente, e ainda me parece estranho. Durante toda a minha vida, os dois sempre ficavam tão próximos, sem nunca conseguir tirar as mãos um do outro. Já perdi a conta de quantas caras de nojo Tash e eu fizemos pelas costas deles ao longo dos anos.

Mamãe lança um olhar significativo para papai. E aí o meu mundo cai.

— Fomos para um retiro matrimonial — diz ele. — Foi onde passamos esse fim de semana.

— Um retiro matrimonial? O que é isso? — pergunto, feito uma idiota, imaginando que ele vai dizer que é um lugar para onde se vai para... o quê? Aproveitar o casamento? Não é para isso que servem as viagens românticas?

— Não estou entendendo — diz Tash.

— Fomos... tentar salvar nosso casamento — explica mamãe, hesitante. — Nossos amigos recomendaram.

— Nossos amigos John e Roz — explica papai, inutilmente. — Sabe, os do barco?

Posso garantir que John e Roz poderiam entrar aqui com o barco e tudo agora mesmo e eu nem piscaria. A sensação é de que levei uma pancada na cabeça, como se todas as palavras que sempre compreendi não fizessem mais sentido. Talvez eu tenha respirado mais fumaça do que percebi, ontem à noite. Olho para Tash, desesperada por pistas.

— Como assim *salvar o casamento*? — questiona Tash, como se estivesse se esforçando muito para ser diplomática, mas na verdade gostaria mesmo é de virar o bule na cabeça dos dois.

Nem mamãe nem papai respondem por um longo tempo, como se estivessem esperando que nós duas lêssemos nas entrelinhas. Mas parece que estamos em planetas completamente diferentes, que dirá tendo a mesma conversa.

Em certo momento, mamãe enfim respira fundo, de um jeito bem dramático. Está mexendo no medalhão de prata pendurado no pescoço, aquele com a foto dos meus avós. Ela cortou o cabelo faz pouco tempo, o corte mais curto que já vi, e está usando batom rosa-claro cintilante, o que para ela é uma maquiagem ousada. Ela costuma reclamar que batons a fazem parecer velha.

— Estamos nos divorciando.

Fico boquiaberta, olhando para ela e depois para papai, que está sentado muito quieto, encarando os joelhos como um traficante de drogas em uma entrevista coletiva. Ele também mudou o cabelo, está longo e despenteado, quase como um desafio, uma declaração. Olho de volta para mamãe.

— Do que você está *falando*? — A voz de Tash está algumas oitavas mais aguda.

— A ideia do retiro era tentar encontrar um caminho a seguir. Foi uma experiência maravilhosa, muito enriquecedora, e os facilitadores foram *incríveis*...

Pelo amor de Deus. Parece que mamãe está falando de um curso de confeitaria.

—... mas decidimos que o melhor para nós é seguir caminhos separados.

Tenho que me segurar para não soltar todos os palavrões pelos quais minha mãe já me repreendeu, junto com alguns novos.

— Por que vocês decidiriam fazer uma coisa dessas? Vocês precisam ficar juntos. Você são... são feitos um para o outro.

Ao meu lado, Caleb aperta minha mão numa demonstração silenciosa de apoio.

Mamãe olha para papai, e há tristeza verdadeira em seus olhos. E, pela primeira vez, sou forçada a me perguntar se o que tenho visto durante todos esses anos na verdade não era só um reflexo da realidade. Se a história de amor de conto de fadas deles era apenas isso: uma ilusão. Algo que contavam para nos fazer sentir melhor, restaurar a nossa fé no amor, ou, pior, para nos entreter.

Olho para papai, o cheiro persistente de fumaça pegando no fundo da minha garganta.

— Sei que você anda tendo enxaquecas ultimamente, e tem toda aquela coisa das demissões, mas isso com certeza é...

Ele balança a cabeça.

— As enxaquecas... eram mentira.

Mamãe faz uma careta de sofrimento.

— Desculpe, querida. A gente precisava dizer *alguma coisa* quando... estávamos nos desentendendo.

Ela diz *desentendendo* como eu costumava falar sobre os meus *problemas femininos* para o meu chefe quando queria fingir que estava doente no meu primeiro emprego.

— Mas... *por que* vocês estão se desentendendo? — pergunta Tash, impotente, como se pensasse que as pessoas simplesmente param de ter sentimentos ou qualquer função cerebral quando atingem uma certa idade.

— Queremos coisas diferentes — responde papai. — E a nossa vida sexual...

— *Não!* — Tash e eu gritamos em uníssono, levantando as mãos para interrompê-lo.

Depois disso, ficamos todos sentados no pequeno círculo ao redor do balcão da cozinha, encarando a mesa em silêncio, como se fosse a sessão de terapia em grupo mais disfuncional do mundo.

Estou tendo dificuldades para me lembrar de algum momento em que tenha me sentido tão surpreendida pela tristeza. Puxo um fio solto do meu cardigã e me pergunto se conseguiria desfiá-lo inteiro aqui mesmo, se puxasse com força suficiente. Sinto o olhar de Caleb em mim e gostaria que pudéssemos de repente ser transportados para longe, para um lugar onde ele pudesse me abraçar, dizer que me ama, sussurrar palavras tranquilizadoras no meu cabelo. Tash é a primeira a recuperar a fala:

— Vocês estão casados há *trinta e cinco anos*. Não podem jogar tudo isso fora porque... estão passando por uma fase difícil.

Penso em Simon e Andrea, em Caleb e Helen. Então olho para os meus pais, sentados na minha frente, almas gêmeas que todos pensávamos que estavam destinadas a ficar juntas.

Eles foram meus modelos durante a vida inteira. Eles me fizeram acreditar no tipo de amor que está destinado a durar até que a morte os separe. Como isso pode estar acontecendo?

— Tem... mais alguém? — Olho de um para o outro, em busca de indícios reveladores de nervosismo. O pensamento me assusta, mas tenho que perguntar.

— Não — responde mamãe, tomando um gole de chá. — Mas é claro que discutimos a ideia de que... pode ter, um dia.

É etarista e cruel, eu sei, mas a ideia de meus pais de 50 e tantos anos se juntarem ao rol de solteiros de Shoreley me embrulha o estômago muito mais do que qualquer uma das demonstrações públicas de afeto às quais eles me submeteram no passado.

— Você sempre dizia que estavam destinados a ficar juntos — insiste Tash, como se achasse que os dois talvez precisassem de um lembrete. — Então era mentira?

— Claro que não — diz papai, olhando de novo para mamãe. Ele mal tocou no chá. — Acredito que estávamos destinados a nos encontrar, porque disso vieram coisas maravilhosas: você, Lucy, nossa vida juntos. Mas agora é hora de um novo capítulo.

Mamãe concorda com a cabeça.

— Não vemos isso como um fim, mas como um recomeço. Estamos escolhendo olhar para a frente, não para trás. O retiro ajudou muito nisso.

— Um belo retiro matrimonial esse — diz Tash —, do qual você sai planejando o divórcio. Espero que vocês tenham pedido reembolso.

E então, apesar de tudo, todos sorrimos, então logo estamos rindo, e em pouco tempo estamos enxugando lágrimas de alegria e de tristeza enquanto nos abraçamos. Tenho certeza de que todos já estão se perguntando como será nosso futuro como família, já que tudo que pensávamos ser certo virou fumaça.

PARTIR

Despertei de repente nas primeiras horas da manhã de segunda-feira. Max e eu acabamos de ir para a cama. Um brunch em Battersea ontem à tarde virou uma maratona noturna de bares que terminou em Belgravia, passando por Chelsea. Olly estava lá, além de Dean Farraday e mais algumas pessoas do trabalho de Max. E Jools trouxe Nigel. Os dois estão saindo já faz quase seis meses — quase desde o dia em que saí da casa — e são o tipo de casal que param no meio de uma frase para se beijar e esquecem do resto do mundo, nos deixando ponderando quanto tempo esperar antes de deixá-los a sós. Tem sido muito especial ver Nigel se apaixonar por Jools. E o melhor é que ele sabe a sorte que tem. Mesmo poucos dias depois de se conhecerem, eu já sabia que não precisava me preocupar com a possibilidade de ele ser o tipo de cara que não a valorizaria.

Sal e Reuben também vieram ontem à noite, e algumas pessoas da Supernova. A certa altura, alguém do nosso grupo — Nicola, acho que era o nome dela, uma advogada sênior da HWW — me parabenizou por "conquistar o solteiro mais cobiçado de Londres". Jools estava do meu lado na hora, e só conseguimos manter a expressão séria por um momento, antes de virarmos uma para a outra, inchar as bochechas e fazer aquela careta de quem está prestes a vomitar, enquanto Nicola começava a falar com outra pessoa. Mas, por mais que ela tenha falado isso de uma maneira *horrível*, por mais que seja algo que eu nunca admitiria em voz alta, no fundo, eu concordava com Nicola. Max é mesmo um partidão: sempre achei isso, desde a época da faculdade em Norwich, quando as pessoas se reuniam em torno dele em bares como se Max fosse famoso. Ele sempre teve uma... aura.

Morar com Max, só nós dois, tem sido tudo o que eu esperava que fosse. Seis meses depois, ainda nos atrasamos para o trabalho várias vezes por semana, incapazes de sair do quarto. Tomamos banho juntos, deixamos bilhetes de amor na geladeira e mandamos mensagens pedindo para o outro voltar correndo para casa. Comemos toneladas de sushi, e eu ensinei Max a preparar minha famosa paella. No início, até me juntei a ele em algumas corridas matinais, embora meu entusiasmo tenha diminuído um pouco. Fizemos muitas das coisas pequenas e triviais que dissemos que faríamos há mais de uma década, e valeu a pena esperar por cada uma.

Talvez seja ainda melhor agora do que seria naquela época, porque é a nossa hora. Nossas carreiras estão em uma trajetória ascendente, sabemos quem somos e o que queremos. Essa é a vida que escolhemos, não uma vida a que chegamos por acidente.

E, no entanto, não sei por que, às vezes me pego sem reconhecer direito a vida que estamos levando — o apartamento de revista, nossos empregos impressionantes e gostos cada vez mais caros. Talvez seja porque terminamos quando éramos estudantes, e parte de mim ainda pensa em nós dessa forma. Ou talvez seja porque, desde que descobri sobre Tash, nada saiu como eu imaginava.

Mas, mesmo se a questão com Tash não tivesse acontecido e tivéssemos ficado juntos tantos anos atrás, sei que ainda assim talvez não estivéssemos juntos agora. Talvez tivéssemos nos mudado para Londres com os corações cheios de esperança e nos separado seis meses depois. A vida é complicada. As melhores intenções são soterradas pelo trabalho, pelo dinheiro e pela vida social. O amor é vítima das circunstâncias.

— É o seu ou o meu? — murmura Max, agora. Está de barriga para baixo, o rosto enfiado entre os travesseiros como se tivesse caído de um prédio.

O som do meu celular é tão bem-vindo quanto o de uma furadeira. Atendo, rezando para que não seja Zara dizendo que preciso chegar mais cedo no escritório para uma reunião de emergência. Trabalhei até meia-noite três dias da semana passada. *Preciso* de um horário razoável hoje de manhã.

— Olá? — resmungo, alarmada ao perceber que pareço ter fumado um cigarro atrás do outro antes de ir para a cama.

— Lucy?

Eu me sento. Meu cabelo cobre meu rosto. Eu o empurro para trás. Preciso de um copo d'água e de uma janela aberta para respirar o ar fresco do amanhecer.

— Mãe?

— Ah, querida, graças a *Deus* você está bem!

O pavor se espalha por mim, lento como melaço.

— O quê? Como assim?

— Houve um incêndio.

Sua voz falha na última palavra.

Max vai dirigindo até Shoreley, quebrando todas as regras de trânsito possíveis e imagináveis. Durante todo o caminho, mal consigo pensar de tanta culpa, como um enxame de abelhas no meu cérebro.

— Vai ficar tudo bem — ele não para de repetir.

Está com a mão na minha perna desde que saímos de Londres, apenas movendo-a para mudar de marcha ou passar por uma rotatória. Zara e o chefe de Max, Tim, nos deram folga hoje quando explicamos sobre o incêndio. Mas uma parte pequena e egoísta de mim está tão assustada com o que estamos prestes a descobrir que quase desejo que eles tivessem recusado.

Mamãe me pediu para cuidar da casa no fim de semana. Ela e meu pai iam viajar, passar três noites em Sussex, e eles sempre ficam paranoicos com ladrões e com medo de o gato, Macavity, morrer de fome. Tash e meu cunhado estavam em Bristol com Dylan, visitando o irmão de Simon, então eu concordei, mas na noite de sexta-feira estava impossível sair de Londres. A rodovia estava toda engarrafada, parece que houve um engavetamento de sete carros, então demos meia-volta.

Os telefones dos meus pais estavam desligados (tentei não pensar muito no motivo), então liguei para a vizinha deles, Paula. Ela mesma tinha passado a semana fora, e acho que foi por isso que mamãe não lhe pediu para cuidar das coisas.

Na mesma hora, Paula sugeriu que ficássemos em Londres, poupando--nos completamente da viagem. Ficaria tudo bem até segunda-feira, disse ela, garantindo que cuidaria de Macavity. Ela prometeu entrar em contato com meus pais para avisá-los.

Eu estava com ela no viva-voz no momento, enquanto Max beijava meu pescoço, seus dedos deslizando entre os botões da minha camisa.

— Diga sim — murmurou ele, e eu quase gemi alto no telefone.

Nós dois trabalhamos muito durante toda a semana e estávamos exaustos. O que precisávamos mesmo era passar o fim de semana entre a cama, o chuveiro e o sofá, nos alimentando direito. Não que isso tenha acontecido, no final das contas, mas nossas intenções eram boas, ainda que levemente alimentadas pelo tesão.

Então concordei com a sugestão de Paula, fiz uma anotação na minha agenda para lhe enviar algumas flores em agradecimento e imediatamente apaguei o assunto da cabeça.

E agora, ao que parece, essa decisão de segundos tirou tudo que meus pais tinham.

Eu não deveria ter deixado Max vir. É sempre tão estranho agora quando ele está com minha família: ele e Tash evitam qualquer contato visual, e meus pais lidam com o desconforto fingindo que ele não existe. Tudo isso só chama a atenção para algo que todos preferimos esquecer.

Estamos embrulhados em nossos casacos, parados na calçada em frente à casa, como pessoas em luto assistindo a um cortejo fúnebre. No céu, gaivotas planam na brisa veloz como se fosse um dia normal de inverno. Mas não é, claro, porque os bombeiros ainda estão lidando com os destroços da casa, tudo fumegando lentamente. O ar tem um cheiro venenoso. Só o térreo ainda está intacto, e o que sobrou está destruído e carbonizado, como troncos de árvore escurecidos após um incêndio florestal. Os restos da casa alteram a aparência de toda a rua, e quem passa tem que parar para olhar. Por um momento, parece que isso não pode ser real, como se estivéssemos no set de um filme sobre a nossa vida, boquiabertos com a reviravolta na trama que acharam por bem incluir.

— Sinto muito — repito, meu estômago revirando de culpa.

Eu me sinto péssima não só pelo incêndio, mas também porque esta é a primeira vez que visito Shoreley em três meses. Ando muito ocupada e apaixonada, mas isso não é desculpa. Além de tudo, não vejo meu sobrinho desde seu aniversário.

Max, ao meu lado, aperta minha mão. Sei que ele está desesperado para me tranquilizar, dizer que nada disso é culpa minha, mas provavelmente sente que não pode — pelo menos não em voz alta.

Do outro lado, sinto Tash olhar para mim e, por um momento, acho que ela vai me dar um sermão sobre como sou egoísta, como preciso ajeitar minha vida, que sou uma pessoa terrível e veja só o que eu fiz. Mas ela não faz nada isso. Só passa o braço em volta dos meus ombros, me abraçando tão de perto que sinto o cheiro de seu xampu.

Quando terminamos de conversar com Paula, as autoridades e o pessoal da seguradora, já é meio da tarde, então Max e eu voltamos com Simon para a casa deles enquanto Tash vai buscar Dylan na escola. Estranhamente, mamãe e papai fizeram uma parada não programada em uma cafeteria na hora do almoço e estão lá desde então. Simon disse que deveríamos deixá-los sozinhos, pois obviamente estão em estado de choque. Achamos que os dois se juntarão a nós na casa de Tash quando estiverem prontos, junto com Macavity, que por sorte está em segurança e, no momento, se empanturrando de grandes quantidades de atum enlatado na casa da Paula.

— Você pode ir, se quiser — digo para Max, no carro, a caminho da casa de Tash. — Posso pegar o trem para casa mais tarde.

Estamos seguindo Simon, que dirige surpreendentemente devagar, como se fosse cinco décadas mais velho do que é. Ou isso, ou ele já levou muitas demais. Fica parando nas rotatórias como se fossem cruzamentos, e dá para ver que Max está começando a achar isso muito engraçado.

— Ir aonde?

— De volta para Londres.

— Você está dizendo isso porque acha que vai ser estranho?

Passo a língua pelos dentes. Estou me sentindo tensa e um pouco nervosa, como se tivesse bebido muito café, embora só tenha tomado uma xícara. Balanço a cabeça.

— Só pensei que você poderia querer ir embora.

— Eu não vou a lugar nenhum.

À nossa frente, Simon hesita em um entroncamento.

— Você pode estar certo sobre isso — comento, e Max ri.

Simon engata a quarta marcha na faixa dupla e finalmente deixamos Shoreley para trás. Tudo o que vejo é cor de carvão: a estrada, o céu, o tronco das árvores sem folhas.

Viro a cabeça na direção de Max, observando suas mãos no volante, o movimento rápido de seus olhos entre faixas e placas, estradas secundárias e trânsito, seu queixo recém-barbeado, a gola escura do suéter contra a clavícula.

Volto o olhar para a estrada.

— Não tenho ideia de como vou superar isso, sabe. Não tenho certeza se algum dia eles vão me perdoar.

— Ninguém em sã consciência culparia você por isso, Luce. Foi uma tomada sobrecarregada. Mesmo que estivéssemos lá, não havia nada que pudéssemos ter feito.

Eu franzo a testa e olho para as mãos. Fiz as unhas ontem à tarde com uma cor chamada *vermelho-sirene*, o que agora não só parece o cúmulo do narcisismo, mas também de uma ironia cruel.

Max coloca a mão na minha perna, me fazendo estremecer de desejo, apesar do clima sombrio.

— Você não acha que foi sorte não estarmos lá? Os bombeiros disseram que o alarme de fumaça dos seus pais não estava funcionando. E se estivéssemos dormindo e não percebêssemos?

— Ainda assim, eu os decepcionei.

— Não — insiste Max, a voz mais firme. Ele pisa no freio quando, à frente, Simon faz o mesmo sem motivo. — Acho que dizer sim para Paula na sexta pode ter sido a melhor coisa que você já fez.

Abro um sorriso fraco.

— Não vou ganhar essa, vou?

— Infelizmente, não. Não vou deixar você se punir pelo que aconteceu. — Ele liga a seta e passa para a pista externa. O carro avança. — Certo, está se segurando? Estou prestes a passar dos sessenta.

Acontece que tentar comprar o carinho das crianças com presentes de aniversário caros não funciona, porque, quando chega em casa com Tash, Dylan franze a testa ao nos ver.

Abro um sorriso.

— Olá, Dylan. Você se lembra do meu amigo Max?

Eu me seguro para não dizer *tio Max*.

Ele pode não lembrar, acho. Max só o encontrou uma vez.

Dylan está tão fofo no blazer enorme do St. Edmund's, o cabelo loiro bem penteado para o lado. Ele me lembra o príncipe George daquela vez em que conheceu Obama de roupão.

Mas a carranca de Dylan se aprofunda, e ele olha para Max.

— Minha mãe não gosta de você.

Simon ainda não chegou em casa, que é o que acontece quando você dirige a cinquenta quilômetros por hora, mas Tash está rondando pelo corredor com os casacos e a mochila de Dylan. Ela finge que não ouviu, mas deve ter ouvido, porque Tash nunca perde nada.

— Vamos lá, Dylan! — chama ela, da porta, batendo palmas. — Hora do dever de casa.

— Desculpe — murmuro para Max, enquanto Tash leva Dylan para cima.

Eu a ouço sussurrando para ele enquanto andam.

Max balança a cabeça.

— Não, sou fã de pessoas francas. Ele vai longe.

— Ele não quis dizer isso.

— Acho que quis, sim.

Meu estômago dá um nó de apreensão. A situação é realmente impossível: sim, Max fez uma coisa terrível, mas nós dois decidimos seguir em frente. Ainda assim, acho que não dá para pensar que todos vão concordar. Isso também não é justo.

— É isso que eu mereço, Luce — diz Max, tranquilo.

— Você não precisa se autoflagelar.

— Eu sei. Não estou fazendo isso.

— Sinceramente, você pode ir embora se...

— Luce, se eu me sentir um pouco sem graça por algumas horas, tudo bem. Eu dou conta disso. Prometo.

Meus pais chegam cerca de uma hora depois, quando já está escurecendo, com Macavity em uma caixinha de transporte. Eles vão ficar aqui com Tash e Simon até que a questão da casa seja resolvida.

Enquanto Tash se certifica de que todos estejam aquecidos (percebo que ela evitou, com muito tato, acender a lareira), Simon distribui conhaques. Ele troca minha dose e a de Max, que está dirigindo, por um *latte* da máquina de café elegante.

Não sei por que, mas, assim que todos nos sentamos, começo a chorar — lágrimas grandes, soluçantes e feias que passei o dia todo segurando.

Max estende a mão para esfregar minhas costas, meus pais soltam um arrulho reconfortante, e Tash implora para eu não me culpar. Sei o que parece: que estou me adiantando na culpa para que ninguém reclame comigo. Mas me sinto mesmo péssima pelo meu erro.

— São só *coisas*, querida — diz papai, do sofá em frente. — O importante é que você esteja em segurança. Deus sabe o que teria acontecido se estivesse lá. Estamos felizes por não estar.

— Eu já falei isso para ela mil vezes, Gus — diz Max.

Ao som da voz de Max, há uma pausa tão desconfortável que faz meu couro cabeludo se arrepiar. É como se todos estivessem tão empenhados em fingir que ele não está aqui que ficam chocados ao perceber sua presença. Como um manequim se movendo na vitrine de uma loja. Não estou acostumada a me sentir assim perto de Max: ele é gentil e caloroso, perspicaz, o tipo de pessoa com quem todo mundo quer se sentar no pub. Silêncios desconfortáveis não são comuns.

— Então, contem sobre o lindo fim de semana em Sussex — pede Tash para mamãe, bebendo seu conhaque. — Algo para nos animar.

Mamãe olha para papai, então limpa a garganta.

— Bem, não tínhamos certeza se deveríamos mencionar alguma coisa...

Tash e eu trocamos olhares. Uma série de possibilidades vergonhosas passa pela minha mente. *Ah, meu Deus. O que eles vão dizer? Não são nudistas, né? Foi uma orgia? Por favor, que não tenha sido uma orgia.*

Mamãe e papai estão sentados muito próximos no sofá, de mãos dadas. Tenho a sensação de que não os vejo fazendo isso há algum tempo. Os últimos dezoito meses foram difíceis para eles, sei que papai tem sofrido com algumas enxaquecas fortes e que voltaram a falar de demissões na empresa.

— Esse fim de semana... estivemos num retiro matrimonial — revela mamãe. As palavras saem de uma vez só.

Minha mãe fez um corte de cabelo novo e descolado faz pouco tempo, e percebo, enquanto ela fala, que está usando batom, o que é bem raro. Papai também está com um novo penteado, mas o dele é um pouco mais lenhador na floresta.

— O que é... um retiro matrimonial? — (Tash claramente também está pensando em *orgia*.)

Mamãe olha para papai.

— É um lugar aonde as pessoas vão... para cuidar do casamento.

— Por que vocês precisam disso? — pergunta Tash, com tanto tato quanto Dylan quando quis saber de onde vêm os bebês.

Ao meu lado, no sofá, Max se ajeita.

— Você quer que eu...

— Não, fique — sussurro, apertando sua mão.

— Estávamos tendo alguns... *problemas*, e decidimos... que essa era nossa última chance.

— John e Roz recomendaram — acrescenta papai, como se estivéssemos falando de um box de seriado ou do melhor lugar para comprar peças para o cortador de grama. — Vocês sabem, do...

— Sim, sim, John e Roz do barco — completa Tash, irritada.

Mamãe se vira para mim.

— Na verdade, Lucy, precisamos agradecer você.

— Me agradecer?

— Sim. O que aconteceu ontem à noite... colocou tudo em perspectiva.

— Não entendi.

O rosto de mamãe se ilumina de repente, como se sua banda favorita tivesse acabado de subir em um palco invisível.

— Vamos fazer *uma loucura*. Não vamos, Gus?

Papai sorri para mamãe. Eu não o via tão feliz há... bem, há muito tempo.

— Sim. Vamos aproveitar o fato de que agora somos nômades. Dar outra chance à vida de casados.

— Como assim outra chance? — questiona Tash, sua voz cada vez mais agitada. — Vocês já são casados. E não entendo o que tudo isso tem a ver com Lucy, ou com serem nômades, ou...

— Perder tudo no incêndio... isso nos fez repensar as coisas — explica mamãe. — E percebemos... que não queremos perder um ao outro.

— Vou aceitar a demissão voluntária — completa papai. — E vamos pegar o dinheiro disso e o do seguro e fazer uma loucura.

Percebo que Simon encontra o olhar de Max com a sombra de um sorriso. Tenho certeza de que os dois se dariam bem, se tivessem permissão para tanto — Simon agora sabe o que Max e Tash fizeram, uma noite muito antes de ele conhecê-la e parece totalmente tranquilo com a história, o que prova seu caráter. Existe aí um nível de compreensão, talvez, que me lembra — não pela primeira vez — de Andrea. Talvez porque Simon também já fez uma coisa idiota, ele se recusa a julgar Max por ter feito algo semelhante.

— É loucura mesmo. — Tash está inclinada para a frente, o cabelo loiro dançando na frente do rosto. — Olha. Acho que vocês dois estão em choque...

Mamãe nem pisca.

— Na verdade, isso é algo em que pensamos há muito tempo.

— Há trinta e cinco anos, na verdade — diz papai.

Sinto Tash olhar para mim, talvez em busca de apoio, mas não consigo tirar os olhos dos nossos pais. Eles estão brilhando, parecem dois jovens apaixonados, cheios de felicidade. Faz muito tempo que não os vejo assim.

— Você não sabe disso, mas, quando nos conhecemos nas férias em Menorca, aos 20 anos — conta mamãe —, passamos a viagem inteira conversando sobre velejar ao redor do mundo.

— Você não sabe velejar — aponta Tash.

— Tash, *por favor* — diz Simon, estranhamente ríspido, como se ela estivesse falando por cima de todas as partes boas de um filme.

— E, quando as férias acabaram e voltamos para casa — continua papai —, eu para Shoreley e sua mãe para Somerset, começamos a fazer os planos.

— Você não sabia que estava grávida — completo, o quebra-cabeça se encaixando lentamente.

— Ah — diz Tash, a culpada.

Mamãe balança a cabeça, como se estivéssemos entendendo mal. As contas de seus brincos chacoalham.

— Ter vocês, meninas, foi o presente *mais maravilhoso* que poderíamos esperar, mas agora... é como se esse incêndio fosse um sinal.

— Peguem o dinheiro e fujam — diz papai, com uma risada. — Ou comprem um barco, enfim.

— Mas mãe, e o seu emprego? E a aposentadoria? Assim, vocês não são milionários: você é professora, papai trabalha em escritório.

Mamãe inclina a cabeça.

— Então só milionários podem ter sonhos?

Tash fecha os olhos.

— Não, claro que não. Eu simplesmente não acho... Quer dizer, como você pode passar de um casamento em ruínas para uma volta ao mundo no espaço de vinte e quatro horas?

— Às vezes, quando você não sabe o que fazer, basta procurar um sinal — diz papai, estendendo a mão para pegar a de mamãe.

Abro um sorriso fraco, percebendo que já faz muito tempo que não busco orientação em sinais do universo. Provavelmente não desde que descobri sobre Max e minha irmã. Eu meio que sinto falta disso.

— E vocês vão mesmo conseguir aprender a velejar na sua idade? — questiona Tash. — Não acham que isso é um pouquinho irresponsável?

— Na nossa idade? — repete papai, então ri.

— Lucy? — diz mamãe, e todos olham para mim. — Você está muito quieta.

Engulo em seco. Minha boca parece dura e pegajosa, como se eu não falasse em voz alta há um século.

— Teoricamente... é uma ideia genial. Mas, sim, acho que vocês deveriam parar um tempinho para pensar a respeito. Tash está certa: vocês estão em choque.

— Muitas vezes na vida — retruca papai —, você não sabe que precisa de um choque até receber um.

— Ainda me lembro daquele primeiro dia em que vi você na universidade — comenta Max, enquanto dirigimos de volta a Londres, as luzes laranja da rodovia voando como pequenos OVNIS acima do carro. Está escuro agora, é tarde, quase meia-noite. — E você estava me contando a história de como seus pais se conheceram, e eu pensei que era um... conto de fadas maluco e inatingível. Era tão diferente do que eu conhecia com Brooke.

Abro um sorriso e apoio a cabeça no encosto. Entendo exatamente o que ele quer dizer: eu queria escrever um maldito *livro* baseado naquele conto de fadas.

— E o que você acha agora?

Ele dá de ombros com uma expressão esperançosa.

— Bem, eu realmente não acredito em contos de fadas. Mas é muito romântico. Tipo, eles querem fazer aquilo de que falaram pela primeira vez há trinta e cinco anos. Vão *literalmente* navegar juntos em direção ao pôr do sol.

— Mas as coisas deviam estar muito ruins, para eles buscarem um retiro matrimonial.

— Bem, a questão não é que eles foram, para começo de conversa? Obviamente queriam salvar o casamento.

Eu me viro para encará-lo.

— Max?

— Luce.

— Você gostaria de largar seu emprego para comprar um barco e viajar pelo mundo?

— Não. — Ele olha para mim por um segundo. — Farraday tem razão, sou mesmo um vendido.

Abro um sorriso.

— Alguém tem que ser.

Ele também sorri.

— Sim. E, para ser sincero, gosto que seja assim. A vida é boa e, com você é praticamente perfeita. Contanto que estejamos juntos, isso é tudo que me importa. Estou feliz por termos conseguido.

Sinto seu olhar em mim de novo, mas ele não precisa perguntar: já sabe que meus dias de viajante terminaram. E estou bem com isso. Londres é minha casa agora. Meu lugar é lá, com Max. Estamos construindo uma vida juntos, uma vida que eu amo.

Por um momento, fecho os olhos e aprecio o calor do carro, o ronco reconfortante do motor, a sensação de saber que Max estará sempre ao meu lado.

— Não foi engraçado quando Tash começou a reclamar que eles não sabiam velejar — relembro, rindo —, como se mamãe e papai tivessem 90 anos? Eles têm 50 e poucos.

Max raramente deixa escapar qualquer opinião sobre Tash. Então ele apenas mantém a boca firme e responde:

— Foi.

Dirigimos o resto do caminho de volta para Londres sem conversar muito, ouvindo Snow Patrol. A música me leva de volta a Norwich e a amar Max com todo o meu coração, desde o primeiro momento em que o conheci.

17

FICAR

— Meu Deus, Luce, me desculpe. Eu realmente achei que ele ia adorar.

Estou parada na porta da sala da igreja agora vazia com Ryan. Ele perguntou se poderia dar uma palavrinha comigo depois da aula, e, pela expressão em seu rosto, percebi que as notícias não eram boas.

Estamos em março. Caleb foi viajar fazem três longos meses. O final do inverno à beira-mar — embora muito bonito e repleto de panoramas gelados — começou a parecer eterno. Estou ansiando por um clima mais quente.

Algumas semanas depois de Caleb viajar, concordei que Ryan passasse alguns capítulos do meu livro para seu agente. E, talvez pela primeira vez na vida, me sentia confiante por dentro. Enfim estava pronta aquela história sentimental sobre amor, sobre saudade e esperança, para a qual dediquei todo o meu coração. O livro aborda alguns temas difíceis — incluindo coisas semelhantes ao que passei em Sydney, com Nate —, e estou orgulhosa do resultado. Sinto como se, nesse aspecto, tivesse reescrito parte do meu passado, recuperando o controle sobre alguns dos detalhes mais complicados da minha história.

Achamos que uma resposta — fosse sim ou não — viria rápido. Mas as semanas se passaram sem notícias, embora Ryan tenha cutucado o agente algumas vezes.

Hoje, finalmente, chegou o e-mail. Um dos poucos profissionais além de Ryan que leu meu trabalho, e a resposta foi *não*.

Ryan parece tão arrependido que é como se eu o tivesse flagrado pichando partes da anatomia masculina na parede da igreja.

— Sinceramente, eu nunca teria mandado seu livro se achasse que ele recusaria.

Concordo com a cabeça.

— Eu sei.

— Mas olha, Lucy, o que ele disse é verdade. Essa resposta não tem a ver com a sua escrita, é só que as coisas que ele representa são mais...

— Ele para.

— Sofisticadas? — completo, com um meio-sorriso. — Tudo bem, você pode dizer.

Ele me encara por um momento. Seus olhos escuros estão úmidos, e a expressão em seu rosto é intensa.

— Isso não vai deixar um clima estranho entre nós, não é? Você sabe que sou seu maior fã.

Abro um sorriso. Nós nos conhecemos faz quase dois anos. Ryan é meu amigo, um bom amigo. Eu me inclino para a frente e o abraço, para que não restem dúvidas. Seu corpo parece frágil e tenso em meus braços, tão diferente da robustez de abraçar Caleb.

— De jeito nenhum. Se eu algum dia for publicada, seu nome será o primeiro nos agradecimentos.

— Não *se* — retruca ele, severo, afastando-se de mim. Suas palavras ecoam no teto alto e nas paredes de pedra. — *Quando*.

Acho que estamos prestes a sair, mas, embora Ryan tenha colocado a mão na maçaneta, não a gira.

— Como está Caleb?

Posso ver que seu instinto de professor é terminar a conversa de forma positiva, o que é gentil, mas também lamentável, porque falar sobre Caleb é muito difícil agora.

— Ele está muito bem, obrigada — respondo, tentando manter a voz leve e o tom otimista.

— E onde ele está no momento?

— Myanmar.

Para não ficar muito emocionada, pego o celular e procuro as fotos mais recentes que Caleb enviou dos templos cor de ferrugem e do nascer do sol nublado, dos pagodes elaborados e dos formidáveis Budas de pedra.

Ryan observa cada uma das fotos, parecendo impressionado.

— Por que você não foi com ele, mesmo? — pergunta, quando termina de olhar, devolvendo meu celular com um sorriso satisfeito, como se estivesse folheando um folheto de férias.

— Eu estava... em um momento da vida em que não queria muito viajar para longe. Talvez isso ainda aconteça. — Ao dizer isso, percebo, surpresa, que, pela primeira vez em mais de uma década, isso pode ser verdade.

— É complicado, né? Ficar longe da pessoa que você ama por seis meses. Não sei se eu conseguiria.

Ryan nunca fala muito sobre sua vida amorosa, a não ser por referências ocasionais a algum encontro (quase sempre desastroso). Emma diz que ele terminou com o amor de sua vida aos 20 e poucos anos e nunca superou direito. O que faz sentido, pensando bem. Sua escrita faz muitas referências a arrependimentos. Chances perdidas, oportunidades desperdiçadas.

Concordo com a cabeça.

— Sim, é bem complicado. Mais do que pensei que seria, talvez. Mas... vai dar certo.

Na manhã em que Caleb pegou o avião para Bangkok, eu o deixei no aeroporto de Heathrow. Estacionamos na área de embarque e ficamos sentados juntos por um tempo sem falar muito. O céu estava de um rico tom de roxo antes do amanhecer, e juntos observamos as cores clareando aos poucos e depois se dissolvendo no sol. Ouvimos o rugido dos aviões subindo, suas luzes pairando acima de nós como estrelas cadentes.

— Isso tudo parece errado — sussurrou ele, quando já estava quase na hora de partir. Apesar de cada sinapse do meu corpo pulsar em concordância, balancei a cabeça com firmeza.

— Vai parecer certo assim que você chegar lá.

Tivemos essa conversa tantas vezes — tarde da noite, na cama, logo pela manhã, através da cortina do chuveiro, em meio às correntes do mar, por cima de velas tremeluzindo em restaurantes. E, todas as vezes, eu dizia a mesma coisa: se era certo para ele, então era certo para nós.

— Meu Deus, por que parece tão impossível? — Ele riu enquanto lágrimas brotavam em seus olhos. — Se é assim que é deixar você, não quero fazer isso nunca mais.

Então nós nos abraçamos com força, apoiando a cabeça no ombro um do outro, respirando pelo nariz. Nós nos abraçamos como se alguém tivesse morrido. *Foi* uma espécie de luto, eu acho: de repente não conseguia imaginar me despedir dele. Tentei absorver pela última vez as sensações exatas de estar com Caleb: o conforto amplo de seus ombros, a pressão de seus braços em volta do meu peito, o doce perfume de sua pele.

— Seis meses — sussurrou ele, quando enfim nos afastamos, os olhos úmidos, as palavras vacilantes.

— Seis meses.

Parecia tão simples quando falamos disso pela primeira vez, como uma prova para a qual simplesmente tínhamos que nos preparar e fazer. Mas agora a perspectiva parecia extremamente assustadora. Eu estava com medo de sentir falta dele, de dormir sozinha, de amá-lo a uma distância de milhares de quilômetros.

Depois de nos despedirmos, fui direto de Heathrow para o novo apartamento de Jools e Nigel em Tooting. Jools me recebeu, e eu me arrastei até o quarto de hóspedes e fiquei por lá. Tinha tirado uma rara semana de folga da Pebbles & Paper, reservando-a apenas para comer pizza e sorvete e assistir a seriados e chorar. Esse sempre foi meu plano — sete dias de autopiedade antes de voltar a escrever e fazer algo empolgante por mim mesma.

Não posso mentir — houve momentos em que me perguntei se deveria ter sido mais corajosa, se deveria ter me arriscado e concordado em ir junto com Caleb em parte da viagem. Então lembro que esta aventura é dele, não minha. Teremos muito tempo para criar nossas memórias juntos quando ele voltar.

— Quer tomar alguma coisa? — pergunto a Ryan, agora.

— Não, eu... — Ele balança a cabeça, como se precisasse estar em algum lugar. — Tenho planos.

Concordo com a cabeça, depois hesito.

— Sabe... mesmo que este livro nunca veja a luz do dia, sempre serei muito grata pelo apoio de todos vocês. Você e Emma. E o grupo.

Ryan afasta o sentimento com os olhos.

— Não podemos levar nenhum crédito. Você é uma escritora, Luce. Está no seu sangue.

Sorrio corajosamente, lembrando a mim mesma de não pensar que a rejeição do agente de Ryan é um ponto-final. *É só um obstáculo no caminho*, penso. *O destino vai trazer o que é seu.*

* * *

Emma mandou uma mensagem dizendo que já está no pub, tomando nossas habituais bebidas pós-grupo. Ela deixou Ryan e eu sozinhos mais cedo, sentindo que ele teria notícias ruins para dar. Eu disse que iria encontrá-la no bar.

Mas não consigo encontrá-la quando chego, embora o lugar esteja meio vazio. O bar cheira a cerveja, pessoas e batatas fritas. Enquanto abro o WhatsApp para perguntar onde ela está, sinto um tapinha no ombro.

— Lucy?

Ao me virar, fico cara a cara com Georgia, minha antiga chefe da Figaro.

Já se passaram quase dois anos desde que saí de lá e, embora não tenha pensado muito na Figaro nos últimos doze meses ou mais, era *tudo* em que conseguia pensar no período logo depois da minha saída. Se exagerei. Se fiz a coisa certa. Se Georgia encontraria outra pessoa para ocupar meu lugar no planejamento, se a agência ficaria bem.

Georgia respira fundo e interrompe a pausa estranha.

— Lucy, eu só queria dizer... sinto muito. Por tudo o que aconteceu quando você foi embora. Eu te tratei muito mal. Não te valorizei o suficiente, nem de perto.

Ela parece quase tão surpresa ao admitir isso quanto eu em ouvir, mas seus olhos verdes estão arregalados e sinceros. Georgia parece um pouco menos arrumada, com um visual casual, usando jeans e um suéter de tricô cinza, e tênis em vez dos saltos vertiginosos que sempre usava no escritório. O cabelo escuro está preso em um rabo de cavalo bagunçado, e todo o seu comportamento é muito mais tranquilo do que me lembro.

— Ainda me sinto *péssima* por tudo — continua ela. — Eu deveria ter mandado uma mensagem, ou um e-mail, mas... me convenci de que iríamos nos esbarrar em algum momento, e aí eu poderia dizer tudo diretamente, e agora... aqui estamos.

Balanço a cabeça.

— Não, é... Eu não deveria ter simplesmente saído daquele jeito. Foi egoísta deixar você na mão.

— Eu *merecia* ficar na mão. Eu tratei você muito mal. Não me admira que você tenha sentido que eu traí nossa amizade, porque foi o que eu fiz.

Paramos por um momento, pensativas, olhando uma para a outra.

— Então... como vai tudo? — pergunto, hesitante.

— Bem, isso é outra coisa que eu queria contar. Vendi a agência faz uns nove meses e, sinceramente... foi a melhor coisa que já fiz. Na verdade, estou estudando para ser professora.

Sem nem perceber o que estou fazendo, dou um passo à frente e a abraço.

— Georgia, que incrível. Parabéns.

— E também conheci meu namorado, Adam, no curso, então...

Os olhos dela estão brilhando, de um jeito que não lembro de ter visto enquanto ela estava atolada no estresse cotidiano de administrar o próprio negócio.

— O que estou dizendo é que nada disso teria acontecido se você não tivesse pedido demissão naquele dia, Lucy. Tenho certeza. Depois que você saiu, não consegui parar de repassar tudo o que disse, e isso realmente me fez pensar em mudar as coisas. Eu precisava de um choque para acordar. Eu *precisava* que alguém me chamasse de vaca egoísta.

Sinto meu rosto corar de leve.

— É, desculpe por isso.

— Não! — Ela segura minhas mãos. — Não se desculpe. Você tinha todo o direito de fazer isso. Era o que eu merecia. Sério.

Deixo meu rosto se suavizar em um sorriso.

— Então, você vai dar aulas de que, quando se formar?

— Se tudo der certo, administração.

— Que maravilha, Georgia.

— E o que você tem feito?

Ela olha para mim com esperança, como se eu fosse uma ex em que ela deu um pé na bunda e agora está rezando para que eu diga que sou casada com dois filhos e que nunca fui tão feliz.

— Bem, eu trabalho de manhã na Pebbles & Paper. Sabe, a loja de presentes do centro?

— Ah, sim! Adam me deu uma daquelas lâmpadas de sal de aniversário.

Sorrio, sem dizer a ela que aquelas malditas lâmpadas de sal são meu inferno. Desde que Ivan tomou a decisão questionável de colocá-las em estoque, os clientes fazem fila para dizer que elas quebraram, ou que não curaram a insônia nem conseguiram resolver suas muitas alergias.

— E... estou escrevendo um livro — completo, depressa, para deixar de lado as malditas luminárias. — O que eu provavelmente nunca teria feito se ainda estivesse na Figaro. Eu sempre quis ser escritora, então...

— Nossa, isso é... Já foi publicado?

— Ainda não.

Penso no agente de Ryan, a decepção ainda se agitando em meu peito. Atrás de nós, alguém ganha no caça-níqueis, e as moedas são pagas com um barulho que lembra aplausos.

— Mas está terminado? É sobre o quê?

Concordo com a cabeça.

— Está, sim. E, acho que é... sobre amor, basicamente.

— Bem, olha — começa Georgia —, já que você escreveu um livro, eu talvez possa fazer uma coisinha para finalmente compensar o fato de ter sido uma chefe tão ruim.

Franzo a testa.

— Como você...

— A irmã do Adam é agente literária. Se você quiser, eu adoraria enviar seu livro. O nome dela é Naomi Banks. Se você me mandar o manuscrito por e-mail, será um prazer encaminhar e pedir que ela dê uma olhada.

Naomi Banks? Naomi é minha agente dos sonhos. Ela representa vários autores que adoro e — de acordo com seu site — está em busca exatamente do tipo de livro que escrevi.

Georgia me dá seu endereço de e-mail.

— Mas... — hesito, enquanto digito no meu telefone. — Você nem leu.

Ela sorri para mim.

— Fico feliz em arriscar. Eu sei que você escreve bem. Deveria ter reconhecido isso enquanto você trabalhava para mim. Você *merecia* que alguém reconhecesse isso.

Abro um sorriso, então estendo a mão de novo e puxo Georgia para um abraço. Ela tem um cheiro impecável, de perfume e amaciante de roupas.

— Obrigada.

— De nada. Estou tão feliz por termos nos visto de novo, depois de tanto tempo.

* * *

Depois que ela sai, fico um tempinho parada, tentando lembrar o que vim fazer aqui. Enfim, verifico o celular, ainda está no silencioso por conta da aula, e vejo várias mensagens e chamadas perdidas de Emma. Ligo para ela.

— Onde você está?

— No White Hart. Esperando por você, já com duas taças de vinho pra dentro. Por quê? Onde você está?

— Ah. No White Horse.

— Você está no pub errado.

— Eu estou no pub errado.

Quando volto para casa, algumas horas depois, envio meu manuscrito por e-mail para Georgia antes de ser vencida pelo nervosismo. Então coloco o casaco e o chapéu e vou para a praia.

O fim do inverno está tentadoramente próximo. Os dias estão ficando mais longos e mais quentes. Folhas verdes brotam nas árvores e sebes, subindo pelas fendas da calçada. Ainda nado de vez em quando e, a cada vez, o mar parece menos um mergulho no polo sul. Aquela sensação de risco começou a diminuir.

De madrugada, faço uma videochamada com Caleb da cabana da praia, aquecendo as mãos em torno de uma xícara de chá adoçado. Tentamos conversar algumas vezes por semana, mas às vezes é difícil coordenar, considerando a diferença de fuso, o Wi-Fi irregular e nossos horários conflitantes.

Embora seja logo depois do café da manhã em Myanmar, Caleb ainda está deitado, encostado na cabeceira da cama, o peito nu. Ele fez um pequeno tour virtual quando chegou, algumas semanas atrás; o quarto tem painéis de madeira e vista para a piscina do hotel, só as pontas das torres do templo visíveis acima das copas das árvores. Às vezes gosto de imaginá-lo ali, antes de dormir, revendo as fotos, atualizando o blog, mandando mensagens para amigos e entes queridos.

— Oi — digo. — Estou com saudade.

— Olá. — Ele parece mais bonito cada vez que conversamos. Seus olhos estão brilhando com a emoção da aventura. Até os dentes parecem mais brilhantes do que eu me lembrava, embranquecidos pelo novo bronzeado. Quero atravessar a linha telefônica, tocar sua pele, beijar seu rosto. — Saudade de você também. Como está o tempo aí?

Abro um sorriso.

— Ainda muito frio. E aí?

Ele ri.

— Um forno.

Seu hotel é básico, sem ar-condicionado, então Caleb depende de um ventilador de teto que, segundo consta, é bem barulhento.

Ele pergunta como estão meus pais. Depois que lançou a bomba do divórcio no nosso colo, mamãe foi morar com Tash e Simon enquanto os dois decidem o que fazer com o dinheiro, a casa e as coisas que acumularam por mais de trinta anos. É tão estranho pensar neles como duas pessoas separadas. Sempre foram mamãe e papai. Agora são mamãe... e papai.

O que não contei para ninguém — nem mesmo Caleb — é que nutro uma esperança secreta de que os dois ainda superem isso. Que esse não é o fim da história deles, só um desvio no caminho.

— Papai teve um encontro — conto para Caleb.

Ele arregala os olhos.

— Uau.

— Pois é.

— Com quem?

— Não perguntei.

— E foi... tudo bem?

Balanço a cabeça.

— Parece que ela só queria um amigo.

Caleb faz uma careta de pena.

— Seu pai está bem?

Abro um sorriso.

— Vai sobreviver. Disse que a mulher não fazia o tipo dele, de qualquer maneira.

— Meu Deus, encontrar alguém na idade deles deve ser brutal.

Concordo com a cabeça, ainda não me sentindo pronta para compartilhar minha teoria secreta de que nenhum dos encontros do meu pai — ou da minha mãe, por sinal — vai resultar em algo significativo, já que a história de amor deles ainda não acabou. Sei que isso soa ridiculamente ingênuo, mas... não consigo afastar a sensação de que os dois vão superar essa fase.

Caleb coloca a mão atrás da cabeça. Seu peito está tão bronzeado quanto o rosto. Sinto falta daquele peito, dos contornos bem marcados. Sinto falta de deitar nele, beijá-lo, passar os dedos... Sinto falta de ouvir as batidas do seu coração.

Conversamos um pouco mais. Ele conta que vai sair com a equipe dali a cerca de uma hora para fotografar um mosteiro local. Tento evocar o ar quente e carregado, a exuberância da vegetação, os templos dourados. A estação chuvosa está se aproximando, e as temperaturas estão na casa dos trinta graus. O grupo está bem no interior do país, e — acredite se quiser — Caleb diz que está com saudade de nadar no Canal da Mancha.

Então levo nossa ligação para fora, para a noite escura e a praia de cascalho. O ar está frio e cortante. Sinto o sal atingir minha pele e cobrir meus lábios, misturando-se ao açúcar do chá.

Eu o levo até a praia, para que ele possa ver o mar, passando por um grupo de pescadores noturnos em barracas. Seguro o telefone no alto e deixo que ele ouça o mar agitado, a superfície salpicada de luar. Eu me pergunto se, quando olhamos para cima, vemos o mesmo pedaço de céu, mesmo com nossos fusos horários distantes em pontos afastados da Terra.

Caleb geme com saudade.

— O que eu daria para mergulhar aí.

Suas pupilas parecem dilatadas, ávidas pela água fria.

— Nadar numa piscina aqui não chega nem perto. Nunca me sinto revigorado de verdade.

— Bem, eu não me importaria com um clima mais quentinho agora — admito. — O inverno pareceu muito longo sem você. Mas não é nada ruim morar em um lugar com quatro estações. Gosto de saber que a mudança está sempre no horizonte, em algum lugar.

Eu me sento no cascalho e pego algumas pedras frias, desejando que a mão dele estivesse aqui, segurando a minha. Na tela, nossos olhos se encontram, e sou tomada pelo desejo de sentir sua pele na minha, de beijá-lo, despi-lo. Inspiro, secretamente esperando sentir o cheiro de protetor solar, Caleb e flores de jasmim-manga. Mas tudo o que sinto é a leve pungência de peixe e algas marinhas.

— Doze semanas amanhã — sussurro.

— Doze semanas — sussurra ele, de volta. — Mal posso esperar.

— Qual é a primeira coisa que faremos?
— Volta para a cabana de praia que eu te conto.

E é o que eu faço. Segurando Caleb na mão, volto para a cabana, fecho as portas e apago as luzes, e deixo que ele me conte *exatamente* o que faremos juntos, na primeira noite em que estiver em casa. E, enquanto sussurramos sobre rir, beijar e amar um ao outro, sei que não há outra pessoa em quem eu preferiria pensar enquanto o inverno se transforma em primavera. Ninguém mais que eu gostaria de amar, mesmo com as maiores distâncias, pois sonho com um futuro que mal posso esperar para começar.

PARTIR

— Como está a conferência? — pergunta Jools.

Estou com minha amiga no viva-voz, sentada na cama do meu quarto de hotel, enrolada em um roupão e com uma máscara de algas incrivelmente cara no rosto, em uma tentativa vã de reduzir os poros antes de amanhã.

— É... uma conferência. Assim, todo mundo está tentando fingir que não, porque somos "criativos", mas é o que é. Tem café morno e biscoitos, PowerPoint e espaços de descanso. Definitivamente é uma conferência.

É minha segunda noite neste resort de golfe quatro estrelas em Surrey, onde participo da conferência anual da Associação de Criativos do Reino Unido em nome da Supernova. Hoje foi uma corrida maluca entre palestras, workshops e mesas-redondas, e ouvi especialistas do setor falarem sobre tudo, desde dados comportamentais até publicidade para cadeias de fast food e simbiose agência-cliente. Os eventos terminaram há cerca de uma hora, e tenho mais uns quarenta minutos livres antes do momento de networking com drinques, para depois jantar.

Fui convidada para uma apresentação amanhã sobre meu trabalho em *Um mundo ideal,* a agora aclamada campanha que criei com Seb mais de um ano atrás e que, por mais incrível que pareça, ainda está ganhando força. Parece que quase qualquer um no mundo da publicidade está participando desta conferência — incluindo Zara, além de outros executivos seniores da Supernova. A sala onde farei a apresentação comporta até duzentas pessoas; nos últimos meses, Zara também tem sugerido que pode haver uma promoção para mim no futuro. Se eu estragar tudo, as repercussões não serão boas.

O hotel é muito bom. Até consegui dormir em paz ontem à noite. Desde a virada do ano, com ajuda do plano de saúde da HWW de Max, tenho consultado uma psicóloga, Pippa, uma vez por semana. Ela me ajuda a explorar o que aconteceu com Nate, e aos poucos comecei a correr alguns riscos, tentando superar minha tendência a entrar em pânico em espaços desconhecidos. Eu não sabia o quanto precisava conversar com alguém sobre o assunto até finalmente começar.

Não converso muito sobre isso com Max. Embora ele tenha me apoiado muito, sei que acha que é melhor deixar a intervenção psicológica para os profissionais. E talvez esteja certo. Eu disse coisas para Pippa que nunca diria a Max. Seu namorado não tem como cumprir todos os papéis de relacionamento da sua vida. Às vezes, é mais saudável descarregar com outra pessoa.

— A que horas é sua apresentação? — pergunta Jools.
— Às dez.
— Está se sentindo preparada?

Estou me preparando há dois meses, trabalhando nisso sem parar à noite e nos fins de semana. É justo dizer que é a maior pressão que já sofri, profissionalmente falando. Mas é um estresse bom, como andar até o altar ou comprar uma casa. Seb está ajudando, fazendo animações para partes da apresentação, para que não haja risco de morte por PowerPoint. Já posso discursar até dormindo, de tanto que o repeti — no chuveiro, no metrô, no banheiro do bar com minhas amigas... — e até o gravei no celular, para poder ouvir sempre que tiver um tempo livre. Pedi a Max para me filmar falando; convidei amigos e familiares para o apartamento e os forcei a me ouvir praticar. Essa apresentação precisa ser a perfeição em vinte minutos. Eu *tenho* que mandar bem.

— Sim — digo a Jools, com firmeza, porque neste momento exalar confiança é quase tão importante quanto as palavras que direi. — Sim, estou pronta.

Pergunto como está Nigel, e Jools solta um suspiro sonhador. Os dois estão juntos há quase dez meses. Suspeito que vão ser um daqueles casais para quem o período de lua de mel nunca termina.

— Fizemos um showzinho improvisado em casa ontem à noite — conta ela. — Um monte de gente apareceu. Eu não conhecia quase ninguém, mas Nigel tocou para todos, que *adoraram*. Ficou todo mundo dançando pela sala.

Cutuco a máscara facial rígida com as pontas dos dedos e mexo a boca um pouco. Quero sorrir, mas esta máscara claramente foi modelada em cimento.

— Ele encerrou com "God Only Knows", dos Beach Boys — continua Jools. Ela adora essa música. — Foi tão lindo, Luce! Ele é tão talentoso!

— De nada, de novo — digo.

— Pelo quê?

— Por eu ter me mudado.

Ela dá risada.

— Até quando estarei em dívida com você por isso?

— Enquanto você e Nigel estiverem juntos. Então... para sempre?

Eu a ouço morder uma maçã.

— Mas vamos lá: quero saber as fofocas. O que tem na agenda da conferência para essa noite?

— Ah, o de sempre. Drinques, networking, jantar. Depois um quiz, acho. Tudo muito chato.

— Mas você ama seu trabalho.

— Exatamente. Eu amo meu *trabalho*. Não gosto de fingir que sou apaixonada pela história da publicidade para ganhar uma cesta cheia de geleias.

— O que Max vai fazer esta noite?

— Ah, trabalhar. Ele está muito ocupado. Macavity está ajudando.

Adotamos Macavity depois que Tash e Simon descobriram que Dylan era alérgico aos pelos. Mamãe e papai estão se mantendo firmes no plano de navegar pelo mundo, então Max e eu dissemos que ficaríamos com o gato. Macavity tem 12 anos, então é bem tranquilo, e sempre viveu dentro de casa, o que significa que não precisamos nos preocupar com carros ou ratos decapitados.

No começo, Max não tinha certeza se queria um gato, mas os dois agora são melhores amigos. Adoro chegar de fininho perto dos dois tarde da noite e encontrar Max cochilando no sofá com Macavity ronronando satisfeito em seu peito.

— Bem, boa sorte amanhã — diz Jools. — Estarei pensando em você. Você vai arrasar.

— Obrigada. Espero que sim.

— Eu sei que vai.

O jantar é bem típico de conferências, com representantes da mesma empresa sentados em mesas diferentes, como uma espécie de quebra-gelo, mas, para ser sincera, é o vinho grátis que costuma resolver essa questão. Acabo ao lado de Jon, que é designer gráfico. Ele trabalha para uma agência rival em Shoreditch que sei que Zara detesta. Depois de algumas taças de vinho, ele conta que acabou de descobrir que a esposa, com quem está há oito anos, o traiu com seu melhor amigo poucos meses depois de ficarem juntos.

Ele é loiro e agitado de um jeito meio maníaco, fala muito rápido. Talvez esteja drogado. Seus olhos estão vermelhos, e as roupas, um pouco amassadas, como se o pedido para respeitar o *dress code* fosse uma afronta ao seu gênio criativo.

Tentei me vestir com elegância esta noite, com um vestido de renda azul meia-noite na altura do joelho, além de mangas curtas e gola alta, sem falar nos Jimmy Choos que usei no encontro com Max na noite em que ele voltou das Seychelles. Eu me senti bem chique quando terminei de me arrumar em frente ao espelho do quarto, então mandei uma selfie para Max, que respondeu com várias mensagens muito elogiosas.

— Assim, o que não consigo entender é: isso realmente *importa*? — pergunta Jon.

Ele está balançando um pouco enquanto fala, como se estivesse prestes a cair de cara na panacota.

— Só você pode responder isso.

— Ela fica dizendo: "Oito anos versus três meses, Jon." — Ele imita a voz da esposa num tom amargo e pouco lisonjeiro. — Mas isso não significa que eu não fique imaginando os dois juntos toda vez que fecho os olhos.

Tomo um gole de suco de laranja e afasto a imagem da minha irmã com Max.

— Hum-hum.

— Você é casada, Lottie?

— É Lucy, na verdade.

Ele franze a testa.

— Seu cartão diz Lottie.

Eu pego o cartão e o balanço na frente dele.

— Não... definitivamente diz Lucy.

— Tá bom, *Lucy* — retruca ele, como se eu estivesse sendo obtusa de propósito. — Você é casada?

Balanço a cabeça.

— Tem namorado?

— Tenho.

— Então você sabe.

— Não exatamente.

— Bem, coloque-se no meu lugar. Somos criativos, não somos? Vamos usar um *pouco de imaginação,* pelo amor de Deus.

— Tudo bem — digo, com secura, porque ele está falando comigo como se tudo isso fosse culpa minha.

— O que você faria no meu lugar?

É só aí que olho para ele e percebo que está com os olhos carregados de lágrimas só esperando uma piscadela para cair. De repente, me sinto mal pelo cara, lembrando a raiva que senti quando descobri sobre minha irmã e Max. Espero alguns instantes.

— Se eu fosse você... subiria para o seu quarto, beberia um litro de água e deitaria para dormir. E, faça o que fizer, não ligue para a sua esposa. Nem para o seu amigo.

Ele balança a cabeça, e é difícil dizer se está pensando no meu conselho ou se sua mente acabou de fazer um desvio.

— Ela adora que eu tenha esse trabalho, sabe.

Acho que desvio.

— Ah, é? — pergunto, desanimada.

— Sim. O dinheiro. Os elogios. Ela se *gaba* disso.

— Com o que ela trabalha?

Ele fala por cima de mim:

— Você sabe o que realmente deixaria ela irritada?

— Não, o quê?

— Se eu simplesmente... me demitisse. Sem contar. Acordar um dia de manhã e dizer... *Não tenho mais emprego, você que se vire.*

Ele mal consegue falar direito, o rosto vermelho e suado, uma combinação de vinho tinto e indignação.

— Parece que a única pessoa que se daria mal com isso seria você.

— Tenho um romance pronto na gaveta, sabe. — Ele bebe mais vinho. Seus lábios estão manchados de roxo, os dentes aos poucos ficando acinzentados. — Ficção científica, tipo... Asimov, mas melhor.

Contenho um sorriso.

— Ah.

— Pois é. Mas, sempre que falo nisso, ela me diz para crescer e parar de sonhar, como se achasse que eu não conseguiria me dar bem.

— Tenho certeza de que ela não pensa isso.

— Na verdade, quer saber? Dane-se. — Ele ergue o indicador um pouco perto demais do meu rosto, sem motivo aparente, então se levanta. — Vou mandar eles enfiarem esse trabalho naquele lugar agora mesmo.

— Não, Jon... — Eu me levanto também e agarro a manga dele. — Não seja bobo. Você está bêbado, vai se arrepender...

Ele afasta minha mão. Está tão fora de si que seus olhos começam a girar enquanto fala.

— Não, eu sempre odiei esse trabalho, mesmo. E meu chefe é um idiota de marca maior. É hora de ele ouvir algumas *verdades verdadeiras*.

E, antes que eu possa impedi-lo, Jon sai andando até outra mesa.

— Você acha que ele está bem? — pergunta a garota do meu lado, só uns vinte minutos atrasada.

Balanço a cabeça.

— Acho que estamos prestes a descobrir.

Jon parou em outra mesa e agora está apontando o dedo para um homem mais velho, que continua sentado. Suponho que seja seu chefe. Outras pessoas começam a se levantar. Um deles segura o braço de Jon, o que causa toda uma comoção. Ele começa a gritar, depois pega uma taça cheia de vinho branco e joga no cara com quem estava falando, que agora também está de pé. Todos no salão prendem o fôlego, e o lugar mergulha em silêncio. Estou longe demais para ver a expressão exata no rosto do homem mais velho, mas imagino que, se Jon ainda não estiver desempregado, estará amanhã de manhã. Ele provavelmente vai abrir o e-mail amanhã, a cabeça latejando, e encontrar aquele assunto imortal: *Reunião com RH*.

Não consigo mais assistir, então pego minha bolsa, saio do salão cambaleando e vou para os elevadores. Isso vai deixar meus colegas de mesa com menos duas pessoas para o quiz, mas não é como se o que estivesse em jogo fosse uma viagem de alta classe. Afinal, o prêmio principal é uma cesta de condimentos.

— Eu deveria ter me esforçado mais.

— Luce. Ele não pulou de uma ponte. Só ficou um pouco alterado em um evento de trabalho. Quem nunca?

São cerca de nove da noite. Estou deitada na cama, tomando minha água de cortesia e mordiscando um biscoito amanteigado. O quarto é muito mais agradável do que eu imaginei antes de chegar: esperava uma atmosfera de caixeiro-viajante, com móveis simples e adesivos de advertência em todos os eletrodomésticos. Mas, na verdade, o estilo é bem casa de campo elegante, com móveis de qualidade e um tapete macio, cortinas pesadas e produtos de toalete de grife.

Max está no carro — parece que precisou passar no escritório para pegar alguns arquivos. Sua voz fica falhando.

— Aposto que *você* nunca fez isso — respondo à pergunta.

— Bem, não, mas só porque gosto do meu trabalho. E parece que esse cara tem um plano B. Ele vai ficar bem.

— Está falando do plano de ser como "Asimov, mas melhor"?

Uma pausa.

— Olha, isso não significa nada para mim. O último livro que li foi a biografia de um juiz.

Abro um sorriso.

— Digamos que eu deveria ter me esforçado mais para acalmar o cara.

— Não era seu trabalho. Você nem o conhece. E, quando vir o livro dele na vitrine da Waterstones, ano que vem, vai ficar feliz por não ter feito mais.

Houve um tempo, muitas luas atrás, em que sonhei com a mesma coisa para mim.

— Você é um otimista incurável, Max Gardner, sabia disso?

— Bem, largar a Figaro não foi a melhor coisa que você já fez? Você nunca teria se mudado para Londres. Não estaria trabalhando na Supernova. Provavelmente nunca teríamos saído...

— Verdade. Acho que tudo deu muito certo no final. — Abro um sorriso sonhador. — E você, vai passar a noite inteira trabalhando? Não está meio tarde para pegar arquivos?

Max limpa a garganta.

— Na verdade... sabe quando eu disse que estava no carro porque tinha dado um pulo no escritório?

— Sim...

— Bem, o que eu realmente quis dizer foi... estou indo ver você.

Meu coração dá um pequeno salto.

— O quê?

— Sim. Eu estava pensando... você poderia me esconder no seu quarto do hotel. Vamos nos divertir.

Dou risada.

— Você não pode! Não vai trabalhar amanhã?

— Só tenho reuniões à tarde. E o hotel tem Wi-Fi, não tem?

— Max, eu...

— Gostou do plano?

Não digo nada por alguns segundos. Do corredor, ouço gritos e risadas abafadas, provavelmente outras pessoas da conferência que também queriam fugir do quiz.

— Não — respondo. — Sinto muito. Preciso dormir cedo. Esta apresentação de amanhã é muito importante.

Não vou tão longe a ponto de dizer *isso vai mudar a minha carreira,* mas na verdade é o que acho que poderia acontecer.

De qualquer forma, eu não deveria me sentir mal. Max já sabe disso. Ele fez um gesto romântico, mas vai acordar amanhã e perceber que foi a decisão certa. Preciso revisar minhas anotações mais uma vez, colocar meu laptop para carregar, passar a roupa que vou usar e dormir oito horas inteiras de sono de alta qualidade.

— Juro que vou me comportar — promete ele, mas a malícia em sua voz me diz o contrário.

Reprimo um arrepio.

— Não, Max. Você sabe que não vai. Você sabe que não *vamos*. Não posso me distrair. Não essa noite.

Ele ri.

— Prometo que não vou distrair você. Só vou... saquear o frigobar e comer todas as suas Pringles e fazer perguntas sobre a apresentação.

— Não! — Abro um sorriso. Pensar nisso é tão doce, mas sei que será ainda mais doce amanhã, quando tudo isso acabar. — Dê meia-volta. A gente se vê amanhã de noite. Levo você para jantar. Em algum lugar bem legal. Eu te amo.

Então dizemos boa noite, e ele dá meia-volta.

Acordo com o toque do celular. Tenho que me forçar a abrir os olhos, afastar o sono do cérebro. Há uma profundidade abissal na escuridão que indica ainda estar no meio da noite.

Não consigo ouvir nenhuma música ou risadas. O mundo está parado, esperando o que vem a seguir. O silêncio é tão alto que quase vibra.

Acendendo o abajur, pego o telefone, piscando para a tela. Toco para atender, mesmo sem reconhecer o número.

— Estou falando com Lucy Lambert?

Meu coração dispara. Ouço o sangue correndo em meus ouvidos. Uma pergunta como essa, a essa hora da noite, só pode ser má notícia.

Nunca estive mais desesperada para ouvir alguém prometendo um preço especial em novas calhas ou se oferecendo para consertar meu computador. Mas a voz feminina do outro lado da linha é clara, firme e nítida. Eu sei, só por essas seis palavras, que não é uma atendente de telemarketing.

Uma imagem dos meus pais me surge à mente. *Quem é? O que aconteceu?*

— Sim — consigo dizer, depois de um tempo.

No tapete ao lado da cama, um dos meus Jimmy Choos azuis caiu de lado, como se tivesse desmaiado.

— Lucy, aqui quem fala é Kirsten Lewis, da polícia de Surrey.

Surrey? Por que Surrey?

— Você é parceira de Max Gardner?

E, assim, todo o meu mundo fica preto.

18

FICAR

— Quase morri — falo ao telefone, sem fôlego.

Jools está rindo, talvez porque escapar da morte é melhor do que sucumbir a ela.

— O quê?

— Lambretas. — Eu me viro para examiná-las, zumbindo como abelhas ao longo da estrada da qual acabei de saltar. — Estão por toda parte.

Estou em Bali há menos de uma hora. De acordo com o mapa (e com Gabi, uma colega superprestativa da equipe de Caleb), o hotel que procuro fica a uma curta distância do aeroporto. Mas a realidade é muito mais confusa do que o Google Maps. Só vejo ruas, árvores, edifícios altos e aglomerados densos de pessoas, todas parecendo locais, não turistas. Cada estrada parece se mesclar à seguinte, e nenhuma parece levar a qualquer lugar além dos entornos do aeroporto. E não vejo a praia, não vejo nem indícios de sua localização. Parece que saí do aeroporto de Heathrow e tentei ir andando até o Covent Garden.

De qualquer forma, eu estava tão empenhada em tentar me localizar que esqueci de olhar para os dois lados antes de atravessar a rua, então quase fui atropelada por uma moto em alta velocidade, cujo motorista nem sequer vacilou, desviou ou freou.

Ajeito a mochila nos ombros. Já estou suando. Quando saí do terminal, o ar mais parecia o de um forno pré-aquecido. Por que achei que seria uma boa ideia ir a pé? Por alguma razão, imaginei que Bali fosse só céu azul e brisa do mar. Mas, até agora, é só pegajoso, abafado e barulhento, o céu com a cor de uma poça suja.

— Luce — fala Jools, com toda a calma, como a enfermeira que é. É de manhã em Londres, e hoje é seu dia de folga. Imagino-a sentada à sombra fresca do quintal em Tooting, tomando um café. — Por favor, volte para o aeroporto e pegue um táxi.

Dou meia-volta devagar, procurando por qualquer coisa que possa sugerir onde foi parar o aeroporto — um avião subindo, por exemplo, ou uma pessoa com bagagens. Eu talvez devesse usar o FaceTime com meu pai e pedir ajuda ao seu sexto sentido de orientação — ele provavelmente conseguiria dizer para que direção eu devo andar só de verificar as nuvens.

— Em teoria, é uma boa ideia — digo. — Se o aeroporto também não tivesse desaparecido.

Estamos em maio. Não vejo Caleb há cinco meses, e, por volta da marca dos quatro meses, a saudade começou a apertar. As despedidas prolongadas no final dos telefonemas, as pontadas de arrependimento quando vejo um casal de mãos dadas na rua, as vergonhosas ondas de inveja sempre que Jools me mandava um WhatsApp com mais uma atualização sobre seus planos de casamento... O desejo de tocá-lo e beijá-lo e de sentir o calor do seu corpo deitado ao meu lado na cama.

— Você consegue — falou Jools, com um tom casual, um dia no início de abril.

Eu tinha ido passar o fim de semana em Tooting, e estávamos tendo uma manhã preguiçosa depois de uma noitada com Nigel e a família, descansando no sofá, vendo *Friends* pela enésima vez enquanto comíamos bolinhos com manteiga.

— Consigo o quê?

Jools indicou a tela com a cabeça. Emily tinha acabado de chegar em Nova York, vindo de Londres para surpreender Ross.

— Ir para lá. De surpresa.

Eu bufei.

— O quê?

Jools deu de ombros, como se a sugestão não fosse grande coisa.

— Você está com tanta saudade dele. Pode fazer alguma coisa para mostrar... o quanto o ama. Seria *tão* romântico, Luce! Pegar um avião para lá e aparecer no hotel dele. Assim, por que não?

— Porque... — respondi, um pouco irritada, antes que pudesse evitar — você sabe por quê.

Jools abriu um sorriso travesso, como se essa objeção fosse tão fraca que nem valesse a pena argumentar contra.

— Mas imagine como ele ficaria feliz.

Não voltamos a falar sobre isso naquele fim de semana, mas Jools plantou uma sementinha. Eu até então pensava que minha decisão de não viajar longas distâncias nunca iria mudar, mas, ao longo dos dias, comecei a imaginar o quanto Caleb adoraria se eu fosse encontrá-lo. Comecei a refletir sobre a ideia, rolando-a na mente com muita delicadeza, como uma bola de argila que eu sabia que tinha potencial para se tornar algo interessante, embora não tivesse muita certeza do quê. Deixei o pensamento permanecer nos recônditos da mente, ousando — durante o banho, a caminho do trabalho, enquanto cozinhava — me imaginar entrando em um avião. Até escrevi, no laptop, um conto sobre dois personagens sem nome que se reencontram depois de um longo tempo separados, mas tive que parar porque as coisas estavam ficando quentes demais.

Depois de alguns dias, percebi que o aperto no estômago sempre que pensava em viajar não se parecia mais tanto com medo. Era mais uma empolgação. Borboletas em vez de marimbondos. Uma pequena palpitação diante da perspectiva de possibilidades — a percepção de que, se eu quisesse, talvez *pudesse* mudar a maneira como via o mundo. Eu *podia* fazer coisas que antes pensava estarem fora do meu alcance. Talvez eu tenha precisado sentir tanta falta de Caleb para perceber isso.

Eu ainda estava com medo, mas — talvez pela primeira vez — começava a me perguntar se o medo era mesmo motivo para não fazer alguma coisa. Talvez fosse mais um motivo para tentar.

O táxi chega ao destino e entrego algumas rupias ao motorista. Ele tira minha mochila do porta-malas e eu agradeço, depois me afasto e olho para o hotel. É um lugar modesto, a um quarteirão da praia, com entrada sombreada sob um telhado de pagode, repleto de palmeiras.

É agora. Cinco meses separados, e Caleb está a poucos metros de mim. Fico um tempo parada na calçada, olhando o prédio como se estivesse nos degraus de um castelo de conto de fadas.

Eu me forço a entrar, aceno educadamente para o homem atrás do balcão e atravesso o saguão. Gabi disse que Caleb está no quarto 12, então analiso as placas e sigo pelo corredor, os chinelos batendo no piso. Estou morrendo de medo de esbarrar nele saindo para algum lugar, com fones de ouvido e a câmera no pescoço, o que seria desastroso. Porque este corredor não é onde quero reencontrá-lo. Criei este momento na mente desde que comprei a passagem: Caleb vai abrir a porta, vou me jogar em cima dele, vamos nos abraçar e mal conseguiremos respirar ou falar até muito, muito mais tarde.

Quarto 12. Aqui está: uma porta marrom comum, com o verniz um pouco riscado. Respiro fundo, apoio a palma da mão no olho mágico, só para garantir, e bato.

Uma longa pausa. Por um momento, tenho medo de que ele não esteja no quarto, ou que esteja ao telefone, ou tomando banho. Tenho sonhado com esse momento há tanto tempo que acho que não conseguiria suportar se não corresse exatamente como planejei, depois de tantas centenas de libras, milhares de quilômetros e incontáveis batimentos cardíacos interrompidos.

Então ouço um abafado:

— Um minuto!

A porta se abre. Ele pisca para mim por vários momentos. Então:

— Ah, meu Deus!

— Oi — digo, o coração explodindo de alegria.

— Lucy... Ah, *meu Deus!*

Caleb dá um passo à frente. Está muito bronzeado, o cabelo escuro um pouco mais claro de sol, e também parece mais alto, embora claro que isso seja impossível. Ele parece cansado, mas um tipo bom de cansaço. O tipo que diz que está pronto para parar de sentir minha falta.

— Pensei em fazer uma surpresa — sussurro, as lágrimas começando a encher meus olhos. — A distância estava ficando muito difícil.

— Por favor, diga que não estou sonhando — sussurra ele, em resposta.

Então, sem esperar que eu responda, ele segura meu rosto entre as palmas das mãos e encosta os lábios nos meus, como se precisasse muito verificar que sou mesmo real. Então suas mãos se enroscam no meu cabelo, e as minhas no dele, e estamos nos beijando do jeito que as pessoas fazem nos filmes — o que Jools chamaria de beijo do apocalipse —, um beijo feroz, frenético e acelerado, porque já faz muito tempo.

Entramos aos tropeços no quarto, que já sinto que está quente, sem ar-condicionado. Mas não importa. Um gemido escapa da boca de Caleb para a minha enquanto caímos na cama, nos agarrando e arrancando as roupas. Logo ficamos escorregadios de suor, paixão e desejo. O colchão solta um rangido cômico a cada mínimo movimento, mas nenhum de nós se importa. Logo depois, ele puxa meu vestido para cima, eu puxo sua bermuda para baixo, e tudo o que consigo pensar é em aproveitar cada segundo desse momento que desejo desde o dia em que ele foi embora.

Depois, ficamos deitados juntos na cama, nus, o ventilador de teto girando hipnoticamente enquanto recuperamos os sentidos. Do lado de fora vem a trilha sonora de um país estrangeiro, buzinas e trânsito, entremeada pelo barulho do motor das lambretas.
Ao meu lado, Caleb balança a cabeça.
— Ainda não consigo acreditar que você está aqui.
Abro um sorriso, me mexendo no travesseiro para encará-lo.
— Você ficou surpreso?
Ele vira a cabeça para mim, então ficamos cara a cara. Seus olhos estão brilhando.
— Surpreso nem chega perto.
— Eu não podia esperar mais um mês.
— Você não tem ideia do quanto isso me deixa feliz.
— Saber que sou impaciente? — provoco.
— Bem, se é isso que a impaciência nos traz — retruca ele —, por favor, nunca, nunca mude.
Viro de frente para ele e me apoio em um cotovelo, desenhando formas em seu peitoral com o dedo.
— Olha esse bronzeado. Eu me sinto tão pálida perto de você!
Caleb sorri.
— Pálida e linda.
— Meu Deus, como senti saudade. Isso é... *muito* melhor do que eu imaginava.
Ele estende a mão e ajeita meu cabelo atrás da orelha, seus olhos me observando, parecendo absorver minha presença.
— Você está maravilhosa. Amei seu cabelo assim.

Tenho usado o cabelo mais solto nos últimos tempos. Cabelo de Rapunzel, como minha mãe chama. Está espalhado pelos ombros, embora temporariamente bagunçado depois de Caleb agarrá-lo.

— Obrigada — sussurro.

— Só... diga que você não está só de passagem, ou algo assim. Que não ganhou algum... concurso para passar vinte e quatro horas em Bali.

— Não — respondo, feliz. — Dez dias inteiros.

Ele balança a cabeça de novo, como se ainda estivesse pensando que sou alguma miragem.

— Perfeito.

— Mas... eu entendo perfeitamente que você está trabalhando. Não precisa dar uma de guia turístico nem nada. Eu só quero que a gente possa fazer isso todos os dias.

Ele arqueia uma sobrancelha.

— Não vou precisar ser convencido a fazer isso todos os dias.

Abro um sorriso, deixo meu olhar vagar pelo quarto.

— É muito legal aqui.

O quarto é bem básico, mas parece claro e bem cuidado — embora um pouco bagunçado, com as roupas e o kit de fotografia de Caleb espalhados por todas as superfícies disponíveis. Também há livros, mapas, canhotos de passagens e documentos. Só posso pensar que a equipe de limpeza não tenta fazer faxinas diárias.

— Desculpe pelo estado do quarto. Eu teria arrumado tudo se soubesse que você viria.

Abro um sorriso.

— Acredite, eu não me importo nem um pouco.

Ele passa a mão pela lateral do meu rosto, como se estivesse achando difícil parar de me tocar.

— Então... o que fez você mudar de ideia? Sobre viajar. Quer dizer, você literalmente veio do outro lado do mundo, Luce.

Dou de ombros bem de leve.

— Depois que você viajou... comecei a pensar muito no que você disse. Sobre Nate roubar experiências de mim e sobre não deixá-lo vencer. E eu estava com tanta saudade, comecei a ficar... Sei lá. Meio irritada. Não conseguia parar de pensar em você, então eu e Jools vimos aquele episódio de *Friends* em que Emily vai para Nova York ver Ross...

Ele assente com a cabeça.

— Um clássico.

Abro um sorriso.

— E eu sei que *podemos* ficar longe um do outro, mas só... não queria mais. Queria ver você e, se para isso era preciso pegar um avião, eu me recusei a deixar Nate ser uma razão para ter medo.

Ele está acariciando meus ombros.

— E a viagem foi boa? Você se sentiu bem?

Concordo com a cabeça.

— Para falar a verdade, foi. Muito boa. Trouxe meu laptop. Passei a maior parte do voo escrevendo.

Apenas quarenta e oito horas depois de Georgia ter enviado meu manuscrito, dois meses atrás, Naomi Banks entrou em contato para perguntar se poderíamos nos encontrar em seu escritório em Bloomsbury. Discutimos o livro — por que o escrevi e o que ela imaginava para o rascunho — e conversamos sobre a longa lista de edições que ela sugeria. Estou trabalhando nisso agora, depois enviaremos a versão final às editoras. Essas coisas demoram e não têm absolutamente nenhuma garantia, então ainda estou trabalhando na Pebbles & Paper — o que é ótimo, para ser sincera, apesar de Ivan ser meio maníaco por controle e ter adicionado mais dois clientes à lista de banidos nos últimos cinco meses.

Mas eu sei que, não importa o que aconteça com o livro, Naomi e eu somos a combinação perfeita. Trabalhamos muito bem juntas e estamos bem alinhadas em muitos pensamentos e ideias. Ela *entende* meu livro e *me* entende. Agora estou convencida de que o fato de o agente de Ryan ter recusado meu manuscrito foi o destino, para que Naomi e eu pudéssemos nos encontrar, embora na época tenha parecido um chute no estômago.

Caleb contorna minha clavícula com o dedo.

— Serão dez dias incríveis, Luce. Estou tão feliz de ter você aqui.

— Eu também — sussurro, e por um momento ficamos apenas olhando nos olhos um do outro em silêncio, a felicidade pulsando no espaço entre nós.

— Então, o que você quer fazer agora? — pergunta ele, depois de um tempo. — Quer sair? Estamos em um famoso ponto de surfe, pelo que me falaram. Tem muita coisa acontecendo.

Balanço a cabeça e me inclino para a frente, pressionando os lábios contra os dele. Caleb responde no mesmo instante, movendo a mão para minhas costas e descendo entre as omoplatas, uma provocação traçada na pele.

— Talvez mais tarde — murmuro. — Eu diria que ainda temos um pouco mais de saudade para matar.

Passamos todos os momentos livres dos próximos dez dias juntos. Caleb me mostra o trabalho que vem fazendo e me apresenta a seus colegas, e posso acompanhá-los nos passeios a templos e museus hindus, e vamos a restaurantes depois do expediente, quando eles estão de folga, além de um show de dança balinesa e algumas casas noturnas. Quando Caleb não está trabalhando, exploramos a cidade juntos, nos aventurando pelos palácios do leste de Bali, fazendo trilhas pelo monte Batur ao amanhecer, visitando os arrozais, afundando os pés na areia de inúmeras praias. Tomamos café da manhã em cafeterias e almoçamos em barraquinhas, aproveitamos o que parecem ser mil amanheceres, desfrutamos de massagens em um spa local. E encerramos os dias com aquilo de que mais sentimos falta: nos tocar, nos despir e voar alto com o prazer antes de ficarmos deitados, juntos, a pele nua, no calor latejante, quase entorpecidos de felicidade, conversando noite adentro e fazendo planos para o futuro, enquanto lá fora o céu explode em um milhão de estrelas.

Na minha última noite, Caleb disse que fez uma reserva em um restaurante chique com vista para a praia. Então coloco meu melhor vestido longo e sandálias de couro, faço um coque, acrescento um toque de delineador e uso os brincos de prata que ele comprou para mim na viagem para Seminyak, alguns dias atrás.

Enquanto andamos de mãos dadas em direção à praia, penso no que estaria fazendo em Shoreley agora, se nunca tivesse vindo para cá. Provavelmente conversando com Caleb pelo FaceTime a caminho da Pebbles & Paper em uma manhã nublada, sentindo aquela angústia profunda na barriga, alheia à magia de estar aqui com ele. Penso em como estou feliz por ter me esforçado para fazer isso, por não ter deixado o medo tomar conta de mim nem Nate roubar essa experiência de nós dois.

O restaurante fica em um vasto deque na areia, à luz de velas, cercado por palmeiras, com flores de jasmim-manga cor-de-rosa adornando as mesas. O sol poente faz o céu parecer em chamas, uma fogueira tropical.

Assim que as bebidas chegam, suco de melancia e abacaxi espremido na hora, Caleb estende o braço por cima da mesa e pega minha mão. Uma brisa quente sopra, dançando nos meus braços e ombros nus.

— Esses... foram os dez dias mais incríveis da minha vida — diz ele, os olhos brilhando de emoção.

Concordo com a cabeça e aperto sua mão.

— Vou me lembrar disso para sempre.

— Queria muito voltar com você amanhã.

— Só mais um mês — lembro a ele.

— Quatro semanas. É isso.

— Vai parecer mais longo agora.

Abro um sorriso.

— Não era meu objetivo, mas... entendo o que você quer dizer. Sinto o mesmo.

Caleb limpa a garganta.

— Sabe, se sua presença aqui me fez perceber uma coisa, é que... eu não quero me separar de você nunca mais, Lucy.

— Eu também não — respondo, um arrepio quente de alívio se espalhando pelo corpo. — De agora em diante, vamos combinar de ser um casal de caramujos codependentes, ok?

Ele ri, mas logo para. Sinto meu coração pular de amor por ele e, por um momento, quase vejo o sentimento suspenso entre nós, como o hálito quente num dia frio.

Caleb pousa o copo e, antes que eu possa compreender o que está acontecendo, ele se levanta da cadeira e se ajoelha na minha frente. O restaurante está cheio, e na mesma hora sinto as cabeças girando para olhar. Alguém dá um grito de comemoração. Minha pulsação dispara, meu coração escapa do corpo.

No momento seguinte, Caleb enfia a mão no bolso da calça jeans e pega um anel. Perco o fôlego. É o mesmo anel que fiquei olhando outro dia, quando visitamos Seminyak, momentaneamente fascinada pelo brilho da pedra. Eu não disse nada para Caleb — nem percebi que ele estava observando —, mas ele deve ter voltado para comprá-lo. É fino e prateado, cravejado com uma safira azul brilhante bem no centro. Ele estende o anel para mim, entre o indicador e o polegar, a mão tremendo de leve.

— Lucy, eu te amo tanto. Durante toda a minha vida... nunca acreditei em almas gêmeas. Mas aí eu conheci você, que provou que eu estava errado. Não quero nunca mais ficar longe. Quer se casar comigo?

Não há um único suspiro de hesitação em meu corpo.

— Sim! Ah, meu Deus! Um milhão de vezes sim!

Agora estamos nos beijando, chorando e rindo, e as pessoas no restaurante gritam e aplaudem, e Caleb coloca o anel no meu dedo, o homem com quem estava destinada a passar o resto da vida, o homem cujo coração parece um lar.

PARTIR

Quando a encontro, estou vivendo no piloto automático. Vagando de cômodo em cômodo com Macavity em meu encalço, pegando objetos e colocando-os de volta, fingindo limpar o apartamento, mas na verdade fazendo pouco mais do que mudar coisas de lugar. As vitaminas do Max. Aquele livro meio intimidante que ele estava lendo sobre o poder do hábito. A loção pós-barba que não me atrevo a cheirar. Halteres, abotoaduras, balas de menta. O cachecol de trabalho, macio como cetim. Os tênis de corrida, um par entre muitos. A caixa de pertences da mesa dele na HWW, que o chefe, Tim, entregou solenemente na semana passada. Dois cadernos do *Financial Times*, dos dias anteriores ao acidente, que, agora, se tornaram artefatos surrealmente preciosos.

O apartamento parece ridículo sem Max.

Agora é uma bagunça de louça suja e peças de roupa espalhadas, xícaras de chá pela metade e caixas de delivery manchadas de molho. Sei que preciso fazer alguma coisa, mesmo que seja apenas por respeito a Max, que sempre cuidou muito bem das suas coisas. E é quando estou guardando algumas de suas camisetas — eu as uso à noite, mas não suporto lavá-las — que vejo, aninhada no fundo da gaveta. Uma caixinha de couro creme. Eu a abro, e meu mundo desaba outra vez.

Tento ligar para Jools, mas ela está no trabalho e não atende. Então, em desespero, ligo para Tash.

Nas primeiras semanas após o acidente, não consegui nem olhar para minha irmã. Não há nada como perder um ente querido para trazer de volta os ressentimentos do passado. Eu simplesmente não conseguia aceitar a ideia de que ela estava triste por mim, porque, mesmo que anos atrás, contaminara minha relação com Max de forma permanente. Como uma lasca em um objeto precioso, que, embora não fique constantemente à mostra, é impossível de não ver se incliná-lo da maneira exata ou segurá-lo contra a luz. Uma imperfeição, uma falha que não pode ser corrigida.

Então liguei para ela, certa noite, quando Jools não atendia, um pouco como estou fazendo agora. E percebi, depois de conversarmos por alguns minutos, que estava me agarrando ao som de sua voz, à certeza de que minha irmã provavelmente estava mais empenhada em me apoiar do que qualquer outra pessoa que eu conhecia. Chegara a hora de Tash realmente provar seu valor, e eu sabia que ela estaria à altura do desafio.

Dois meses atrás, pouco depois de eu ter dito a ele para dar meia-volta, o carro de Max foi esmagado por um caminhão contra o canteiro central da M25. O motorista escapou ileso, mas Max morreu no local. A investigação policial está em andamento.

Seu funeral foi um mês depois, minha única chance de despedida, porque optei por não o ver no necrotério devido à natureza dos ferimentos. Quase cem pessoas se reuniram no Crematório de Lambeth para homenageá-lo, depois espalhamos suas cinzas no jardim da memória. Nunca houve dúvida de que ele ficaria em Londres. Seu coração sempre esteve aqui, não em Cambridge.

Achei estranhamente difícil chorar naquele dia, mesmo quando tocou "Wonderwall" no final da cerimônia. Acho que ainda estava em choque, com dificuldade de sentir qualquer coisa que não entorpecimento. Minha memória daquelas primeiras semanas é tão nebulosa... Dizem que o amor é uma droga, mas descobri que o luto também é. Eu estava com dificuldade de acreditar que Max estava morto de verdade: olhava o celular toda hora em busca de mensagens dele, ficava acordada até altas horas da madrugada para caso ele surgisse pela porta. Achei tê-lo visto no mercado ou atravessando a rua em frente ao apartamento.

Sua mãe, Brooke, chamou a atenção pela ausência no funeral. Pedi a Tash para localizá-la e passar os detalhes, já que eu não conseguiria falar com ela sozinha logo após o acidente. E Tash conseguiu encontrá-la, mas Brooke não apareceu. E eu a odiei por isso. Porque, mesmo depois da morte de Max, ela não foi capaz de estar lá para apoiá-lo.

Depois me perguntei se ela estava com raiva, porque descobri que, pouco tempo antes, Max escrevera um testamento, no qual nomeou seu amigo, Dean Farraday, como executor testamentário. Dean disse que Max deixara para mim o apartamento, as economias, tudo — exceto alguns itens para Dean e sua família. Brooke não recebeu nada. Dean disse que Max tinha tomado as providências logo após o incêndio na casa dos meus pais, mas decidiu não me contar porque estava preocupado que eu fosse argumentar que deveria ser o nome de Brooke naquele documento, não o meu.

Max me conhecia tão bem. Na época, sim, eu provavelmente teria dito isso. Agora? Não tenho tanta certeza.

Acho que foi só depois do funeral que finalmente compreendi — a percepção tão brutal quanto engolir dinamite — que nunca mais veria Max. Que o único homem que eu amei de verdade se fora para sempre, e tudo porque eu disse a ele para dar meia-volta.

Desde então, tenho sobrevivido uma hora de cada vez, suportando os dias sem experimentá-los. A dor penetrou meus ossos, invadiu meu corpo como uma doença. As pessoas pensam que você fica triste quando está de luto, mas é muito mais primitivo do que isso. É por isso que o luto tem uma palavra própria. É algo que se torna parte de você, que te transforma sem permissão.

Cada vez que a morte tira uma vida, rouba mais algumas também, só por diversão.

— Você está bem? — pergunta Tash, quando atende.

Começo a gaguejar ao telefone.

— Eu encontrei... encontrei...

— Lucy? O que você encontrou?

Estou de licença do trabalho desde que Max morreu. Zara tem sido incrível, muito mais compreensiva do que imaginei que seria. Ela até me deu aquela promoção *in absentia*, em reconhecimento aos quase dois anos de trabalho árduo que dedicara à época da conferência. Quando ela me contou, comecei a chorar. Deveria ter sido um momento de muito orgulho, não agridoce como foi.

Não tenho ideia do que Tash está fazendo, ou de que dia é hoje: pode ser um fim de semana, ou talvez ela tenha acabado de sair de uma reunião no trabalho. Mas é impossível dizer; Tash fala comigo como se fosse minha linha de apoio pessoal, como se não tivesse nada melhor para fazer do que me ouvir tagarelar.

— Um anel. Um anel em uma caixa. *Um anel em uma caixa.*

— Ah, querida... — Posso ouvir precisamente o momento em que o coração da minha irmã se parte junto com o meu.

Digo a ela que vou ligar de volta, então corro até o banheiro e vomito. Não tenho conseguido manter nada no estômago. Semana passada foi minha primeira sessão de retorno com Pippa, a psicóloga com quem me consultava antes de Max morrer (sim, *morrer*: se mais uma pessoa disser *se for*, eu não respondo por mim). Pippa explicou que a náusea é uma manifestação física comum do luto, assim como a falta de energia e a perda total de apetite, bem como o gosto metálico constante na boca, que só serve para me afastar ainda mais da comida.

Estou péssima, sei disso. Como um fantasma de mim mesma. E a única coisa que me traria de volta à vida seria se Max passasse por aquela porta agora mesmo.

— Como você está? — Dean me beija nas duas bochechas. Ele cheira a loção pós-barba, e de repente estou consciente do meu estado de imundície. Ele me passa um café e um saco de papel da Gail's. — Achei que você poderia precisar comer alguma coisa.

— Obrigada — respondo.

O bolo da Gail's é o meu favorito, mas não tenho certeza de que consigo aguentar comer no momento. Seguimos para a sala, onde me sento em uma poltrona, enrolada no cardigã. Estamos em maio, está quente, e Londres está no seu auge, exultante com o céu azul do início do verão, os parques ensolarados e as bebidas ao anoitecer. Mas meu humor combinaria mais com janeiro: cinzento, frio, infinito.

Como sempre, Macavity sobe no meu colo sem fazer barulho. Ele anda bem carente desde que Max morreu, e estou convencida de que está sentindo falta de seu companheiro perdido. Tiro muita força do calor de seu corpinho contra o meu, da percussão rítmica e reconfortante de seu ronronar. *Ele também amava Max*, penso muitas vezes. *Ele entende*. As mãos de Max acariciaram o mesmo pelo que estou acariciando agora. Macavity é como meu pequeno salva-vidas, amarrado pelo tempo ao homem que amo.

É sábado, percebi; início de tarde de mais um dia quente. A luz do sol reflete nos móveis, minha recompensa por ter feito a limpeza. Nessa época do ano passado, Max e eu poderíamos estar andando de mãos dadas pelo South Bank, vendo o Tâmisa se agitar como uma serpente ao nosso lado. Poderíamos estar almoçando no Borough Market, comprando algumas coisas para o jantar e voltando para o apartamento com nossos gelatos favoritos, de coração e barriga cheios.

Faço um gesto para que Dean se sente no sofá. Ele está de camiseta e óculos Ray-Ban na cabeça, o rosto levemente bronzeado pelo sol das últimas semanas. Imagino que tenha saído de algum passeio com Chrissy e a filha, aproveitando uma folga muito necessária com a família. Porque é sábado, e a vida continua. Ou pelo menos continua para Dean e Chrissy, que seriam loucos se não aproveitassem ao máximo cada segundo.

Ficamos bem próximos ao longo do último ano. Chrissy trabalha na televisão, é uma executiva importante em uma produtora especializada em documentários. Nós nos tornamos um quarteto bastante unido, passando o tempo no nosso apartamento ou na casa deles em Chiswick, fazendo piqueniques no Common, aproveitando longos e preguiçosos almoços de fim de semana, caminhando pelo Tâmisa aos domingos com a filha deles, Sasha, em sua pequena bicicleta. É difícil saber como nossa amizade vai mudar, agora que Max se foi. Imagino que isso seja inevitável. Tenho quase certeza de que existe um limite para minha presença como vela; não é assim que amizades devem funcionar.

Mandei uma mensagem para Dean depois de encontrar o anel. Eu precisava saber a história e tinha certeza de que ele saberia. Dean e Max ficaram muito próximos desde que se formaram na universidade — talvez porque, à medida que as amizades evoluíam, terminavam ou seguiam em frente, os dois descobriram que tinham ainda mais em comum como adultos do que como estudantes.

— Posso ver? — pergunta ele, agora.

Passo a caixa para ele, que levanta a tampa e sorri, como se isso lhe trouxesse uma lembrança feliz.

— É esse mesmo. Eu o ajudei a escolher. Hatton Garden. São cinco quilates, lapidação esmeralda...

— Quando? — sussurro.

Dean nunca fica sem palavras, mas demora muito para responder.

— Na semana antes de morrer — diz, por fim, a voz distante como um eco.

— Ele disse... como ia...?

Dean sorri de leve, depois balança a cabeça. Seus olhos azuis parecem úmidos. Ele também perdeu peso desde que Max morreu. Há pouco tempo, Chrissy disse que ele tem trabalhado sem parar.

— Só mencionou algumas ideias. Pensou em pedir no Observatório, na London Eye, ou no Shard London Bridge. Mas, para ser sincero, acho que ele provavelmente teria se ajoelhado aqui mesmo neste apartamento, Lucy. Ele não precisava fazer nenhum grande gesto para provar o quanto amava você.

Fecho os olhos e deixo suas palavras me atravessarem. Eu daria qualquer coisa — *qualquer coisa* — para que Max entrasse nesta sala agora mesmo, mesmo que apenas por alguns momentos, para que eu pudesse dar minha resposta. *Sim. Ah, eu te amo tanto. Um milhão de vezes sim.*

— Sinto muito por não ter contado antes — diz Dean. — Eu não sabia o que seria melhor. Chrissy disse várias vezes que eu deveria contar, mas... pensei que poderia piorar tudo.

— Não — digo baixinho, balançando a cabeça. — É o contrário. É como se... eu e Max tivéssemos tido mais uma conversa, e nunca pensei que teria essa chance.

Não dizemos mais nada por alguns momentos, só tomamos um gole de nossas xícaras, contemplando a situação. Sinto de novo aquele estranho gosto metálico na língua, tento lavá-lo com o café.

No meu colo, Macavity se mexe, esticando e flexionando uma pata antes de colocá-la de volta.

— Caso tenha duvidado do quanto você significava para Max — começa Dean, depois de um tempo —, você precisa saber, Lucy, que era o mundo dele. Max estava tão feliz desde que vocês voltaram.

Meus olhos se enchem de lágrimas e, embora não consiga falar, assinto em agradecimento.

Dean também enxuga algumas lágrimas, inclinando-se para pegar lenços de papel da caixa sempre presente na mesa de centro. Ele me passa um.

— Meu Deus, como eu sinto saudade dele!

Assoo o nariz e decido que, já que Dean está aqui, farei a pergunta que me atormenta constantemente. Aquela que está sempre presente na periferia da minha visão, como um inseto de que não consigo me livrar.

— Dean, você me culpa?

Até o policial confirmar que Max morrera vinte minutos depois de desligarmos a ligação naquela noite, eu estava atormentada pela ideia de que nossa conversa ao telefone tivesse causado sua morte. Saber que os dois eventos não estavam relacionados não tornava a perda mais suportável, mas pelo menos acabava com esse medo específico.

Mesmo assim. Max estava indo me ver, e eu disse a ele para dar meia-volta. Se eu tivesse concordado, ficado animada, reconhecido a ideia romântica que era... ele ainda estaria vivo.

Dean já sabe o que eu disse a Max naquela noite — logo após o acidente, parecia minha missão contar ao maior número de pessoas possível, talvez porque estivesse buscando a punição que tinha certeza que merecia. Mas ele nunca demonstrou o menor ressentimento por isso. Ainda assim, a natureza do luto é tão fluida, tão inconstante. Talvez, agora que teve tempo para pensar sobre isso, ele tenha percebido que tenho alguma culpa.

— Ninguém culpa você — responde ele, com firmeza, inclinando-se para a frente, e sou obrigada a olhá-lo nos olhos. — Ninguém culparia você por isso, nunca. Você não tinha como saber, Lucy.

Concordo com a cabeça, depois baixo os olhos para minhas mãos, ressecadas e negligenciadas como o resto do meu corpo.

— Mas fico pensando... se eu ao menos tivesse dito sim...

Pippa tem me encorajado a parar de fazer isso, de questionar tudo, sofrer com cada pequena decisão que já tomei. Ela diz que, mesmo se eu tivesse todas as respostas que procuro, a realidade de perder Max seria exatamente igual.

Dean assente, como se entendesse bem.

— Era muito coisa do Max, né? Sempre querendo ajudar.

Faço uma pausa. Quando você está de luto, as pessoas dizem muitas coisas estranhas — às vezes porque sentem que só precisam dizer *alguma coisa* —, e de vez em quando é preciso tentar descobrir o que querem dizer.

— Ajudar? — repito.

— Você sabe, com o seu... — Dean percebe minha expressão e se interrompe.

Sinto um frio tomar conta de mim. Mas não um frio como o de uma brisa, e sim como um calafrio muito profundo.

— Com o meu o quê?

Ele espera alguns momentos.

— Ah, desculpe. Falei besteira.

— Por favor, me explica o que você queria dizer.

Dean hesita.

— Almocei com Max naquele dia. Ele disse que você tinha essa... questão de ficar sozinha em quartos de hotel, então decidiu que iria até Surrey naquela noite fazer uma surpresa. Aí você não ficaria sozinha.

E é como se a poltrona tivesse deslizado para o lado, porque meu rosto de alguma forma pousou em uma almofada, e Macavity fugiu do meu colo. Estou chorando lágrimas quentes e confusas pela doçura do gesto de Max, sentindo como se o tivesse perdido mais uma vez.

Dean fica comigo até escurecer, só vai embora depois que eu garanto que ele não piorou tudo. Na verdade, não sei bem se ele fez isso ou não; minha cabeça está fervilhando com novas perguntas e autorrecriminações, mas pelo menos meu cérebro está ocupado. Isso de alguma forma faz eu me sentir menos sozinha.

Eu me enrolo no sofá com Macavity depois que Dean sai, pensando — como na maioria dos dias — sobre o que teria acontecido se tivesse dito a Max para ir ao hotel naquela noite. Se eu nunca tivesse conhecido o homem que me fez ter fobia de lugares estranhos. Se Max nunca tivesse dormido com Tash. Se nunca tivéssemos nos separado.

Mas, depois de um tempo, à medida que a escuridão se transforma num amanhecer pontilhado de rosa, percebo que Pippa está certa. Ruminar ou repensar as coisas não mudará o fato de que Max morreu e não vai voltar. O que Dean me contou ontem à noite não muda nada, não de verdade, só confirma o que eu já sabia: Max me amava profundamente. Ele cometeu erros, claro. Mas tinha mais do que compensado isso durante os dezenove meses desde que voltamos.

Agora é domingo, então, do outro lado da janela da sala, o mundo está em silêncio, embora eu ouça uma ou outra conversa, as batidas de tênis que passam correndo pela calçada. Então percebo que estou enjoada de novo.

Enquanto corro para o banheiro, percebo que não como há vinte e quatro horas. O bolo que Dean comprou permanece intocado na mesa de centro. Um desperdício de comida de qualidade, mas não tenho estômago para nada doce. Então, às oito da manhã, esquento um macarrão com queijo enlatado. Não tenho energia para pensar em nada mais nutritivo, o que é bom, porque vomito cerca de vinte minutos depois, no mesmo momento em que o número de Jools começa a piscar no meu telefone.

— De novo? — questiona ela, assim que volto para a cozinha e retorno a ligação, contando por que não pude atender.

— Está tudo bem — digo, pensando no que Pippa disse. — Parece que é normal.

— Mas você vomitou ontem. E no dia anterior. E no dia anterior.

— Eu sei — digo, vagamente, sentindo que ela pode estar tentando enfatizar um ponto mais importante, embora não consiga entender qual.

Não cabe a mim determinar como meu corpo responderá à perda de Max, não é?

— Lucy — sussurra Jools. Ouço a voz dela oscilando de leve ao telefone. — Existe alguma chance de... de você estar grávida?

Fico alguns momentos sem responder. Só olho diretamente para a frente, para as letras magnéticas na geladeira, que Max arrumou para soletrar MAX AMA LUCY P SEMPRE BJS. Estou tão paranoica com a possibilidade de alguém bagunçar tudo que devo ter tirado umas cinquenta fotos desses ímãs.

Engolindo em seco, eu me atrevo a provar a magia das palavras de Jools, só por um momento. Então, pela primeira vez desde a morte de Max, detecto o mais leve fio de algo se desenrolando, espiralando em direção ao teto como um sinal de fumaça. É estranho e, a princípio, não consigo dizer o que é.

Então percebo. É esperança.

Trinta minutos depois, vou para o banheiro com um teste de gravidez em uma das mãos e meu coração na outra. Jools se ofereceu para ficar comigo, mas preciso fazer isso sozinha.

Faço o teste de um jeito quase mecânico, depois me sento na beirada da banheira para esperar. Minha mão está tremendo.

Eu queria que você estivesse aqui, Max. Eu queria que você estivesse sentado ao meu lado, apertando minha mão. Gostaria que estivéssemos rezando juntos para que aquela pequena cruz azul aparecesse. Na verdade, nunca acreditei na vida após a morte até você morrer. Mas agora acredito. Porque sei que você está aqui. Sei que, em algum lugar, seu coração está batendo tão forte quanto o meu.

Um miado desliza pela fresta abaixo da porta do banheiro, antes que eu a abra para Macavity entrar, como se ele estivesse tão impaciente quanto eu para saber o resultado.

Respiro fundo e viro o teste. E lá está: minha desesperança diminuiu, meu desespero se dissipou. Porque, contra todas as probabilidades, Max ainda está aqui. Seu bebê tem dois meses e está aninhado dentro de mim, me presenteando com uma alegria que pensei que nunca mais sentiria.

Eu me lembro do dia em que vim morar aqui com ele. Max me perguntando, de brincadeira, como eu via nosso futuro.

Quantos filhos?
Três. Não, quatro.

Estabilizo meu coração acelerado e olho para a barriga.

Só um, no fim das contas. Mas você é o presente mais precioso que já recebi.

Daqui a mais alguns meses, olharei nos olhos do meu bebê e sussurrarei: *Ah, oi! É você! Senti tanta saudade! Que bom que você veio!*

Epílogo

Um ano depois

FICAR

No café ao lado da maternidade do hospital Queen Charlotte's and Chelsea, levanto os olhos enquanto espero pelo café americano e perco o fôlego.

Max Gardner. O homem que assombrou meus sonhos por tantos anos está a poucos centímetros de distância, à minha frente na fila. Ele parece mais velho, é claro — não é mais um rapaz —, mas os anos extras lhe fizeram bem. Na mesma hora, percebo que todas as suas melhores qualidades permanecem: ele está confiante e charmoso como sempre, um homem magnético com uma risada sincera e olhos hipnotizantes.

O hospital está muito quente, e tirei várias camadas de roupa desde as três da manhã, quando chegamos. Agora estou só com um vestido de algodão e chinelos baratos, que, comparados com Max, em sua camisa de grife e jeans elegantes, de repente parecem pouco sofisticados, quase infantis. Percebo que provavelmente nunca teríamos funcionado tão bem como adultos como quando éramos estudantes.

Ele não parece cansado como eu — na verdade, à primeira vista, parece bastante nervoso. Deve ser a adrenalina da paternidade iminente. Ou talvez esse seja seu quinto café desde que chegou.

Ao me ver, seu sorriso sugere que essa é a coincidência mais feliz de todas.

— *Lucy*. Olá!

Rugas de riso surgem nos cantos dos seus olhos. Vamos para o lado enquanto esperamos por nossas bebidas.

— Você está...

— Sim. — Max dá meia-volta e indica o centro de parto com um gesto. — Minha esposa, Camille. É a primeira vez.

Olho para baixo e percebo a aliança escura e fosca em seu dedo. *Que estranho*, penso, *que eu sonhasse em ver na mão dele uma aliança do* nosso *casamento*.

Em outro momento, eu talvez tentasse me lembrar de pesquisar Camille no Google assim que estivesse sozinha, mas fico aliviada ao perceber que não tenho sentimentos mais profundos do que uma leve curiosidade pela mulher com quem Max se casou. O que, é claro, é exatamente como deveria ser.

— Parabéns. Você sabe se é...

— Uma garotinha — diz ele, os olhos brilhando de orgulho. Eu o vejo examinar minha barriga (as maternidades, acho, são o único lugar no mundo onde é meio aceitável fazer isso). — Mas você não está...?

Espero que em breve, quero dizer, mas em vez disso balanço a cabeça.

— Vim aqui com Jools. Lembra dela? O bebê chegou duas semanas adiantado. O marido estava no norte a trabalho. Deve estar correndo pela M1 agora mesmo.

Jools e Nigel se casaram em agosto passado e ficavam felizes em contar a quem quisesse ouvir que engravidaram na noite de núpcias. (Não tenho muita certeza da exatidão disso, mas quem sou eu para contestar um pensamento tão romântico?)

Max sorri, depois volta o olhar para os anéis no meu dedo.

— Então você se casou?

Concordo com a cabeça.

— Caleb. Ele é fotógrafo. Na verdade, nós nos casamos no mês passado. — Só de dizer o nome dele já sinto um calor na barriga.

— Recém-casados — comenta Max, com um sorriso que não consigo interpretar: saudade? Inveja? — Parabéns, Luce.

Hoje faz quatro semanas, para ser exata. Foi no Shoreley Hall, um casamento ao ar livre no jardim murado onde assistimos a *Romeu e Julieta* três anos atrás. O dia foi todo luminoso e sincero, cheio de cor e alegria. Decoramos as árvores frutíferas com bandeiras e pompons, penduramos pisca-piscas entre os galhos para iluminarem o jardim quando a escuridão caísse. Caleb chamou vários amigos para cuidar da comida, das fotos e da música. Duas de suas sobrinhas foram minhas damas de honra, junto com Jools, e Dylan foi o pajem. Nossos convidados se espremeram em longos bancos rústicos para a cerimônia, com guarda-chuvas prontos caso chovesse. Meus pais até passaram o dia um ao lado do outro, apesar de ainda estarem separados. Houve dança, alguns discursos bêbados e um vasto banquete mediterrâneo. E risadas, muitas risadas.

Perto do final da noite, Caleb e eu passamos alguns momentos tranquilos juntos, sentados de mãos dadas em cima de um fardo de feno. Descansei a cabeça em seu ombro enquanto observávamos nossos amigos e familiares felizes e bêbados, dançando, brincando e se abraçando. Eu estava descalça, exausta de tanto dançar, e Caleb perguntou se eu estava feliz.

— Mais feliz, impossível — sussurrei.

E era verdade. Eu não poderia imaginar ser mais feliz do que naquele momento.

— Engraçado como a vida funciona — diz Max, agora, com uma expressão em algum lugar entre a nostalgia e o arrependimento. — Às vezes penso em como teria sido maravilhoso ter uma bola de cristal aos 18 anos.

— Você teria feito algo diferente?

Ele espera um breve segundo enquanto nossos olhares se cruzam.

— Algumas coisas.

Olho para baixo. Tem algumas coisas que eu também poderia ter feito diferente. Mas sei que estava destinada a terminar exatamente onde estou.

— Sabe o que mais é engraçado? — pergunta Max. — Na verdade, preciso te agradecer por ter conhecido Camille.

Franzo a testa com espanto.

— Eu?

— Você provavelmente não vai lembrar, mas... alguns anos atrás, eu mandei uma mensagem.

— Ah, verdade. — Claro que me lembro: estava na cozinha de Jools, em Tooting, quase três anos atrás, tentando decidir se deveria responder. Entrei em pânico quando percebi que Caleb poderia ter ouvido a conversa. Nunca respondi. — Desculpe, não...

— Não, foi melhor assim, não foi? Devo admitir que, quando mandei aquela mensagem, eu meio que esperava que a gente pudesse... Sei lá. Se reconectar. — Ele ri. — Fiquei um pouco louco com isso. Não parava de olhar o celular, mas você não respondeu, e eu estava meio para baixo. Então saí para tomar umas cervejas para me animar e... foi a noite em que conheci Camille.

Abro um sorriso.

— E agora você está prestes a se tornar pai.

Ele olha para mim por alguns momentos.

— Eu sei. Louco, não é?

Com isso, quaisquer fragmentos remanescentes de melancolia evaporam de seus olhos.

O nome de Max é chamado e ele pega seu café. Trocamos um abraço de despedida. É uma sensação estranha tê-lo em meus braços de novo, tantos anos depois. Seu corpo parece mais largo e firme — mais adulto, acho. Como se ele tivesse encontrado seu lugar na vida.

Enquanto observo Max se afastar, percebo que houve um momento em que poderia ter chamado ele de volta, em que poderia ter pensado que encontrá-lo aqui era algum sinal. E talvez seja, mas apenas um lembrete amigável do destino de que fiz a escolha certa ao não me mudar para Londres, três anos atrás. Talvez este seja, enfim, o encerramento que eu procurava por todos aqueles anos, quando ele partiu meu coração.

Quando Max está prestes a virar o corredor e desaparecer de vista, ele se vira. Nossos olhos se encontram e, por um momento, um universo de possibilidades e hipóteses se desenrola e valsa pelo espaço entre nós. E isso me faz sorrir.

Max levanta a mão, e eu faço o mesmo. Então ele some.

Muito mais tarde, de volta a Shoreley, eu me deito na cama ao lado de Caleb. Já está de madrugada, e acabo de voltar do hospital, onde deixei Jools e Nigel se apaixonando por sua filhinha, Florence.

A janela do quarto está aberta, e o som do mar adormecido entra como uma sinfonia. É quase estranho como o quarto parece fresco e tranquilo, depois do calor e do barulho da enfermaria neonatal — embora claro que Jools, sob o efeito de oxitocina, parecesse alheia à confusão de choros e soluços. Ela parecia completamente serena, como se as parteiras a tivessem levado direto da sala de parto para um spa cinco estrelas.

Caleb se mexe enquanto deslizo meus braços ao redor de seu corpo. Ele cheira a sabonete e pasta de dente, a pele aquecida e suave de sono.

— Ei — murmura ele, virando-se para me encarar.

— Ei.

Nós nos beijamos, e ele tira o cabelo do meu rosto.

— Como está Jools? Como está a bebê?

— Ambas completamente perfeitas. Jools é uma guerreira. Estive com ela até os momentos finais, quando Nigel apareceu de repente, tomado pelo pânico, pensando que poderia ter perdido o nascimento da filha. Sempre soube que Jools era durona, mas, até vê-la em trabalho de parto, não tinha ideia do que isso realmente significava. Poucos minutos depois de as contrações começarem, ela ficou tão motivada, tão concentrada, que eu sabia que Florence nunca teria que se preocupar com nada.

— E como foi estar cercada por todos aqueles recém-nascidos? — pergunta Caleb.

Abro um sorriso.

— Incrível, óbvio. Eu estava morrendo com toda a fofura. Acho que foi bom eu ter ido embora mais cedo.

Ele também sorri.

— Então você está pronta para ser uma madrinha e tanto.

— Nenhuma outra chegará nem perto.

— Sorte da Florence.

— Não, sorte a minha.

Ele avança para me beijar de novo, soltando uma respiração lenta que se torna uma pergunta contra a minha pele.

— Então, isso significa que podemos estar prontos para...?

Desde que nos casamos, conversamos muito sobre nosso futuro e a família que ambos queremos. Mas ainda não começamos a tentar engravidar, porque tenho estado muito envolvida com Jools e com meu livro, e Caleb teve algumas semanas agitadas no trabalho.

Alguns meses atrás, Naomi e eu decidimos, depois de muitas idas e vindas, que meu livro ainda não estava pronto para ser enviado às editoras. Concordamos que faltava alguma coisa, que era necessário um elemento atual. Por isso, estou envolvida em uma revisão robusta para incorporar uma segunda linha do tempo, sobre um jovem casal lutando para descobrir os segredos de um caso de amor iniciado em Margate antes da guerra. Tenho trabalhado nisso entre os turnos na Pebbles & Paper, onde as pessoas que passam pela porta todas as manhãs forneceram uma fonte surpreendentemente rica de inspiração para minhas personagens.

Mas, agora, finalmente, acho que a revisão está quase pronta: o final do livro enfim parece estar ao meu alcance. E a carga de trabalho de Caleb também está diminuindo um pouco. Parece que pode mesmo ser o momento certo.

— Sim — sussurro, com um arrepio de excitação. — Quero fazer um bebê com você.

Pressiono minha boca na dele, sentindo a euforia se espalhar pelo corpo enquanto começamos a embarcar no próximo capítulo de nossas vidas. E tudo em que consigo pensar é como estou feliz por criar um futuro com esse homem espetacular e brilhante; que minha escolha naquele dia quente de primavera, três anos atrás, me levou à minha alma gêmea.

E se eu não tivesse feito essa escolha? Bem, ainda tenho certeza de que Caleb e eu teríamos encontrado o caminho um para o outro, mais cedo ou mais tarde. Mas, do jeito que as coisas estão, me sinto transbordando de gratidão por não ter que esperar nem mais um segundo para amar esse homem com cada partícula do meu coração.

PARTIR

Estou com Hope junto ao lago do centro comunitário, perto do café. É maio, e o ar cintila com o brilho do início do verão. O céu é de um azul-turquesa quase aquoso, as árvores recentemente repletas de flores e folhas verdes. Tirei a jaqueta, e Hope está satisfeita com seu macacão e camiseta listrada. No outro lado do lago, barquinhos navegam serenamente em círculos, dirigidos por crianças vigiadas por pais ansiosos.

Controlo o aperto familiar na barriga e me concentro em minha filha.

Hope, como sempre, fica encantada com os patos. Está sorrindo e tagarelando, com seus punhos gordinhos amassando pedaços do pão que trouxemos até formar uma pasta. Meu Deus, eu a amo tanto!

Faz um ano que descobri a gravidez. Durante os sete meses que se seguiram, mal ousei me mover, com medo de fazer qualquer coisa que pudesse interromper minha última — e milagrosa — conexão com Max. Imaginei que me sentiria menos nervosa quando Hope nascesse, quando ela estivesse de fato viva e respirando na minha frente, mas é claro que isso só deixou meus instintos protetores ainda mais ativos. Foi só graças ao apoio da minha terapeuta, Pippa, e, claro, da minha família e dos amigos, como Jools, que desenvolvi confiança suficiente para sair do apartamento com ela.

Nossa filhinha está com 5 meses, e sinto falta do pai dela todos os dias. Todas as manhãs, procuro em seu rostinho mais pistas sobre ele, meu pequeno mapa do tesouro de Max. Estou convencida de que as encontro diariamente, embora talvez seja só minha imaginação. A suavidade em seus olhos cinzentos. A leveza em sua risada. Seu aparente entusiasmo pela vida.

Jools vem em nossa direção de óculos escuros, com dois cafés nas mãos.

— Deus abençoe este sol. — Ela me passa um dos copos. — Como estão os patos hoje?

Preciso dizer que Hope e eu somos alimentadoras prolíficas de patos. Ela os adora de paixão, e gosto de pensar que é porque herdou o coração bom do pai, sua compaixão.

Jools e eu nos sentamos juntas em um banco próximo. Pombos voam de um lado para o outro no céu azul imaculado. O ar está rico com a música dos pássaros, melros e tordos.

Balanço Hope no colo com uma das mãos e tomo um gole de café com a outra.

— É em dias assim que mais sinto falta dele — comento, depois de alguns instantes.

Minha amiga assente.

— Eu sei. Ele adoraria isso, não é?

Hoje em dia, esse é meu sentimento predominante em relação à morte de Max. Que não é justo. Ele está perdendo muita coisa. Nunca me permito pensar muito no *quanto* ele perderá — o resto da minha vida, toda a vida de Hope e a maior parte da vida dos filhos dela também —, porque esse pensamento é angustiante demais. Mas Max está sempre em meus pensamentos — no metrô e no café, nas ruas ao redor da nossa casa, em todos os cômodos do apartamento. Até mesmo em Shoreley, sempre que voltamos para visitar meus pais, porque, toda vez que estamos lá, faço um desvio proposital para passar pelo Smugglers.

Eu daria qualquer coisa por só mais um dia, ou mesmo algumas horas preciosas, para que Max pudesse segurar sua filhinha, e eu pudesse deitar a cabeça em seu ombro e dizer o quanto o amo pela última vez.

Voltei para a Supernova semana passada, o que me pareceu muito estranho, como se tivesse entrado em uma realidade alternativa. Algumas coisas continuavam iguais — a maioria das coisas, na verdade: meus colegas, meus clientes, minha mesa, minha rotina de almoço... Mas outras, as coisas importantes, mudaram de forma surpreendente e irreversível. Max ter morrido. E Hope ter se tornado o novo centro do meu mundo. Tem sido difícil me reajustar ao barulho e ao ritmo, ao clima movimentado do escritório, depois de passar tanto tempo numa bolha com Hope. Mas eu queria isso. Eu *precisava* disso; sabia que precisava voltar antes que ficasse confortável demais, e nossas vidas passassem a ser definidas pelo luto. Imaginava Hope na adolescência, dando de ombros e dizendo: "Meu pai morreu antes de eu nascer, então por isso minha mãe é meio... você sabe".

Não quero ser "meio você sabe". Quero deixar minha filha e Max orgulhosos.

Na calçada à frente, um jovem casal caminha com o filho. Ele é pequeno — um ano, talvez — e parece adoravelmente instável nas perninhas rechonchudas. Jools sorri e diz olá quando eles passam, mas tenho que desviar o olhar.

Fico com inveja. Não consigo evitar. Tive inveja enquanto estava grávida — nas aulas do curso pré-natal, quando os outros pais apareciam; na sala de espera das consultas pré-natais; no hospital, quando dei à luz. E fico com inveja aqui, nos cafés e no grupo de mães, quando todas reclamam dos maridos ou parceiros. Às vezes, quando elas começam a falar, eu simplesmente vou embora, pego Hope e largo meu café ou o que quer que esteja fazendo. Minhas novas amigas sabem o motivo e não me incomodam, mas isso também não as impede de reclamar.

Tive que ver o motorista de rosto pálido admitir no tribunal, semana passada, que causou a morte de Max por condução descuidada. A sentença sai no próximo mês, mas não me trará nenhuma satisfação. Foi um acidente, Max morreu, e nada pode mudar isso. Fiquei surpresa ao perceber que não guardo nenhum rancor em relação ao motorista: todo mundo já mudou de faixa sem olhar direito, já quase causou um acidente em uma fração de segundo, já jurou prestar mais atenção no futuro. Poderia ter sido eu.

— Ah, quase esqueci — diz Jools, provavelmente sentindo que estou presa em um pântano de pensamentos. — Isso aqui estava no balcão do café.

Ela tira um pedaço de papel do bolso, desdobra-o e, então, entrega-o para mim.

Dou uma lida. É um panfleto anunciando um grupo de escrita criativa local.

— O que é isso? — pergunto, confusa.

Ela dá de ombros.

— Só pensei que você poderia estar interessada. Pippa não disse que escrever poderia ajudar?

— Sim, mas... eu trabalho escrevendo.

— Para o trabalho, sim. Mas isso seria para você.

Olho outra vez para o folheto e mordo o lábio. Seria fácil dizer que não tenho tempo ou disposição... mas definitivamente não odeio a ideia. Na verdade, eu diria que me atrai. Não consigo explicar bem por quê. Talvez só me lembre de uma versão de mim que eu pensava ter desaparecido há muito tempo, e isso é surpreendentemente reconfortante.

— Ei, você disse que conhecia um bom fotógrafo em Shoreley, não é? — pergunta Jools, enquanto toma um gole do café.

Eu me inclino para beijar o topo da cabeça de Hope. Ela se contorce um pouco, mas continua cativada pelo panorama do lago e dos patos selvagens.

— Ah, sim. Ele fez minhas fotos na Supernova. Caleb. Era legal. — Deixo escapar uma meia risada. — O cara que anotou o telefone em um porta-copo.

— Acha que ele faz casamentos?

Jools e Nigel estão juntos há dois anos. Seis meses atrás, Nigel se ajoelhou depois de esconder o anel dentro de um muffin com o qual Jools quase engasgou. Antes de Max morrer, Jools nunca tinha gostado muito de casamentos, mas acho que ela e Nigel decidiram que a vida é muito curta. Que, se você encontra a pessoa certa, seria loucura procrastinar, mesmo que por um segundo.

— Não tenho certeza. Mas eu poderia mandar um e-mail, se você quiser.

— Você se importaria? — Jools toma um gole de café. — Encontramos alguns fotógrafos na semana passada, mas não sentimos uma vibe muito... legal. Sabe?

Concordo com a cabeça. Pelo que me lembro de Caleb, ele parecia alguém que deixaria qualquer um à vontade imediatamente.

Mais tarde, naquela noite, Hope está cochilando no meu peito, pesada e cálida como uma bolsa de água quente. Afundo o nariz em sua cabeça, inalo seu cheiro doce e leitoso.

Acabei de comer uma bandeja gigante de sushi. Rejeitei a comida por muito tempo depois da morte de Max — sentindo, de alguma forma, que não merecia nutrição —, mas agora devoro tudo que posso, sabendo que estou alimentando a vida da minha filhinha. O mundo parece menos assustador quando minha barriga está cheia. E agora preciso de toda a força que puder juntar.

O apartamento está calmo e tranquilo, arrumado exatamente como estaria quando Max era vivo. Acendi uma vela que alguém me deu depois que ele morreu, uma Jo Malone com perfume ligeiramente semelhante ao de sua loção pós-barba favorita. Isso me conforta, de alguma forma, me ajuda a imaginar que ele ainda está aqui, cuidando de nós.

Há pouco tempo, contratei uma faxineira e tenho uma babá para cuidar de Hope enquanto estou na Supernova. O seguro de vida de quatro vezes o salário de Max garante que nós duas sempre teremos como nos sustentar. Significa que posso pagar alguém para ficar com Hope para eu poder trabalhar, pagar a hipoteca, continuar vivendo, em vez de apenas sobreviver. Eu sei o quanto sou sortuda por isso. Posso ser mãe de Hope, seguir minha carreira e fazer todas as coisas que me fazem sentir realizada. Coisas que me impulsionam para a frente, para não acabar estagnada e cheia de arrependimentos.

Mamãe e papai estavam nos últimos estágios do planejamento da viagem de barco quando recebemos a notícia sobre Max. E então, claro, aconteceu o milagre da minha gravidez. Eles adiaram a viagem por alguns meses, e uma parte egoísta de mim está aliviada. Se Max pode morrer dirigindo a cem quilômetros por hora na faixa central da M25, não fico muito animada com a ideia de meus pais partirem de Portsmouth e seguirem para Antígua via Gran Canaria em um iate de doze anos. Os dois ainda estão determinados a ir, depois de gastarem milhares de libras na preparação do barco, na atualização das velas e do cordame, na montagem de um estoque amplo de peças sobressalentes e na qualificação como capitães. Mas vou deixar para pensar nisso quando chegar a hora.

Nos catorze meses desde a morte de Max, raramente fiquei sem companhia. Tash, Simon e Dylan virão nos visitar neste fim de semana, e Jools costuma dormir aqui algumas noites por semana. E a vantagem de receber tantos buquês de flores nos primeiros dias é que também passei a conhecer muito melhor meus vizinhos — Jed, Toby, Magda e Nadia. Paramos para conversar no corredor, entramos e saímos dos apartamentos uns dos outros, às vezes saímos para beber. Tudo isso significa que me sinto muito menos estressada quando Hope decide exercitar os pulmões no meio da noite.

Agora estou trabalhando um pouco no celular, respondendo a e-mails e mensagens com uma das mãos, aprovando artes, e quando troco entre um app e outro meu olhar pousa no antigo aplicativo de horóscopo que eu costumava olhar quase diariamente. Não o abro há mais de três anos. Na verdade, a última vez que abri foi naquela noite no Smugglers, quando fui informada de que encontraria minha alma gêmea.

Dou um sorriso fraco. *Alma gêmea*. Já faz um tempo que não acredito nisso. Eu me lembro de como hesitei na época, considerando se dizia respeito a Max ou Caleb.

Meu e-mail apita.

Troco de aplicativo e leio. A surpresa prende minha respiração no peito por um momento.

É Caleb.

Olá, Lucy. Que bom receber seu e-mail. Sinto muito pelo seu parceiro. Espero de verdade que você esteja bem. Sim, às vezes faço casamentos. Me manda o telefone da sua amiga que entrarei em contato.

Não sei por que senti a necessidade de contar sobre Max naquele e-mail incoerente que deveria ter tido apenas duas linhas. Não tenho o hábito de sobrecarregar as pessoas com histórias sobre mim e Max, mas, não sei como, pareceu estranhamente adequado contar a Caleb o que aconteceu.

De repente, percebo que ele anexou algo na mensagem e desço a tela.

Quando tirei sua foto na Supernova, lembro que você disse que o cara com quem foi conversar do lado de fora do Smugglers naquela noite se chamava Max. (Não me pergunte como — eu talvez tenha pesquisado sobre ele no Google.) De qualquer forma, naquela noite, vocês dois pareciam tão... felizes. Eu estava saindo e ia me despedir, mas vocês estavam tão absortos um no outro que... Enfim, eu estava com a câmera, então tirei uma foto rápida. Fiquei impressionado com a maneira como vocês se olhavam. Foi... não sei explicar. Raro.

Sinto o coração se partir dentro do peito.

Desculpe. Espero que você não ache que foi nada bizarro. Eu só tenho o estranho instinto de documentar as coisas. De qualquer forma, eu ia mandar a foto se você entrasse em contato algum dia, mas... bem. Está anexada. Espero que isso possa lhe trazer algum conforto. Houve uma razão para eu ter tirado essa foto. Vocês dois parecem que foram feitos um para o outro.
Atenciosamente, Caleb

Abro a imagem. Foi tirada inclinada, estilo reportagem, e no centro estamos Max e eu, a fachada caiada do Smugglers ao fundo, sua marca registrada de linhas de luzes saindo do telhado de palha. Suspiro alto — é como reencontrá-lo, com aquele casaco de lã preto que ele adorava e o terno risca de giz que ainda estão pendurados no lado dele do guarda--roupa, porque nunca vou me livrar de suas roupas. Estou usando um vestido preto — o mesmo que usei no funeral —, e meu cabelo loiro comprido brilha. Eu me lembro de estar preocupada por parecer feia naquela noite, mas não precisava. Eu estava ótima. Nós dois estávamos. Como se estivéssemos posando para um anúncio um pouco excêntrico de roupas de escritório.

Toco a tela com as pontas dos dedos, desejando que a imagem ganhe vida para que eu possa voltar para lá, só por um segundo, e revisitar a alegria em seus olhos, sentir o cheiro de sua pele, estender a mão e tocar a dele. Beijá-lo. Dizer que o amo.

Poderíamos estar casados agora. Mas, na falta disso, talvez esta possa ser a nossa foto de casamento. Um dia em que nos olhamos, maravilhados, como se o mundo tivesse parado de girar só para nós.

Levanto a tela para que Hope possa ver. Ela pisca para a imagem, depois para mim, se contorcendo um pouco.

— Esse é o seu pai — sussurro, para que ela saiba. — Ele me amava muito. E também teria te amado muito.

Três anos atrás, arrisquei tudo para ficar com Max. E, embora isso não tenha se transformado na vida inteira de felicidade que eu esperava — ou no nosso casamento na praia, ou em quatro filhos —, sei que tenho uma vida feliz diferente esperando por mim, com nossa linda filha.

Lágrimas escorrem dos meus olhos, então aperto Hope e as deixo rolar. Ela não se mexe enquanto eu soluço. Talvez esteja acostumada com minhas emoções sempre flutuantes. *Preciso fazer algo a respeito*, penso. Não quero que meu bebê cresça triste.

À medida que a noite avança e Hope dorme, reflito sobre o e-mail de Caleb. Acho que talvez — por mais adorável que seja o sentimento — ele não estivesse certo. Max e eu não estávamos destinados a ficar juntos. Nós *escolhemos* ficar juntos.

Eu acreditava em almas gêmeas. Acreditava no destino. Agora? Estar com Max me ensinou que somos a soma de nossas escolhas. Amar Max, ele morrer, então Hope nascer... todas essas coisas não se devem às decisões que tomamos? Caminhos que seguimos ou ignoramos? Nada está pré-determinado, e agora estou bastante convencida disso.

Eu não iria querer que fosse de outra maneira, claro. Escolheria Max de novo em um piscar de olhos. Mas e quanto ao futuro? Não tenho a menor ideia. Tudo o que posso fazer é trabalhar bastante e ser a melhor mãe possível para Hope, e todo o resto deve se encaixar.

Abro meu e-mail e escrevo a Caleb um agradecimento sincero. Tenho certeza — não sei bem por que — de que Jools o escolherá para ser o fotógrafo do casamento na próxima primavera.

E, quando o vir, poderei agradecer pessoalmente de novo.

Agradecimentos

Gostaria de agradecer à minha agente, Rebecca Ritchie, pelo apoio e orientação de excelência, como sempre. E às minhas editoras, Kimberley Atkins e Tara Singh Carlson, pelo esforço e pela experiência infinitos ao ajudar a moldar e transformar este livro ao longo de suas muitas iterações. Obrigada também a Amy Batley e Ashley Di Dio. Um grande obrigada a todos da Hodder & Stoughton e da Putnam Books: trabalhar escrevendo ficção nunca deixa de parecer um privilégio, e sou muito grata por tudo o que vocês fizeram e continuam a fazer. A todos os blogueiros incríveis que defendem os livros de forma tão incansável e apaixonada. Aos meus amigos e familiares, com uma menção especial para Mark. E, por fim, à nossa cadela resgatada, Meg, que esteve ao meu lado durante cada palavra deste romance. Sinto sua falta.

Este livro foi impresso em 2024, pela Santa Marta, para a Harlequin.
O papel do miolo é pólen natural 70g/m² e o da capa é cartão 250g/m².